戲非戲247

雪中悍刀行

第一部

（五）

起手撼崑崙

烽火戲諸侯 作

高寶書版集團

道門真人飛天入地，千里取人首級；佛家菩薩低眉怒目，抬手可撼崑崙。
誰又言書生無意氣，一怒敢叫天子露戚容。
踏江踏湖踏歌，我有一劍仙人跪；提刀提劍提酒，三十萬鐵騎征天。

◆目錄◆

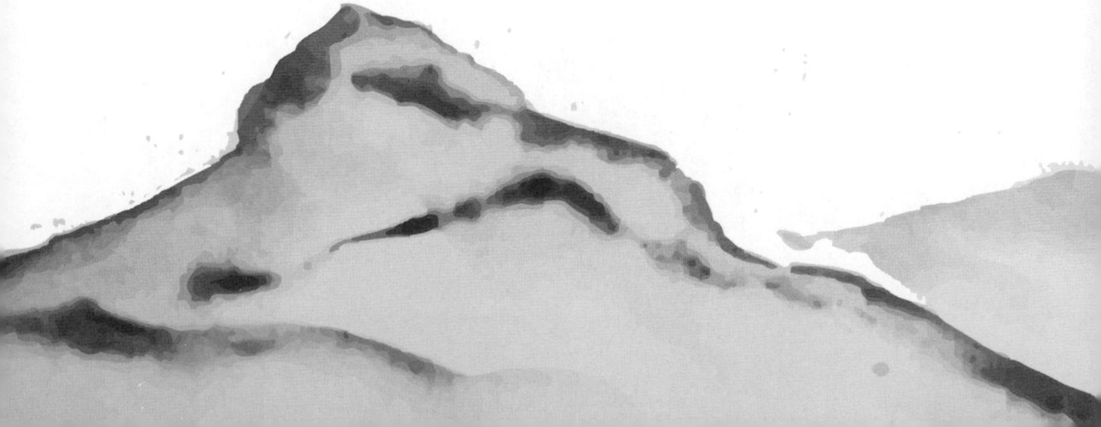

第一章　陶滿武攜手同行　徐鳳年酒館棲身

好不容易有了一次世人眼中的古道心腸，沒過多久，徐鳳年就恨不得給自己抽兩個大嘴巴，實在是大老爺們兒帶個孩子太不像回事情。帶了個拖油瓶在身邊，她餓了也不說話，就是眨巴著一雙眸子，可憐巴巴地望著徐鳳年；乘馬把小屁股瓣兒坐疼了，她也不哭不鬧，也還是轉頭望著徐鳳年，眼眶濕潤；若是一起牽馬而行，按照規矩她就得提著沒地方花去一兩銀子的沉甸甸錢囊。

錢囊的分量不輕，對這樣一個小女孩來說著實有些沉重，她拎得小手紅腫。錢囊脫手掉在地上，她也只是默默提起；提不動，就扛在稚嫩的肩膀上。人摔倒了，也不委屈喊痛，只是站起身繼續扛著走，走了摔，爬起來再走，這一天下來一大一小能走多少路程？再有若只是徐鳳年單身一人，與劣馬在晚上也就在露天荒野對付著過了，有了陶滿武後，徐鳳年還得拿兩件衣衫出來，一套給她墊著，一套蓋著。關鍵是這孩子睡覺不安分，總是亂踹，要不是徐鳳年每隔一個時辰就要餵養飛劍，指不定這丫頭才一宿就給凍得半死了。

幾天以後，徐鳳年實在熬不過這個倔強的小姑娘，晚上睡覺就只好讓她窩在自己懷裡，對付大魔頭謝靈都不曾這般憋屈過。

所以當世子殿下終於看到龍腰州內腹的飛狐城，那座屹立城頭之上的掛劍閣時，如釋重負。

要知道世子殿下少年時，可是最喜歡在大雪天拎著弟弟雙腳隨手亂丟的傢伙，要不就是與大姐一起玩倒插蔥的把戲。黃蠻兒顯然更喜歡，每次被哥哥從雪地裡拔出，總是憨憨的笑臉燦爛，姐弟三人樂此不疲，唯有二姐徐渭熊站在遠處煢煢孑立，冷眼旁觀。

她早熟而早慧，約莫是不屑玩這種幼稚遊戲的，不過偶爾會打一場雪仗，前提是與徐鳳年一起打徐脂虎和徐龍象。徐脂虎相對體弱，黃蠻兒被哥哥吩咐了不許用力，故而每次都是大敗而回，這時候徐渭熊心滿意足了，才揚起尖尖下巴，拍拍手冷著臉卻翹著嘴角說要去看兵書去了。等她走後，徐鳳年便會與徐脂虎相視一笑，一切盡在不言中，而挨揍比揍人更開心的黃蠻兒也不懂什麼，跟著大姐、哥哥一起傻笑便是。

自繞過留下城這一路行來，尤其是捎帶上陶滿武以後，徐鳳年時常出神發呆。興許是蹲在加闊的官道邊上，或者是遠望著一座新建驛站，抑或是站在高處眺望一馬平川的荒野，甚至發現一座引進江南灌溉工具的無名湖泊都要駐足。

陶滿武終歸只是六、七歲大的天真孩子，沒有因為爹娘的過世而哭死就已是殊為不易，但她能輕易看透人心，看出所有遮掩於晦暗下隱藏著的真實喜怒哀樂，她知道誰心懷歹意，誰又面冷卻內心溫暖。與這個換上一張新面皮的壞人朝夕相處，到了飛狐城外，才看到他第一次流露出欣喜的神情，順帶著她也不由自主地暖洋洋起來。

臨近城門，徐鳳年翻身下馬，將陶滿武從馬背上抱下，一手牽劣馬，一手牽稚童，走向城門。孩子的小手紅腫如饅頭，水泡被他小心刺破後，十有八九會生出新繭，再以後就是老繭了。徐鳳年也就不再為難這個身世坎坷的孩子，將行囊掛在馬背上。

看到有馬隊轟然出城，徐鳳年拉馬側身，站在一旁。為首青年披肩散髮，身著一件昂貴貂裘，面容冷峻。身後六騎家兵俱是披輕甲、佩莽刀，背負製作精良的弓弩，馬背懸掛有一袋箭囊，箭矢攢蹙。

徐鳳年看到箭羽略有磨損卻不至於影響準頭，既不是豪奢之輩，卻也絕非花哨擺設，對這名北莽將門子弟也就高看一眼。原本對普通百姓百般刁難的城門衛立即卑躬屈膝，彎腰含笑目送離去，笑意中並未有絲毫嘲諷嫉妒，只有敬畏。

眼光毒辣的城門衛士查過給離鄉作證的路引，見到徐鳳年那匹不值一提的劣馬，也就沒了雁過拔毛的興致，大大方方放行。經過光線昏暗的清涼城門洞，徐鳳年下意識抬頭看去，笑了笑，都不知道呵呵姑娘生死，她怎麼可能再像壁虎貼在洞頂，對自己給予致命一擊？這類冷不丁的驚喜，當年徐鳳年其實懊惱之餘，還有著一種病態的期待和感激。

那時候有李淳罡這尊仙佛傍身，一般而言沒有世子殿下出手的機會，唯獨呵呵姑娘，向來視天下十大高手和陸地神仙如無物，想殺誰就附骨之疽般盯梢，無異於是對徐鳳年的鞭策，只不過他至今還是沒有想明白她既然在蘆葦蕩中痛下殺手，沒有半點水分，為何最後卻仍是替自己扛下氣運之災？

穿過城洞，徐鳳年滿肚子自嘲。是不是因為自己過於無情無義，才不理解那些出彩女子們的玲瓏心思？就像梧桐苑的紅薯，是練刀以後才後知後覺她的死士身分，原本以為她只是一尾聽潮湖中的豐腴錦鯉，不餵食就要清減消瘦，繼續不餵就要餓死，事實卻是她在暗中不知為自己擋去多少災禍，手上不知染了多少紅如胭脂的鮮血。興許自己枕在她腿上的前一刻，她才殺死了幾隻潛入王府的撲火飛蛾，撚燈芯一般撚死了他們。

徐鳳年挑了一家飛狐城東北角鬧市中的客棧，此地多是春秋遺民聚居。北莽王朝的南北劃分，涇渭分明，北皇帳、南朝官，只是擺在檯面上最顯眼的一個例子。在這個王朝遼闊版圖上，多的是讀書人一朝登廟堂的仕途奇蹟，經過起先在所難免的動盪不安後，有過無數樁北莽貴族擅殺外族的喋血慘案，甚至動輒是幾十、幾百人斬殺，但是隨著北莽女帝的條條律令下達帝國每一個角落，期間死了十數位耶律與慕容雙族子弟，責罰削爵了許多位高權重的王庭權臣，以一如既往的鐵腕統治北方，以老牛舐犢般的罕見柔情撫慰南朝，才造就了如今安穩局面。春秋遺民第二代子女，都開始理所當然地以北莽子民自居，對英明神武的皇帝陛下感恩戴德。

慕容女帝曾經花了兩年時間御駕親臨她裙下的每一寸土地，所到之處，尤其是那些雄城巨鎮，皆是黑壓壓跪了密密麻麻無數人。

離陽先皇一統春秋，新帝登基後，可曾去過舊八國，可曾來過北涼？

徐鳳年在房間裡放好行李，重要之物都在身上，也不計較是否會被偷竊；倒是小丫頭守在裝滿碎銀的行囊旁邊，不肯去吃飯，大概是一路辛苦提著、捧著、背著，折騰出了感情，要是不翼而飛，她大概就要傷心死了。

徐鳳年哭笑不得道：「傻瓜，要是被偷了，妳豈不是就輕鬆了？走，吃飯去，妳小肚子咕咕咕響了半天，又不是歌謠，我可不愛聽。」

小丫頭陶滿武一臉「要是被偷了我可不負責哦」的認真表情，徐鳳年笑著打趣道：「放一百個心，真被偷了，不關妳的事情。不過我會拿銀票去換一樣重的碎銀子，繼續讓妳背。」

做事情從來都有板有眼的小妮子確認這個不算太壞的壞人不是開玩笑後，泫然欲泣。

徐鳳年若是這樣就心軟，也太小瞧世子殿下的涼薄無情了，他只說了兩個字，「吃飯！」

陶滿武跟在他後頭，膽怯威脅道：「我不給你唱歌謠了。」

徐鳳年頭也不回，道：「行啊，本來打算大發慈悲給妳一碗米飯，這下扣去半碗，而且不准妳吃菜。」

陶滿武立即說道：「那我明天再不唱給你聽。」

徐鳳年嘴角噙著溫煦笑意，眼神溫柔，但是沒有作聲。

小妮子頓時悄悄雀躍起來，因為她即便看不到他的面孔，也知道他在笑。

落座後，徐鳳年要了一葷三素、兩碗米飯，小女孩陶滿武的家教極好，食不言、寢不語，小小年紀，很有淑女風範，不過可惜不是個美人胚子，長大以後估計撐死也就是中人之姿，大概是更形似、神似父親陶潛稚的緣故，沒有繼承她娘親的臉型胚子。女子即便婉約賢淑，被稱讚一句神華內秀，畢竟也是一種沒了沉魚落雁後的無奈缺憾。

桌上唯一一道葷菜是條烏鱧，做法簡易，洗去泥後剖腹，用胡椒小半兩與三、四粒大蒜放入魚腹，與黃豆一起煮，臨熟再下幾顆指頭大小的蘿蔔，撒下蔥花就可端上桌面；素菜中有一湯，用五種樹枝煮成的藥湯，徐鳳年只辨認出桑、槐、柳、桃枝四種。

這一桌葷素養胃的飯菜只要四十文，稱得上物美價廉，要知道千文才一兩銀，這一桌便是一般市井家庭偶爾想要下個館子、添些油水，也肯定吃得起了。這讓看過櫃檯一排竹籤上所有菜價的徐鳳年陷入沉思。

民心所向四個字，各朝各代的儒家名流都在苦口婆心地勸說帝王要去聆聽民間的聲音，只不過有幾人樂意自降身分在這一飯一菜上斤斤計較，估計帝王們也不樂意去聽，與棟梁重臣們如同菜販與老農一起探討這個，從金鑾殿御書房傳出去豈不是要被天下士子笑話死？

徐鳳年看了一眼低頭吃飯的陶滿武，她本想夾一筷子香氣撲鼻的烏鱧魚肉，看到眼前壞人的視線後，默默縮回筷子，徐鳳年給她夾了一塊白嫩魚肉，平淡道：「以後自己動筷子。」不忘提醒一句，「小心魚刺，被刺到了我可不樂意花錢去買醋。」

小妮子抬頭笑了笑。

徐鳳年笑道：「桃子，有點骨氣好不好，被一筷子魚肉就給收買了？」

在公開場合，他與她約好了喊她新取的綽號——桃子。一開始小姑娘以沉默來抗爭，隨後徐鳳年鐵石心腸不騎馬步行，讓她扛了半天的錢囊，她又以徐鳳年再喊一聲「桃子」後點頭默認來答應，徐鳳年這才抱著她上馬前行，肩膀火辣辣疼痛的小丫頭咬著嘴唇抽泣了許久。

徐鳳年吃飯較快，留了算計好的剩菜給陶滿武，然後耐心等著細嚼慢嚥的她一點一點填飽肚子。他靠著窗欄，望向鬧市，數著糧店、布莊、當鋪，等到小丫頭一點不剩吃乾淨飯菜，說了聲「好了」，徐鳳年才回過神，沒有急著起身，與夥計要了一壺茶水。

這讓坐在櫃檯後頭的客棧老闆眉開眼笑，一壺茶倒不是太掙錢，只不過看這位公子哥的架勢，分明會在客棧砸下不少銀錢，這叫細水長流，做小本買賣，一夜暴富奢望不來的，靠的就是這些小筆的橫財。夥計熟諳老闆的算盤，心領神會，端茶遞水時笑臉熱絡。

徐鳳年喝茶時，輕輕說道：「叩金梁。」

陶滿武便乖乖閉嘴敲牙三十六。

「敲天鼓。」

小女孩輕輕抬手敲打太陽穴一十八。

「浴面。」

正襟危坐的小丫頭雙眼微閉，雙掌手心揉搓發熱後，五指併攏，手小指貼在鼻側，掌指上推，經過眉間印堂，上移至額部髮際，隨後向兩側擦到雙鬢，緩緩向下擦過臉頰，至腮部為止，如此反復，總計六次。

徐鳳年一杯茶喝盡，陶滿武也中規中矩做完三件事情，有模有樣。

徐鳳年一心兩用十分嫻熟，否則也絕不敢在白狐兒臉面前耍雙刀，等到小丫頭做完這套道教入門養生手法，他繼續一邊望著鬧市景象一邊思量心事。

在北涼王府，不管隱匿於北莽的死間、活間傳來多少血腥消息，都只能看到冰冷冷的數字與文字，北莽控弦鐵騎有多少，城池分布如何，戰馬遞增狀態如何，而眼前這些最細微的旁枝末節，無雙國士李義山說最好要世子殿下親自走上一遭。

這名給自己畫地為牢二十年的北涼首席謀士膝下無子，雖然嘴上不說，卻的確是將世子殿下視作與親生骨肉無異，但他仍然讚同世子殿下自行流放北莽，儒雅如李義山，也咬牙切齒地出口成髒，說了一句「去他娘的君子不立危牆，北涼以後需要個屁的君子北涼王！」可見他對北莽的戒備，嚴重到了何種程度。

徐鳳年仍然清晰記得當自己交出手繪的地理圖志後，從不承認是他師父的李義山默然，已經病入膏肓沒幾年好活的他臨了才說「滾去拎兩壺酒來，今天要就著這一線三千里的江山風景喝酒。」

這可是一位曾經與趙長陵一起以半壁江山做下酒菜的男子啊。

◆

徐鳳年去留下城是殺人，來飛狐城卻是找人。因為徐驍要世子殿下帶一句話給那個人，只是飛狐城說大，興許不大，說小卻也絕對不算，徐鳳年人生地不熟，想要大海撈針，何其難。

酒樓生意冷冷清清，徐鳳年瞥見客棧夥計約莫是看窗外嬌豔女子往來，看乏了，就坐在隔壁桌上打瞌睡，側著腦袋，臉上覆了一條濕巾清涼解暑。

徐鳳年正想是不是再要一壺茶水，才好開口問話，沒料到胖掌櫃眼觀八路，主動端了壺新茶過來坐下，笑咪咪道：「來者是客，相逢是緣，這壺茶水當我送給公子的，不要銀錢，茶葉是舊南唐那邊運來的明前茶，平時我也不捨得喝，也就剩下八九兩，只不過再捨不得，放下去也要生出霉味，見公子面善，一起喝兩杯？」

白胖掌櫃說話半白半文縐，徐鳳年連忙笑著說些感激的客套話，出身算是相當不錯的小丫頭陶滿武雖然怕生，但不缺禮數，不用徐鳳年發話就乖巧伶俐地起身給掌櫃挪了挪長椅，掌櫃心情也就越發舒爽，坐下後倒了三杯茶，不忘給懂事妮子也分上一份。

陶滿武小心翼翼望向徐鳳年，見他點頭後，這才握杯細細品茶。

掌櫃看她那嫺熟架勢，就知道這對一大一小不是只將喝茶視作附庸風雅的市井百姓，指不定便是龍腰州出門探親或者攜親遊學的士子。做生意也講究放長線釣大魚的，掌櫃深諳此道，客棧兼營酒樓，之所以能夠吊著一口氣半死不活，就是靠那些個不缺銀子卻好面子的熟客們支撐下來，否則他一家老小早就喝西北風去了。

飛狐城別的不多，就是青皮混子多，哪家哪戶做了開門迎客的掙錢營生，都要咬下一塊肉，多疼稱不上，可小本買賣，扛不住六、七股勢力每月都來割肉拔毛啊，這些閻王爺屁股後頭耀武揚威的難纏小鬼，打點好了，不記好、不念恩，一個伺候不好，就要可著勁來撒潑禍害了，讓人不勝其煩。若說打官司，財神爺都說了要和氣生財，又有誰真有這膽識和財力去跟面冷心更冷的官老爺打交道？

以前隔壁街上有家外地人開的酒樓，日進斗金，仗著有座靠山，據說是邊陲六品遊擊將軍的小妾的舅子的侄子的同鄉之類的，生意如此之好，都不願牙縫摳肉絲掏出那每月十幾兩的孝敬銀子，後來門口每天蹲了幾十號混子，能有客人上門？酒樓老闆年輕氣盛，去官府那邊喊冤。人家飛狐城老百姓聚眾曬太陽，又不犯法，誰樂意搭理你？後來酒樓老闆與家眷灰溜溜搬出城，還被一夥蒙面人套了麻袋一頓痛打。

掌櫃喝了口茶，笑問道：「聽口音，公子不是本地人？」

徐鳳年點頭道：「姑塞州那邊來遊玩的，與家裡說是遊學，其實也就是打著幌子找機會出來見見世面，身邊湊巧沒有長輩嘮叨，聽說飛狐城的大名，就偷偷趕過來了。」

掌櫃露出一個男人都懂的會心笑意，估計是被這位客人的耿直給逗樂了，道：「哈，公子是性情中人，不錯不錯。咱們飛狐城有四樁怪事，其中就有一事，『飛狐婊子情義重』，這話糙得很哪，不過也是實話。城裡青樓勾欄少說也有七、八十座，都是銷金窟、無底洞，不過一分銀子一分貨，飛狐城的風月女子，都配得上這個價格，咱們這些當地漢子，是萬萬去不起的。老孫我年輕時候也去過幾次，死要面子活受罪，差點就傾家蕩產。

公子要是去，老孫可以推薦幾家，江波樓無疑是最出名的，想要一夜百兩金銀都輕而易舉，龍腰州的達官顯貴都喜歡在那裡喝花酒，碰到麻煩在官府找不到門路的，都習慣去那裡守株待兔。要我說，還是嘉青瓶子巷那幾家大青樓更實惠，女子美豔，琴棋書畫樣樣精通，譜兒卻小，主要是名氣還沒夠，沒底氣喊出天價，許多清伶、雛倌兒姑娘，只要能有好詞好曲，有士子幫忙鼓吹造勢，說不定幾年以後就是風波樓裡的紅人。

我認識一老兄弟，六、七年前花了四十兩與一個瓶子巷年輕姑娘春宵了一宿，公子你猜怎麼著，如今已經是風波樓的紅牌！別說做些啥，就是見個面與一堆人一起聽個曲兒就要十兩銀子，我那兄弟雖說也算家境殷實，卻也再吃不起她嘍。公子若有熟人帶路，一晚也就二、三十兩銀子，嘿，瞧老孫這張破嘴，啥叫也就二、三十兩。總之公子若是想要乘興而去，盡興而歸，首選瓶子巷，大致摸清了這裡頭門路，還有錢的話，再去風波樓，比較穩當。」

徐鳳年一臉開懷笑意地說道：「孫老哥，就衝你這些話，這壺茶就甭請我了，好意心領，但錢照付，就當老哥替我少花了一筆冤枉錢，該多少錢，付了。」

掌櫃也不客氣推辭，伸拇指讚道：「一看公子就是厚道人。」

徐鳳年繼續問道：「孫老哥別喊我公子，顯得生分，免貴姓徐，喊我小徐就成，家裡是做瓷器生意的，也算與老哥你同行，都是生意人。這趟出門，沒敢帶太多銀錢，若是冒冒失失慕名而去了風波樓，估計也就栽了大跟頭，再想要舒舒服服走到東錦州，懸。對了，老哥說飛狐城有四樁怪事，還有三件事是？」

孫掌櫃也不賣關子，說道：「除了咱們一方水土養育一方人，城裡女子天生好胚子，再就是公子正門入城的話，可以看到有一座掛劍閣，聽說每到重陽節，就能聽到百劍齊鳴，只不過我等老百姓去不了城頭，不知真假，反正說都是這麼說的。

第三件事可就是要老孫自揭其短了，飛狐城啊，男人個個小富即安，不爭氣，建城百年，就沒有出過一個能光耀門庭的大官，都是芝麻綠豆大的小官。老孫看啊，都是女子太美惹的禍，家裡被窩裡躺著白白嫩嫩的小媳婦，家外還有那麼多粉門青樓，晚上都給折騰沒氣力了，白天哪有精力去跟外地人搶一官半職。

徐兄弟你看我老孫，這輩子也就心安理得守著這份家業，只要衣食無憂就好，沒心思去掙大銀子，平時也就喜歡挑些好茶葉自己嘗嘗，再與老兄弟們喝喝小酒，跟女人一樣聊些街巷鄰間的家長里短，能有啥出息。外人說我們沒有上進心，不冤枉我們。」

徐鳳年露出微笑了然的神情，點了點頭，輕聲道：「平安就好，安穩是福。」

這座飛狐城大到城池布局，小到亭榭樓閣，都是北莽少有的精緻，這裡的女子姿色水準也遠超龍腰州其餘府城，綽號「飛狐兒」的小娘們兒既有江南女子的婉約相貌，也有北莽堅韌的根骨，故而既沒有風月相，也無風塵氣，便是在整個北莽八州中都久負盛名，哪怕是飛狐青樓裡走出龍腰的頭牌花魁，身價也遠比別地同行要昂貴一倍不止。反倒是飛狐城男子一直在軍政兩界都不成氣候，向來被嘲諷娘娘腔，脂粉氣濃重得膩人，滿城可見花港泛舟觀魚的柔弱男子，搖著檀香古扇喝茶論道自詡風流的雅士，飛狐城至今還沒有誰當上正三品以上的邊疆大員，更別說是能去王庭皇帳撈個繡墩座位與女帝畫灰議事的顯赫近臣。

很難想像正是這座毫無豪氣可言的陰柔城池，有著一座讓近百位春秋頂尖劍士作為懸劍退隱的閣樓，其中便有西蜀劍皇後人替先祖代為掛上的一柄「春去也」，也有曾經與李淳罡那柄木馬牛交鋒過的名劍燭龍。春秋南方村頭有種植一排風水樹的習俗，不知道這掛劍閣有無這層思鄉含義。

孫掌櫃感慨道：「徐老弟這八個字，可是把天大道理都說通透了，不愧是大家族裡的讀書人，不像我們這些鑽錢眼裡的俗人，活了大半輩子，都講不出這樣的話。」

徐鳳年一笑置之，對這類不痛不癢的馬屁早已不會當真，只是好奇問道：「孫老哥似乎還遺漏了一件怪事。」

孫掌櫃回過神，笑道：「對對對，飛狐城以前，該有二十多年了，來了個風流倜儻的劍客，也不掛劍，而是很沒骨氣地高價賣了佩劍，當時可是賣出了黃金千兩的嚇人價錢啊！那時我還年輕，記得飛狐城所有人都給震驚了，遠遠在擁擠的女人堆裡見過這名英俊劍客，的確是罕見的美男子。後來他用賣劍的黃金在風波樓住了整整一年，又是轟動全城的大事。劍客花完千兩黃金，身無分文了咋辦？他便做了一名畫師，專門給女子畫像，掙了銀子就潑水一般花出去。起先還能快活逍遙，那些大家閨秀都樂意捧場，天曉得是圖他的人，還是圖他的畫，不過生意越來越冷清，後來，就再沒人見到過這名不做劍客做畫師的男子，不過這樁賣劍作畫睡青樓的奇人怪事，就算是一直傳了下來。」

徐鳳年問道：「是什麼劍可以賣出黃金千兩的咂舌價格？」

孫掌櫃一臉為難道：「這個老孫可就不知道了，只聽說賣給了城牧大人，後來在城牧公子及冠之年，轉贈給了那位世子。徐老弟，可不是老孫胡亂誇人，這位城牧公子，與飛狐城尋常男子不一樣，英武神勇，劍術師從一流名家，馬上可挽三石弓，馬下莽刀步戰更是了得，傳言再過幾年就要去北邊王庭做皇帝陛下身邊的傳鈴郎，這可是天大的榮幸。老孫的兩個閨女，稍大的不需說，正值思春年紀，連那十歲出頭的小閨女，都愛慕得死去活來，每次逮著世子露面機會，都要與姐姐們跑去尖聲鬼叫，說什麼這輩子非他不嫁了，把老孫我氣得那叫一個七竅生煙啊。妳說妳一個十一歲不到的小姑娘家家，湊什麼熱鬧，隨妳娘親長得黝黑黝黑的，以後臉蛋身段長開，即便女大十八變，撐死了也就是秀氣，如何高攀城牧公子？徐老弟，你說是不是這個理？我一說她，她就與姐姐，還有我那個一大把年紀了的媳婦，都人老珠黃的老婆娘了，也瞎起鬨，一起胳膊肘往外拐合起夥來與我嘔氣，娘兒仨，能好幾天不理我，唉。」這位老男人一聲發自肺腑的嘆息，何等悲涼淒慘。

徐鳳年沒有附和，目不斜視，喝著茶，只是笑咪咪與孫掌櫃說道：「孫老哥，我覺得侄女現在不顯眼，以後保不準就能出落得亭亭玉立，況且那位城牧公子一看就是城府絕非淺薄的奇偉男子，世事難料，誰知道我那素未謀面的侄女，有沒有可能會有一段天作之合的好姻緣。」

孫掌櫃正納悶了，見到徐老弟丟了個隱晦眼神，立即醒悟過來，趕忙一本正經點頭道：「的確的確，老孫那閨女別看我嘴上總說她的百般不是，其實我這做爹的，心疼得很，嘿，以後不敢說非要那城牧公子做女婿，最不濟也得是不輸給他那樣頂天立地的男子才行，這才能入我的家門，否則都要掃帚打出去。哼，委屈了我閨女，可不行！」

孫掌櫃身後站著一個十來歲的小丫頭，原本早已怒氣衝衝，聽到最後一番言語後，臉色這才由陰雨黑沉轉天晴燦爛，甜甜喊了一聲爹，坐在孫掌櫃懷裡，笑得小臉蛋開出花來，說道：「爹，晚上讓娘親給你做最愛吃的東嶺肉！」

死裡逃生的孫掌櫃抹了抹冷汗，一手摸著小女兒腦袋，說了聲乖，然後悄悄朝徐鳳年伸出大拇指，感激涕零，覺得不應該再收這壺茶的茶錢了。

徐鳳年柔聲笑道：「是侄女吧，長得果然很水氣，長大了肯定是閉月羞花的大美人。」

小妮子重重「嗯」了一聲，然後開心笑道：「可惜你太老了啦，長得也不如澹臺公子，我看不上你哦。」

徐鳳年默然。

世子殿下被萬箭穿心。

帶了一張生根面皮的世子殿下自然與英俊無緣，那一雙增添陰柔感的丹鳳眸子讓他走在飛狐城，便是佩了刀，也與這座城池的氣質十分熨貼，不過生平第一次被個小姑娘嫌老，還是感到有些啼笑皆非。

孫掌櫃哈哈笑著打圓場，念叨了兩遍「童言無忌，老弟莫怪」。

小丫頭估計是最怕被當作孩子，再度輕輕補上一刀，說：「他是長得不好看呀。」

◆

一個陽光暖暖的下午，就在幾盞茶中光陰悠悠度過。孫胖子健談，土生土長於飛狐城，對家鄉風土人情，插科打諢信手拈來，加上也不是那種敝帚自珍到了畸形地步的井底之蛙，樂於嘲諷笑人和自嘲笑己，對於城中名人軼事以及內幕糗事，磕著一碟鹽水花生，盡數和盤托出。

世子殿下的毒舌在北涼是出了名的，幾乎所有去王府搖尾乞憐的邊疆重臣都被他取笑過，只不過那些大權在握的老狐狸們都裝傻扮癡，不予計較也不敢惱火，有些風骨差些的，不以為恥反以為榮，回去以後做談資說與朋友聽，久而久之，像是不被世子殿下調侃中傷過的，都不是北涼王心腹一般，就要輕看幾分，這讓許多不曾在春秋中建立軍功的年輕一輩翹楚官員，私下皆是憤懣詬病，與老一輩官場老油條們羞與為伍。對此，當年只是過過嘴癮的年少世子，後知後覺了，也只能苦笑，自打第一次遊歷歸來及冠，就收斂了許多，尤其是死黨嚴池集一家逃遁遠離北涼後，就再聽不到世子殿下陰陽怪氣的刻薄言語了，這讓新晉北涼道經略使的李功德都感到渾身不自在。

這個下午，徐鳳年陪著桌對面胸無大志，只想過富足小日子的老男人嘮嗑，偶爾詢問幾句，附和幾句，捧場幾句，相談甚歡。孫掌櫃的小閨女孫曉春，不樂意聽兩個「老傢伙」的碎嘴嘮叨，就跑去跟比她還年幼的陶滿武玩去，過足了當姐姐照顧妹妹的癮。她還自作主張拿出許多蔬果吃食，並且從小閨房搬了些靈巧小物件，交給陶滿武玩耍，也是類似的其樂融融。

臨近黃昏，到了晚飯的時段，酒樓生意漸好，孫掌櫃與幾名夥計也就忙活去。老男人心地好，說如果去瓶子巷，他就讓店裡一個夥計領路，徐鳳年沒有拒絕這份好意，至於其中貓膩兒，浸淫北涼花叢許多年的徐鳳年也不說破。老孫如此推崇瓶子巷，想必這條花柳小巷應該不差，但讓店裡夥計帶路，就有門道可以講究了。

飛狐城青樓盛名無雙，七十八座，少說也有上千的姑娘要拉客，檔次差些的勾欄，可以讓老鴇帶著姑娘沒羞沒臊去大街上搔首弄姿，招攬嫖客。但如瓶子巷這類，可就不行，太跌分，無異於自降身價，是上流青樓必須提防的大忌。所以才有了與城中大小客棧酒樓的「聯姻」，帶了錢囊鼓鼓的客人去，事後分成幾兩銀子，或者讓姑娘們藉口遊覽帶著來酒樓吃上宰殺一頓。

徐鳳年在姹紫嫣紅遊走多年，又是不愁金銀的世子殿下，總不能從頭到尾與一夜動輒百金的姑娘在床榻上打架，與花魁或者她們貼身丫鬟們喝茶閒談，也就知道了這些談不上有多隱蔽的祕事。三教九流中這些很接地氣的烏煙瘴氣事兒，徐鳳年還真知道得不少，至於那些所謂兩袖清風、一肩明月風流名士的家醜窘態，徐鳳年要真敞開了說，能裝滿十幾籮筐。這可不是道聽塗說，而是世子殿下親眼所見、親耳所聞，北涼的紈褲班頭，可不是自吹自誇。徐鳳年對豪閥子弟和士族書生的不屑，也算有理有據，只不過這些年多走了許多路，不再一竿子打死就是了。

晚飯點菜時，孫掌櫃好歹與自己聊了一下午，最後連茶錢都死活不收了，徐鳳年想著就點了幾份價錢貴些的葷菜，中午那一葷三素裡只留下素中有真味的五枝湯，下午還特意問過桑、槐、柳、桃四樹枝以外是什麼，才知道是名不見經傳的狐樹枝。飛狐城因此樹得名，每到夏季，花朵碩大如雪，滿城街巷的芳香撲鼻，猶如狐裘懸空，十分動人。

改善了伙食，陶滿武吃得開心開胃，不過小丫頭臉皮薄，沒好意思再要一碗稻米飯。大概是孫掌櫃跟一名年輕夥計打過招呼，飽暖思淫欲嘛，人之常情，見徐鳳年這一桌吃得差不多，就跑過來打招呼，看架勢，是要帶去瓶子巷了。而且店小二瞧著比某位花錢買春的正主還要雀躍，徐鳳年也不想讓他失望，用溫華家鄉粗話說那就是年輕夥子屁股可烙餅，憋久了容易憋傷，對店小二來說，能去那種每隻鶯鶯燕燕都是美若仙子的地方轉上一圈，哪怕遠遠望著那些柳枝腰肢與桃花臉蛋，回來以後，夜不能寐，也能有個旖旎念想不是？

身體結實的店小二自稱李六，家裡排行老六，讓徐鳳年喊他小六就行。李六見到徐鳳年竟然要帶著身邊小姑娘一起去逛青樓，只覺得不可思議，卻也沒有廢話。馬無夜草不肥，只要能給客棧帶來一筆意外之財，掌櫃的一高興，不說漲薪水，多打賞個葷菜也是好事。再說了，那裡的神仙女子們可都是好看極了，走路都好看，沒天理了，一搖一擺，屁股越發顯得滾圓，胸脯也更加壯觀，都能把他的魂都搖晃沒了。真是奇了怪了，難道這些姐姐們不光練習彈琴唱曲，連走路都要勤學苦練？否則哪能這般厲害，跟說書先生講的那些狐妖似的。李六沒跟誰提起這一茬疑惑，怕被說沒見識。

嘉青瓶子巷也在飛狐城東北角，離客棧不算太遠。未到瓶子巷時，經過了一條青樓林立的街道，許多花枝招展的俏麗姑娘與老鴇、龜公在拉攏客人。

李六沾了徐鳳年的光，雖說世子殿下戴了張面皮，但舒羞個人趣味使然，除了「入神」一張面皮是個粗鄙莽夫形象外，幾張「生根」都是清秀書生，與世子殿下及冠以後陰柔淡去幾分的英俊真容自然差了許多，可也相當出彩；再者徐鳳年身材修長，一襲白底子黑長衫，乾淨而清爽，加上那份李六身上估計這輩子都打磨不出來的悠然氣質，怎能讓宗旨素來是寧肯錯殺也不錯過的妓院人精們大方放行。

她們也不敢去拉扯這位佩刀公子的衣袖，但談不上有什麼氣度風範的窮小子李六就慘了，也不能說慘，李六滿臉漲紅，被徐娘半老的老鴇和正值青春的姑娘們推推搡搡，手臂難免蹭到那份沉甸甸的軟綿鼓囊，小夥子樂在其中，心底恨不得徐公子走慢些，再走慢些。

瓶子巷當然不會開在這裡與庸脂俗粉爭芳鬥豔，在嘉青湖畔有一列幽靜的獨樓獨院，越發顯得瓶子巷出淤泥而不染。一行三人好不容易走過脂粉濃郁的花叢，李六趁著徐公子在沿湖青石小徑上前行，偷偷抬臂聞了聞，真香，滿腦子都是那些姐姐們的笑臉嗓音，明知她們不是正經人家，可李六就是忍不住思量再思量，心想要是以後自己媳婦能有這樣的相貌，這輩子也就不虧了。

李六看到徐公子牽著的小姑娘轉頭看了自己幾眼，無地自容的李六只得尷尬笑了一笑，小姑娘朝他做了個抹臉頰沒羞的俏皮手勢，陽春白雪，煞是可愛。

李六在徐公子面前他自卑而拘謹，在黃毛小丫頭面前豈能失了氣勢，李六手指撐開嘴巴鼻子，回了一個下里巴人的豬頭表情。

徐鳳年微微撇頭，看到一大一小的「戰事」，會心一笑，沒有打攪。來的路上李六說過嘉青湖邊上都是飛狐城官家大人物府邸以外的私宅，小夥子說不出金屋藏嬌這麼言簡意賅的成語，但大概就是這個意思了，徐鳳年對此見怪不怪。北涼幾個州城都有類似的宅子群，豢養著各自小鳥依人的小妾情婦，時不時去散個心，拿著金銀首飾飼養一下這些胃口刁鑽的金絲雀，鄰里之間皆富貴同僚，走門串戶，比拚一下新納側室的姿色，順便談天說地，也是雅事一件。瓶子巷能鬧中取靜建在這裡，可見後臺不小。

徐鳳年身上銀票倒是有六、七百兩的數目，只不過要為了大黃庭去鎖閉金匱，當然不是尋花問柳來了，而是好奇於那柄能售賣千兩黃金的名劍。真說起來，襄樊靖安王與呵呵姑娘買自己的一條命，也不過是黃金千兩。那一晚徐驍說起這個人，露出罕見的愧疚，要捎帶的那句話，分量也相當不輕。

有關此人，徐鳳年知道他曾經在北涼軍中是與陳芝豹並肩的武將，春秋中戰功卓著，與以甲覆面的姑姑趙玉台相似，戴一張青玉面甲，真容從不示人。除去帶兵奇詭，這位輩分上世子殿下需要喊一聲叔叔的男子，更是一名絕代劍客，在英才輩出的北涼軍中，僅次於三十萬鐵騎仰慕至極的王妃。甚至連羊皮裘李老頭都在無意間提起過，說這年輕人劍鈍意不鈍，是老夫生平僅見的才氣橫溢，就像一個家產富可敵國的公子哥，太有錢了，多到他不知如何去花，只好隨意揮霍，只可惜劍意過於無情，以至於劍道不顯。在徐鳳年看來，能被劍神李淳罡如此評點的劍道人物，才有資格自稱風流。

既然掛劍閣閒人不得進入，那就只好從千兩黃金賣劍上入手，既然這人從一名英俊劍客變成作畫睡青樓的風流客，去青樓找人問話自是一條捷徑。原本瓶子巷不如風波樓，只不過一個外地人帶著個孩子，才入飛狐城，就去風波樓買醉，落在心細如髮的有心人眼中，並不是好事。被客棧帶著來到瓶子巷，再去風波樓，才稱得上順水推舟，不好說沒有絲毫破綻，但起碼不至於太過扎眼醒目。捎上陶滿武也是無奈之舉，放她單獨在客棧，不放心，丟了一行囊碎銀無關緊要，丟了她，只會麻煩不斷，性情涼薄的世子殿下實在是信不過任何人。

徐鳳年這輩子，在北涼曾有三個差不多是穿一條褲子長大的狐朋狗友，一起闖禍、一起背黑鍋，本以為友情會天長地久，可如今除了李翰林，其餘兩個，別說兄弟，已經連朋友都沒得做了。好在三年遊歷認識了個挎木劍的傢伙，否則也太寒磣了。

對於溫華，每次想起，他都有種哭笑不得的感覺。這個言行舉止讓他起一身雞皮疙瘩的年輕劍客，比起皮囊上佳的徐草包還來得惹人煩。以往偷了地瓜，烤熟以後吃了個肚飽，溫華就會說「小年啊要不我給你唱個曲兒？」那時候閒得要死的徐鳳年當然沒意見，然後這哥們兒就蹲下身撅起屁股，一臉壞笑地放起了連環屁，而早就有先見之明的老黃離得老遠，憨笑時露出透風的門牙。

這王八蛋被徐鳳年踹翻以後還死不悔改說什麼響屁不臭！溫華別看劍技磕磣人，上樹掏鳥蛋、下水摸魚蝦，那是行家能手。經過了滿眼金黃的橘林，偷吃得事後上火滿嘴冒泡也就罷了，他還會往懷裡塞兩個橘子，雙手捧著橘子問美不美、大不大，然後翹蘭花指追著毛骨悚然的徐鳳年滿樹林跑，鬼叫著公子來嘛來嘛，然後就被橘林主人扛著扁擔帶著幾條土狗追殺得天昏地暗。

要不就纏著世子殿下問一些娘們兒的胸脯、屁股到底是個啥手感，徐鳳年懶得理睬；偶爾有了點做相士或者賭棋坑蒙拐騙來的銅錢，買了一屜饅頭，溫華每次吃饅頭前都拿手指戳啊戳，流著口水問是不是這樣的感覺？這樣一個這輩子最大夢想就是成為正兒八經劍客的年輕人，在重逢後得知徐鳳年身世的確不差後，仍舊是獨身前往邊境，說是去看一看荒涼風貌，要練劍，這讓徐鳳年感到慶幸，也有遺憾。

徐鳳年輕輕呼出一口氣，收起情緒，已經可以看到暮色中張燈結綵的瓶子巷。

希望他日重逢，你是天下有數的劍士，我是北涼王，天底下誰還敢瞧不起我們這對一起偷雞摸狗、一起看娘們兒胸脯的難兄難弟？所以，溫華，可別死了。我們都別死在他鄉。

第二章 廣寒樓是非蜂起 逢澹臺見招拆招

嘉青瓶子巷有四家臨湖青樓，一隻手也就數得過來，然而怎麼看都透著股水火不容的味道，不過已經到了高手過招殺人無形的境界，不會像先前街上青樓那邊你掛「飛狐城第一小蠻腰」的彩旗，我便懸「雙峰降服天下英雄漢」的橫幅，時不時就在搶生意的時候橫眉瞪眼，甚至動起手腳。

女子打架，無非就是閉上眼睛一陣胡亂抓撓，另外一撥龜公打手則要有章法許多，偷偷來幾下撩陰腿、黑虎掏心或者猴子摘桃，許多沒錢逛窯子的青皮無賴，隔三岔五就來那邊蹲著看戲，算是取經來了。再者女子撒潑爭鬥，本來就穿著清涼，不小心抖摟了半邊肥白胸脯，可不就是春光乍泄，風景這邊獨好？讓閒漢們大飽眼福，大呼痛快。

一些壞心眼的漢子，會故意叫面生的同夥假意為難哪家青樓，給老鴇們有意無意露些黃白之物，順勢煽風點火，只為了能讓兄弟們看上一場好戲。這種危險活兒很講究口才和演技，否則萬一露餡，少不了挨上一頓暴打，別看姑娘們拳腳孱弱，可一腳踩在褲襠上，也是會要人命的。

飛狐城的無賴拉幫結派，都沒什麼大氣象，只是些散兵游勇；鄰居那座白霜城，城裡人數才飛狐城一半，卻人心團結，拉起了幾杆大旗，幾大幫派人物到了飛狐城都是橫著走，最喜歡沒事就來飛狐城嫖女人、踩男人，若非前些年被澹臺公子無意間撞到，給狠狠拾掇得顏面盡失，這才氣焰消去大半，要不然這兩年飛狐城的青皮還要抬不起頭。

城牧公子那一戰，身後親衛都袖手旁觀，公子哥兒單槍匹馬就將四十多號青壯大漢給蹂躪得不成人樣，後來讓人捆綁著丟到白霜城外，讓本城百姓無不拍手叫好。不能怪這位權貴世子聲望高、口碑好，討城內上至六十歲下到六歲女子們的喜歡，實在是飛狐城其他男子太拿不出手啊。

青皮混子們對澹臺大公子也都心服口服，畢竟他從不仗勢欺人，要教訓也是教訓外地過江龍。再說了，大公子萬一真以後成了沒有品秩卻是皇帝近侍的傳鈴郎，更是滿城皆有榮光，今年以來，已經不知道有多少女子不管寺廟道觀，都燒香拜佛請神了個遍，就是為了給大公子許願祈福，讓那些油水大漲的出世人都笑得合不攏嘴。

瓶子巷青樓左右各兩家，沒有女子出門迎客，都只有幾位唇紅齒白的慘綠少年站在樓外，身段纖柔，容貌已經不輸女子了。按照不成文的規矩，有斷袖癖好的豪客，如果相中了，就可以花上一筆不貴的銀子帶入樓內一起顛鸞倒鳳。

這些美貌少年大多心機深沉，察言觀色甚至不輸老鴇，尤其善於逢迎，暗中攀比誰睡過更多的樓內姑娘，這一項也直接決定了他們的身價高下，若是誰與大爺一起入了樓內花魁的床幃，再以後與人開口要價就要水漲船高許多，畢竟有許多砸不起錢卻想要知道花魁們胸脯大小如何、屁股挺翹幾許的嫖客。

徐鳳年被李六帶到一家四角翹簷各懸一枚碩大夜明珠的青樓前。珍珠因為質地有優劣，價格也懸殊，可夜明珠卻無一例外都是三十金起步，何況四顆夜明珠是如此耀眼。在遠處看到這幅大手筆，連徐鳳年都嚇了一跳，走近仔細一瞧，才發現是明珠外罩琉璃，不過這家青樓的財力也足夠雄厚，造勢手法，也獨具匠心。

一名倨傲俊美少年對李六微微揚起下巴，算是知道了孫掌櫃所開客棧，會記在帳目上，月底送去一筆分紅，至於具體數目，得看徐鳳年在樓內開銷，但有五兩銀子打底，對於辛辛苦苦一整年掙銀錢不過百兒八十兩的客棧來說，並非可有可無的小錢。

徐鳳年拿了塊小碎銀給李六，後者猶豫了一下，好不容易按捺下貪心，使勁搖頭擺手，生怕被碎銀勾去魂魄，回頭被掌櫃知曉了痛打一頓，趕緊轉身跑開。徐鳳年也不阻攔，再掏出幾塊較大碎銀，一併丟給早已將自己從頭到腳打量通透的少年。

這給銀子可不是瞎給的，頭回登門，給多了，就要被當作肥羊往死裡宰，給太少了，人家當你不是棵蔥，像徐鳳年這種給四、五兩銀子的出手，拿捏得恰到好處。若是熟人，知根知底，也就看錢囊和脾性隨意著打賞，像李翰林這種習慣了一擲千金的頭等權貴子弟，高興了就往親自出門的老鴇胸脯裡塞個幾百兩，也沒誰敢當他是冤大頭，如果心情不好，不打妳老鴇的臉都算是心慈手軟、菩薩心腸。

記得以往李翰林總嫌棄他老爹官太小，出門不夠氣派，只在豐州稱王稱霸，出了豐州就不太管用，可如今李功德終於當上了北涼道名義上第二大官銜的邊陲權臣，這位已經躋身王朝第一線公子哥的傢伙卻吃飽了撐著去做北涼士卒了。

徐鳳年從李六那裡大致瞭解到了瓶子巷的行情，牽著陶滿武的小手走入院落，停頓了一下，平淡道：「今天我來你們廣寒樓，要麼聽安陽小姐彈琴，要麼看青奴姑娘跳蓮上舞，要麼看新上位的魏姓清倌兒拋繡球，總之要見到其中一位，若是做不到，我就不在這花銀子。

相信瓶子巷四家，總有能讓我心甘情願掏錢的，不介意多走幾步。」

這話讓原先有些心生怠慢的收銀少年立即斂起輕視，要知道一些冒充豪客的土鱉，看似穿著錦衣貂裘，有驕橫扈從在旁擁簇，尚未進樓就大大咧咧說什麼今晚見不著頭牌姑娘就砸場，或者口口聲聲老子有的是錢，漂亮姑娘都包攬了，瓶子巷還真不忌憚這種貨色，尤其是在嘉青湖獨樹一幟的廣寒樓，真敢砸場，就棒打出去。

少年看輕身邊佩刀公子哥不是沒有緣由，李六所在客棧是什麼規格，他心知肚明，一般情況下帶來的客人，都不算大富大貴，但既然能說出這番話，那就是門兒清的老練角色，只要是有些名聲的青樓，那幾位當紅頭牌大多被官家老爺或者膏粱子弟寵幸，要麼有虧待不起的熟人需要接待，這與花魁們架子大小、擺譜多少沒有太大關係。

萬事總要講一個先來後到，一個外人，一張生面孔就想要魚翅燕窩全往自己碗裡撥弄，當自己是八州持節令的兒子還是北莽十二位大將軍的孫子啊？這就叫作不懂事，不講究。一般而言，青樓都不喜歡這種沒輕沒重的客人，若是在整個北莽都知曉的風波樓，對於這種渾人，向來是二話不說直接趕人，人家風波樓根本不在乎少賺金銀，不過廣寒樓倒還沒這份底氣。

少年略作權衡考量，以不算太確定的語氣嬌柔說道：「與公子說實話吧，安陽小姐今晚興許是抽不出空的，青奴姑娘與魏小姐也說不準，小的還得幫公子去問一問，才敢給准信兒。還望公子體諒，這三位都是咱們廣寒樓頂出彩的姐姐，便是小的在這裡打雜，也未必能每天與其中一位姐姐見上一面呢。」

徐鳳年大抵知道有戲，笑著點頭道：「廣寒樓四顆夜明珠就能賣出一百三十四金，自然生意不差的，能見到任何一位小姐，就知足了。」

「還是公子明白事理。」少年抿嘴微笑，有意無意朝佩刀公子黏糊過去，被輕輕躲開以後，有些遺憾，看來是位不知曉床幃情趣的公子哥，不過少年也不過於計較。至於為何雅士風度的佩刀公子要帶一個小姑娘造訪青樓，見多了無法想像的怪事，少年也懶得深思。

青樓裡頭，齷齪多，笑話也多，例如一些公子少年不喜好漂亮女子，偏偏鍾情那些上了年數身子發福的婆娘，或者一些瞧著駭人的彪形大漢，偏偏喜好被姑娘們抽皮鞭、滴蠟燭，更有富賈捎上打扮成男兒的家中嬌妻一起來嬉耍一龍雙鳳，光怪陸離，人生百態，他一個小小年紀就販賣皮囊的少年怎能說得清楚、想得明白，掙銀子、攢人脈都忙不過來，多想這些有的沒的作甚。

徐鳳年低頭朝陶滿武望去，小姑娘瞧著極有大將風度，不愧是陶潛稚的女兒，一臉風平浪靜，只不過徐鳳年知道她手心滿是汗水，於是對少年說道：「從側門入樓。」

少年知道有些人物逛蕩青樓會矜持，本想解釋廣寒樓素雅幽靜，便是正門走入，也見不到幾張面孔，只不過見佩刀公子眼神堅定，也就不再在這種細枝末節上堅持。

廣寒樓除去高四層的主樓外，還有兩棟獨院，都是樓內頭牌花魁占據的兩座小山頭。徐鳳年走上二樓，透窗望去，樓後一棟宅子院落燈火輝煌，諸多錦袍顯貴與文巾雅士席地而坐，琴聲嫋嫋，一名身子肥腴卻有一張冰錐子臉的女子悠悠撫琴，穿小袖長裙，一身錦繡華美的泥金刺繡。

女子身邊最近坐著一位頭束貂尾的粗莽武夫，盤膝而坐，腳蹬烏皮六合靴，顯而易見的豪橫相貌；穿著與離陽王朝士子名流相差無幾的文人閉目賞曲，唯獨那莽夫眼睛直勾勾望著彈琴花魁的白嫩胸脯，她每一次挑撚，帶來一陣蕩漾微顫，莽夫眼神便越發炙熱幾分。

到了一間雅致茶室，少年學女子略低頭而曲身，行禮告辭道：「小的這就去與嬤嬤通稟一聲，公子稍候。」

等他離去，陶滿武小心翼翼地問道：「是姐姐嗎？」

徐鳳年笑著點了點頭。

沒多時，少年帶了一位風韻猶存的淡妝女人走入茶室，拎了一罈泥封黃酒，笑道：「韻子方才走得急，沒有給公子倒茶，也是好心，想要讓公子早些見著稱心的姑娘，公子千萬莫見怪。奴家喚作喜意，這就給公子帶了一罈子咱們飛狐城的三調老黃酒，當作替韻子賠罪來了。韻子，給公子溫起酒來。我這就去與魏小姐說上一聲，如果得巧兒有閒暇，我再來請公子。」

少年才接過黃酒，門口便傳來急促的腳步聲，被喚作韻子的少年臉色慌張，自稱喜意的女子則要鎮定許多。她望向門口，見一夥人氣勢洶洶地趕到茶室，其中有兩名給青樓做打手的健壯教頭，有一名姿色要勝過韻子一籌的美少年，而為首一名婦人則踩著雙舊西蜀宮中盛行的軟底透空錦鉤靴，長袖拖地。

俊俏少年卑躬屈膝，提著裙角一路小跑而來，看氣勢與裝束，女子喜意雖說在青樓有些地位，卻遠比不得眼前這名撲妝厚重的婦人。果不其然，練就火眼金睛的婦人只是斜瞥了一眼佩刀公子，就澈底沒了顧忌，伸出一根食指朝喜意指指點點，冷笑道：「好妳個喜意，懂不懂廣寒樓的規矩了，竟敢私攬客人，可曾與我這大嬤嬤打過招呼？安陽小姐院子沒了席位，妳就敢漏過青小姐的院子，直接送入魏清倌的繡球閣？喜意，誰給妳的膽子！」

喜意憂心忡忡，強裝笑顏說道：「翠姐姐，妹妹只是見青姑娘那邊擁擠，就不想叨擾翠姐姐了。」

婦人拖長尾調陰森森「哦」了一聲，盯著喜意看了會兒，展顏笑道：「不打緊、不打緊，我與喜意妹子都這麼些年交情了，知道妹子做事素來可靠，定是這個該死的韻子自作主張。來人，拖出去打二十棍。按規矩來，別少了一棍，可也別多了一棍，打死了，廣寒樓可就少了百來兩銀子了，這個罪過，我可吃不起。」

少年手一抖，掉落了一罈黃酒，就要砸在佩刀公子腳上。

徐鳳年探臂托住，放在桌上，沒有作聲。

很明顯，是有「步步生蓮」美譽的廣寒樓第二號紅牌青奴姑娘，與新崛起的後起之秀魏姓清倌兒，兩人起了嫌隙，雙方背後與各自花魁榮辱與共的嬤嬤就勾心鬥角起來。看情形，不知為何得了「滾繡球」美名的清倌兒十分失勢，以至於青奴所在的獨院門庭若市，她的繡球閣卻門可羅雀，約莫是少年韻子與清倌兒和嬤嬤喜意更親近，就想著逮著個外地客人就死馬當活馬醫，試著看能否解燃眉之急，不曾想怕什麼來什麼，讓對頭給逮住了。

喜意顧不得身後動靜，擠出笑臉說道：「翠姐姐別上火，今天這事真與韻子沒關係，都是喜意被豬油蒙了心竅，擅自攬活，讓翠姐姐抓了個現行，妹妹我認罰。」

姓翠的婦人擺明了打狗不看你這個主人，譏笑道：「喜意妹子，妳啊，就是心善，可規矩便是規矩，何苦為了個不開竅的小賤物討罰？姐姐也不忍心妳這般作踐自己呀。還看什麼，將韻子拖出去打二十棍。」

提裙的少年笑咪咪重複道：「拖出去打二十棍。」

喜意轉頭求助般地望向徐鳳年，在廣寒樓也算有些地位臉面的女子，此時竟顯得孤苦伶仃，一副悽楚神情。

韻子撲通一聲跪下，輕呼道：「公子救我！」

徐鳳年無動於衷。

喜意斂起五分真誠、五分做戲的淒涼表情，轉頭對頤指氣使的倨傲婦人冷冷說道：「翠姐姐，這位公子是第一次來咱們廣寒樓的貴客，妳就如此不講情面？不怕傳出去讓別人看笑話？」

徐鳳年皺了皺眉頭，心想她還是不死心想要拖我下水？

那婦人掩嘴嬌笑，開心至極，見兩名教頭念著幾分早年淡薄情分，沒好意思越過喜意去拖拽那個口甜乖巧的韻子，她臉色陰沉了下來。

斬草除根，這是官家與軍爺們的說法，可她對此也毫不含糊，對付一些敵人，不往死裡逼得走投無路，可真就要春風吹又生了。當年自己不就是岔了眼走錯一步，輸給這個喜意，差點就爬不起來了嗎？如今風水輪流轉，妳喜意日子過得淒慘，就想要藉著姓魏的小妖精東山再起？沒門兒！

婦人一把推開喜意，抓住韻子的頭髮就猛地一拉，不敢抗拒的少年撲倒在地，她便狠狠踩了一腳，淡淡笑意再起，仍是絲毫不顯猙獰，頗有些大戶人家大婦教訓側室奴婢的派頭。

喜意咬著嘴唇，一手摀著手臂。

天涼好個春，心涼似個秋。

婦人踩夠了，斜眼望向佩刀公子，笑道：「這位客官，今日所見，可敢說出去？」

徐鳳年啞然失笑。

陶滿武對上韶子和喜意兩人，雖說有些緊張，但還算鎮定，見到這名婦人以後，就下意識地躲在了徐鳳年身後。

徐鳳年掏出兩百兩銀票，平靜道：「我來廣寒樓，是指名道姓要與魏姑娘混個熟臉，以後好常來光顧，其實還是存了私心要與喜意姐套個近乎。安陽、青奴什麼的，本公子不感興趣，真說起來，還是喜意姐更有滋味一些。女子到了這個年齡，更會伺候人不是？至於妳這位五十來歲的大娘，滾遠些，回家抱孫子去，本公子晚飯吃得太飽，怕浪費糧食。」

喜意一臉愕然，隨即紅了眼睛。

這份面子，給得天大了。

比說千萬句情話、千百兩銀子都來得暖心。

◆

對好面子的人來說，打臉比打人更來得記仇，何時暴起行凶，還要看城府深淺與本事高低。在廣寒樓只在幾人之下的翠嬤嬤歷經起伏，也算是有些故事閱歷的成熟女子，只不過急著要讓喜意臉面無光，出手就倉促了一些，如今被這位外地客官重重刻薄了幾句，她不由伸手撫平胸口，再仔細打量了幾眼，就琢磨出一些先前因為馬虎而錯過的味道。

青樓這地方，三教九流魚龍混雜，除了披官袍的大爺以及素來眼睛長在頭頂上的衙內紈褲不能怠慢外，一些不按常理出手的草莽龍蛇，其實更加難纏。雖說官府的老爺、世家紈褲們不好伺候，但幹青樓這一行的，哪一個不跟大大小小的衙門有著不薄的關係？一個照顧不周，還能請出靠山後臺來彌補。至於江湖草莽就難說了，風波樓何等不可一世，七、八年前惹惱了一尊凶神，結果四名花魁、六名清伶一夜暴斃。

這樁命案震動龍腰州，一直查不出個所以然，後來北莽武評出爐，才知道是十大魔頭裡排名第七的種涼所為。種涼本身就足夠駭人，他叔叔種神通更是北莽十二位大將軍之一，種家在南面朝官中更是名列前茅的豪族。

風波樓的客人遍布王朝，但對這樁血案仍是啞巴吃黃連，據說事後還雙手奉上了幾名妙齡佳麗送入種家，才算將恩怨一筆揭過。當然，這類慘事終究鮮見，不過翠嬤嬤就怕有個萬一，她一向欺軟怕硬，當下就想著息事寧人。只可惜她背對著兩名樓中習武教頭，他們一字不漏地聽了佩刀青年的言語，見脾氣向來不好的翠姐沉默下來，就以為是陷入死局，相視一眼後，就要給這條過江龍一個下馬威。

養兵千日，用兵一時，廣寒樓後臺夠硬，少有出手機會，他們這幫每月拿好些銀兩的護院教頭，只能夠平時相互切磋，心裡也難免不得勁，想著就要給自己也幫翠姐長長臉面。反正只要不是與喜意姐正面衝突，也就不算為難這位平日裡對兄弟們挺照顧的姐姐，這類照顧，雖說也不過是遇上時給個笑臉，或者停下腳步閒聊幾句，但對於他們而言，卻是鐵打的殊榮，與兄弟們喝酒時也能說道說道。至於翠姐，只會在用得著的時候，才會笑臉相向，事後倒也打賞些碎銀酒錢，只不過兩者孰輕孰重，兄弟們出來混口飯吃，能進入廣寒樓都有些能耐，心裡頭都有桿秤，分得清輕重。

徐鳳年伸出手掌，朝桌面上那罈子三調黃酒罈身順勢一抹，酒罈滑出桌面在空中劃出一個賞心悅目的圓弧，恰好在兩名教頭身前繞過，迴旋一圈，重新滑回桌面，與原先的位置絲毫不差。這一記類似畫地為牢的手法，將翠嬤嬤、喜意姐、韻子，還有他與陶滿武都囊括入內，兩名教頭面面相覷。他們識貨，看出酒罈經過他們身前時驟然加速，便是想要傾力出拳擊碎都力所不逮，這可就不是誰都耍得出的雕蟲小技了。

翠嬤嬤被好一頓搓捏，卻臉色如常，調笑幾句就告退了；喜意根本不敢藉著東風痛打落水狗，可見如今她在廣寒樓，的確岌岌可危。

喜意是花魁出身，人比較念恩，自認人老珠黃後便讓出位置，留在廣寒樓做了比老鴇要清貴一些的嬤嬤，負責調教樓中有潛質的少女。而翠姐則是丫鬟出身，一直不得寵，好不容易做成了紅牌，卻犯事被打回原形，前個十幾、二十年都憋著口怨氣，好不容易攀爬到了首席嬤嬤的位置上，對於一帆風順的喜意，當然視作眼中釘、肉中刺，必欲除之後快，尤其是魏姓清倌兒是喜意栽培起來的，翠姐如何能睡安穩？

喜意攙扶起韻子，柔聲道：「疼不疼？」

逃過一劫的韻子明知以後日子會難熬，不過當下還是喜慶多於憂心，笑道：「姨，無礙的。韻子這輩子就是吃罵吃打的命，死不了。」

喜意替她拍了拍衣衫，無奈道：「要是翠姐與你百般過不去，真要吃不住的時候，就來跟姨說，大不了與主子說一聲，讓你到繡球閣做份差事，只不過掙錢門路也就少了。」

韻子猶豫了一下，強顏歡笑道：「有姨這句話就夠了，相信翠嬤嬤那麼個往來無白丁的大忙人，不會跟我這類小人物斤斤計較。」

喜意嘆息道：「去吧，這裡由姨來應付。」

等到少年滿懷心事地離開茶室，喜意這才凝眸望向佩刀公子，幽幽道：「公子心思玲瓏，喜意替韻子謝過公子。」

見到那位清雅公子故作懵懂，喜意也不說破。今天這樁禍事，若是眼前客人憑仗著身世本事出手稍早，她與韻子就真算沒有退路可言了。翠姐教訓過了韻子，再以言語挑釁客人，這是不占理，被佩刀青年拿言語羞辱，再以一手拍酒罈做警示，不說是滴水不漏，也算是得勢饒人的厚道手段，如此一來，她喜意的境地反正已經再差不到哪裡去，韻子卻要好受許多，否則這位公子吃乾抹淨穿上衣衫走了，韻子還不得被拾掇得生不如死，到時候她便是想要救人，都開不了這個口。

徐鳳年拎起酒罈，收起銀票笑道：「茶室喝酒算什麼事情，去喜意姐那兒好了。」

喜意面容有淺淡慍怒，咬了咬纖薄嘴唇，輕聲道：「公子見諒個，喜意早已不接客了。」

徐鳳年啞然失笑道：「也就喝個酒，喜意姐莫非真以為我貪戀妳的身子？那番話可是隨口說與那位翠大娘的，喜意姐自作多情了。我是遊學而來，以往與狐朋狗友逛青樓，都是陪坐，充當付銀子的可憐角色，真刀真槍提馬上陣，還沒有過，這不想著先與喜意姐喝些酒，壯壯膽，事後再見著了魏姑娘，也不至於才短兵相交就兵敗如山倒。我家雖說有些家底，可兩百兩銀子花出去，眨眼工夫完事了，就真應了那句『春宵一刻值千金』，一刻兩百兩，也忒冤枉了，喜意姐，是不是這個道理？」

喜意嘴角翹起，是真被逗樂了，原來春宵一刻還有這麼個新鮮說法。這名佩刀公子別的不說，直爽肯定是真的，對翠姐、對她喜意皆是如此。如果說為了他一次出手相助，就要以身相許，那也太過荒唐，不諳世事，喜意早已過了那個天真爛漫的歲數。

在青樓裡頭，有資格求一個萬事莫要身不由己的姑娘，屬於鳳毛麟角，廣寒樓頭牌花魁安陽小姐都做不到，風波樓倒是有一、兩位。粉門勾欄裡出了名的藏汙納垢，男子誰不是以金銀買肉、買痛快來了，只不過這些活肉，比之屠子砧板上的肉更貴一些罷了。

女子花言巧語信不得，男子的海誓山盟就信得過了？喜意深深地看了眼那雙清澈的丹鳳眸子，沒察覺到絲毫歹意，便一咬牙應承下來。喝酒便喝酒，以她兩斤燒酒不醉的酒量，相信也吃不了大虧去，撐死倒酒時被他摸上幾摸，無傷大雅。

喜意想通了以後，輕柔道：「公子隨我去四樓，距離魏姑娘的繡球閣不遠。」

二人並肩而行。喜意香味清淡，素雅裝束也更像小家碧玉，那名翠姐就要誇張太多，烏膏畫唇，臉塗黃粉，頭頂金燦燦步搖釵，長衣拖地四、五寸，實在是讓徐鳳年傷神反胃，猶如一大盆山珍海味的大雜燴，再好的胃口瞧見了都要望而生畏，反倒是這名失勢的喜意姐，好似小碗淡粥，用心地加了幾顆蓮子，是那種細細品嘗下去就會有驚喜的女子。

四樓走廊擺青膽瓶、掛水墨畫，清雅別致，不過端食盒果盆的美婢往來，也不少見，可見廣寒樓的生意實在不差。這些可人兒見著她以後都乖巧地喊著喜意姐，人緣極好，喜意姐笑著一一招呼過去。

繞了兩條直廊，來到一間臨窗屋子，她心中嘆息一聲，說道：「公子，到了。」

推門而入，只見地面上鋪著一張極其耗費人力的絲織地衣，以一架臨摹名畫〈雪蕉雙鶴圖〉的三疊式屏風隔開睡處與錦廳，前廳擺有一張手工精巧的壺門小榻，專門有一張溫酒煮茶的小桌，桌角放有一看便知是龍泉窯煆燒的蔥管足香爐，桌面上注子、注碗等小器具一應具備，尤其是飲茶用的黑釉盞相當惹眼，非是內行茶家根本不知道這套鷓鴣斑盞的名貴稀罕。南唐皇帝尤其珍愛此盞，曾言盞色珍貴青黑，玉毫條達為上，僅是這些茶具，就能價值好幾十金了。

徐鳳年心中感慨，這個喜意姐真是個會享受的講究人。睡榻上擱了個祛暑的繪童子荷花的玉瓷枕，徐鳳年有些納悶，才春末時分，這個女子也太怕熱了些。

見佩刀公子盯著瓷枕瞧，喜意臉上紅潤得幾乎能滴下水來，不敢正視徐鳳年，只是坐在小桌前嫺熟老道地溫著黃酒。

酒尚未到火候，喜意見他愛不釋手地把玩著一只黑釉盞，便輕聲問道：「聽公子口音，是姑塞州人士？認得這黑釉盞？」

徐鳳年手指摩挲著古樸茶盞，點頭道：「家裡湊巧有做瓷器生意，懂一些名物和行情。小門小戶，做不起什麼大買賣，十大茶具裡的黑釉盞，也就是道聽塗說，這趟喝酒真是賺到了。也虧得早前識趣，要不然拿出兩百兩就想要與喜意姐說些什麼無禮話，可就真是自取其辱了。不過珠玉在前，我這趟出門不過帶了不到千兩銀子，還有幾個州沒走，已經沒膽量再去繡球閣，喜意姐，妳說如何是好？」

喜意笑道：「那公子多喝些酒，喝出個熊心豹子膽，再去繡球閣。喜意話說在前頭，屋子進了，酒也喝了，不去繡球閣可萬萬不行。」

看到佩刀公子一臉委屈，喜意笑意多了幾分，媚眼道：「廣寒樓也不是坑人的地兒呀，若只是欣賞魏小姐抛繡球，一、兩百兩銀子也拿得住。」

徐鳳年憤憤道：「喜意姐妳這話說得輕巧，我若是只去看幾眼繡球就灰溜溜地離開廣寒樓，以後還怎麼有臉皮與妳討酒喝？」

喜意遞過一杯酒，嗔怒道：「公子來廣寒樓討酒喝不難，但進屋子只此一回。」

徐鳳年老老實實接過酒，沒有任何下作的動作，嘗了一口，見一旁坐在繡凳上的陶滿武眼饞，便舉杯到她嘴邊。

小丫頭初生牛犢不怕虎，喝了口，兩瓣小嘴唇咂吧咂吧，有滋有味。

徐鳳年瞧著有趣，乾脆就把那杯酒都給她，只是吩咐喝慢些，然後就把陶滿武晾在一邊由著她跟一杯酒自娛自樂，與喜意姐閒聊起來。

兩人酒量都不弱，竟然鬥了個旗鼓相當，大概是喜意與他聊瓷器聊出了癮頭，見這位佩刀公子肚裡有貨，她又是個瓷癡，加上小姑娘一杯酒喝過，酒勁上頭，昏昏欲睡，就睡在了身後小榻上。喜意不忍心叫醒，就再溫了一壺酒，話題也不再僅限於瓷器，如身世這類敏感話題，兩人都很聰明地不去提及，交淺言深，殊為不智。

徐鳳年大概知道眼前喝酒豪氣的女子曾是廣寒樓的花魁，也曾風光一時無兩過，是能與風波樓頭牌一較高下的妙人，只不過再好看的女子，也抵不過歲月如刀，以及男人的喜新厭舊。她心灰意冷，厭倦了逢迎，又沒那福氣遇上相互心儀的好男人，也曾有官員有意納其為妾，只不過她不想去寄人籬下，後半輩子都被大婦刁難，也就當了一名調教清伶的嬤嬤。

她房中價值兩百餘金的裝飾，都是早年掙下來的家當，她在這個世上無親無故，而金銀又是生不帶來、死不帶去的東西，於是乾脆都拿它們換成了自己喜愛的珍奇玩物，圖一個賞心悅目。廣寒樓對於做過紅牌卻慢慢上了年歲的女子，相當優待，喜意沒了後顧之憂，也就活得相對愜意自在。

醉酒的陶滿武迷迷糊糊醒來，似乎被硬物硌到，睡得不舒服，朦朧中將那物件拿起來一看，不由眼神茫然——是一柄玉質「如意」。

此如意，是讓寂寞難耐女子如意的那個如意。

徐鳳年豈會不知，平靜道：「桃子，是用來敲背的，放好，繼續睡覺。」

小丫頭「哦」了一聲，將那根玉如意放回榻邊，昏昏睡去。

喜意故作鎮定，眼神迷離，兩頰桃紅，微微撇頭，喝了口酒。

徐鳳年輕聲笑道：「喜意姐害羞什麼，這與男子精滿自溢一樣，都是人之常情。還說明喜意姐潔身自好……」

喜意媚眼如絲，恨恨道：「你還說！」

徐鳳年忍住笑，善解人意地換了個話題，問道：「進城住下時，跟酒樓孫掌櫃聊到飛狐城四怪，知道有一個賣劍作畫睡青樓的奇人，喜意姐知道嗎？」

她猶豫了一下，自嘲笑道：「知道啊，我還曾求他繪過畫像，當然記得這名劍客。只不過他那些年畫了不下百幅，恐怕是記不得我了。」

徐鳳年皺眉道：「這樣絕非池中物的有趣人物，怎的說不見就不見了？」

喜意拿酒杯涼了涼滾燙的臉頰，眼神幽怨，嘆氣道：「他啊，我倒是聽說了一些消息。萬般風流殆盡，成了絡腮鬍子的邋遢漢，再賣不出畫，可總還要活下去，好像就去了城牧府邸做劍師。澹臺公子的劍術，應該就是他教出來的。想來過得也不會寒磣，只不過再不是我們這些風塵女子心目中的青樓狀元郎了。那個高臥風波樓頂的風流郎，死了。」

徐鳳年笑道：「喜意姐喜歡這位風流狀元郎？」

喜意笑了笑，搖頭輕聲道：「只是愛慕他當年的風流多情而已，不喜歡這般註定孤苦的男子。風流總不能當飯吃。」

徐鳳年舊態復萌，刻薄道：「既要風流，又要安穩，說到底還是喜歡能掙銀子的風流，說不定還得有比那柄如意更如意的本事。」

喜意愣了一下，嬌媚地捧腹大笑，「公子又如何？」

徐鳳年一臉平靜道：「相當了得。」

喜意姐一臉不信。

徐鳳年問道：「比妳那柄如意還要如意，喜意姐，妳說妳歡喜不歡喜，如意不如意？」

她「呸」了一聲，嬌笑罵道：「小流氓。」

徐鳳年糾正道：「錯了，是大流氓。」

◆

葷話約莫是讓男女關係升溫最好的補藥，當然前提是男女之間起初便並不反感。喜意請佩刀公子進屋，很大程度上是形勢所迫，兩壺酒一喝，再加上幾句調侃，才終於多了一些與人情世故無關的暖意，這歸功於眼前佩刀遊學士子的談吐得體，以及帶了個單純孩子，顯得他比較那幫入了青樓就撕去臉皮的粗野嫖客，要順眼許多。

在青樓，即便是文人雅士，看待女子的眼神，到底都是衝著她們脫去衣裳以後的光景。

徐鳳年誤打誤撞得到了想要的消息，就準備起身離開屋子，去繡球閣過一個場，就可以離開廣寒樓，接下來能否順藤摸瓜找出那名賣劍狀元郎，以及確定是否與徐驍要自己找的男子有關，還得看天命。

喜意察言觀色的本領爐火純青，見他沒有死纏爛打的意圖，鬆了口氣的同時，也有些失落，到底是人老珠黃，再無當年讓男子癡癲的姿色了。與徐鳳年一起站起身，她見到榻上小丫頭睡相嬌憨，懷裡摟著童子持荷瓷枕，打心眼裡歡喜，便笑道：「公子，若是不冒昧，我就送小姑娘一枚瓷枕好了。小姑娘生得歡慶喜意，與我這名字相仿，也算有緣。」

徐鳳年訝然道：「喜意姐真捨得？」

喜意丟了一個媚眼，嬌嗔道：「公子若說要黑釉盞，喜意定然不捨得，送一個值不了多少銀錢的瓷枕，就當與小姑娘結一份善緣，還是捨得的。」

徐鳳年感慨道：「喜意姐有心了。那就卻之不恭了，以後如果有機會，我定會還禮。」

喜意擺手笑道：「別，我送小姑娘瓷枕不圖什麼，如果公子還禮，不小心就落了下乘。」

徐鳳年也不堅持，心想若是能安然回到北涼，王府裡頭倒是有一套南唐先帝死前都要死死抱住的黑釉盞，堪稱仙品，真有機會，倒是不介意送給這位心地不壞的青樓女子，反正擱在王府，也是蒙塵，實在是暴殄天物。上佳茶具，類似一些個價值連城的茶寵，一味束之高閣，久久不受人手撫摸與茶水浸染，就會失去靈氣，與人養玉是一個道理。只不過這種八字沒一撇的事情，當下不說也無妨。

他走過去捏了捏陶滿武的小鼻子。她與尋常這個年齡的小姑娘一般嗜睡，而且起床氣極重，被捏了鼻子，就是一陣胡亂拳打腳踢，徐鳳年好不容易才把她逗弄清醒。

陶滿武見著是徐鳳年，而不是爹娘，驀地低下腦袋，一下子就流出了眼淚。

徐鳳年也不勸慰，輕聲道：「桃子，起床了，喜意姐見妳長得可愛，將瓷枕送妳，快，與她道謝。」

陶滿武拿袖子擦了擦臉頰，抬頭笑道：「謝謝喜意姨。」

喜意也是心一軟，柔聲道：「乖。」

徐鳳年掏出幾張銀票放在桌上，抱著小丫頭，小丫頭抱著瓷枕，他笑著歉意道：「今天就不去打攪魏姑娘了，定金放在這裡，明天再來。我們家桃子起床氣重，要是不讓她一口氣睡飽，接下來幾天準沒好臉色給我瞧。」

喜意顧不得唐突，輕聲道：「要不公子去魏姑娘的繡球閣，就讓小姑娘睡我這兒？」沒等徐鳳年反應，她又平淡地補充了一句，「公子不嫌髒的話。」

徐鳳年搖了搖頭。察覺袖子被扯動，看到懷裡小姑娘滿眼的戀戀不捨，徐鳳年皺了皺眉頭，一大一小兩女子都跟著緊張起來。

徐鳳年當然不希望陶滿武與修練成精的喜意待在一起，萬一出了紕漏，徐鳳年會毫不猶豫殺人滅口，只不過其中帶著濃重血氣的內幕，她們又如何知曉？

如意如意。幾人幾事，稱心如意？如今聽力不遜色於頂尖地穴師的徐鳳年耳朵微顫，果不其然，不如意事找上門來了。

徐鳳年強行壓抑下內心的殺意，不知為何，鴨頭綠客棧與魔頭謝靈死戰一場，春雷不曾拔刀，賺足了精氣神，在鞘刀意暴漲，但胸中殺意也跟隨之水漲船高，只不過李淳罡早已退隱江湖，不在身側，否則一定要詢問一下這是好是壞，徐鳳年還真擔心到時候養那屠龍刀意未果，倒是先走火入魔成了殺人如麻的魔頭。

默念大黃庭口訣，澄心靜神，徐鳳年望向房門。

急促的敲門聲響起，喜意大出意料，除了她視作女兒的魏滿秀，根本不會有人登門，而秀兒的敲門聲也絕不會如此生硬。喜意深呼吸一口，去開門，見到是笑臉玩味的翠姐，喜意也有她不可觸碰的雷池，這間屋子便是，正要冷臉出聲，看到喜意身後站著一位女扮男裝的高挑女子，頓時一滯，將言語咽回肚子，畢恭畢敬行禮道：「喜意給三小姐請安。」

那名相貌與嫵媚婉約無緣的女子，英氣頗重，除了與富貴男子一般身穿玉帶錦袍外，腰間還掛著一柄莽刀。聽見喜意喊她「三小姐」，她不悅道：「是三公子！」

喜意嘴角苦澀，低頭道：「喜意給三公子請安。」

廣寒樓的幕後靠山來了，準確來說，是靠山的親妹妹。世人無法想像廣寒樓是飛狐城城牧二公子所開，這個半公開的祕密，也只在城內上層中心知肚明。龍生九子，城牧大人有二子一女，長公子澹臺長平，英勇神武，更寫得一手華麗詞章，註定會是北莽將來最吃香的儒將人物，接下來一旦成為傳鈴郎，便是皇帝陛下身邊紅得發紫的王庭新貴，如一輪明月跳出潮面，進入北莽南庭北朝各大拔尖權貴的視野，整座飛狐城都在拭目以待。

但城牧二公子澹臺長安就是十足紈褲，文不成、武不就，倒是吃喝嫖賭、熬鷹牽狗、鬥蛐蛐，樣樣精通，僅是在飼養買賣蛐蛐一項上，這些年就花了不下三、四千兩白銀。就因為澹臺二公子喜好蟋蟀角鬥，每年七月開始，不知道多少遊手好閒的青皮無賴在城內城外挖刮地皮，恨不得掘地三尺逮著一隻價值幾十金的善鬥蟋蟀，難怪有人戲言飛狐城有第五怪——夏秋滿城無賴找蟋蟀。城牧幼女澹臺箜篌則不愛紅妝愛兵戈，經常在鬧市集會上大打出手，幾乎城內大小混子都吃過苦頭，已經認得她的面貌，見面就繞著走，再不給她揍人的機會。

站在喜意面前的便是澹臺箜篌，她越過喜意肩頭，瞧見徐鳳年，陰陽怪氣道：「喜意，聽說妳領了個了不得的客人進繡球閣，還在翠嬤嬤面前露了一手絕活，本公子去繡球閣一看，沒影兒，沒想到還真在這裡。喜意啊喜意，以前聽二哥說廣寒樓就數妳最地道，怎麼我覺得不是這回事啊，妳這小貓兒偷腥上癮了？先是私自攬活，再是自己吃上了？妳不是按照青樓規矩剪斷絲綢就不再接客了嗎，就為了這麼個不起眼的年輕人破例？想男人想瘋了吧？聽翠嬤嬤說妳這些年多半是拿玉如意、角先生打發著過春天，要不妳拿來，給本公子長長見識？」

這名女兒身的權貴女子氣勢凌人，沒有半點顧忌，句句誅心刻骨，字字戳人脊梁。

喜意苦笑道：「只是和這位公子喝了兩壺酒，盡了些待客之道，喜意並沒有接客。若真有復出那一天，一定會先跟三公子說聲，才敢做事。」

翠嬤嬤嘖嘖道：「喜意妹子還真是實誠人哪，不愧是要為廣寒樓獻身一生一世的忠貞女子。」

澹臺箜篌怒斥道：「閉嘴，沒妳落井下石的份兒，喜意再不是個東西，妳也與她半斤八兩，她差了，妳能好到哪裡去！」

翠嬤嬤嚅嚅囁囁，噤若寒蟬。

冷眼旁觀的徐鳳年心中發笑，別看這小娘皮嘴毒，倒也知道一碗水端平，不是那種聽風就是雨的死心眼雛兒。翠嬤嬤這一招煽風點火，賺到是賺到，卻也賺得有限。

澹臺箜篌拿手指點了點徐鳳年，「你是客人，即使壞了規矩，那也是廣寒樓的錯，本公子不會跟你一般計較，不過聽說你有些道行，我身邊恰好有個懂點把式的家奴，你要是能撐下十招，接下來三天三夜，除了安陽、青奴、魏滿秀這三名紅牌，你隨便玩樓內的女人，不分晝夜，能玩弄幾個是幾個，你要能與一百個娘們兒上床，那也算你本事，廣寒樓認栽，如何？只要十招。本公子在飛狐城是出了名的一言既出、駟馬難追，你敢不敢？」

徐鳳年微笑道：「不太敢。三公子身後扈從一看就是呼吸綿長的高手，我只是個來廣寒樓找水靈姑娘的窮酸遊子，才出手就給三公子的人打趴下，怕會掃了三公子的雅興。」

澹臺箜篌被拍了馬屁，其實心中微樂，但依舊臉色寒霜，不屑道：「不敢？你是帶把的男人嗎？」

徐鳳年不為所動，讓翠嬤嬤極為失望地很沒有骨氣說道：「三公子說是便是，說不是便不是。」

澹臺箜篌徹底沒了興致。要她教訓有幾十號、上百號嘍囉的大青皮、大混子，她是興趣盎然，可欺負手無寸鐵的老百姓，或者是那些繡花枕頭，委實沒意思，何況家裡兩位兄長也要不高興。她嘆了口氣，轉身就走，嘀嘀咕咕道：「你爹娘白生你這兒子了，不帶把，除了勉強傳宗接代，還能做啥子大事？」

健壯扈從沒來由地神情劇變，護在三小姐身前，喊道：「小心！」

澹臺箜篌一頭霧水，瞧向如臨大敵的貼身扈從。她知道這傢伙的底細，是城牧府用三千兩聘請來的實打實高手，他父親據說是與一品差不遠的外家拳宗師，在龍腰州中腹一帶家學淵源，開宗立派，久負盛名。虎父無犬子，這名扈從也有接近二品的不俗實力，怎如此緊張？

扈從死死盯著不曾拔刀的那名年輕人，也是丈二和尚摸不著頭腦，方才明明感受到一股莫大殺機。年輕時候他爹正值武道巔峰，志驕意滿，湊巧向一位路經龍腰州的金剛境神仙請教，結果三招落敗，旁觀者無不感到窒息，他至今記得那名神仙人物兩招謙遜過後，第三招生出的磅礴殺機，如江河倒瀉，自己則如一葉孤舟裹挾其中，搖擺不定。可眼前這名年輕刀客分明神態自若，沒有半點威嚴，那方才濃烈的殺機從何而來？

喜歡與人講道理的澹臺箜篌皺眉道：「我爹總說要每逢大事有靜氣，這還沒啥事，你就沉不住氣了？」

五感敏銳的扈從面露苦笑，確認沒有異樣後，緊繃的肌肉逐漸鬆弛下來。他雙臂位置的兩圈衣衫以肉眼可見的速度由鼓起變回熨貼，片刻後才低聲道：「是小的多慮了。」

抱著陶滿武的徐鳳年站在門口，與喜意肩並肩，笑道：「我想了想，還是覺得想斗膽嘗試著與三公子身邊這位高手搭搭手，畢竟三公子給出的報酬太誘人了。」

澹臺箜篌瞪了扈從一眼，氣呼呼道：「看看你，被人瞧不起了吧！」

扈從一顆心立馬提到嗓門眼。若是佩刀年輕人一味從頭到尾退縮也就罷了，他可以當作是錯覺，但這個傢伙耍了個先退再進的把戲，如果真是針對三小姐而來，他還真沒有萬全的把握護住主子。他敗了不打緊，至多也就是折損一些父親所在門派的威望，可若是讓三小姐受到丁點傷害，以城牧府邸城牧的護犢子與兩位公子的寵溺，他就不用在飛狐城廝混了。

深吸一口氣，壯碩扈從瞇眼道：「搭手可以，公子跟我找個寬敞院子，也方便你我出招盡興，不怕磕碰到樓內物品，傷到閒雜人等，如何？」

徐鳳年點頭道：「好。」

喜意輕輕踩了他一腳，眼眸中滿是焦急。

徐鳳年一手摟著陶滿武，一手悄悄伸出，在喜意的屁股上輕輕拍了一下。

喜意身段略顯消瘦，其實該滾圓挺翹的地方一分不少。她身體一顫，瞪大一雙漂亮的秋水長眸，好在連同澹臺箜篌在內的所有人都被他的那張臉所吸引，便沒有注意到這個賊膽包天的大色胚的出手揩油。要是被無法無天的澹臺箜篌瞧見了，估摸著肯定要讚嘆一聲這才是貨真價實的每逢大事有靜氣啊。

徐鳳年將陶滿武遞給辛苦隱藏羞憤的喜意，柔聲道：「讓桃子先待在妳這裡。讓孩子看打打殺殺，不好。」

喜意默不作聲地接過小姑娘，可不是含情脈脈，而是眼神殺人。徐鳳年也不理睬，對陶滿武做了個噤聲的手勢，小姑娘當之無愧稱得上心有靈犀，點了點頭。

翠嬤嬤壓抑不住心中的狂喜，這年輕人也太不知進退了，真想著要在廣寒樓睡遍百來位姑娘？可三公子身邊的扈從是何等可怕身手，幾十個青皮痞子，根本就近不了身，就你一個體型只比文弱書生好些的年輕人，就想要撐下十招？真被你僥倖撐下來，還不得去病榻上躺個幾個月的。就算姑娘們脫光了在你眼前晃悠，可你褲襠那兒還起得來嗎？她竊喜思量間，冷不丁抬頭瞧見那名跟在三公子和扈從身後的年輕公子轉頭，朝自己瞇眼微笑，不知為何，她悚然一驚。

徐鳳年看著心不在焉地跟在後頭，走下廣寒樓，往後院湖邊走去，對於一路上不斷有親衛扈從加入也不以為意。對付一個三品扈從，在意的只是如何拿捏分寸，他心中所想更多的是飛狐城城牧背後的盤根交錯。

北莽南北在對峙中逐漸交融，除去譜系煩瑣的耶律與慕容兩大皇室宗親不去說，真正屹立於這個皇朝最頂端的不過是封疆大吏的八位持節令和十二位大將軍，以及北王庭、南朝官十餘位掌握話語權的廟堂重臣。這三十幾人各自代表錯綜複雜的勢力，或聯姻結親，或死磕死鬥，或交相呼應，或老死不相往來，極難理清。

僅就南朝官而言，大體上，由兩具骨架撐起，一具是被譽為龍關貴族群的世族集團，頑固保守，自命清高，絲毫不遜色於舊春秋的豪閥高門。春秋大戰，中原門第凋零以後，北涼以北的龍關貴族更是氣焰倨傲，以貴族正統自居，出了大魔頭種涼的種家便是其中之一。

一具是以三位大將軍為首的軍方勢力；一位是在姑塞州與持節令同等高位的黃宋濮，是一位春秋遺民。原本北莽王朝南邊士子不論本土士子還是春秋遺民，基本上都是筆吏文官，北邊人物才可出將入相，正是驚才絕豔的黃宋濮開了一個頭，才有後邊的被北莽女帝譽為「可算半個徐驍」的大將軍柳珪，以及賤民出身卻在軍界扶搖直上的楊元贊，這三名戰功卓著的大將軍，幾乎都紮堆在姑塞州往北那一條直線上，可見北莽對西線的重視程度。而飛狐城城牧澹臺瑾瑜正是龍關大貴族澹臺氏的旁支嫡子，與另一個綿延五百年的貴族高門宇文家族素來有聯姻的習俗，渾然一體，不容小覷。

離陽王朝如今孺婦皆知有士子北遷的說法，兩股洪流，一股流入江南士子集團，一股融入北方老牌貴族的熔爐。卻不知更有一股龐大的士子北逃，如過江之鯽擁入了北莽皇朝，除去水土不服的一批，自行夭折，籍籍無名，大部分都開始融入北莽，尤其是南朝官，開始嶄露頭角。黃、柳、楊三位大將軍便是其中出人頭地的佼佼者，更有許多春秋遺民士子憑藉真才實學，在南朝官場中占據要位。

這些人國破家亡，背井離鄉，只要活著，就沒有一天不想著南下，而南下歸鄉，頭一個阻礙是什麼？是北涼，以及那個比三十萬北涼鐵騎還要出名的徐驍。北涼以北，一個蠢蠢欲動的強大王朝，以氣吞萬里如虎之勢，靜靜望著一個離陽王朝。而徐驍以後，可能就會是此時這個走在嘉青湖畔的年輕人。

◆

嘉青湖瓶子巷一帶，湖畔每棵柳樹上都掛有大紅燈籠，夜晚遊湖也如白晝，方便一些癖好野鴛鴦戲水的嫖客，可見瓶子巷招徠生意，用心到了何種喪心病狂的境界，不過今夜流連瓶子巷的男子似乎沒有這種畸形的嗜好。嘉青湖一片寧靜祥和，澹臺箜篌帶著眾人來到一座懸有「水天相接」四字匾額的水榭附近，她大大咧咧地學那武人莽夫大馬金刀地坐下，伸出一隻手掌，示意可以比武競技了。

她當然不看好那名裝腔作勢的佩刀男子，自家奴才斤兩很足，別看三品以上還有二品與四重境界的一品，可三品武夫行走江湖，不說橫行霸道，卻也罕逢敵手，畢竟二品、一品都有頂尖高手該有的矜持，一來沒機會也不輕易露面，再者也不屑出手。魔頭謝靈便是這種青壯漢子看稚童撒潑的心態，從來都不樂意插手。

其實這樣與武道修為毫無裨益，境界越高，越考驗滴水穿石的耐心毅力，一刻都不容懈怠，尤其是步入一品，那便是天門大開，好似一幅千里江山圖長卷舒展，無人不沉醉其中，畫卷以外的角色，就成了土雞瓦狗；畫卷以外的場景，就顯得粗鄙不堪。

本以為三、兩下便可解決事情的澹臺箜篌瞧見扈從正兒八經一撩袍子繫在腰間，一腳踏出，一手做了個請的手勢，她便下意識地身體前傾，心中有些詫異。難不成真被自己抓到一條大魚了？否則平日裡這名城牧府中十分傲氣的親衛，怎麼如此當回事情。

在外家拳一途登堂入室的親衛不急於出手，沉聲道：「家祖楊虎卿，師從中原雄意拳第十二代宗師傅秋劍，歸鄉自創龍相拳，雖被世人視作橫練外家拳，實則內外兼修。家父曾在軍陣殺敵，對拳法有所改良，故而短打直進尤其擅長，出手無情，絕不拘泥於世俗看法，若有無理手，公子莫要奇怪。」

徐鳳年微笑點頭，與他如出一轍，踏一腳、伸一手，以禮相待。

性子急躁的澹臺笠筷翻了個白眼。這個楊殿臣，實在是婆婆媽媽，幾招完畢就可打完收工的事情，非要如此鄭重其事，本公子可是與二哥約好了要去安陽那兒聽琴的，她不得不出聲喊道：「喂喂喂，你們兩個有完沒完，還聊上了，敢情是他鄉遇故知啊，給本公子趕緊利索的！輸就是輸，贏就是贏，哪來這麼多客套！」

城牧府扈從楊殿臣率先出手，直線發拳，下盤穩健扎實，地面被雙腳帶起陣陣塵土，周身如擰繩，可見孕育著驚人的爆發力。

澹臺笠筷是第一次見到他如此全力而為，頓時瞪大眼睛，顯得神采奕奕。就說嘛，姓楊的還是有些真本事的，以往教訓那幫不長眼的青皮混子根本就是殺雞用牛刀。

只見那名佩刀青年左手按住樸拙短刀的刀鞘，以右手單臂迎敵，楊殿臣顯然也對這名年輕自負的過江龍心生不滿，頓時拳勢緊湊，緊繃而瞬發，擰裹鑽翻，身形與腳步渾然一體，一發而至，一寸搶先機，氣勢如虹。

徐鳳年右手在楊殿臣當胸擰拳上輕輕一拍，身體向後滑出兩步，既給了他一拳氣散再聚攏的機會，也給了自己騰挪的空間。楊殿臣一拳落空，果然如他所說，家傳拳法不拘一格，當下便朝這名年輕公子就是一記歹毒的腳踏中門鑽褲襠。

徐鳳年屈膝抬腿，一個幅度恰到好處的側擺，輕輕掃掉凌厲攻勢。楊殿臣幾乎可以稱作是「順勢」就身擰如弓，騰空而起，鞭腿迅猛彈出，看得澹臺笠筷拍手一聲喝彩。

徐鳳年依舊是一隻右手，掌心擋住鞭腿，身體後撤一步，無形中卸去勁道，卻不鬆手，黏住以後，身體一轉，幾乎是以肩扛的姿勢，掄了一個大圈，將楊殿臣給摔了出去。楊殿臣飄然落地，腳下生根，沒有任何落敗跡象。

唯恐天下不亂的澹臺箜篌叫了一聲「好」，在她看來，這場競技，談不上勝負分明，只不過是那名佩刀年輕人手法古怪，以守為攻，僥倖沒有一潰千里而已，她更欣賞楊殿臣這種暢快淋漓的快打、猛打，看著就讓人賞心悅目。

楊殿臣有苦自知，幾招過後，別看自己攻勢如潮，其實每一次都是按著這名年輕人的意圖而攻出，對方若是真要下狠手，自己能否撐下十招都得看造化。他正要咬牙使出龍相拳的殺招，耳邊忽然傳來一個無異於天籟的溫醇嗓音，「別打了、別打了，花前月下的，兩位都是高手，應該英雄惺惺相惜才對，搏命廝殺多煞風景。箜篌，再胡鬧，二哥可就不陪妳聽琴了。」

徐鳳年與楊殿臣相視會心一笑，一起收手，後者心懷感激地一抱拳，以楊殿臣的城牧府清客身分，也算是給足了這位佩刀青年臉面。

徐鳳年再清楚不過這些習武人的諸多習俗，既有靠山又有家世的楊殿臣能做到這一步，殊為不易，也就一絲不苟地抱拳回禮。

這就完了？好不容易有熱鬧可看的澹臺箜篌顯然十分不滿，瞪大眸子，憤憤望向那名提鳥籠的白袍紈褲子弟，喊道：「二哥！你怎麼回事，胳膊肘往外拐，還不許我找樂子了？你到底是不是我二哥？我其實是爹娘撿來的，所以你一點都不心疼我，對不對？」

白袍公子面帶微笑站在湖畔，提著紫竹編織而成的鳥籠，養了一隻名貴龍舌雀，約莫二十五六，面如冠玉，極為玉樹臨風，這副能教小娘子尖叫的好皮囊，比起世子殿下真容可能要差上一些，不過比較當下戴了面皮的徐鳳年，可就要出彩許多。他對妹妹的蠻橫無理，實在是頭疼，氣笑道：「我的小姑奶奶，妳就饒過我吧！妳就當我是撿來的成不成？」

澹臺箜篌嘴上不饒人，但面對這名親人，明顯語氣中帶了許多邀寵的親暱俏皮，並無半點生冷。她小跑出了水榭，到二哥身前，叉腰嘟嘴委屈道：「放屁，你與大哥是孿生兄弟，你若是撿來的，爹娘豈不是就我一個親生女兒？」

是飛狐城頭號浪蕩子卻無惡名流傳的澹臺長安，眼中蓄著溫煦笑意，摸了摸妹妹的腦袋苦笑道：「妳呀妳，這話要是被妳大哥聽到，看不狠狠收拾了妳。也就是我比那書呆子更寵妳，才不與妳生氣。來，說說看家裡誰最心疼妳，說對了，二哥給妳驚喜。」

澹臺箜篌雙眸笑成月牙兒，挽著二哥的胳膊，嘻嘻笑道：「肯定是二哥呀，沒跑的。」

英俊公子哥開懷大笑，點了一下她的額頭，「明明知道妳這沒良心的妮子，到了書呆子那邊就要牆頭草轉變口風，不過聽著還是讓二哥舒心。院子那邊，我讓下人給妳準備了梅花粥，梅花花蕊可都是臘春時分二哥一朵一朵親手摘下的，好幾次從樹上結結實實摔下來，都沒敢告訴妳。」

澹臺箜篌抱著二哥，雀躍道：「就知道二哥對我好啦，以後不嫁人，給你做媳婦！」

澹臺長安彈指敲了一下口無遮攔的妹妹，佯怒道：「不嫁人可以，但是給二哥做媳婦，成何體統！」

他讓妹妹幫忙拿著鳥籠，還不忘告誡眼珠子悄悄轉動的她若是膽敢私自放了龍舌雀就喝不到梅花粥，見她一臉洩氣，澹臺長安這才笑望向徐鳳年，作揖後真誠致歉道：「澹臺長安替頑劣妹妹給這位公子說聲對不住，她性子其實很好，就是調皮了一些，總是長不大，公子不要往心裡去。聽聞公子要見魏滿秀，如若不介意長安多此一舉的引薦，這就和公子一同前往繡球閣。」

徐鳳年微笑搖頭，道：「當不得澹臺公子如此興師動眾，明日還會再來廣寒樓，就不勞煩了。」

澹臺笠篌撇嘴道：「真是不知好歹。」

見澹臺長安轉頭瞪眼，她吐了吐舌頭，伸出手指去逗弄那隻學舌比上品鸚鵡還要維妙維肖的龍舌雀，她一說「三公子武功蓋世」，雀兒便跟著學舌，嗓音果然與真人一模一樣，孩子心性的澹臺笠篌笑得不行。

徐鳳年輕聲笑道：「好鳥。」

耳尖的澹臺長安竟然靦腆地朝自己褲襠瞧了瞧，一臉酒逢知己千杯少的感慨唏噓，「公子慧眼啊！走走走，不嫌棄的話，就與我痛痛快快喝上幾杯。」

容不得徐鳳年拒絕，澹臺長安快步走上前拉著他的手臂，走向安陽小姐的獨棟小院，殷勤道：「說來公子可能不信，長安一見你就覺著親近。」

見徐鳳年眼神古怪，澹臺長安哈哈笑道：「放心，我沒有斷袖之癖，雖說不至於無女不歡，卻也恨不得自己是夜御十女的真爺們兒，不過前些時候與一個世交子弟打賭，在風波樓那邊女人肚皮上賭傷了身子，這段時間見著漂亮女人就跟見著洪水猛獸一般。不過暫時對男人仍是沒有興趣，公子放一百個心。」

徐鳳年直截了當道：「不算放心。」

澹臺長安不怒反笑，而且笑聲爽朗，沒有半點陰沉氣息，這名以玩世不恭著稱的大紈褲，似乎天生就有種水到渠成的親切感，「跟實誠人打交道，就是輕鬆。那我也就順水推舟把話說在前頭，省得公子你多費心思揣摩。是長安看對眼的人，只要不是存了壞心，否則便是打我幾拳、罵我幾句，都是好事。我可能當下有些膏粱子弟的臭臉色，事後也一定會後悔得不行，公子若真與澹臺長安成了知己，可要多多包涵。」

徐鳳年跟著走入人走茶涼便再換一輪熱茶的幽靜小院，直白道：「二公子的知己，是不是太不值錢了，見了誰就逮著做朋友？」

始終拉住徐鳳年不放的澹臺長安轉頭一臉受傷表情。

澹臺箜篌一拍額頭，有這樣的無良二哥，真是丟人現眼。不過她倒是沒覺得世族出身的二哥跟一個窮酸白丁來往，甚至是稱兄道弟有任何不妥。何況這位佩刀的外地人，長得也不算歪瓜裂棗，武功嘛，年紀輕輕就能與楊殿臣打平，也就是落在二哥手裡會被拉去喝酒聊天說廢話，如果被惜才如命的大哥看到，還不得請回城牧府邸當菩薩供奉起來。

◆

安陽小姐如先前徐鳳年在二樓視窗所見的，是一位體態豐腴、肌膚白皙的美人，身披錦繡，襯托得如同公侯門第裡養尊處優的貴婦，這般氣質雍容的女子，是很能惹起權貴男子愛憐欲望的，男孩窮養出志氣，女子富養出氣質，是很實在的道理。

離陽王朝最上品的名妓，一種是春秋亡國的嬪妃婕妤，只不過二十年過後，已然成為絕唱，不可遇也不可求了；第二種是獲罪被貶的官家女子，第三種才是自幼進入青樓被悉心栽培的清伶，慢慢成長為花魁。眼前這位捧琴的廣寒樓頭牌，根據李六所說，便是橘子州一個敗亡大家族走出的千金。

落座後，身為廣寒樓的大當家，澹臺長安對待安陽小姐仍是沒有任何居高臨下的姿態，笑咪咪道：「安陽姐姐，能否來一曲〈高山流水〉？我與身邊這位不知姓不知名的公子，十分投緣。」

安陽小姐抿嘴一笑，顯然熟諳這名澹臺二公子的脾性，也不如何多餘寒暄，只是點了點頭。

徐鳳年無奈道：「在下徐奇，姑塞州人士，家裡沒有當官的，都掉錢眼裡了，做些龐雜生意，主營瓷器。」

澹臺長安笑道：「你大概也知道我姓名家世了，不過為了顯示誠意，我還是說一下。鄙人澹臺長安，我們家這個澹臺只是那個龍關豪門澹臺氏的小小旁支，參天大樹上的一根細枝椏而已，嚇唬不了真正的顯貴。『長安』二字，我覺得爹娘給得不錯，不是什麼奢望飛狐城長治久安，只不過想著讓我長久平安罷了。徐公子你看，我像是心懷大志的傢伙嗎？我倒是裝模作樣，好拐騙那些非公卿將相不嫁的心高女子，奈何底子不行，比我大哥差了十萬八千里。喂喂，安陽姐姐，好好彈妳的琴，別欺負我不懂琴，也聽出妳的分心了，我說的這些女子中，就有妳一個！」

徐鳳年啼笑皆非。對於危險的感知，他身懷大黃庭，比起心思玲瓏的小丫頭陶滿武還要敏銳，澹臺長安除非是金剛境以上的高人，否則還真就是沒有半點惡意的有趣傢伙了，只不過看他的面相與腳步，分明是被酒色掏空身子的尋常紈褲，若是故作掩飾，那不論是心機還是修為，徐鳳年不管進不進這棟院子，都要吃不了兜著走，就當作既來之，則安之。

對於觀象望氣，是行走江湖的必須技巧，至於是否岔眼，得看雙方境界高低。武道高手就如同不缺錢財的富人，脖子上掛著拇指粗細金項鍊，或者身上掛滿一貫貫銅錢的，能是真正的富賈？富可敵國時，多半素袖藏金。氣機一旦內斂，除非高出兩個境界，由上而下觀望，才能八九不離十，否則就很難準確探查，好似安陽小姐豐滿胸脯間那塊被夾得喘不過氣的翡翠，本是諸多種寶石中不起眼的一種，可因為翡翠得天獨厚的賭石一事而興起，很大程度上玉石藏家們鍾情的並非翡翠本身，而是剝開石皮的那個賭博過程，動人心魄。

高手也是如此，行走江湖，大多斂起氣息，好似與其他高手在對賭，這才有了高深莫測一說，否則你一出門，就有旁觀者轟然叫好，嚷著媳婦媳婦快看快看，是二品高手耶。若是一品高手出行，路人們還不得拖家帶口都喊出來旁觀了？未免太不像話了。這也是江湖吸引人的精髓所在，能讓你陰溝裡翻船，也能讓你踩著別人一戰成名。

若是到了與天地共鳴的天象境，則另當別論，別說一品前三境，乃至第四重境界的陸地神仙，幾乎可以辨認無誤，但是這類人物如三教中聖人一般韜光養晦，不好以常理揣度，這也是當初龍虎山趙宣素老道人返璞歸真，為何能接連蒙蔽李淳罡與鄧太阿兩位劍仙的根由。其餘以力證道的武夫，都難逃「天眼」。

強如天下第一的王仙芝或者緊隨其後的拓跋菩薩，兩人被認為一旦聯手，可擊殺榜上其餘八人！他們則根本不需要什麼天象，任何武夫都可以感受這兩尊神人散發出的恐怖氣焰，這二人除了對方，不管對上誰都算是碾壓而過，任你是陸地神仙，都要純粹被以力轟殺。

澹臺長安還真是不遺餘力地掏心掏肺，聽著琴聲，看了一眼在旁邊歡快喝他親手所煮梅花粥的妹妹，小小酌酒一口，瞇眼道：「說來讓你笑話，我的志向是做一名鄉野私塾的教書先生，對不聽話的男童就拿雞毛撣子伺候，對女娃兒就寬鬆一些，倒也不是有歪念頭，只是想著她們長大以後的模樣，亭亭玉立了，嫁為人婦了，相夫教子了，不知為何，想想就開心。」

徐鳳年平淡道：「這個遠大志向，跟多少朋友說多少遍了？」

澹臺長安無辜道：「信不信由你，還真就只跟你說起過。」

徐鳳年忍不住側目道：「澹臺長安，你摘梅花的時候摔下來，順便把腦子摔壞了？」

喝粥卻聆聽這邊言語的澹臺箜篌噴出一口粥，豎起大拇指笑道：「徐奇，說得好！」

澹臺長安白眼道：「姑奶奶，剛才誰罵我胳膊肘往外拐的？我是不是要回罵妳幾句？與人罵戰，妳二哥輸給誰過？」

澹臺箜篌做了個鬼臉，再看那名佩刀青年，不覺順眼許多了，起碼二哥狐朋狗友不計其數，可要真敢說二哥腦子摔壞的好漢，不能說沒有，但也屈指可數。再說了，這位外地遊子可是才認識沒多久，這份直來直往的膽識氣魄，就很對她這位城牧府三公子的胃口，跟這碗梅花粥一般無二！這是不是就是江湖行話所謂的不打不相識？她慢悠悠吃著梅花粥，心情大好。

澹臺長安問道：「徐奇，你的志向是啥？我看你武功可相當不差，是做洪敬岩那般萬人敬仰的武夫，還是洛陽那般無所顧忌的魔頭？或者再遠大一些，成為咱們北莽軍神那樣足可稱作頂天立地的王朝百年，獨此一人？」

徐鳳年想了想，平淡道：「沒那麼大野心，就是想著家裡老爹真有老死那一天，走得安心一些。」

澹臺笠篌似乎想起在四樓自己的言語，也不管這個徐奇是否聽得見，細聲細氣小聲嘀咕道：「對不住啊，徐奇，我在廣寒樓也就是隨口一說。」

澹臺長安破天荒沉寂下來，良久過後，舉杯輕聲道：「挺好啊，比我的志向要略大一點點，我就不待見那些口口聲聲經世濟民的傢伙，飛狐城這樣的人太多了，我許多朋友裡也一樣，總是望著老高老遠的地方，腳下卻不管不顧，爹娘健在不遠遊，他們不懂的。」

見徐鳳年眼光投過來，澹臺長安尷尬笑道：「我的意思你懂就行，沒說你的不是，我不學無術，好不容易記住一些道理，就瞎張嘴。」

徐鳳年笑了笑。

澹臺長安跟撞見鬼一般，開懷大笑道：「徐奇啊徐奇，你這吝嗇哥們兒終於捨得施捨個笑臉給我了，來來來，好漢滿飲一杯，咱們哥倆走一個？」

徐鳳年舉杯走了一個，一飲而盡。

◆

談到故往，不覺勾起了徐鳳年的思緒。他當然喜歡那個娘親在世的童年，無憂無慮，與兩位心疼自己的姐姐嬉笑打鬧，就算是娘親督促念書識字嚴厲一些，日子也無憂無慮，連天塌下來都不怕。

娘親有一劍，老爹有三十萬鐵騎，他一個不需要承擔任何事情的孩子，怕什麼？

世子殿下也不討厭那個少年時代，與臭味相投的李翰林，耳根子最軟更像個女孩子的嚴池集，闖禍身先士卒背黑鍋也不遺餘力的孔武癡，在一起幹的或葷或素的勾當，都有些少年不識愁滋味的感覺，都是值得回味或者反思的過往。

在那些故去的日子裡，徐鳳年想起或者撞上不順心的事情，就拿徐驍撒氣，順手抄起掃帚就敢追著他打。這樣的光景，不說在王朝藩王府邸，恐怕在任何一個士族裡頭，都是無法想像的荒誕畫面，可每次徐驍都不生氣。

一開始徐鳳年不懂，只是覺著徐驍對不起娘親，就得挨揍，他要是敢生氣，他就跑去陵墓娘親那兒告狀。長大以後，倒不是說真的還想與徐驍在牛角尖裡較勁，一定是憋著怨氣才隨手抄起板凳掃帚就去攆人，只不過習慣成自然，很多時候手癢順手而已。世人眼光如何，他們這對父子還真半點都不在意。

收起思緒，徐鳳年緩緩說道：「澹臺長安，如果沒有說謊，你的志向其實挺不錯。」

澹臺長安使勁點頭道：「就知道你會理解我，不多說，再走一個！」

徐鳳年白眼道：「走個屁，為了見魏姑娘能省些銀錢，在喜意姐那邊喝了一整壺黃酒，再走就真得躺這兒了。」

澹臺長安痛痛快快獨自喝了一杯，嘖嘖道：「厲害、厲害，徐奇，你我挑女人的眼光都一模一樣，可我不管如何討好，喜意姐就是從不讓我進她屋子，更別說在她屋裡喝酒了。你要知道，自打我十五歲第一眼瞧見那時還是花魁的喜意姐，就驚為天人，這樣的姐姐，多會體貼人哪，這朵如今風韻正足的熟牡丹被其他人摘去，我非跟他急，如果是你，我也就忍下了。好兄弟沒二話！我之所以買下廣寒樓，一半都是衝著喜意姐去的，另外一半嘛，你也懂的，一邊掙銀子自己開銷，再就是替家裡邊籠絡些人脈，反正兩不誤，我這輩子也就做了這麼一椿讓老爹舒坦的事情。」

饒是見多了紈褲子弟千奇百怪嘴臉的徐鳳年也有些無言以對。

這哥們兒要是跟李翰林坐一起，還真就要投帖結拜了。

澹臺長安就跟沒見過男人喜歡自作多情的娘們兒一般，也不計較徐鳳年是否陪著喝，自顧自一杯接一杯，可都是實打實上好的燒酒，很快就滿臉通紅。他的身子骨本就虛弱，已經有了舌頭打結的跡象。

徐鳳年起身說道：「天色不早，先走了，明天再來。」

接著笑著向安陽小姐告罪一聲：「徐奇委實是囊中羞澀，不敢輕易進入小姐的院子，就怕被棒打出去。」

廣寒樓花魁含蓄地微笑道：「無妨，明日先見過了秀妹子，後天再來這院子聽琴即可。既然是二公子的知己，若是還敢收徐公子的銀錢，安陽可就飯碗不保了。」

澹臺長安踉蹌了一下，一屁股坐回席位，雙手抱拳道：「徐奇，就不送了，怕你疑心我要查你底細，到時候兄弟沒得做，可就冤枉大了。」

徐鳳年走出院子，去四樓喜意那邊接回陶滿武。

◆

小院幽靜，可聞針落地聲。

澹臺長安還在喝酒，只不過舉杯慢了許多。

安陽小姐托著腮幫，凝視著這位有趣、很有趣、極其有趣的公子哥，她看了許多年，好似看透了，但總覺得還是沒有看透。

只覺得這樣安靜地看著他，一輩子都不會膩。

澹臺笠筷想要偷偷摸摸喝一杯酒，卻被人拍了一下手背，縮手後哼哼道：「小氣！」

澹臺長安漲紅著一張英俊臉孔，含糊不清道：「女孩子家家的，喝什麼酒，萬一哪次二哥不在，與誰喝醉了，被人欺負，到時候二哥還不得被妳氣死！」

城牧府三公子嫣然一笑，繼而收起笑臉，小聲問道：「二哥，你真不查一查這個徐奇的底細？」

醉眼惺忪的澹臺長安搖頭道：「不查。」

澹臺笠筷皺眉道：「為何？這傢伙才及冠之年的歲數，比我大不了幾歲，就能與楊殿臣打個平手，不奇怪嗎？」

澹臺長安由衷笑道：「妳看啊，二哥我叫澹臺長安，這麼多年就平平安安的，徐奇徐奇，奇奇怪怪的，有何不妥？」

澹臺笠筷踢了一腳二哥，氣憤道：「歪理！」

見二哥不理不睬，她好奇問道：「二哥，你還真想當教書匠哪？以前沒聽你說啊，是騙那徐奇的吧？」

澹臺長安趴在几案上，一手握杯，望著頭頂的月明星稀，喃喃道：「話不投機半句多，酒逢知己千杯少。醉了醉了。」

他竟是就這樣打鼾睡去。

第三章 破茶樓世子聽書 癡桃子惜別鳳年

徐鳳年再見到喜意姐，她可就真是沒好臉色了，肯定是在為那一拍耿耿於懷，徐鳳年也就樂得裝傻，抱著陶滿武走下樓，緩緩離開夜深人靜的瓶子巷，出樓時朝四樓一處窗口擺了擺手。

喜意慌張躲過身子，滿是羞意恨恨罵道：「流氓！」她下意識地揉了揉自己的屁股，咬著嘴唇，媚眼朦朧，此時她的媚態，幾乎舉城無雙。徐鳳年走出瓶子巷，小姑娘抱著心愛的瓷枕，嘴角忍不住翹起，抱著它，可比背那沉重行囊舒服多了。

徐鳳年瞇起眼，內心並不如他表面那般輕鬆閒淡。

除去舒羞精心打造的面皮這類可以親見的玩意，以及王府梧桐苑那個做傀儡的偽世子，一趟北行，意味著整個北涼王府智囊的縝密運作，實在是在暗地裡做了太多隱蔽事情。例如徐鳳年如今身上這張以備出留下城以後的路引，就意味著他來自一個無比「真實」的姑塞州家族，是一個如假包換做瓷器生意家族的庶出子弟。世子殿下的其中一張生根面皮也因此而來，而那個可憐的正主篤定了不知死在何處，這輩子都未必有機會葬入祖墳，豎起墓碑。一環扣一環，任何一個環節都不能出錯。

徐驍明言，只要世子殿下出了北涼，就不再派遣任何死士護駕，李義山與當局者都毫無異議，因為都知道再有死士跟隨，就會有蛛絲馬跡可尋，須知北莽有一張緊密蛛網，籠罩整個皇朝，而這一隻隻嗜血蜘蛛，最敏感蛛網上一丁半點的風吹草動。

朱魍是「蛛網」的諧音，由北莽天子近臣李密弼一手創建，模仿離陽王朝的趙勾，卻青出於藍而勝於藍。提竿捉蝶捕蜻蜓，聽著詩情畫意，卻是血腥無比，一旦被黏在杆上，就要人頭落地，因為這個陰暗機構可以先斬後奏，足見北莽女帝對李密弼的信賴，故而後者一直被視作第九位影子持節令。無法想像，這名權傾朝野、染血無數的劊子手已經手刃數位耶律皇室成員，慕容氏子孫更是大多死於他手。在二十年前，他還只是一名鬱鬱不得志的東越寒族落魄書生，興許真是南橘北枳，有些人物註定要蟄蟲一遇風雨化成龍。李義山曾說，死一個李密弼，等於斬去北莽女帝一眼一臂。

可這名已是花甲之年的老書生，算是暗殺的老祖宗，除了老死，或者被北莽女帝賜死，實在沒有被刺殺的可能。

澹臺長安是真風流還是假紈褲，徐鳳年一時間看不穿，但將入飛狐城所有細節權衡算計以後，確定並無露出馬腳的可能，就不去庸人自擾，說到底，大不了殺出城去。

陶滿武突然小聲說道：「你走了以後，我一句話都沒有說，不過喜意姨有說你是流氓。」

徐鳳年點頭笑道：「妳知道什麼。女人說妳是流氓，是誇人的言語。」

陶滿武「哦」了一聲，約莫是報復他不許與喜意姨說話，不斷重複道：「流氓流氓流氓……」

徐鳳年撇嘴譏諷道：「這位小姑娘，想讓本公子拍妳屁股蛋，還早了十年！」

陶滿武換了個更舒服的姿勢依偎在他懷裡，這次只說了一遍：「流氓！」

◆

藉著城內青樓林立的東風，飛狐城夜禁寬鬆，甚至這個時分仍有許多擔貨郎託盤擔架來到街上，歌叫吆喝買賣。陶滿武是個小吃貨，填不飽肚子就睡不安穩，到頭來受罪的還是徐鳳年，於是掏了塊小碎銀一口氣買了兩碗紫頸菊花瓣熬成的金飯與幾樣糕點。

到了客棧，正是李六守夜，以往這個點上，他多半是在打瞌睡，大概是來回了趟瓶子巷，興奮得不行。徐鳳年要了張桌子，喊他一起吃，健壯憨厚的小夥子說了聲好咧，也不與這位徐公子太過客氣生分，見暱稱桃子的小姑娘捧著條精美瓷枕，也吃不準什麼來路，並不多問。

徐鳳年指了指樓上，陶滿武就停下吃食動作，連忙抹嘴起身，徐鳳年把剩下的糕點都送給李六。

到了房中，背對陶滿武，徐鳳年馭出那柄暗殺過閘狨卒的飛劍蚍蜉，指甲刺入手心，在浮空飛劍上一抹，看似輕描淡寫，卻玄機重重。十二柄出爐時辰各有不同的飛劍胚子，紋理也是天壤之別，飲血成胎這個細工慢活，鮮血多一絲則滿溢傷劍紋，少一絲則劍氣衰弱，紋理好似通靈飛劍一張嘴，容不得半點疏忽。

徐鳳年沒有急著收回蚍蜉入袖，望著眼前那一抹如風吹清水起微漾的風景，輕輕嘆息。

廣寒樓裡的喜意，最讓他心生感觸的不是她的音容，而是屋內那些好似離陽王朝清流名士玩弄翰墨的小擺設，美人榻、黑釉盞、三腳蟾蜍滴硯等等。徐鳳年進入龍腰州後一直陰霾的心情，終於好了幾分。

青樓花魁尚且如此鍾情中原雅致器物，想必逃竄擁入北莽的那些春秋破落士子，多半即便是流寓異鄉，也不改先前膏腴土地千百畝的富貴常態，這些每逢太平盛世就會死灰復燃的雅士習氣，終歸會潛移默化，對北莽權貴階層產生巨大而緩慢的影響，就如世子殿下養劍如出一轍，緩緩滲透入這個尚武好戰的蠻夷皇朝。北莽女帝以極大度量接納了春秋遺民，大肆提拔士子書生，其利顯著，其弊卻隱蔽。風流不輸南方任何世家子的澹臺長安便是一個絕佳例子，一籠龍舌雀能買多少匹戰馬、多少甲冑兵器？

徐鳳年悄悄收起蚍蜉，長長呼出一口氣。轉頭看了眼趴在床上托腮幫凝視瓷枕的陶滿武，笑了笑，打趣說道：「小財迷，以後要是出城遠行，妳也帶上瓷枕？不怕累？」

陶滿武一臉堅定道：「我可以背著錢囊，捧著瓷枕！」

徐鳳年點頭道：「很好，沒銀子花了，我就可以賣了瓷枕換酒喝。」

陶滿武緊張萬分，仔細瞧了徐鳳年一眼，如釋重負，咧嘴一笑。對於自己的靈犀天賦，小姑娘自打記事起，就一直懷揣著本能的忐忑不安，此刻卻是從未有過的沾沾自喜。

徐鳳年好奇問道：「妳能看穿人心，是連他們心裡言語都知道，還只是辨別心思好壞與心情轉換？」

陶滿武猶豫了一下，死死閉著嘴巴。

徐鳳年笑道：「聽說飛狐城有曹家牡丹包子、薛婆婆肉餅、嘉青瓶子巷熬羹、梅家烤鵝鴨、段家羊肉飯從食，有很多好吃的；蘇官巷集市廟會上有羊皮影戲，有各種說書、士馬金鼓鐵騎兒，還有佛書參請，有榮國寺撲人角抵，有竹竿跳索，有藏掖幻術，有弄禽人教老鴉下棋，有這麼多好看的，想不想邊吃邊看？」

陶滿武「哼」了一聲。

徐鳳年一臉遺憾道：「行，那明兒我自己去逛蕩，妳就留在客棧，抱著瓷枕數碎銀好了。」

威武不能屈、貧賤不能移的小姑娘「哼哼」了兩聲。

徐鳳年忍俊不禁，熄了桌上油燈，在床上靠牆盤膝而坐，笑道：「睡妳的。」

小姑娘打了個滾兒，趁機輕輕踢了他一腳。徐鳳年不理睬，凝神入定，一個時辰後還要飼養飛劍黃桐，好在大黃庭能夠讓人似睡非睡，養劍十二，每隔一個時辰就要勞心勞力，不至於太過困乏，事實上就算沒有攤上養劍這樁事，徐鳳年也不敢睡死。

過了半晌，習慣了在徐鳳年懷裡依偎著入睡的小姑娘鬆開冰涼瓷枕，摸摸索索鑽入溫暖懷中，很快就打著細碎微鼾，安穩睡去。

徐鳳年依次養劍三把，天色已泛起魚肚白。把陶滿武裹入棉被睡覺，徐鳳年拿起就放在床頭的春雷刀，走到窗口，伸了個神清氣爽的懶腰，有種山雨欲來風滿樓的預感，談不上好壞，也就不庸人自擾，酣暢淋漓斬殺謝靈以後，且不論開竅帶來的裨益，整個人的心態與氣質也都渾然一變。

◆

窗外漸起灰幕小雨，淅瀝瀝春雨如酥，輕風潤物細無聲。

陶滿武悠悠醒來，看著那個背影，怔怔出神。

這個世界在她眼中自然與常人不同，在小姑娘看來每個人身上都籠罩著一層光華，大多數是灰白，市井百姓大多如此；偶有人散發不同程度的青紫彩暈，爹便是如此，如青山，董叔叔則有紫氣纏身；將死之人，則是黑如濃墨，壞人殺氣勃發時，會是猩紅，刺人眼眸；像喜意姨這般言行一致的好心女子，內外暖黃。世間萬物，在陶滿武眼中分外絢爛，越是長大，便越發清晰。眼前這個年輕男子，深紫透染金黃，是她生平第一次見到的景象。

陶滿武不會知道，她若是被有心人察覺，便會被視作是釋教的活佛轉世，是道門的天人降世，可惜謝靈不知為何不曾識貨，若是將注意力放在她這顆七彩琉璃心上，而非世子殿下身上，說不定可以借力一舉重返巔峰時的指玄境界，至於事後是否受到氣數反撲，相信以魔頭謝靈誓殺洛陽的執念，斷然不會在意。

徐鳳年沒有打斷身後小姑娘的審視，等她收回視線，才轉身笑道：「吃過了早飯，帶妳去看廟會。」

陶滿武一臉疑惑，約莫是不理解他為何大發慈悲，在她看來，這個不以真面目示人的壞蛋傢伙精明而市儈，讓自己吃足了苦頭，怎麼才一晚上就變了口風？

徐鳳年輕笑道：「我已經想好，到時候獨自離開飛狐城，就不帶妳這個拖油瓶出城了。放心，不耽誤妳吃穿，肯定比跟著我要舒服愜意。這不趁著還在一起，假扮幾天好人，省得被妳記恨。我可是聽說妳這種可以看透人心的傢伙，每當念念不忘，老天爺必有回聲。我還想好好活著，整天提心吊膽，不好受。」

小姑娘咬著嘴唇，死死盯著他，估計是確定了他沒有說謊，是真打算將她留在飛狐城，本該慶幸逃離水深火熱的小妮子，不懂什麼城府掩飾，一臉黯然。

徐鳳年也不火上澆油，牽著她下樓，吃過了暖胃的早點，二人一同走向城西的蘇官巷。一路上小姑娘都冰冷著小臉蛋，沒個好臉色給新加上冷漠無情印象的徐鳳年。不過孩子湊巧感觸的悲歡離合，像一壺新酒，味道都在那上邊飄著，不像成人的老酒滋味，都沉澱在了酒罈子底部，不喝光便搖勺不乾淨。

徐鳳年用一串糖葫蘆和一只裝有結網蜘蛛的小漆盒，就讓陶滿武陰轉多雲。盒子取名「奇巧」，也是中原傳入北莽的精緻玩件，將小蜘蛛貯藏入盒，次幾日便可觀察結網疏密。這本是春秋諸國七夕節女子多半要購買的相思小物品，在盒內放小紙寫上愛慕男子的姓名，蛛絲意味著月老紅繩，算是祈求一個好兆頭，若是結網緊密繁盛，女子自然要見之暗自慶幸喜悅。

徐鳳年步子大，兩次遊歷後，對這類廟會種種表演販賣見怪不怪，嫌棄瞪大眼睛左顧右盼的小妮子走得慢，就乾脆讓她騎在脖子上。

陶滿武正跟這傢伙生悶氣呢，才不管淑女體統，當仁不讓騎了上去，小腦袋擱在大腦袋上，一顆糖葫蘆都不給他吃，饞死他才好。

二人看了會兒素紙雕鑒的簡陋皮影戲，是講述涼莽兩地的邊境戰事。北莽黃宋濮在內幾位將軍當然是情理之中的雕琢以堂堂正貌，而北涼王徐驍以及小人屠陳芝豹則刻以猙獰醜形，對飛狐城百姓來說很討喜。徐鳳年一笑置之，覺得沒冤枉徐驍，倒是陳芝豹那般風流鼎盛的白衣兵仙，給雕刻成如此不堪入目的丑角形容，有失公道。

提弄傀儡的藝人扮演著說書人的角色，紙雕人物既然是兩朝邊境首屈一指的軍界權臣，也就離不開戰火紛飛，這與酒肆茶樓說書講史的征前之事略有區別，說到刻意渲染的激烈戰事時，觀眾們目不轉睛，屏氣凝神，十分入戲。

徐鳳年才走開，就看到澹臺長安與妹妹澹臺笠篌帶著幾名扈從走在熙攘人流中。澹臺笠篌手裡也提著一只奇巧蛛盒，不過是紫檀盒子，所耗銀兩遠不是陶滿武手中木盒能夠媲美的，盒中吐網蜘蛛更有差異，想必城牧三公子的蜘蛛也會理所應當地吐網更密，大概是銀子多了，便會奇巧更奇巧。

雙方對視後，澹臺長安笑容燦爛，率先走來，扭頭對妹妹得意道：「怎樣，被我說中了吧，徐奇肯定會來廟會。」

澹臺笠篌瞪了一眼徐奇，無奈道：「不就是打賭輸你一兩銀子嘛，得意什麼。」

澹臺長安大笑道：「二哥賺別人百兩黃金那也不見得如何高興，指不定還是他們偷著樂，不過賺妳一顆銅板兒都值得開心。」

徐鳳年比澹臺笠篌還要無可奈何，這飛狐城頭號紈褲的二公子真是神機妙算。不知為何，徐鳳年是真相信澹臺長安在這兒守株待兔，而非讓人盯梢，一來以徐鳳年如今的玄妙五感，能夠輕易探知周遭的特殊視線，再者對這位志向是做鄉野教書匠的無良子弟並無惡感，這不能叫英雄相惜，可以算作是紈褲相惜。尤其是見陶滿武並無異樣後，徐鳳年更是鬆了口氣。

澹臺長安是個有話直說的爽快性子，見陶滿武長相可愛，便伸手去捏小臉頰，被躲過以後，也不以為意，就拿自家妹妹尋開心，「我這妹妹口口聲聲要嫁給我做媳婦，其實暗地裡對赫連家一位俊彥思慕得緊，這不就買了奇巧，回頭肯定就要偷偷摸摸做賊一般寫下那名英俊公子哥的姓名，若今天見不著徐奇兄弟，我也就不會說破她的心事，撐死了深夜爬牆，去偷出那張紙條丟掉，讓她第二天對著蛛網哭死。」

漲紅臉的澹臺笠筱一腳猛踩在澹臺長安腳背上，後者一陣吃痛，倒抽冷氣，對這個寵溺慣了的妹妹，只能敢怒不敢言。

一起逛了半個時辰，澹臺長安便被按捺不住的澹臺笠筱拉走，二公子與徐鳳年約好晚上在廣寒樓喝酒，被妹妹強行拖著離開。

望著這對關係融洽的兄妹，徐鳳年站在原地，久久沒有挪動腳步。

陶滿武伸出小手揉了揉他的眉頭。

◆

陶滿武心安理得地騎在某位壞蛋的脖子上，居高望遠，悠遊廟會，冷不丁發現假面假名的傢伙停下腳步，便循著視線看去，看到一個消瘦的小姐姐站在眼前，怯生生地遞出一張纖薄招子。

徐鳳年愣了一下，從這個骨瘦如柴的小姑娘手中接過招子。這類招子是說書先生招徠生意的小手段，粗略寫有幾句所講內容的梗概，不論是說鐵騎兒還是煙花粉黛還是人鬼幽期，酒香還怕巷子深，除了正主待在酒肆茶坊，就讓搭台的去街上遞請顧客入內旁聽，排場大小與名氣高低掛鉤。

一些著名說書人，往往可以在鬧市酒樓外頭懸掛出金字帳額，眼下這位就相當寒磣了，僅以幅紙用緋帖尾。但讓徐鳳年訝異的是他認得這個小姑娘，正是出北涼前在城內僻靜茶樓內見到的那對爺孫，年邁目盲說書人酌酒而談，小姑娘捧一支劣質琵琶。

徐鳳年看到招子上所寫，更是一驚復一驚，竟然敢在北莽城池內說北涼世子千里遊歷的故事！環視一周，徐鳳年安靜地望著這個小姑娘遞出十幾份招子後，這才背著陶滿武尾隨她走入一棟生意相對冷清的茶坊。

落座後，要了一壺茶水，果真看到茶坊中心位置空出一塊，目盲老者習慣性地在小板凳上擱了竹板與一碗濁酒，他孫女遞完了簡陋招子，就小跑到老人身邊，小心翼翼地捧起琵琶，與相依為命的爺爺輕聲說了幾句。

約莫是老人所說北涼世子殿下，太過新鮮得驚世駭俗，遞出的招子大多引來了樂意付出茶資的實打實客人，讓茶坊老闆眉開眼笑，對自己的眼光魄力都十分滿意。

目盲說書人端碗小喝了一口酒，潤了潤嗓子，並未步入正題，而是朗聲道：「今日老兒不說那男女纏綿的煙粉，也不說那人世之外的靈怪，只說這北涼世子腰懸雙刀的數千里遊歷，博取看官們幾聲笑，足矣。」

老說書人言畢，小姑娘順勢一抹琵琶，美妙的琵琶聲清脆響起。老人再捧碗喝一口茶坊老闆打賞的烈酒，喝完輕輕放下，拿起竹板，按規矩念白道：「聰明伶俐本天生，懵懂紈褲未必真。荒唐只因時勢起，金戈戎馬談笑深。九曲長河比心淺，十重鐵騎如雷震。豈會酒色忘江山，才知詩書誤世人。」琵琶聲漸起，但仍是小橋流水婉轉，不聞鏗鏘。

坐在角落的徐鳳年會心一笑，不再去看這搭檔嫻熟的爺孫二人，只是望向窗外的車水馬龍，有些佩服這個上了年歲的說書人，竟然敢在北莽境內說世子殿下的好話，不過好在北莽風氣粗野而開明，不興什麼文字獄，極少因言獲罪，哪怕抨擊朝政，也無大事。

老人所說當然是道聽塗說而來，與真相大有出入，不過噱頭不小，聽眾們也覺著津津有味，尤其是當說到襄樊城外世子殿下單槍匹馬面對那靖安王趙衡與整整千騎鐵甲時，一些起先不以為然的茶客們都入了神，幾個本想著抬腳走人的聽眾也都坐回位置，重新與店小二要了壺茶水。而目盲老人也在此時故作停歇，茶客們知道這是要收錢了，倒也有幾桌丟了些銅錢到一只大白瓷碗裡，叮叮咚咚，十分悅耳。

老人不再賣關子，繼續娓娓道來，當他說到北涼世子持矛捅死一員驍勇騎將，茶客們立即抱以驚嘆嘖嘖聲，先是面面相覷，然後開始議論紛紛，大抵都是不信這名世子殿下能有如此馬戰本事。對於靖安王趙衡，北莽百姓因為說書先生講多了當年離陽王朝皇子奪嫡的精彩好戲，也有所耳聞，知道這名藩王只是時運不濟，才沒能成為九五至尊。

徐鳳年見陶滿武聽得咋舌，瞪大著眸子，一副恨不得跑去催促老先生快說快說的俏皮表情，便在桌底下刺破手指，滴血養劍，收入袖中後，倒了杯茶水，閉目凝神。

目盲老人拿捏巧妙，當聽眾們又有些不耐煩時，終於說到天下道教祖庭的龍虎山，插敘了一段當年大將軍徐驍馬踏江湖的事蹟，聽眾們立即又給吊起胃口。

徐鳳年啞然失笑，大雪坪一戰，活下來的沒幾個，這幾個都絕不會洩露天機，老人說得便玄之又玄了。講到那徽山牯牛大崗紫雷陣陣，只說成了是劍神李淳罡的無上神通，聽眾們大多嗤之以鼻，看情形，這羊皮裘老頭兒不得比咱們北莽軍神拓跋菩薩還厲害？那武評十位，怎的就沒這位老劍神？只聽說有個拎桃枝的鄧太阿嘛。

老人聽到噓聲以及無數喝倒彩，不急不躁，這時候琵琶聲越演越烈，猶如銀瓶乍破水漿迸，讓人擔心小姑娘那雙孱弱纖手是否支撐得住。老人在琵琶聲營造出的壯闊氛圍中，說起了壓軸好戲一般的飛劍臨世，說老劍神以「劍來」二字，就教徽山與龍虎山數千柄劍一齊飛至大雪坪當空，遮天蔽日。

聽眾們瞠目結舌，乖乖，難道還真是天底下屈指可數的陸地神仙？當老人說到龍虎山趙天師出聲要老劍神還劍天師府時，老人一頓，一字一字說道：「看官們可知下文如何？」

得，掏錢掏錢，這次茶客們給銅錢十分痛快，稀里嘩啦很快就將大碗裝滿，性子急的跑去丟完了銅錢，坐回座位就趕忙說道：「老頭兒，快說快說！」

目盲說書人喝了口酒，笑道：「那劍仙境界的李老前輩朗聲傳話給偌大一座龍虎山，世子殿下說還個屁！」整座茶坊一片死寂，隨即轟然叫好，許多只覺得解氣的茶客都開始猛拍桌子。

徐鳳年身邊的陶滿武噗哧一笑，徐鳳年掏出一塊幾分重的小碎銀，撇撇頭，小丫頭本就覺得老先生說書精彩紛呈，見這個小氣鬼竟然破天荒闊綽了回，總算給了個笑臉，抓住碎銀就跑向茶坊中心，滿臉通紅地輕輕放入碗中，再跑回徐鳳年身邊，依偎在他身邊不敢見人。

眾人也只是覺得這個年輕人十有八九是無聊的富貴子弟，錢多到沒地方花了，也無多想。目盲說書人，說至東海武帝城，只說世子殿下端碗上城頭，卻沒道出原委，茶客們聽得驚心動魄，不約而同想著這位世襲罔替的北涼世子還真是膽大包天，倒也不探究底細，聽說書人說故事，較真做什麼。當老人說起名副其實的天下第一王仙芝飛掠到東海水面，劍神劍開天門，王仙芝讓東海升起，茶坊頓時全部寂靜無聲。

北莽民風彪悍，飛狐城再陰柔，那也是相對其他城鎮而言的，骨子裡終究也流淌著尚武的鮮血，他們可以看不起離陽王朝的帝王公侯，看不起那些軟綿綿的名士風流，卻絕對不會看不起登榜的春秋名將顧劍棠，更不敢看不起稱霸江湖一甲子的武帝城城主，北莽上下，只會遺憾這位老武夫不是本朝人物，卻不會去質疑王仙芝能夠排在拓跋菩薩前面，成為天下第一！甚至對於那北莽死敵的人屠徐驍，他們也是打心眼裡敬畏有加，北莽不管是市井之下還是廟堂之上，不乏有人坦承對徐驍的敬服。

當年傳言皇帝陛下願意「妻徐」，他們怒罵口出狂言的徐瘸子不知好歹之餘，始終少有人去罵徐驍是不配與女帝共分天下！在北莽看來，天下還有誰比人屠更配得上自己王朝的女帝？離陽王朝的皇帝？滾你的蛋，去你娘咧。

尾聲，廣陵江畔，大潮起，世子殿下割肉，李淳罡一劍斬甲兩千六。一座茶坊已是落針可聞，唯有琵琶聲聲炸春雷，連茶坊掌櫃都目瞪口呆，慢慢摸出幾塊還沒焐熱的碎銀，讓夥計送到碗裡去，一點都不心疼。今天幸虧請了這對爺孫二人說書，掙了許多額外銀錢，便打定主意要讓他們繼續說上幾天，保管生意興隆、財源廣進。

故事講完，一些富裕些的茶客們都又加了點閒錢。

徐鳳年拍了拍陶滿武的小腦袋，笑道：「去，跟那位彈琵琶的姐姐說我請他們喝茶。」

陶滿武歡快跑去，爺孫二人原本不走這些應酬過場，興許是見小姑娘天真爛漫，瞧著面善，那名臨窗而坐的公子哥也不像惡人，就答應下來。

徐鳳年招手喊來夥計，要了一壺好茶、一壺好酒，陶滿武坐在徐鳳年身邊，仰慕地望著對面的姐姐，她自己只學過琴，對琵琶一竅不通，只覺得這位小姐姐厲害得很。

目盲老人喝了口酒，嘶了一口，慢慢回味，滄桑臉龐露出一抹會心的笑意，「謝這位公子賞錢又賞酒，可惜老頭兒也就會些說道故事，無以回報。」

徐鳳年笑道：「本就是覺著故事好聽，身上又有些小錢，好不容易打發掉時間，算是意外之喜，老先生無需上心，就當他鄉遇故知，兜裡銅錢多一些的那位，請喝些酒也是人之常情。」

老人爽朗笑道：「是這個理。公子肚量大，老頭兒也不能矯情了，來，碰一碗。這酒雖說不如咱北涼那邊的綠蟻地道，卻也是好酒。」

二人一飲而盡，至於大小姑娘則喝茶，掌櫃的也順帶送了些花不了多少錢的糕點瓜果，她們也是心情輕鬆閒適。

徐鳳年笑問道：「老先生在北莽說北涼世子的好話，不怕惹麻煩嗎？」

年過花甲的說書老人搖頭道：「這有什麼好怕的，如今這世道，想比同行多掙點錢，總是怕不得麻煩的。」

徐鳳年看見老人端碗手背上傷痕縱橫，問道：「老先生曾是北涼士卒？手背當年刀傷可不輕哪。」

老人估計年輕時候也是火爆脾氣，如今說話仍是半點沒有顧忌，直爽笑道：「可不是，那會兒疼得只差沒有哭爹喊娘。那時候才入伍北涼軍，被老伍長笑話得不行，後來幾次受傷要更重，不過反而咬牙忍忍，也就忍下來了。年老了回頭再想，還真挺佩服自己。不過公子可能不清楚那會兒北涼軍，嘿，你要是沒點傷疤，哪裡好意思去跟肩並肩殺人的袍澤打招呼，是要被當作小娘們兒的！說來好笑，入伍幾年後，恨不得多被砍兩刀才好。咱們老伍長死前就說過，誰他媽的想篡老子的位，行，脫光了衣服，誰傷疤比老子還多，誰去當這個伍長，一句話，誰砍下腦袋比老子多，兔崽子撒尿都要老子來解褲子，都沒有問題！」

徐鳳年喃喃道：「老先生為何說是那會兒的北涼軍？」

說書人喝了口酒，猶豫了一下，再喝一大口後，緩緩苦笑說道：「這些話也就只能與公子這般外人說了，也不算什麼不可告人的事情，更算不上家醜。當年咱們大將軍打贏了西壘壁，滅了幾乎與當時離陽勢均力敵的西楚皇朝，北涼軍上下都憋著口怨氣，想著他娘的京城那幫文官老爺站著說話不腰疼，連皇帝老兒都百般猜忌大將軍，要不咱們乾脆就反了？讓大將軍自己當皇帝去，大將軍坐龍椅穿龍袍，誰不服氣？

可惜大將軍不肯啊，其實這也沒啥，對於我們這些當小卒子的遼東老人來說，只要給大將軍鞍前馬後都成，不做皇帝就不做皇帝。後來老頭兒我就跟著到了北涼，這味道就變了。大將軍還是那個大將軍，沒誰有半句怨言，可大將軍也不是四頭六臂的人啊，底下一些個將領估摸著是覺著天下太平，該撈銀子回本了，後來許多沒打過仗的文官也爬上去，老頭兒與一些個老兄弟也就心灰意冷，尤其是我，瞎了眼，就不占著茅坑不拉屎白白浪費北涼軍口糧了，能給邊境上的新卒省一口是一口。北涼幾個州，我都走過，目無王法的紈褲子弟何曾少了去，老頭兒讀書不多，也就認識幾個字，也想不明白這給趙家打天下打得值不值。」

見對面公子不說話，說書人哈哈笑道：「公子可別因為老頭兒嘮叨了幾句，就以為咱們北涼三十萬鐵騎好對付，一些個當官的不像話，大將軍可始終是那個大將軍，說句在公子耳中可能難聽的實話，有大將軍當北涼王的一天，你們北莽哪，就別想南下一步！大將軍不打到你們北莽王庭，就燒香拜佛吧！」

徐鳳年笑了笑，道：「喝酒。」

目盲說書人舉起碗，「喝！」老人喝得盡興，自言自語道：「之所以耐著不死，是有身邊這苦命小孫女要照應，再就是真怕咱們北涼的人心散了。萬一，萬一大將軍有個好歹，三十萬鐵騎咋辦？四、五年前老頭兒聽說那世子殿下遊手好閒，做什麼事情都是一擲千金，敗家得很，真是恨不得去北涼王府打一頓，後來才知道根本不是這個事，這不就想著自己反正沒幾年好活了，能到北莽走幾座城鎮是幾座，與你們北莽人好好說說咱們未來的北涼王，好叫你們北蠻子睡不踏實，哈哈。老頭兒大不了就挨幾頓罵、吃幾頓打，死不了。真死在北莽，比起當年那些馬革裹屍的老兄弟，也不差了。」

老人回過神，愧疚笑道：「這位飛狐城公子哥，老頭兒胡言亂語一通，莫要介意，這頓酒喝得上頭了。」

徐鳳年搖了搖頭，用北涼腔調微笑道：「老先生，你怎麼知道我不是北涼人？」

說書人一愣，心思百轉，猜測徐鳳年是來北莽做買賣的北涼商賈子孫，但為了小心謹慎起見，也放低聲音，笑容發自肺腑，說道：「難怪了，怪不得公子說他鄉遇故知。放心，老頭兒知道輕重，今天只當是與一位飛狐城的公子哥蹭了壺好酒喝。」

徐鳳年笑道：「要是以後說書惹惱了小肚雞腸的北莽人，老先生大可以罵幾句北涼王與北涼世子，不打緊的，天大地大，活著最大。你孫女尚未找到好男人，還靠著老先生說書掙錢呢。」

說書人搖頭道：「罵什麼，大將軍這輩子沒做過一件虧心事，老頭兒罵大將軍，到了地底下還不得被老伍長他們給白眼死。世子殿下也不捨得罵，以前瞎了眼，罵了那麼多，再罵一句，老頭兒就死得不安心。老頭兒孫女，既然生在了老宋家，就是這個命，沒啥好抱怨的。」

捧著琵琶的小姑娘柔柔一笑。認命而坦然。

徐鳳年放下酒杯，輕聲道：「老先生，若是信得過，可否將你孫女手中琵琶借我試試弦音？我家二姐尤其擅長武琵琶，我天賦比不得她，不過耳濡目染，還算略懂一二，興許能與小姑娘說些淺顯見解。」

老人笑道：「這有何捨不得的。二玉，遞給公子。」

徐鳳年笑了笑，「勞煩姑娘把擦琴布一同給我。」

小姑娘臉一紅，站起身後小心遞出這支心愛的琵琶。

徐鳳年細緻擦過琵琶後，正襟危坐，想了想，右手四指齊列，由子弦至纏弦向右急速撇進如一聲，再回撤三指，僅用右手食指自纏弦自老中子三弦次第彈出，一撇一掛。

彈了多年琵琶的小姑娘眼前一亮。這支琵琶只是最下品的白木背板琵琶，與那些紫檀紅木、花梨木製成的上品琵琶差了太多，遠達不到強音可達兩三里以外的國手境界。

徐鳳年依次將掃、摭分、勾打輕輕演示一遍，這才抬頭對站在身邊的小姑娘笑道：「就白木琵琶而言，音質算好的了，若是銀錢允許，可以稍稍補膠，老先生說書內容尤其苛求琵琶的脆爆二項。還有第一弦已是離斷弦不遠，不過在我看來，既然是彈琵琶給看官們欣賞，彈斷琵琶弦也是一樁所有人都會喜聞樂見的美事，大可不必忙著換這第一弦。我再與妳說一些南派大國手曹家琵琶的技法，妳能記住多少是多少……」

一個說，一個聽。目盲老人淺飲慢酌，優哉游哉。

有聚終有散，徐鳳年教完了被公認已是幾近絕傳的曹家技法，就起身告辭，牽著陶滿武的小手離開茶坊。

小姑娘捧回琵琶，喃喃道：「爺爺，這位公子是誰？」

老人喝了最後一口酒，臉色紅潤，笑道：「大概算是萍水相逢的好人吧。」

年邁說書人可能這輩子都不會知道，他曾面對面，與北涼王說北涼。

◆

陶滿武的小腦袋擱在徐鳳年的大腦袋上，一起回到客棧。獨樂樂不如眾樂樂，小丫頭準備給那位小姐姐看一下自己手裡的奇巧蛛盒，不曾想才到門口，就看到鬧哄哄的場面，許多青皮無賴模樣的男子在外邊叫罵，滿嘴不堪入耳的粗話野話。

孫掌櫃站在臺階上跟一名五大三粗的彪悍漢子彎腰賠笑，漢子將掌櫃偷偷遞出的一兜銀子拋了拋，本來冷笑的臉龐驟然變色，將一小囊銀子砸在地上，一拳推在老男人胸口。孫掌櫃媳婦和兩個女兒躲在客棧大門內，哭哭啼啼，見到家中頂梁柱給打倒在地，愣是不敢去攙扶，生怕惹惱了這些為惡鄉里的凶神惡煞。

徐鳳年向身邊旁觀的百姓詢問，才知道一個大概。約莫是孫掌櫃媳婦和長女去城西集會那邊遊玩，人群裡碰到了吃女子便宜的油子，長女臉皮薄，性子又潑辣，被摸了屁股，當場就甩了人家耳光，那名青皮身材瘦弱，沒料到姑娘如此狠辣，被一巴掌甩趴下，丟了臉面，見她面生，也沒敢當場發作，便喊上幾位鄰里一起遊手好閒的兄弟，盯梢到了城東這棟酒樓，與當地相熟的混子一番計較，知道孫掌櫃沒什麼背景靠山，這就搬動了一位道上大哥，再呼朋喊友二十幾人一起殺了過來，鐵了心要從軟柿子好拿捏的孫掌櫃身上割下一大頓油脂，七、八兩碎銀如何能入他們的法眼？

孫掌櫃掙錢以後，衣食無憂，讀過些詩書，有文人氣，好面子，被一拳打翻，疼痛還在其次，落在街坊鄰居眼中，讓他倍受難堪，尤其是被家裡三名女子看到，尤為憋屈得抓狂，爬起身拎了條板凳就要與這幫潑皮拚命。

為首大青皮習武多年，把式傍身，豈會在意一條板凳，亮了一招腿法，將板凳踢成兩半，把滿腔熱血的孫掌櫃給打懵了，正猶豫著是不是去灶房拿把菜刀出來，就給一名瘦猴無賴偷偷摸摸來到他身後，一腿踹在屁股上，摔了個狗吃屎。

那瘦猴顴骨突出，目小深陷，平時幫派間鬥毆都是動嘴多於動手，這一腳偷襲自個兒覺著挺英雄氣概，可惜拉伸幅度太大，腿腳竟然不爭氣地抽筋起來，只得瘸拐著站在一邊，引來大片譏笑。

瘦猴正要發飆，眼角餘光瞥見被搶風頭的道上大哥皺眉，立馬閉嘴，退回一邊。

徐鳳年放下陶滿武，牽手走到青皮頭子身前，十分利索地給了幾張十兩面額的銀票，笑道：「這位大當家的，不知道孫老哥有什麼不敬之處，還望賞個破財消災的機會。」

可以不賣誰的面子，但銀子的面子不能不賣，結實手臂紋刻一頭猙獰黑虎的大青皮冷冷問道：「你小子是哪條道上的？」

徐鳳年微笑道：「小的比不得大當家的豪橫風采，只是給城牧府二公子當差打雜的，算不得什麼人物。二公子相中了這家酒樓的一道五枝羹，一來二去，我就與孫掌櫃有了些交情，這不就是來酒樓討要這一道招牌素菜。大當家肚裡好撐船，孫掌櫃這邊有錯在先，多多包涵，小的若是這事兒辦砸了，即便到了二公子耳朵，酒樓也不占理，二公子事情多了去，萬萬不會計較這類雞毛蒜皮的小事。只不過小的辦事不力，在二公子那邊印象不佳，可就慘了，也就撈不到這裡頭半顆銅錢的油水。所以這三、四十兩銀子，不成敬意，就算小的跟大當家討個熟臉，發發善心，別斷了小的財路，趕明兒大當家得空，在下再請諸位兄弟搓一頓好酒，大當家意下如何？」

大青皮臉色陰晴不定，最終灑然一笑，將銀票揣入懷中，拍了拍徐鳳年肩膀，道：「既然小兄弟認了錯，這事情本就說大不大，就當給你面子，揭過了！以後到了城西那一片，找我喝酒，簡單，只要報上飛狐城『鎮關西』的名號！」

熱鬧沒了，旁觀的各路神仙也就紛紛散去。

入了酒樓，一頭霧水的孫掌櫃顧不得驚魂未定，小聲問道：「徐老弟，真是城牧府上的貴人？」

徐鳳年揀了張乾淨桌子，落座後笑道：「哪能與城牧府攀上高枝，只不過家裡有長輩與府上管事有些生意來往，與澹臺二公子半點不熟，這趟去城牧府厚著臉皮投了張名刺，也不知道能否見著他。孫老哥知道我家做些不成氣候的瓷器買賣，二公子是此道行家，若是真僥倖被青眼相加，以後還真說不定能拉上二公子來酒樓吃上一頓，到時候孫老哥可別收飯錢茶錢啊。」

孫掌櫃心神大定，搓搓手，如釋重負道：「可不敢收二公子的銀錢，能來酒樓就是天大臉面了。徐老弟，今天這事多虧你仗義相助，老哥這就去拿銀子還你，還有，不管你在客棧住幾天，衣食住行，只要是花錢的，老哥都包辦了，你要是不肯，老哥跟你急！」

徐鳳年猶豫了一下，笑道：「孫老哥，那三、四十兩銀子就別跟小弟計較了，我好歹是去得了廣寒樓的商賈子孫，你若是鑽牛角尖，可就是不認我這個兄弟了。以後只要到了飛狐城，保證來你這兒蹭吃蹭喝倒是真的，這點小弟絕不含糊，這可不是與老哥你說笑，別肉疼。」

孫掌櫃胸口憤懣一掃而空，哈哈大笑，坐下後與站在遠處的媳婦、女兒招招手，道：「來，與徐老弟招呼一聲。」

便是那個嫌棄徐鳳年太老的小姑娘，也與娘親、姐姐一同規規矩矩施了個萬福。三名女子梨花帶雨，劫後餘生，對徐鳳年也就生出了幾分感激，何況聽上去這名面容清秀卻佩刀的公子哥與城牧府有些關聯，這讓她們也都因為孫掌櫃有這麼一號稱兄道弟的年輕公子，頗有一榮俱榮的感觸。

長女原先對老爹被人三兩下撂翻在地，覺得丟死了人，恨不得挖個地洞鑽下去，當下也只是覺得老爹血性，並且有識人的本事，再無半點埋怨。孫掌櫃媳婦作為商婦，更是世故伶俐，親自身姿搖曳，返來端了一壺好酒過來，給自家男人和徐鳳年倒酒，好趁熱打鐵，將這位富貴隱忍的公子哥與酒樓綁在一起，以後再與那幫青皮起了衝突，不說讓他衝鋒陷陣，也好讓他不至於冷眼旁觀。

孫掌櫃小女兒一直迷迷糊糊的，被姐姐擰了一下，抬頭見她丟眼色，做了個「澹臺長公子」的口形，小姑娘頓時神采奕奕起來，不管不顧，火急火燎問道：「徐哥哥，你如果去了城牧府邸，能見到澹臺長公子嗎？如果見著了，千萬記得與他提起我啊，我叫孫曉春！」

小姑娘又被一擰胳膊，馬上醒悟過來，笑咪咪道：「還有我姐，她叫孫知秋！」孫掌櫃和媳婦相視一笑，對這對走火入魔的女兒有些無奈。姐妹二人則是都滿眼的期待希冀，管不上什麼矜持靦腆。

徐鳳年啞然失笑，只得點頭道：「真有機會的話，一定為兩位姑娘美言幾句，只是卻不敢保證一定能見到那位英武公子。」

姐姐孫知秋年長，懂得更多一些人情世故，笑著點了點頭。妹妹孫曉春卻是表情沉重，一本正經說道：「一定要見到的！」

她們娘親作勢要拍打小丫頭，眼神語氣卻柔和，「不許無禮。」

徐鳳年笑道：「嫂子，無妨無妨，不過舉手之勞。」

接下來三位女子去了房內說些私密閨房話，孫掌櫃則滿臉得意笑容地與幾位聞訊趕來的老兄弟嘮嗑。

徐鳳年回到客棧房內，陶滿武放好奇巧盒子，打開行囊，一粒一粒數起了碎銀，徐鳳年笑罵道：「真有毛賊，還會只偷幾塊碎銀子嗎？早給妳偷光了。」

持家有道的小丫頭回瞪了一眼，繼續數錢。

徐鳳年背對陶滿武，從貼身蠶甲十二「劍鞘」中馭出一柄飛劍，悄悄養劍。

數完了銀子，一粒不少，陶滿武這才繫好行囊，踢去靴子，擺好奇巧和瓷枕，托著腮幫趴在床上左看右看，滿眼愉悅歡喜。

徐鳳年藏好飛劍，看了一眼融合大黃庭後老繭逐漸剝落的手心，常人刺血養劍，別說十二柄，就是兩、三柄，一旬下來，一雙手早就見不得人，有大黃庭植長生蓮，則是絲毫不用擔心，氣血旺盛如廣陵大潮月月生，迴圈不息，傷勢痊癒速度極快。

徐鳳年坐在床邊，身體往後仰去，浮生偷閒，閉目凝神。陶滿武一番天人交戰，還是大方大度地將瓷枕塞在他後腦下，捧著盒內有小蜘蛛結網的奇巧，坐起身望著身邊的傢伙，欲言又止。

雙目緊閉的徐鳳年平靜問道：「想知道為什麼我明明可以出手教訓那幫市井無賴，卻只是卑躬屈膝送銀子出手，息事寧人？」

小姑娘點了點頭，噘起嘴，有些小委屈、小幽怨，只覺得這傢伙半點俠士風采都欠奉。

徐鳳年嘴角翹起，輕聲道：「我這個壞蛋是無根浮萍，飄到哪裡是哪裡，孫掌櫃一家四口是紮根在這裡就一輩子走不開的老百姓，飛狐城的青皮貨色，乖巧而奸猾，說好聽點是審時度勢，說難聽點就是欺軟怕硬，我除非一次把他們殺怕了，否則我前腳一走，他們後腳就要跟孫掌櫃不依不饒。

可我有私事在身，還帶了妳這麼個也就只能幫手背銀錢的拖油瓶，總不至於為了點事情就大打出手。說到底，自家禍福自家消受，我今天也就是念那一壺茶的香火情，加上生怕又要麻煩地換地方入住，才會出手，否則以我的薄情性子，才懶得裝這個好人。這叫各家自掃門前雪，莫管別人瓦上霜。妳要是覺得想找個扶危救困的大俠一起行走江湖，對不住，小丫頭，我肯定要讓妳大失所望了。」

陶滿武弱弱「哼」了一聲。在茶坊見他教那位彈琵琶的姐姐技法，才稍稍覺得他沒那麼壞了！這會兒覺得他其實也沒那麼好！

徐鳳年握住小姑娘的一隻胳膊，替她悄悄疏通竅穴，嘴上刻薄打趣道：「好人有好報，那都是別人生怕自己禍事臨頭，才搗鼓出來的言語，其實沒幾個真願意去做好人。一般來說好人沒好報，只不過沒人有機會讓妳知道而已。」

陶滿武只是覺著胳膊發燙，談不上舒服或者難受，也就忍受下來。

徐鳳年平淡說道：「換隻胳膊。」她轉了個身，伸出手臂。

徐鳳年得逞以後，調笑道：「都說男女授受不親，妳也沒個羞臊。」

陶滿武不搭理這茬，老氣橫秋地嘆息一聲，咬唇道：「董叔叔說過，國有利器，不示於人。君子藏器，待時而動。小人持器，叫囂不停。」

徐鳳年睜眼笑道：「妳那董胖子叔叔還是個深諳藏拙的學問人哪，豈不是跟本公子挺像的。」

小丫頭翻個了白眼，對這個往自己臉上貼金的壞蛋都懶得說他了，只是想把心愛的瓷枕抽回來。

徐鳳年壓住瓷枕無賴道：「不給。」

小姑娘明知角力不過，便流露出一臉不與你斤斤計較的不屑表情。與這個壞蛋相處久了，她似乎也學會了些能讓自個兒為人處世更愜意些的小本事。

◆

街道上傳來嘈雜喧囂聲，陶滿武好奇地穿上靴子，跑到窗邊踮起腳尖去看個究竟。

飛狐城傻眼了。據說澹臺長公子竟然給一死胖子打了！更讓人氣憤的是這該死的胖子身邊竟然還有個如花似玉的閨女，看架勢還是胖子的小媳婦。百餘彪悍鐵騎長驅直入飛狐城，鐵蹄碾碎了滿城的風花雪月。

再後來，消息靈通的飛狐城達官顯貴就由驚怒變畏懼了。那名不依律法帶兵擅闖城池的死胖子，不但是名貨真價實的武將，還是咱們北莽南朝官中的軍界領軍人物，高居北莽近三十年最為破格的從二品，與南邊三位正三品大將軍只差一線，別說城牧大人，偌大一個邊軍孱弱的龍腰州，恐怕除了持節令，沒誰敢觸這個死胖子的霉頭。

再後來，一個個震駭人心的消息傳入耳朵，更是讓人嚇得屁滾尿流，死胖子身邊那名彩裳搖袂的女子，是北莽五大宗門裡提兵山山主的親生女兒，也是死胖子的二房，而這名挨千刀死胖子的正房，更是來頭了不得，難怪能將提兵山的千金小姐壓過一頭。

澹臺長公子不過是帶人在城門擋了擋，兵馬就給人衝散，公子本人更是被那提兵山下來的仙女給一招逼下馬。一時間，滿城風雨飄搖，唯有一座遠離是非的茶坊，聽目盲說書人說那北涼世子的遊歷故事，兩耳不聞窗外事。

一名才入城沒多久的老儒生坐在臨窗位置，要了一壺廉價茶水，腳邊放了個破舊書箱，他對面坐了一位中年負劍男子，面容肅穆。

為首的胖武將體重起碼有兩百斤，但是沒有給人絲毫的累贅感覺。他體型健壯，膚如黑炭，胯下坐騎也是一匹烏黑重型馬，身後鐵騎以一線姿態直線馳騁。胖武將身邊偏偏有一名嬌柔女子並肩齊驅，氣韻生動，彩裳飄袖，宛如仙人。

年輕女子身穿深沉幽靜的霽青袖裙，內衫是嬌豔柔美的鵝黃錦緞，精緻而大氣。她腰掛一柄孔雀綠劍鞘的古劍，便是與這些北莽南朝軍旅第一精銳鐵騎共同疾馳，竟是絕無半點花瓶嫌疑，越發襯托得胖武將麾下親衛鐵騎雄偉異常。

北莽王朝版圖廣袤，但自離陽王朝一統春秋以後，六次傾盡舉國之力展開的宏闊戰事，僅有一次牽涉到龍腰州所在的中線，主要戰場皆是兩遼所在的東線，以及針鋒相對的北莽姑塞州與離陽涼州所在的西線。

離飛狐城百步距離，胖子緩了緩馬速，抬頭瞥了一眼掛劍閣，「呸」一聲吐了口濃痰，低聲罵罵咧咧，身後鐵騎百人猶如一人，動作如出一轍，戰馬銜尾間距並沒有因為緩速而產生變化。

胖子姓董，父親是春秋遺民士子，母親是北莽本土小門小戶的女子，當入伍十幾年以後，董胖子將兩百斤肥肉全部鍛鍊成肌肉時，也從一名籍籍無名的小卒子一躍成為北莽南朝最耀眼的軍界梟雄，便是與姑塞州持節令、三位大將軍以及那些南朝重臣都可平起平坐。

按北莽國律，南朝官員與北王庭皇帳臣子即便同銜，品秩仍要自降一品，唯有那些被北莽女帝特賜嘉獎的南朝貴人，才可依次遞增半品。馬上這個死胖子，是北莽皇朝唯一一位榮獲三次特勳以至於炙手可熱的權貴人物，故而本該是正四品武將銜的他，手握軍權直達從二品，西線三名大將軍黃宋濮、柳珪、楊元贊，姑塞錦西兩位持節令，這些打個噴嚏就能讓邊境抖一抖的正二品封疆大吏，清一色都被眼下這個兩百斤胖子罵娘過，其中更是與被女帝破例殊勳南院大王的黃宋濮拍過桌子，更傳言曾與楊元贊約好地點捲起袖管幹過架，死胖子能活到今天，不得不說是個奇蹟。

死胖子一臉咬牙切齒的表情，慕容寶鼎這老烏龜怎麼管束的族內小崽子，明明已經給過一封密信，慕容章台竟還敢帶私兵劫掠兄嫂與侄女，你娘的真以為自己是武榜第九就高枕無憂了？嫂子這樁血案且不去說，那視作親生女兒的侄女要是出了丁點兒紕漏，老子這輩子就算跟你慕容寶鼎死磕上了！你慕容寶鼎一脈子弟以後再來姑塞州搶奪軍功，老子保準揍得你們爬回家後連爹娘都認不出來！

一路行來，臨近飛狐城，已經有數撥斥候在半里以外游弋刺探，董胖子對此根本不去理睬，就這些傢伙的騎術與戰力，身後自家騎兵隨便拎出去一個都能將其射落馬下，僅論馬欄子即斥候的殺敵本事，天底下也就陳芝豹調教出來的白馬游弩能與他的烏鴉欄子一較高下，禮尚往來、真刀真槍死鬥了這麼些年，勝負都在五五分。

董胖子咧嘴笑了笑，更顯陰森。他自知不是風流倜儻的面善人物，入伍前，街坊孩子見著他就要嚇得哇哇大哭，除了男人意氣相投不說，這輩子反正就沒被幾個女人和小孩討喜過，所以一旦遇上了，董胖子都尤為珍惜，女人就兩個，都成了他媳婦，外界都說大房、二房之類的，董胖子一視同仁，談不上更寵誰，反正先成為明媒正娶董家兒媳的就是大媳婦，後入家門的就是二媳婦，這叫先來後到，沒得道理好講，老子反正也不是喜歡講道理的人嘛。

身邊這位，可是那提兵山那老匹夫的心肝，不一樣被我搶回家了？老傢伙三天兩頭嫌棄自己武力不堪入目，你娘的，你懂個屁的兵法，武夫極致，不過千人敵，老子可是萬人敵，早瞧你老頭兒不順眼了，別仗著老丈人身分和武道大宗師就瞎嚷嚷，噴老子一臉口水，都幾回了？老子也就是尊老愛幼，不與你計較，頂多拍拍屁股轉身大晚上拾掇你女兒去，這叫一物降一物。

董胖子身邊女子見到那張再熟悉不過的笑臉，無奈道：「夫君，又想使壞了？這次輪到誰遭殃？」

死胖子打哈哈道：「夫君我向來以德服人，向來與人為善。」

廣袖飄搖如天庭仙人的柔媚女子皺了皺眉頭，「你就如此喜歡那個陶滿武？以後我與那人的子女，你恐怕都不會這麼緊張吧？」

董胖子嘿嘿道：「這話多見外，陶滿武是妳相公這輩子唯一打心眼裡喜歡的小孩兒，又是大哥的遺孤，多心疼一些又咋的了？妳與大雍公主不對付也就罷了，女子相妒，是人之常情。可妳瞎吃小孩的醋，這可不好，要是四下無人，相公可就要家法伺候打妳屁股了。」

父親是提兵山山主的女子本想冷哼一聲，以示心中微微不滿，只不過見到他一路晝夜急行，每日休息不過就是疲累至極才不得不打個小盹兒，臉上拿水布一抹都能抹下幾層灰，嘴唇早已乾裂滲血，為了找尋那名在鴨頭綠客棧失蹤的年幼侄女，幾乎調用了手上全部人脈資源去依靠那搜尋來的隻字片語，死命追索蛛絲馬跡，這是她第一次見到他除了打仗與拐騙媳婦以外，如此不擇手段地興師動眾。見著他那張清瘦下陷許多的臉頰，心中一柔，就不忍心用言語去針尖對麥芒。

她換了一個話題，看到城門外兵甲鮮明，瞇眼輕聲道：「澹臺長平私下不是你好兄弟嗎，為何要阻你？」

死胖子打了個哈欠，他給邊境將軍們挖坑不埋那叫一個熟稔，指不定事後那幫傢伙還得過個好幾年才回過味，再想罵這個陰險狡詐的死胖子，就已經沒了那份心氣，不過死胖子對自家媳婦從來都是有一說一，便解釋道：「長平要是在南朝做官，與我親近是好事，可去了皇帳做傳鈴郎，再與我眉來眼去，皇帝陛下不介意，耶律與慕容兩族難保不會學婦人嚼舌，終歸不是美事，我乾脆就來一場騙不過老狐狸卻能忽悠許多笨蛋的苦肉計，起碼大家面子上都過得去，順便讓北邊知道飛狐城還有個敢跟董胖子較勁的年輕人，這個傳鈴郎也就算板上釘釘了。

妳啊，都是被妳爹慣的，不愛動腦子，比她笨多了。娘子，別跟我瞪眼，知道妳這雙眼眸兒漂亮，當初就是被妳這麼一瞧，給迷倒的，魂都給瞧沒了。再說了，笨有笨的好嘛，都像她那樣聰明，我做相公的，也累，還是笨些好。打個比方，事先說好只是打比方啊，相公與兄弟們去了趟青樓喝花酒，回到家，她一聞酒氣脂粉味，就要讓相公跪搓衣板，妳呢，拿著相公順手買來的胭脂，就歡天喜地，妳說我更喜歡哪個？」

女子嫣然一笑，笑意裡頭有殺機。

死胖子一巴掌拍在自己嘴上，於是接下來原本謀劃要與澹臺長平戰上幾十回合的好戲，就成了未來傳鈴郎被插在牛糞上的那朵鮮花一劍就打落下馬。

董胖子入城時，嘆息道：「對不住了長平兄弟，都怪你小嫂子當下心情不太好。」

一劍如龍的身邊女子沒有任何神情變化，輕聲問道：「夫君，接下來如何找尋你侄女？」

死胖子出了城洞，拿手遮了遮陽光，平靜道：「封城。然後刮地三尺，什麼時候找到了我再離城。」

女子憂心忡忡道：「夫君就不怕惹來非議嗎？」

董胖子撇嘴冷笑道：「有人不服氣就來找老子理論好了，老子慢慢跟他們講道理，講不過，老子就拿鐵騎碾死他。」

身後兩名親騎離得較近，聽到將軍這句話，會心一笑。這就對了，咱們董將軍肚子裡沒墨水，偏偏喜歡與人附庸風雅和講評道理，但大半是面紅耳赤吵架不過，就跳腳罵娘，若是還不解氣，就要動手動腳了。南朝官員都恨死了這個沒臉沒皮的王八蛋，尤其是春節時分，毛筆字寫得如扭曲的蚯蚓般的董將軍還非要賣弄才學，走門串戶，死皮賴臉地要那些南朝府邸都掛上他寫的春聯。可問題在於死胖子寫的東西狗屁不通啊，掛上去實在丟人現眼。

記得曾經有街上鄰居的督監大人和觀察使大人要了小心眼，一個說是風吹掉了黏不牢固的春聯，一個說是放鞭炮炸壞了春聯，結果第二天死胖子就肩扛兩副春聯又屁顛屁顛去掛在兩位軍界權臣的大門上，還親自拿粥湯黏好，笑嘻嘻說這回保準風吹不掉、鞭炮炸不爛了。

偌大一座權貴滿地多如狗的西京，也就只剩下黃宋濮大將軍敢直接將這個死胖子擋在門外，門房指了指門口一塊石碑，上邊明確寫有「董卓不得靠近府邸五十步」。北莽南朝，恐怕除了邊軍士卒，也就大將軍柳珪算是與這個面目可憎的死胖子唯一親近的大人物，結果柳大將軍前兩年有意將孫女許配給他，被胖子拿家有悍婦當擋箭牌，結果沒幾天就迎娶了提兵山山主的獨生女，聽說把老將軍柳珪氣得怒髮衝冠，差點就要披甲上馬去宰了這腹黑胖子。

女子柔聲道：「早知如此，當初為何不親自護送嫂子、侄女前往留下城？」

董胖子陰沉道：「那位嫂子不像是能為陶大哥守寡的女子，我與她素來不親，去見她作甚？陶大哥才死，就寫信給我，要為她那兒子討要一個官爵名錄。我這人脾氣古怪，你開口要了，我偏不給，你不開口，我倒是不介意幫你鋪好路子。陶大哥就一個兒子，若是被她養大，遲早要變作一個吃喝玩樂的紈褲子弟，有屁的出息，按照我的意願，就該丟進老子的軍中，能活下來成為烏鴉欄子，有你叔叔董卓一天富貴，就缺不了你的錦繡前程，可那女子捨得嗎？她還不得揪心死，戳我的脊梁骨？而那侄子心性不隨陶大哥，隨他娘親，所以我只喜歡小滿武。我董卓發過誓，不成北莽第一流的將相，絕不去探望老伍長。」

董胖子冷哼一聲，繼續道：「只要被我找著了滿武，一定要小閨女比任何一位公主、郡主還要活得自在，誰敢欺負她，活膩歪了！」

女子揉了揉鬢角青絲，輕聲道：「從消息上看，是一名遊歷龍腰州的佩刀青年裹挾了小滿武，到時候見面，你該如何計較？」

董胖子臉色稍緩，笑道：「老子不管他是什麼人什麼身分，只要沒對不住小滿武，只要他敢獅子開口，我就敢給他報酬。」

提兵山女子笑道：「我就喜歡夫君這一點。」

死胖子哈哈笑道：「娘子，我可是喜歡妳很多點。」

生下來便活在江湖頂點位置看風景的女子對待世人天生冷眼相向，唯獨對這個命中剋星的死胖子，丟了個唯有真心喜愛才會流露的媚眼。

死胖子瞇眼望向城內，他不喜好這座飛狐城，太娘娘腔了，看著就心煩。

鐵騎入城，並未長驅直入城牧府邸，而是象徵性繞城一圈。途經東北角一棟酒樓，女子猛然轉頭看了眼樓上窗口。

死胖子納悶道：「何事？」

女子想了想，搖了搖頭。

胖子只當是有覬覦自家娘子的浪蕩子，並不以為意，若是平時，大可以打殺一頓，可現在實在沒這個心情，自己只帶了一百騎，總不可能無頭蒼蠅一般滿城找人，歸根到底還要讓官府出人出力。

董卓長呼出一口氣，輕輕說道：「小滿武，再等一會兒董叔叔。」

◆

位置僻靜生意冷清的小茶坊總算熱鬧了一回，口口相傳以後多了許多慕名而來的聽眾，目盲說書人一天要說三場北涼世子的遊歷，三場已是老人的體力極限，一大把年紀了，再倔強，也不能跟老天爺較勁，指不定哪天老天爺一不高興，一條老命也就給收了去。

再者說書說書，除了竹板敲打，只是動動嘴皮子，喝幾口酒潤潤嗓子還能對付過去，彈琵琶的孫女就要受罪許多，生活清苦，捨不得花錢用上那桃膠護指，才一場說書，小姑娘十指就已經淤血青紫，這會兒趁著休憩時分，她生怕爺爺惦念憂心，只敢偷偷摸摸蹭著衣角，減緩手指的酸疼。

茶坊掌櫃看著第二撥茶客興致勃勃地入坊，坐在櫃檯後頭，樂滋滋地啜著清茶，偷著樂。做與吃有關的小本營生，就是要講求一個流水往來，舊客不去，新客不來，掌櫃下意識瞥了眼臨窗一桌茶客，一掃而過，也就不再留心。

老儒生好似打定主意要再聽一場說書，很識趣地與茶坊夥計要了壺茶水，喝得倒是不算多，許多茶水都被他在桌面上橫抹豎畫鬼畫符了去。負劍男子始終目不斜視，如小廟裡的泥塑菩薩一般，養氣功夫一流。

老儒生笑咪咪道：「少樸，喝一杯？」

中年男子搖頭，畢恭畢敬說道：「不敢。」

老儒生彷彿聽到一個天大笑話，拿手指點了點這位後輩，「連李密弼都敢光明正大地刺殺，天底下還有你孫少樸不敢做的事情？」

負劍男子不苟言笑，也不懂玩笑三昧，一本正經道：「那喝一杯。」

老儒生搖了搖頭，「不給喝了，你這呆貨。」

老人揉了揉臉頰，緩緩說道：「我罵李老頭心術不正要遺禍北莽百年，他罵我迂腐不堪不配做帝師，這些都是在皇帝陛下眼皮底下的廟堂廷爭，都擺在檯面上，勉強能稱作君子之爭，少樸，以後你就別去跟李密弼那邊抖摟劍氣了。刀只單刃，根腳便偏頗，故而是殺人利器；劍卻有雙鋒，不偏不倚，君子入世救人才是劍道正途。一個王朝，正奇相輔，少不得持刀武夫也少不得佩劍君子。

這些呢，其實也都是場面話，說到底你畢竟還是棋劍樂府的劍府府主，親自出手打打殺殺，宗門也沒光彩，面子這東西，得靠成材的後輩去掙，裡子這玩意，才靠你們幾位支撐。正如說書先生所說，李淳罡是劍道第一人，要我來說，這位劍神的閉鞘劍，所謂我不出劍，胸中自有劍意萬萬千，遠比兩袖青蛇與劍開天門，更是劍道圓滿境界。少樸，你也該學一學。」

中年男子點了點頭，他這輩子只服氣眼前一人。這位老人中原大局尚未落定便隻身離開北莽，趕赴南邊，春秋一統後，仍是在那片硝煙逐漸消散的異鄉逗留了整整二十年。

負劍男子詞牌名「劍氣近」。

高踞武榜前列的洪敬岩是他的閉關弟子。

接下來兩場說書，老儒生都一字不漏聽入耳朵，時而點頭時而搖頭，反正除了一名同桌還算威嚴的劍士，也不會有人在意一名貌不驚人的酸臭老書生是死是活。期間有兩撥飛狐城青皮土棍來鬧事，第一撥被茶坊掌櫃拿銀子打發回去，第二撥就要出手毒辣許多，死死護著捧琵琶孫女的說書老人被一拳砸在臉上，如此一來便惹了眾怒，茶客們付了茶資就等著聽幾段好故事，你這些潑皮耍橫可以，別打老傢伙嘴臉啊，萬一打傷了豈不是白掏銅錢買茶聽說書了？

混子們撂下狠話，再敢吹噓那北涼世子如何英雄就回頭再結實痛打一頓，這才大搖大擺而去。第三場說書接近尾聲時，有幾匹駿馬來到茶坊外頭，跳下幾位飛狐城膏粱子弟，帶著六、七名惡僕，二話不說就衝著目盲老人打去，一名官家子弟更是獰笑著扯過小姑娘的頭髮，揚言要將這小涼蠻子丟到最下等的窯子去做婊子。

老儒生臉色如常，「民與民鬥，各憑本事，生死有命。官與民鬥，老夫這就要計較計較了。」

「少樸。」

一瞬間，聽聞吩咐的負劍男子劍不出鞘，劍氣卻近。

老儒生不去看那鮮血淋漓的場面，伸袖抹去桌面上密布猶如蟻穴的兩朝邊防圖，沙啞呢喃道：「二十年間，當過錙銖必較的商賈，做過流離失所的耕農，當過巡夜更夫，給官吏當過埋頭刀筆文案的狗腿幕僚，為青樓名妓寫過曲子，做過走南闖北的鏢師，給風流名士做過詞伶幫閒，當過小城的縣令，三教九流，也算囫圇做了一個遍，春秋九國，也都走了一個遍。再花上兩、三年的時間走一走北莽八州，大體可以去王庭帝城為皇帝陛下打一副大棋譜了。」

老儒生平淡道：「黃三甲啊黃三甲，你以中原九國做棋盤，我以兩朝分黑白，你約莫要少去一甲了。」

繼而又突然笑道：「都是一隻腳在棺材裡的人了，勝負心還如此重，不好。」

◆

客棧內，徐鳳年看到才踮起腳尖去一探窗外究竟的陶滿武猛然縮回身子，跟白日見鬼一般，小跑到床邊，脫了靴子就跳到他身邊，抱著奇巧盒子，小臉蛋神情複雜。

徐鳳年打趣道：「怎麼，該不會是真見著妳董叔叔了吧？沒道理，換作是我，早就大喊一聲跳下樓去。」

小姑娘舉起手中的盒子，歪了歪腦袋，怯生生的，認真說道：「要是明天盒子裡小蜘蛛結了網，你就答應我一件事，好不好？」

徐鳳年直截了當地拒絕道：「妳當我傻啊，要是妳讓我去跟妳那戰功卓著的董叔叔見面，或是以後讓我去背那錢囊，我能答應？」

小丫頭仍是舉著小木盒子，泫然欲泣。

徐鳳年沒好氣道：「去去去，甭跟我來美人計，這世上還真沒這樣的水靈姑娘。」

猶豫了一下，徐鳳年自嘲道：「就算有，也不是妳這個才四五六七歲的黃毛丫頭。」

徐鳳年想要下床去看熱鬧，結果發現被她扯住袖口，低頭一看，小丫頭眼眶濕潤，有洪水決堤的跡象。徐鳳年耳力敏銳，自然聽得出樓外那是一百精銳鐵騎過街的動靜。

在飛狐城有資格折騰出這種大手筆的寥寥無幾，澹臺長平算一個，只不過這名城牧長公子向來鋒芒內斂，不至於帶兵來城內東北角耀武揚威，加上陶滿武的異樣神色，真相也就水落石出。這麼個懵懂未知的小丫頭，相逢不到一月，哪來什麼刻骨銘心的兒女情長，徐鳳年覺得她也就是吃痛一陣子，見著了那名在北莽政壇平步青雲的董叔叔，無須多長時間，也就淡而忘之，多少口口聲聲海枯石爛的海誓山盟都無非如此，他們這對事實上恩怨糾纏的一大一小，這份香火情，抵不過幾場風吹雨打的。

徐鳳年也不揭穿八九不離十的真相，輕聲說道：「打算將妳託付給澹臺長安的，回頭就讓孫掌櫃帶妳去瓶子巷，先在喜意那邊待著，事後妳與城牧二公子說一聲，賞臉來酒樓這邊吃頓飯。」

吃不準那名金玉其外的二公子是否敗絮其中，只不過以澹臺長安的脾性，相信多半會善待一名折騰不起風浪的小姑娘，這當然算不上萬全之策，只不過形勢所迫，徐鳳年也只能做到這一步。至於相處一段時間後，陶滿武是否洩露身分，澹臺長安又是否交給董胖子，對城牧府對小丫頭來說都是好事一件。

徐鳳年註定要孑然一身深入北莽腹地，甚至要去遙遠的北境，不可能真帶著一個小姑娘去亡命天涯，這實在不是什麼有情趣的事情，說不定哪天她就成了累贅，被當作棄子說丟就丟，最終死在未知的刀槍弓弩之下。徐鳳年再符合那世態炎涼，性子再刻薄無情，也不覺得眼睜睜看著她死於非命，是什麼可以輕描淡寫的小事。

小姑娘扭頭賭氣道：「不去！去了也不說！我就當啞巴！」

徐鳳年笑道：「去不去還能由著妳？」

小丫頭重重點頭。

徐鳳年彈指敲了她一下額頭，說道：「妳以後總有一天會恨我的，就知道現在好聚好散有多難得了。」

陶滿武拿起瓷枕就想要砸一下這個大壞蛋，可看到他一瞪眼，就不敢了。擔心自己不爭氣會哭出聲，小姑娘翻了個身撲倒在床上，先摟過瓷枕和奇巧壓在身下，然後手忙腳亂攏過棉被壓在身上，偷偷躲起來嗚咽。

依稀傳來她那含糊不清的稚嫩嗓音：「現在就恨你！」

又要哭又要罵人，棉被裡又悶氣，小丫頭應該挺累的。

徐鳳年等了一會兒，眼見沒完沒了，不由嘆了口氣，奪走棉被丟在一邊，抱起她攏在懷裡，下巴擱在她腦袋上，柔聲道：「妳不天天嚷著要見妳董叔叔嗎，要他教訓我這個惡人嗎？怎麼真見著了，反而扭捏起來。」

小姑娘雙手摀住臉龐，纖細肩頭柔柔抽搐，斷斷續續說道：「董叔叔是好人，我不讓他打你。」

徐鳳年搖頭道：「打不打還是小事。」

徐鳳年沒有說出下文。既然死胖子董卓帶一百鐵騎順藤摸瓜進了飛狐城，若只是董胖子與親衛，別說忌憚，徐鳳年連殺人的心思都有，殺董卓可比殺十個陶潛稚還要來得影響深遠，但這個胖子既然已是南朝的中樞重臣，小姑娘奇巧盒中的小蛛是否結網，徐鳳年不感興趣，但董胖子身後那張北莽蛛網極有可能也隨之在飛狐城內外緩緩張開，擇人而捕，徐鳳年想殺一個必定有死士護駕的軍界當紅新貴，並且功成而退，沒有指玄境界，根本不用去奢望。想到這裡，徐鳳年悄然生出一些愧疚，上輩子小丫頭到底做了什麼孽，才會在這輩子遇上自己？

陶滿武輕聲道：「我爹說了，戰場上做逃卒，是要被斬的！」

徐鳳年捏了捏她的臉頰，呸呸說道：「說什麼晦氣話。」

沉默良久，陶滿武哭得沒氣力了，就攥緊大壞蛋的袖口，生怕他說走就走。

徐鳳年看著桌上那一囊銀錢，撫額道：「得得得，就當我欠妳的。咱們桃子長得水靈，指不定就被青皮無賴半路劫走當小媳婦了，我也不放心，先說好，送妳到了董叔叔那邊，就算完事。」

飛狐城驛館外，才歇腳沒多久就火燒屁股跑出來的董卓瞪大眼睛，驚喜而錯愕，踏破鐵鞋無覓處，得來全不費功夫，這位已經讓城牧封城的將軍看到俏皮而滑稽的一幕，一名年輕人一手牽著小侄女的手，一手牽一匹劣馬，就如此意料之外和情理之外地出現在眼前。

小滿武背著一只瞧著就挺沉重的行囊，單手捧著只瓷枕，梨花帶雨，咬著嘴唇，委屈極了。董卓整個人的心肝都碎了，還好還好，小滿武人沒事就是萬幸。

董卓細細端詳了一番，這隻常年與軍政兩界那些成精老狐狸打交道的胖狐狸早已修練得人情練達，目光如炬，他立即就有些好似父親見著女兒帶了該死女婿登門找抽的醋味了，他媽的，自己的小閨女還沒十歲呢，虧得你這王八蛋下得了手！

提兵山走出來的仙子瞇眼望著這個看不清端倪深淺的年輕男子，兩手空空，身無餘物，劣馬馬鞍附近繫了一塊長條布囊，應該是類似莽刀的兵器。越是捉摸不透，她越是不敢掉以輕心。她家學淵源，自身武力不俗，眼力更是超一流，她不敢確定這名情緒古井不波的年輕公子是三品還是二品。只不過當她瞅見自己男人那副吃癟的彆扭神情，見多了夫君欺負別人，這可是破天荒頭一遭，不由心情輕鬆許多。

既然這位不速之客敢帶著小滿武前來，除非是飛蛾撲火的莽撞蟄腳刺客，否則多半是客不是敵，她也不好繃著臉，出門在外，嫁入董家後，她便一直牢記山上娘親的叮囑，除了懂得睜一隻眼、閉一隻眼，而且一定要給自己男人長臉面，這才是聰明婦人。

陶滿武一步三回頭。

徐鳳年翻身上馬，董胖子笑呵呵道：「這位做好事不留名的俠士，可是要出城？」

徐鳳年笑著點了點頭。

董胖子搓手道：「若是有難言之隱，不是董卓說大話，只要不是謀逆大罪，都能幫俠士說說情，若是不喜董卓的口碑，也不礙事，董卓這輩子都會記住今日的恩惠。」

見到這名公子哥緩緩調轉馬頭，看樣子是執意要出城了，董卓也不客套惹人厭煩，洪聲道：「一騎去城門傳話，開城放行！」

望著一人一馬遠去，死胖子姿態可笑地跑到陶滿武身前，因為身材過於高大魁梧，乾脆就撲通一聲跪倒，抱住小姑娘。

他媳婦欲言又止，董卓捧起小滿武放在肩膀上坐著，轉身笑道：「知道娘子想說什麼，這麼一號人說來就來、說走就走，相公當然警覺得很，只不過以怨報德的缺德事，能少做就少做，老子這輩子做的虧心事夠多了，萬一生個兒子沒屁眼，找誰訴苦去？你們兩個娘子還不得把我從兩百斤打到一百斤啊，相公我長一斤肉容易嗎？」

女子婉約一笑，那名年輕公子大氣歸大氣，可比起自己這個小心眼的男人，還是要差了十萬八千里。

董卓環視一周，眼神驟冷，陰沉說道：「諸位，醜話說前頭，老子說了放行就是放行，你們盯老子的梢，老子擅帶私兵離開姑塞州，理虧在先，而且一路上有媳婦開解，忍了！如果敢給那人下絆子，做些畫蛇添足的勾當，別怪我董卓小肚雞腸，連你們祖宗十八代的墳都給刨了。」

說完狠話，董胖子輕聲問道：「娘子，畫蛇添足用在這兒，與語境妥不妥？」

女人習以為常，點頭道：「還行。」

在小姑娘的哭聲中，幾乎同時，徐鳳年和董卓，這兩名男人遙遙轉頭對視了一眼。再相逢，就不知道兩人會是以何種顯赫身分敵對相望了。

第四章　飛狐城世子別離　靖安王趙珣承襲

飛狐城初聽那姓董的竟然要封城，恨不得將這個死胖子身上剮下肉來，不過雷聲大、雨點小，沒過多久就重新開城，老百姓都想著肯定是澹臺長公子與董胖子暗中角力占了上風，越發不信澹臺長平會在門口被一名女子逼落馬。

徐鳳年沒有急於出城，而是登上城牆遠遠看著有士卒持矛不得靠近的掛劍閣，因為陶滿武，過早與董卓牽扯上關係，已經打亂算盤，匆忙離城自然不妥，但打腫臉硬頭皮逗留城內，更容易雙手送上把柄，徐驍要自己找尋那個北涼軍舊將，只能暫時擱下，兩害相權取其輕，算是聊以自嘲，到底還是有些遺憾的。

徐鳳年正想轉身走下城頭，一名躺在牆垛上酣睡曬太陽的邋遢漢子呢喃了幾聲，一個側身翻滾就要墜下城牆，所幸是往牆內摔，徐鳳年也就不幫忙，摔醒的醉酒漢子第一時間不是慶幸餘生，而是小心翼翼地撫摸向腰間懸掛的酒葫蘆，這才抬頭茫然四顧，見著了陌路相逢的徐鳳年，無動於衷，滿臉絡腮鬍子的酒鬼靠著牆頭，仰頭灌了一口烈酒，哼了一曲北涼腔的〈霸王卸甲〉，悠然自得。

一名身材高大卻傴僂的僕役裝束漢子小跑上城頭，手裡捧了壺酒，見著徐鳳年，擦肩而過時頓了頓腳步，默不作聲地給主子空蕩大半的酒葫蘆舊壺裝新酒。奴僕是個面目可憐的鬥雞眼，半醉半醒的漢子從懷裡掏出一把柄上鑲嵌明珠的匕首，自顧自刮起滿臉鬍子來，一邊忙碌一邊斜眼看著徐鳳年，騰出手來指了指掛劍閣，罵罵咧咧道：「小後生，瞅啥瞅，老子當年帶了兩柄劍到飛狐城，一柄燭龍掛在閣內，一柄賣給城牧府掙了黃金千兩，你憑啥用那看酒鬼的眼光看老子？」

僕人是個啞巴，看主子口形，就知道又要闖禍，趕忙轉身朝徐鳳年作揖致歉。

徐鳳年笑了笑，等酒鬼刮去鬍鬚，他不由細細瞇眼看去，難怪當年賣劍作畫能在風波樓頂高眠數年，若是衣衫整潔，當年肯定是個風流倜儻的男子。事出無常必有妖，徐鳳年臉色照舊，悠悠然打量著這個能讓喜意這般出彩女子都念念不忘的青樓狀元郎。

酒鬼收回匕首，長嘆一聲「我不負丹青丹青卻誤我」，再灌了一口燒酒。

徐鳳年沒心情兜圈子，直截了當地問道：「是在等我？」

好似聽到笑話的酒鬼瞥了一眼奴僕，哈哈大笑道：「小娃兒口氣忒大，老子在這睡得舒舒服服，你找老子還差不多。」

徐鳳年死馬當活馬醫，平靜道：「有人要我捎一句話，你聽得懂就算，聽不懂就當醉話，大可以左耳進、右耳出。『既然是你帶出來的卒子，拉了屎就得你回去擦屁股。』」

刮了鬍子還算皮囊十分優秀的漢子白眼道：「你小子腦袋有毛病吧，老子哪次拉屎不擦屁股了？滾滾滾，晦氣。再不滾，老子一身劍術還在，隨手取了掛劍閣的燭龍，一劍就讓你見閻王爺去。」

徐鳳年查探過氣機流轉，主僕二人都稱不上隱士高人，酒鬼勉強超出常人，至於那名雞眼僕役，更是稍遜常人，上不得檯面，不由笑著走下城頭，牽上劣馬，離開飛狐城。回望一眼，沒有醉鬼，只有鬥雞眼奴僕傴僂著站在那裡。

始終靠牆坐在地上的酒鬼抹了抹臉頰胡茬，自言自語了一番，見沒有搭腔，抬頭看到僕人站著默然遠眺，酒鬼自嘲道：「忘了你是又聾又啞。當年本公子被仇家追殺，一路北奔，逃竄邊境，若非見你還有些銀錢，才不樂意互稱主僕。」

酒鬼懶洋洋問道：「為何要我今日睡在這城頭？」

一個沙啞聲音響起：「連我這等廢人都察覺到有劍氣臨近。北莽有這等劍境的劍士，想必應該是棋劍樂府府主這般的人物。」

酒鬼嚇得手腳哆嗦，瞠目結舌問道：「你能說話？」

身形傴僂的僕人依舊眺望遠方，伸手撫摸著臉皮，平淡道：「自封竅穴而已，算是我吳家最上乘的枯劍法門，當年與李淳罡一場比劍，偶有所悟，再者憤懣於大將軍的不做皇帝，就心灰意冷，安心練枯劍了。我吳家先祖曾九劍破萬騎，有斷劍四柄遺落北莽，就想著來這邊看一看。否則以你不入流的劍術，如何能撿到一柄魚蚨、一柄燭龍？你當名劍是銅錢，去了趟鬧市就能撿到好幾柄？」

酒鬼顫聲道：「你到底是誰？」

僕役用指甲在臉上刻刻畫畫，很快就滲出血絲，他似乎很厭惡這張面皮，劃了片刻緩緩說道：「枯劍本無情，吳素沾染了情思，哪怕打著入世的幌子，劍意也就不純粹了，她當年在皇宮裡的陸地神仙，只是偽境，不過一場鏡花水月。否則如何會落下不治病根。」

「北涼王妃？」

「我姐，親生姐姐。不過我從小與她不親，關係還不如她與當年那個在劍山上苟活的鄧太阿。就像我與陳芝豹，遠勝那位親外甥的世子殿下，只不過再不親近，血緣也無法否認。這些年我一直在等大將軍，如何都沒有想到，會是親外甥親至飛狐城。大將軍啊大將軍，動之以情、曉之以理，可你不知道我吳起此生最是無情無理嗎？你又如何知道陳芝豹不曾找過我？晚了。」

「你，不要殺我！我什麼都不會說的！」

「數風流，都死於風流。」

這一日，狀元郎醉死掛劍閣，滿城青樓盡悲慟，一同出資厚葬了這位讓無數少女春心萌動的傳奇男子。那些兒女已經長大的徐娘半老俏婦人，則悄悄暗自神傷。

◆

北涼以北是北莽，北涼荒涼心不涼。

如今幾年涼莽戰事不見波瀾壯闊，大多是一些小股遊騎的短兵交鋒，北涼游弩手就成了最讓人垂涎的兵種，能割下幾顆頭顱掛在馬鞍一側返營，老卒瞧見了也要眼熱，別提那些滿腔熱血的新卒。這可是實打實的功勳，作不得假，東線邊境上那些紈褲子弟興許還會做出以殺死平民百姓冒充北莽蠻子的惡劣行徑，但北涼軍法嚴峻，絕不敢如此。

這一日，北涼一隊游弩手深入馬齔頭，便與北莽姑塞二十餘名矯健欄子狹路相逢，一場廝殺，互有折損，事後檢查屍體，才知道是董卓麾下的烏鴉欄子，這讓滿臉血汙的普通游弩手李翰林大呼痛快之餘，也有些後怕。

北涼軍制十伍五十人做一標，能當上游弩標長，比較一般軍旅的將校還來得有資格趾高氣揚。李翰林的標長頭兒是一位老成持重的魁梧漢子，披輕甲，馬術精湛，拉弓三石膂力超群不說，還可雙手挽弓射殺，只不過唯一的毛病就是再沉穩的性子，見著了北莽人就兩眼發紅，犯了許多軍紀，數次被貶官降銜，否則早就成了將軍。其為人沉默寡言，只是每次手下提及他被大將軍親手鞭打的事蹟，中年漢子才會咧嘴笑笑，標中李翰林這些游弩手都知道這是標長的軟肋，犯了錯，只要念叨這個，標長也就樂呵心軟了。

手臂被劃開一大條深可見骨傷口的李翰林正騎在馬上，屁股邊上拴了一顆北莽欄子的頭顱，馬背一側鮮血流淌。這次小規模戰役，己方陣亡了三人，全殲了對方，三具袍澤的屍體分別掛在標長和兩名副標長馬背上，這是軍中雷打不動的鐵律。

北涼沙場馬革裹屍還，最重一個「還」字上，只要活著的有一口氣在，在不耽誤重大軍務的前提下，都要帶著陣亡袍澤同歸。

李翰林瞥了一眼身邊那新兵蛋子，刮目相看，這傢伙叫陸斗，是個面相古怪的重瞳子，入他們這一標沒多久，馬背上就懸了三顆烏鴉欄子的腦袋，可想而知戰力是如何生猛了。

原本以李翰林為首的游弩手都不喜歡這個脾氣不好的新卒，不過這趟肩並肩殺敵，就連身後那個打罵過陸斗的李十月都扭扭捏捏認了錯。這姓李的老爹是北涼從三品武將，在整個北涼只要不碰到一流公子，也算是橫著走的貨色了，家裡爹娘叔伯，再往上推一個輩分，都是斗大字不識，當初生下他，為了姓名一事鬧得天翻地覆，請了無數名士儒生都覺著不滿意，嫌拗口，後來家裡老爺子大腿一拍，說生在十月就他媽的叫十月，如此一來，整個文盲家族就沒了異議，讓那些幫忙取名的讀書人都腹誹不已。

李翰林所在這一標游弩手，大抵都是李十月這類將種公子哥，只不過大多不如李十月那般顯赫，但不興談及自己父輩家世榮光，李十月就成了孤立異類，很不討喜。庶族白丁的陸斗進入標內，當天就跟李十月起了衝突，當初李翰林這些人都冷眼旁觀，不偏袒任何一方，見陸斗打不還手、罵不還口的孬種架勢，就都有些白眼，心想你小子再不濟，能成為游弩手好歹有些骨氣好不好，沒料到這次真刀真槍與久負凶悍盛名的烏鴉欄子捉對廝殺，陸斗這悶葫蘆不吭一聲就宰了三隻，還替李十月擋下刁鑽一箭，李十月這個其實沒多大壞心眼花腸子的紈褲，也就真服氣了。

如此一來，李翰林對李十月也高看一眼，這哥們兒雖說還殘留了一些紈褲習氣，但也不算過分，比起那些連北涼軍都不敢進入更別提成為游弩手的北涼將軍後代，實在是出息了千百倍。此時李十月在與游弩手插科打諢，說他小時候總與家中兄弟打架，老爹不知從哪裡聽來一個人多力量大的道理，要讓他折筷子，不曾想自己力氣大，一口氣折光十來根筷子，把道理沒能說出口的老爹氣得不輕，一氣之下就請了位有真本事的武教頭，而不是讓他舞文弄墨，真他娘是萬幸萬幸。

李翰林聽著李十月那句「要老子讀書比挨刀子還難受」，覺著好笑，深有同感哪，心情也就越發舒朗起來，當初鳳哥兒說讓自己從軍入伍，果然是好事，只不過估計這位貴為世子殿下的好兄弟也想不到自己會成了一名游弩手。

李十月從後頭拍馬趕來，嘻嘻笑道：「翰林哥，入城時借用一下蠻子頭顱，行不行？也就讓我威風威風。」

李翰林笑罵道：「去跟陸斗借，那小子割了三顆，老子才一顆，借你了自己咋辦？」

李十月無奈道：「才與他低過頭認錯，沒這臉皮去借啊。再說了咱們哥倆都姓李，五百年前是一家嘛。」

李翰林嚷著去去去，轉頭大聲笑道：「陸斗，李十月說要跟你借顆莽蠻子的腦袋好去抖摟威風，借不借？」

陸斗平靜道：「一顆不借。」

李十月苦著臉，連標長與副標長們都哄然大笑。

陸斗扯了扯嘴角，淡然道：「借你兩顆。」

李十月縱馬返身，恨不得抱住這冷面冷眼卻熱心腸的傢伙，「陸斗，回頭你就是我親哥了，到了陵州，帶你逛遍所有窯子！」

李翰林打趣道：「逛窯子算什麼，你不是有個總被你誇成沉魚落雁的妹妹嗎，乾脆認了這個妹夫，以後別說借用兩顆蠻子頭顱，借兩百顆都在理。」

李十月豪氣道：「成啊，陸斗，要不這事就這麼說定了？」

陸斗不客氣地白眼道：「滾你的卵蛋，就你這寒磣樣子，你妹能好看到哪裡去。」

長相其實一點都不歪瓜裂棗的李十月頓時氣悶，又惹來一陣爽朗笑聲。

標長發話道：「一幫兔崽子玩意，還有力氣在這兒扯犢子，就不知道回頭把氣力撒在娘們兒肚皮上？老子見你們這趟都不差，回城就厚著臉皮跟趙將軍求個假，讓你們快活去，不過撐死了也就一、兩天時間，誰敢晚到軍營一刻，老子親自拿鞭子伺候你們。」

李翰林來到標長身邊，輕聲道：「標長，我與洪津幾個都說好了，咱們每人送一顆蠻子頭顱的軍功分給三位兄弟，至於賞銀，就全部發給他們的家人。」

標長皺眉道：「擅送軍功，是重罪。李翰林，我知道你小子來歷不普通，身世比起李十月這幾個只好不差，可這事兒要是被上頭知曉，軍法如山，喜事就成了禍事，你真敢？」

李翰林嬉皮笑臉道：「標長當年敢一刀捅死敗後投降的北莽將軍，何等豪邁，我們幾個是你帶出來的卒子，有何不敢？」

標長罵了一聲口頭禪滾卵蛋，一臉欣慰笑容，說道：「你們幾個就別摻和了，我與兩位副標早就說好了，這事兒沒你們的份。你們現在只管安心殺敵積攢軍功，入了咱們標，老子與兩位副標就沒理由虧待了每一位兄弟。」

在北涼軍。

一天袍澤，一世兄弟。

◆

武當山，晨鐘響起。

八十一峰朝大頂，主峰道觀前廣場，當年輕師叔祖成為掌教以後，都是他領著練拳，只是如今掌教不管是飛升還是兵解，都已不在人世，換了一人來打拳，卻一樣年輕。

只比洪掌教低了一輩卻更加年輕的李玉斧。

峰頂煙霧繚繞，數百武當道士一同人動拳走，道袍飄搖，風起雲湧。年輕掌教所創一百零八式，被小師叔李玉斧簡化為六十四式，非但沒有失去大道精華，反而越發陰陽圓潤，便是初上山的道童，也能依樣打完，毫不吃力。

武當封山以後，只許香客入山燒香，山上道觀，不分山峰高低，山上道士，不管輩分高低，只要願意，每天清早晨鐘響，黃昏暮鼓敲，都可以兩次跟隨李玉斧一同練拳，早到者站在前排便是，輩分高如師伯祖宋知命、俞興瑞這些老道士，若是遲到一些，也就隨意站在後排打拳，自然而然。不論風吹雨打，峰頂練拳一日不歇。

練拳完畢，李玉斧與一些年輕道士耐心解惑後，與一直安靜等待的師父俞興瑞走向小蓮花峰，來到龜馱碑附近，當年內力雄厚只輸大師兄王重樓的老道士感慨道：「玉斧，會不會埋怨你洪師叔沒將呂祖遺劍留給你，而是贈送給了山外人的齊仙俠？而且這人還是龍虎山的天師府道士。」

李玉斧雙手插在道袍袖口，笑道：「小師叔傳授我這套拳法時，就已經明白說過會將呂祖遺物轉贈龍虎山齊仙俠，也曾問我心中有沒有掛礙，玉斧不敢欺瞞，就實話實說有些不服氣。小師叔就說不服氣好，以後劍術大成，只要超過了小王師叔，大可以去齊仙俠那邊討要回來。不過事先與師父說好，我半途練劍歸練劍，以後若是沒有氣候，師父不許笑話。」

俞興瑞走到山崖邊上，踩了踩鬆軟泥土，笑道：「要是練劍不成，還不許我們幾個老頭子笑話你了？當年咱們這幫老傢伙，除了修成大黃庭的掌教大師兄和練習閉口劍的王小屏，其餘幾個，都沒甚出息，唯一樂趣也就是笑話你小師叔了。咦？被咱們發現偷看禁書了，就去笑罵調侃一通。咦？騎青牛打盹了，就呵斥幾句大道理。咦？念想著少年時代那一襲紅衣了，咱們就樂呵呵嘲諷幾句。咦？今日算卦又是不好下山，咱們老頭兒，就又要忍俊不禁了。其實啊，越是後頭，我與你師伯們，就越是覺著不下山才好，成了天下第一下山做什麼，可到了最後，你小師叔終歸還是下山了。」

俞興瑞感慨萬千，低聲道：「騎牛讀道書，桃木劃瀑布，看那峰間雲起雲落，順其自然，這本該是你小師叔的天道。可騎鶴下江山，劍斬氣運，還自行兵解，讓一名女子飛升，又何來順其自然一說？要是我當時在場，非要拎著他的耳朵痛罵一頓。咱們這些老頭兒不是惋惜什麼武當當興不當興的，只是心疼啊。」

李玉斧喃喃道：「白髮人送黑髮人。」

俞興瑞重重嘆息一聲，笑道：「所以你小子別再折騰了，也別有什麼負擔。掌教師弟這一事，別看那幾位師伯這些日子表露得雲淡風輕，我估計他們吃飯的時候都在發呆，虧得我那小王師弟沒在山上，否則十有八九要出手阻攔洗象的飛劍開天庭。還有你那宋師伯，這一年都靜不下心來煉丹，愁得不行。」

李玉斧輕聲問道：「掌教師叔既是呂祖轉世，也是齊玄幀轉世？」

俞興瑞笑了笑，「大概是真的，管他呢。」

俞興瑞拍了拍這個親自從東海領上武當山的徒弟肩膀，柔聲道：「你小子隨掌教師弟的性子，能吃能睡，就是天大福氣。」

李玉斧撓撓頭，尷尬道：「以前那世子殿下上山，掌教師叔還能夠鎮著這位公子，我恐怕就只有被打的份了。」

俞興瑞哈哈笑道：「你別聽那些小道童們瞎吹牛，你師叔當年一樣被那世子殿下好生痛打痛罵。世子上山練刀那會兒，你師叔沒少受氣，不過也就虧得他能苦中作樂，咱們幾位那可就是幸災樂禍了。」

李玉斧愕然。

俞興瑞指了指峰外風景，由衷笑道：「掌教師弟就是在這裡一步入的天象，也是在這裡入的陸地神仙，都只是一步之事。」

李玉斧回過神，心生神往，輕聲道：「看似一步，卻早已是千萬步了。」

俞興瑞欣慰點頭：「正是此理。一心求道時，不知腳下走了幾步，忘我而行，方可有機會一步入大道。至於如何才算忘我，師父迂腐刻板，悟性不佳，不敢誤人子弟，但是起碼知道一點，每日辛苦修行，卻不忘算計著到底走了幾步，絕不是走在大道上。這也是小師弟比我們幾位師兄都智慧的地方，我不求道，道自然來。」

李玉斧點頭道：「道不可道，妙不可言。」

俞興瑞緩緩離開小蓮花峰頂，回頭瞥了一眼與臥倒青牛笑著說話的徒弟，會心笑了笑。

既然小師弟是呂祖，那有一句遺言便等於是呂祖親言了。

武當當興，當興在玉斧。

◆

靖安王府。據說裴王妃一心參禪，久不露面，本就冷清的王府便越發淒清。

天色陰而不雨，涼而不寒，好似女子欲語還休。

半生在京城、半生在襄樊的靖安王趙衡坐在佛堂屋簷下，輕輕撚動纏在手上的一串沉香佛珠。

只有一人與這位榮辱起伏的大藩王相對而坐。

正是那位年紀輕輕的目盲琴師，自刺雙目絕於仕途的陸詡。陸詡是書香門第，父輩皆是當世大儒，卻因為以直筆寫西楚史書，被宵小之輩鑽了空子，被朝廷降罪，落魄十年，給青樓名妓彈琴謀生，在永子巷賭棋十年糊口，不知為何，時來運轉，不但進入靖安王府，還成為了被父子二人備為器重的幕僚，便是到今日，從永子巷被帶入帝王家的年輕人仍是覺得恍若隔世，所謂鯉魚跳龍門，萬千尾鯉魚爭得頭破血流，到底才幾尾能跳過龍門？陸詡戴罪之身，能被靖安王趙衡青眼相加，實在是情理之外、意料之外。

趙衡閉著眼睛，轉動拴馬靜心的念珠，淡然問道：「陸詡，可知為何不讓你與珣兒一起入京。」

目盲年輕人搖頭道：「不知。」

靖安王睜開眼，望著灰濛濛的天色，笑道：「這些日子讓你隱姓埋名輾轉做了各衙小吏，可曾抱怨？」

陸詡搖頭微笑道：「陸詡十分知足。」

趙衡撇頭看了一眼年輕書生，「你連著二疏十三策，立志要為君王平卻天下事。第一疏立儲、廟算與削藩，珣兒戰戰兢兢被我逼著帶去京城面聖，引來龍顏大怒。第二疏共計十策，只言針對北莽的用兵之策，一講北莽兩姓與南北兩朝，二預測北莽分兵意圖，三說敵襲應對，四安邊備馬，五調兵遣將，六說兩遼，七和親，八饋運，九收龍腰州，十滅北莽。龍顏再度震怒，不過珣兒傳密信回襄樊，卻說連那張巨鹿與顧劍棠都十分重視，甚至連素來不喜歡誇人的舊西楚老太師都在朝廷上說了幾句好話。

這三人，張巨鹿揀選了饋運來引申大義，為他自己的政改做鋪墊。顧劍棠對收取龍腰州這第九策十分青睞，而執掌門下省的孫希濟更是對兩疏十三策全盤接受，稱讚二疏一出，他們這幫站在大殿上的傢伙都要自慚形穢，將我那冒名頂替的珣兒稱作是經世濟民的大才，半點不輸張首輔。張巨鹿竟是半點不怒，笑言何止是不輸，已然讓他難以望其項背了。這才壓下了皇帝陛下臉面上的怒火。其實本王一清二楚，這二疏十三策，除去當頭立儲一事，犯了逆鱗，他是真怒，其餘十二策，尤其是削藩一策，簡直說到了他心坎上，對於這位兄長，本王實在是太瞭解了。」

目盲男子輕聲道：「陸詡本意是再過幾年，第七次兩朝戰事塵埃落定，再交出這兩疏十三策。」

靖安王趙衡停下念珠轉動。

陸詡低頭幾分。

趙衡笑道：「你是當之無愧的聰明人，死在本王手中的蠢貨無數，這輩子裡，也就你跟一個年輕人看出本王殺人前會按下念珠。不過你放心，我捨不得殺你，殺了你，靖安王府也就垮了一半。我這次殺意起伏，只是陰沉習性使然，並非真有殺心。本王等不到第七次戰事結束，怕賭輸了，陸詡，你心思通透，猜得出本王這句話的含義嗎？」

陸詡咬咬牙，起身跪地後沉聲道：「若是我朝兵敗，十三策猶能讓靖安王府獲利，可若是獲勝，就成了兩張廢紙。如此一來，世子殿下再無世襲罔替的半點可能！」

趙衡哈哈大笑，說道：「起來說話。」

陸詡起身再度坐下。

趙衡輕聲道：「本王的賭運一直不好，當年那場大賭，就賭輸了天下。所以這才讓珣兒倉促進京，只算是小賭，都說小賭怡情，覺得應該能賭贏。」

陸詡猛然冷汗直流。

趙衡繼續轉動念珠，微笑道：「想到了？對啊，本王若不死，或者說是慢慢老死，這場賭博，我趙衡賭贏了也無用，珣兒成不了靖安王，依然只會減爵一等，降藩王為國公。」

陸詡再度跪下。

間接逼死一位無病無災的藩王，好玩嗎？小小幕僚陸詡有幾條命？

趙衡起身道：「別跪了，本王這輩子其實只想讓一人跪在眼前，他是誰，你我心知肚明，當然不會是你陸詡。」

靖安王親手攙扶起作為府上清客的目盲年輕人，和顏悅色地笑道：「當年那個人靠著堪稱無雙國士的書生荀平，才有今日光景，我們父子有你，想必也不會差多少。走，你看過了靖安王府的光鮮，本王再帶你去看一看一些齷齪。」

陸詡被微服出府的靖安王趙衡帶到城中一棟幽靜的私宅門口，走出馬車，依稀看到七大藩王中最為文武雙全的靖安王嘴邊露出一抹苦笑。

輕輕推門而入。

小院中種滿蘭花，一名女子慵懶地斜靠著簷下木欄，風姿脫俗。

趙衡淡漠說道：「常人見到這名院中女子，十有八九要當成裴南葦。」

當陸詡聽到此話，愣了一下，隨即確認院中女子並非靖安王妃裴南葦後，對於世子趙珣的大逆不道就有些震驚。富貴如世子殿下，金屋藏嬌，是再尋常不過的事情，便是有了世子妃，豢養尤物，也無人會視作悖逆之事，只是當這名女子太形似王妃，就有些駭人聽聞了。

陸詡立即明白為何靖安王趙衡會將此說成是齷齪事，當下眼觀鼻、鼻觀心，再不去「打量」那位正怔怔出神的貌美女子。

女子終於醒覺，見著了與世子趙珣有七八分相像的趙衡，立即撲通跪下，嬌軀顫抖，連一句話、一個字都說不出口。
趙衡緩緩走到她身邊，伸手去握住屋簷下的一串風鈴，默不作聲。
女子淚流滿面，膽戰許久，忽然抬起頭，咬破嘴唇，血絲猩紅，緩緩說道：「奴婢不怕死，但懇求靖安王不要責罰世子殿下。」
趙衡鬆開風鈴，輕輕一彈，叮咚作響，不低頭去看這位匍匐在地板上的女子，只是輕聲冷笑道：「妳配與本王說話嗎？」
女子垂下頭，淚流滿面。
靖安王聽著風鈴聲響，緩緩說道：「從妳第一天踏入院子，本王就已經知曉，只不過這件醜事對本王來說，不算什麼，珣兒並未逾越底線。」
女子始終顫抖得如同一株風雨中的嬌柔蘭花。
趙衡繼續說道：「如今為了珣兒，妳要去死，願意嗎？」
靖安王與陸詡走出小院。
趙衡上馬車前，頓了頓身形，輕聲笑道：「本王以國士待你。」
沒有說話的陸詡彎腰一揖到底。
女子等關門聲傳入耳中，抹去淚水，去首飾盒中挑選了一支趙珣贈送的珠釵，來到屋簷下，與他一般躺在地板上，抬頭望著那串風鈴。
釵子刺入脖子之前，她淒美柔聲道：「珣。」
靖安王世子趙珣身在京城時，傳出一個與二疏十三策一樣讓天下震動的消息——靖安王趙衡暴斃，死於頑疾，靖安王妃裴南葦殉情自盡。

消息傳入京城，傳聞世子趙珣吐血昏厥。

當天，皇恩浩蕩。天子下旨，趙珣世襲罔替靖安王，成為七大藩王中，第二位獲准世襲罔替卻是第一個成為藩王的世子殿下。

趙珣在宮中與皇帝陛下謝恩以後，火速返回襄樊城，見過陸詡以後，披麻戴孝。

夜深人靜，即將成為皇朝新藩王的趙珣獨坐靈堂，面無表情地往火盆裡丟著一把把黃紙。

守孝結束以後，在屋內讓婢女服侍穿上藩王蟒袍，已是靖安王的趙珣揮退下人，站在房內，十指抓住臉龐，表情扭曲而猙獰，似哭非哭，似笑非笑。

捣著臉流著淚低下頭。

若是有人旁觀，世子殿下此時此刻卻是讓人看不懂的表情。

可惜顯貴如新貴陸詡，也只能站在門外，何況他還是個瞎子。

屋內靖安王趙珣。

掩面若泣嘴角翹。

◆

京城。

女子嫁入帝王家，任妳以前是何種身分，就都要身不由己了。

當嚴東吳看到弟弟嚴池集和孔武癡一同造訪，再壞的心情也要好轉，再者嫁給了儒雅內斂的四皇子，雖說這位貴為皇帝兒子的夫君玩物喪志了一些，癡迷於詩畫樂器，但對女子而言，已經是不可以去抱怨絲毫的潑天富貴了。

兩人成為夫妻以後，相敬如賓，嚴東吳都不知道自己還有什麼理由去不開心，所以府上管事婢女僕役，每次見到皇子妃，總是覺得親近和善，暗讚一聲不愧是大家閨秀，原先對於女主子出身北涼的那點芥蒂也就一掃而空。

嚴東吳腹有詩書，顯然四皇子也十分滿意這樁婚事，以往與那幫動輒便是二、三品大員子孫的狐朋狗友也少了許多應酬交際，今日更是與嚴東吳一起接待了小舅子嚴池集以及那名在京城小有名氣的孔武癡。

四皇子素來以沒有架子著稱，今日招待兩名同齡人更是給足了顏面，親自端茶送水，與那書呆小舅子更是不見外地嬉笑打趣，尤為難得的是挑不出毛病的客套以後，主動找了個藉口請辭，留下皇子妃與兩人私聊。

嚴東吳以往愛屋及烏和同理的憎烏及烏，對孔武癡的印象不算太好，家族搬遷到京城以後，與身材健碩卻心地單純的孔武癡幾次相談，就有些討厭不起來，尤其是親弟弟起先與京城那幫公子哥不對路，經常吃了暗虧，都是與二皇子關係不淺的孔武癡帶人出頭找回場子，加上嚴孔兩家都是北涼難得一見的書香世族，到了排外嚴重的京城難免要相互幫襯。

嚴東吳與弟弟說著一些體己話，說些在京城衙門當差就要心思玲瓏剔透的淺顯道理，孔武癡言語不多，只是正襟危坐在一旁傻乎乎樂呵。

從頭到尾，三人都沒有提及那個名字。

離開富貴堂皇的府邸，依然是四皇子殷勤相送到門口，有始有終。

嚴池集與孔武癡一同坐上馬車，孔武癡憨憨問道：「嚴吃雞，你姐兒現在好像還討厭咱們世子殿下，你看都不樂意提起。」

嚴池集臉色黯淡，輕聲道：「現在這些都無關緊要了。」

孔武癡直話直說道：「嘿，以前還以為鳳哥兒能成為你姐夫呢，那時候我天天後悔自己沒姐姐，嫉妒你嫉妒得很。」

經過一段時日的公門修行，書生意氣逐漸磨去稜角的嚴池集轉移了話題，苦笑道：「聽說翰林去了北涼軍，這傢伙真是喜歡做傻事。」

孔武癡不樂意道：「這咋就是傻事了，爺們兒不去沙場殺敵，還算爺們兒？」

嚴池集瞪了一眼。

孔武癡撇嘴嘀咕道：「你就不是個爺們兒。」

嚴池集踹了一腳。不怕疼的孔武癡連拍都懶得拍，望向窗外，嘆氣道：「真的是想鳳哥兒了，喝再多的綠蟻酒都不管用，就是覺得無趣，根本不是當年那個味兒。」

嚴池集無奈道：「你這就算爺們兒了？」

孔武癡摟過嚴池集的脖子，打打鬧鬧。

府中，都知道皇子妃養了一隻學舌拙劣的名貴鸚鵡，掛在書房窗口上。

嚴東吳站在窗口，心事只敢說與鸚鵡聽。

四皇子在走廊遙遙見到這一幕，靠著廊柱，雙手交疊枕在後腦勺，自言自語。

◆

本朝遵循前朝古法，中書尚書門下三省高官都要在各自本部輪流當值夜宿，除去上了年紀的舊西楚老太師孫希濟以外，都不可例外。今日首輔張巨鹿便在直廳一位直令吏手中接過直簿，在上頭簽名以後拿走，次日清晨歸還。

直令吏對此也習以為常，並未溜鬚拍馬一些阿言諛語，在這位權傾天下的碧眼兒成為首輔之前，中樞權臣都以值夜為苦事，極少有二品大臣真正遵循，尤其是那些身分清貴的大小黃門，更是少有到場，掌管直簿的官吏也從不敢多嘴，可張巨鹿當權以後，首次值夜就將幾名黃門郎逐出朝廷後，再無人敢偷懶懈怠。隨著王朝四方海晏清平，這才有了「禁中夜半定天下」的美譽。

今夜當值，張巨鹿處理幾起緊急政務後，就與恰好也輪到值宿的一位師出同門的老友、國子監左祭酒桓溫一起圍爐煮酒。張巨鹿不好飲酒，在天底下讀書人心中，與上陰學宮祭酒一般地位高崇的桓溫則是無酒不歡，連皇帝陛下都破格准許桓溫值夜小酌，但明言不可酩酊大醉。

國子監左祭酒是個相貌清臒的儒雅老者，打趣道：「碧眼兒老頭，氣色不錯啊。怎麼，靖安王世子殿下趙珣那請高人代筆的二疏十三策，真被你當成了一方救世良藥？」

張首輔瞇眼道：「毒藥如蜜，良藥苦口。這十三策，一旦實施起來，起碼能讓大半座朝廷官吏都叫苦不迭，連軍方都得傷筋動骨，你說我能不舒心嗎？」

桓溫伸手指了指只在一人之下的至交老友，罵道：「第一疏其中廟算一策，連國子監都含沙射影地罵到了，說我們都是一幫站著說話不腰疼，不知民間疾苦，只會讀死書、讀功名的無用書生。我倒還好，反正臉皮厚，不怕被人唾沫，新上任的宋右祭酒可就氣壞了。」

張巨鹿冷笑道：「那位寫得一手好字的文壇巨擘，所幸只是去了你的國子監，如今見著了面還算有個笑臉，要是去中書省或者門下省，我還得傷腦筋，逃不掉跟他成為老死不相往來的政敵。」

桓溫呵呵笑道：「這對宋家父子，可是被譽作要稱霸文壇一百年的大文豪，碧眼兒老頭兒你悠著點，要是被他們記仇上，就等著死後被潑髒水吧。」

碧眼紫髯的張首輔彎腰伸手烤著火，平淡道：「筆刀筆刀，是筆是刀，殺人不見血，我看比顧劍棠大將軍都不差。」

桓溫喝了口小酒，瞇著眼放低聲音道：「青黨已經分崩離析，但是江南道上盧家兄弟，一人成了禮部尚書，一位成了兵部侍郎，氣象漸起，你不緊張？」

張首輔淡漠道：「緊張這些做什麼，我只擔心旱澇蝗災這些事情。」

桓溫搖頭不語。

只怕天災，不怕人禍。

人臣當權至此，夫復何求？

◆

徽山牯牛大崗，兩位大客卿黃放佛和洪驃在大殿內親眼看著那名一山之主的女子，單手放在一名跪在地上內力不俗的客卿頭顱上，將一刻前還是雄壯武夫的男人汲取氣機，一滴不剩。她鬆手後，那名客卿體格精血並無變化，生機卻已是滅絕。兩名暗中擄來此人助紂為虐的客卿相視一笑，滿是苦澀與驚駭，雖說這幅場景已經看過很多次，但每次她的汲取速度越發迅猛，山上客卿死得越快，他們便是越發膽戰心驚。

成為軒轅家主的女子微笑問道：「黃叔叔、洪叔叔，這是第幾位了？」

黃放佛穩了穩心神，盡量平聲靜氣說道：「第三十九位。」

正是在大雪坪動盪中悍然上位的軒轅青鋒彎下纖腰，望著那具死不瞑目的屍體，笑容天真爛漫如少女，微笑道：「兩位叔叔放心，青鋒再蛇蠍心腸，也不會對你們這兩位我爹的好友下手。」

黃放佛輕聲道：「唯願小姐早日登頂武道。」

軒轅青鋒收回視線，伸了個懶腰，不僅臉上容光煥發，更有肉眼可見的絲絲紫氣縈繞身軀，散淡說道：「我爹若是在世，可絕說不出這番話。指不定會將我這親生女兒視作可以誅殺的魔頭，再不肯每年為我放一罈女兒紅桂子酒了。」

黃放佛再不敢言語。

洪驃雙手抱胸，開始閉目養神。

軒轅青鋒皺了皺眉頭問道：「袁庭山這傢伙不出意外應該不知如何得到了軒轅大磐的武學心得，刀法境界暴漲，否則以他的心性，決計不會去與顧劍棠比試。而咱們徽山鄰居，龍虎山上一名凝字輩的天師府年輕道士，能擋下桃花劍神鄧太阿一劍，我與這兩個男人相比，誰高誰低？還有，蓮花金頂佛道辯論，一個姓趙的男子帶了名光頭女子，她不但與李當心說禪機，還被說成是除了白衣僧人以外大金剛境的第二人，我何時能與她媲美？」

黃放佛不敢胡言妄語，搖頭道：「不好說。」

軒轅青鋒突然笑道：「不管這些煩心事。對了，古話說兔子不吃窩邊草，總對山上客卿出手也不妥，勞煩兩位叔叔去江湖上抓些武林中人，如何？」

不等黃放佛出聲，洪驃睜眼躬身道：「洪某今日下山。」

軒轅青鋒擺擺手，這名赤腳女子獨自走到空曠大殿左側臨崖的地方。

山風呼嘯，衣袖飄搖。

她慢慢走回閨房，對鏡貼花黃。

畫眉描妝後，她一手持銅鏡，一手伸出指對著鏡中人，莫名其妙地笑出了眼淚，哭笑著說了一句：「好醜的女子。」

第五章　遇世子龍樹北行　救牧民峽谷掠影

北涼王府，悄無聲息地少了兩名看似都可有可無的一男一女。

一位是戴上一張入神面皮的慕容桐皇，往北而去。

一位是舒羞，往南而去。

而單刀匹馬的徐鳳年，離開飛狐城後，再次孤身緩緩北行。

邊境馬賊多如蝗，進入北莽腹地，就迅速驟減，用木劍溫華的話說就是世子殿下當下很憂鬱了。唯有兵荒馬亂，最為逼良為娼、逼民做寇，若是世道太平了，誰樂意把腦袋拴在褲腰帶上去當賊寇？這說明北莽境內遠非士子名流所謂的民不聊生。

見識了飛狐城不輸南方的繁花似錦，徐鳳年就更是憂心忡忡，即便被春秋遺民的惡習潛移默化，但想要將一個民風彪悍如壯漢的北莽軟化成恰似南唐的柔弱女子，需要多少年？三十年，五十年，一百年？北涼如何等得起？徐鳳年乘馬北行，一路鑽研刀譜第七頁的游魚式，因為始終不得精髓，就再沒有去看第八頁，除去養劍十二，或者偶爾惡趣味使然，馭劍殺蛇蠍，就是翻來覆去演練那好似與滾刀術極致有異曲同工之妙的劍氣滾龍壁。

在百里無人的清涼月色下，無所顧忌地號叫或者罵人，將那皇帝老兒、張巨鹿、顧劍棠在內無數帝王將相都罵了一通，也想念了許多人、許多事，可惜再沒有陶滿武這個小丫頭替他揉散皺緊的眉頭。

這一天，烈日依舊毒辣，若非有大黃庭傍身，呼吸都會如喝起滾燙茶水，行走大漠，水囊乾癟，這似乎也算是苦行修為的一種。徐鳳年捨不得騎乘不適酷熱氣候的劣馬，學當年老黃牽馬而行。

驀地耳朵一顫，徐鳳年走到一座黃沙坡頂眺目遠望，依稀可見炎熱光景下的模糊身影，兩人縱馬而來，大概是瞅見徐鳳年，行進軌線驀然更改，疾馳而至。

徐鳳年笑了笑，他娘的終於撞見馬賊了，這與眼力好壞無關，實在是這兩位年輕馬賊裝束模樣太過明顯。二人皆袒露上半身，穿麻質馬褲，露出蹩腳的龍虎紋身，只差沒有在臉上刺下「賊匪」二字，見著了徐鳳年，頓時兩眼放光，這兩位好似並不急於動手截殺劫財，只是在竊竊私語。

徐鳳年耳力敏銳，聽過以後啞然失笑，竟然不是劫人錢財的，而是搶人，好像馬賊頭領是位女中豪傑，有些懷春，就讓麾下馬賊去搶個細皮嫩肉最好還要識字的俊哥兒當壓寨「夫人」，兩位馬賊顯然對他不是太看得上眼，嘀咕著說細胳膊、細腿的，保準經不起寨主幾下折騰，白倒是挺白，可這麼個小白臉與大當家站在一塊兒，豈不是成了黑白雙煞？大當家要是領著出去與其他寨子首領喝酒角抵，就太沒面子了。

兩位馬賊見徐鳳年嚇傻了，見著馬賊也沒動靜，便越發無語，這小白臉莫不是個傻子？往常一些偶遇遊牧養畜的草原牧民，見著自己即便沒有嚇得屁滾尿流，可都是警惕得很，眼前這小子就傻乎乎牽著馬一動不動，其中一名紋身黑虎的馬賊實在看不下去，躍馬上坡，拿著馬鞭指點著小白臉，用一口粗糙莽腔罵道：「急著投胎？」

徐鳳年對指指點點的馬鞭視而不見，笑道：「想與兩位兄弟買些水喝。」一紋虎馬賊愣了一下，一鞭甩出，徐鳳年握住馬鞭，將這名出手傷人的馬賊拽落下馬，一腳踹出，巧勁多過蠻力，馬賊後背撞上馬背，連人帶馬一起騰空飛出黃沙小坡，看得紋龍馬賊目瞪口呆。

徐鳳年摘下乾癟水囊，飄落坡底，不去看掙扎呻吟的馬賊。馬賊的坐騎是匹不俗的良馬，騰身躍起，抖摟了下鬃毛塵土。徐鳳年拿馬賊裝滿水的水囊裝入自己的水囊，再順手牽羊走一只涼笠，也不與兩名馬賊如何計較，吹了聲口哨，與劣馬緩緩遠去。

等徐鳳年走遠了，一直哭爹喊娘的紋虎馬賊迅速坐起身，揉了揉胸口，其實只是微疼，並無大礙，心有餘悸地對紋龍馬賊說道：「碰到扎手釘子了。」

另外一名馬賊嘖嘖說道：「小白臉原來深藏不露，當家的肯定喜歡。」

紋虎馬賊趕忙上馬，「走走，與當家的說去。」

◆

徐鳳年在人煙罕至的荒原上牽馬獨行，根據北涼王府所藏北莽地理志講述，再有幾天路程，就可以見到草原，相信有機會碰上那些逐水草而居的牧民。他倒是無妨，只是常在黃沙大漠裡行走，身邊劣馬有些吃力，想著到了草原上，這位老兄弟若是能融入野馬群是最好，就去掉馬鞍、馬轡，由著牠離去。

歇腳夜宿，徐鳳年盤膝而坐，燃起篝火，望著低垂的星空。

劣馬同樣屈膝休憩，拿脖子蹭自己，徐鳳年拍了拍馬脖子，撚起一塊土壤放進嘴中嚼了嚼，水氣足了許多，是該臨近草原了。

嘗土是尋龍點穴的入門功夫，徐鳳年少年時代經常與老哥姚簡一起去堪輿地理，學到不少望脈的皮毛竅門。天下祖龍出崑崙，其中一龍入北莽，以往北莽少有人談論此事，春秋遺民大量湧入以後，此說大興，北莽女帝儼然成了天命所歸的真命天子。

徐鳳年轉頭對劣馬笑道：「老兄弟，你信嗎？」

劣馬打了個響鼻。

照樣還是勤勤懇懇依次養劍，好似江南那些每晚都要定時去搶水養稻的耕農，偷懶不得。天濛濛亮，徐鳳年加快吐納，按照道門典籍所述，春餐朝霞、夏食沆瀣，因朝霞是日始欲出赤黃氣，以東海最佳，沆瀣是北方夜半紫氣，以極北嚴寒為甲，兩者尤為裨益修行，不知當年道教一支數百道士赴北，有沒有這個潛在意思。那一支道統不負眾望，成了北莽國教，當代掌教麒麟真人更是成為道門聖人，與兩禪寺住持方丈並稱「南北雙聖」。

清晨時分，吐納赤黃，約莫是境界不到，徐鳳年也說不上有多玄妙，只是比較平時略有神清氣爽，緩緩站起身，有些明悟。所謂武道天才，一種是身具異相如黃蠻兒，體魄異於常人，生而金剛，不可謂不得天獨厚；另外一種體魄雖然相對平常，卻可天人感應，騎牛的是其中佼佼者，才有一步入天象的恢弘氣象；第三種相比前兩者，要稍稍次之，卻未必不能踏入陸地神仙，如以劍入大道的李淳罡，如以力證道的王仙芝，如以劍術通神的鄧太阿。武道一途，境界越高，越是逆水逆天而行，天地是家又是牢籠，武夫卻要自成體系，好似頑童要自立門戶，故而才有天劫臨頭，是謂天道昭昭，報應不爽。

徐鳳年抬頭望著朝陽東起，自言自語道：「善惡終有報，不信抬頭看，老天饒過誰？」

隨即撇嘴道：「又說好人不長命，禍害遺千年。古人說道理，就喜歡搧臉。」

徐鳳年轉身望向一名身披袈裟著麻鞋的貧苦老和尚，一雙笑時迷人、瞇時陰沉的丹鳳眸子，直直盯著這名昨晚就坐在十丈以外的南方禪宗僧人。佛門有大小乘區分，密教又有黃紅之分，裝束各有不同，徐鳳年因為娘親王妃虔誠信佛，對僧人一直心懷好感，在北涼不知讓多少無賴道士為了賞銀改行當了僧侶，只不過身在北莽，遇上一位遠行數千里來這蠻荒之地傳經布道的老和尚，即便僧人瞧著慈眉善目，徐鳳年也不敢掉以輕心。

老僧雙手合十道：「公子信佛，善哉善哉。」

徐鳳年壓抑下心中本能的殺機，默默還禮。

老僧袈裟清洗次數多了，可見多處針線細密的縫補，只不過始終素潔，不顯邋遢，鬚眉雪白，手提一根竹葦禪杖，更顯和藹慈悲。北涼軍中曾有一名揮七十餘斤重精鐵水磨禪杖的和尚，身為步軍統領之一，吃肉喝酒，殺人如麻，戰場上金剛怒目，十分嗜血，深得徐驍器重，可惜後來因為北涼鐵騎馬踏江湖，大和尚便退隱山林，據說圓寂於一座山間小寺。

此時老僧微笑道：「老衲自南邊兩禪寺往北而行麒麟觀，是想要與一位道門老友說說禪理，雖說多半是雞同鴨講的下場，卻也算了去一樁心事。偶見公子吞月華、餐日霞，深得武當上任掌教王重樓所修大黃庭的妙義，就想與公子絮叨絮叨，可生怕被公子誤會成歹人，也不敢主動開口，但思量一宿，覺得公子心有溝壑，不知是如何養意，若是不慎，深墜其中，就不妥了。既然公子信佛，若是不嫌老衲聒噪，倒是可以與公子說些佛法長短。」

徐鳳年重新坐下，微笑道：「原來是兩禪寺的得道高僧，懇請前輩不吝指教。」

老和尚也不走近，就地而坐，與徐鳳年遙遙相對。見面以後老僧便自報山門，也算誠意十足。

老和尚將竹葦禪杖橫膝而放，徐鳳年洗耳恭聽。

老僧緩緩說道：「公子以大黃庭封金匱，練雙手滾刀術，外養吳家枯塚飛劍，內養劍道第一人李淳罡的青蛇劍意，蔚為大觀。天資之好，天賦之高，毅力之韌，實乃罕見。」

被老僧一眼看透幾乎所有祕密的徐鳳年內心震撼，臉色如常，笑道：「前輩無需欲抑先揚，直說便是。」

老和尚笑了笑，道：「上古賢人治水，堵不如疏。不論刀劍，還是佛門閉口禪，道教鎖金匱，以及武人閉鞘養意，大體而言，皆是逆流而上，蓄謀精神，不過倒行逆施一說在老衲這裡，並非貶義，公子不要介懷，只是堵水成洪，何時疏通，就有了講究，是一口氣死堵到底，還是偶有小疏，猶如長生蓮一歲一枯榮，來年復枯榮，兩者高下，公子以為……」

徐鳳年真誠道：「不敢與老前輩打馬虎眼，在我看來，堵死才好。因為弓有鬆弛的道理，倒是也懂，只不過閉鞘養意這一事，若是如女子散步，行行停停，羞羞休休，個人竊以為難成氣候。」

老和尚並未如同那些曲水流觴王霸之辯的名士，稍有見解出入，就跟殺父之仇般咄咄逼人，恨不得把天下道理都全部攬入自家手裡。老僧也沒有以出身兩禪寺而自傲，仍是細細琢磨了徐鳳年這一番有鑽牛角尖嫌疑的措詞，平和道：「老衲素來不擅說佛法以外的大小道理，厚顏先與公子討口水喝，容老衲慢慢想周全了，再與公子說道。」

徐鳳年笑了笑，心情大好，起身摘下水囊，悠悠丟擲過去。老和尚輕輕接過後，從行囊裡摸索出一只白碗，倒了小半碗，有滋有味地喝了一口。一碗寡淡至極的清水，在老僧看來始終勝過山珍海味，若是生平最愛的白粥，就更是美事了。

徐鳳年退了一步，不再針鋒相對，問道：「如果我願小疏積水，又該如何？」

老和尚抬頭說道：「與女子歡好即可。公子大黃庭其實已然臻於圓滿境，之所以欠缺一絲，並非公子所以為的所剩幾大竅穴未開，而恰恰是少了陰陽互濟。」

徐鳳年嘴角抽搐了幾下。

老和尚爽朗笑道：「公子切莫以為老衲是那淫僧。只是男女歡好，是世人常情，老衲雖是方外人，卻也不將其視作洪水猛獸，何況年輕時候，也總是常常晚上睡不踏實，要挨師父的打罵。」

老僧收斂了些笑意，正色沉重道：「公子以世間不平事養意，本是好事，天地間浩然有正氣，雖並不排斥殺氣，只不過夾雜了戾氣怨氣，駁雜雄厚卻不精純，需知誤入歧途，此路每走一步，每用力一分，看似勞苦遠行，實則走火入魔。公子可曾捫心自問？再者以老衲淺見，世人所言的問心無愧，大多有愧，即便與己心中無愧，但與道理就大大有愧了。容老衲倒一碗水。」

老和尚倒了第二碗水，持平，再傾斜，再搖晃，等碗中水平靜下來，才緩緩說道：「公子，我們為人處世，都是這口碗，天地正氣是碗中水，只是深淺有不同。不管碗如何傾斜，這一碗水，始終是平如明鏡。」

徐鳳年皺眉道：「既然如此，何來一碗水端平一說？是否算是庸人自擾？」

老僧喝了口水，搖頭笑道：「老衲不敢妄下斷言。哈哈，這碗水是從公子手裡騙來的，慚愧慚愧。」

徐鳳年啼笑皆非，眼神柔和許多，笑道：「老前輩不愧是兩禪寺的老神仙，隻言片語，就把大道理說在小事情上了，比較那些天女散花的佛法，要順耳太多。」

老和尚一手捧水碗，一手連忙搖擺道：「什麼老神仙，公子謬讚了，老倒是老，不過離神仙差了太遠。老衲在寺內除了長年讀經，擅長的不是說法講經，其實也就只會做些農活，道理什麼的，都是莊稼活裡琢磨出來的。」

徐鳳年好奇問道：「兩禪寺僧人受封國師無數，老前輩就沒有被朝廷賜紫賞黃？」

老僧笑容雲淡風輕，喝了口水，笑道：「衣能暖十分，飯可飽七八胃，茶可喝到五六味，就夠啦。」

徐鳳年笑道：「那就是有了！」

老和尚哈哈笑道：「矜持矜持。即便不是老神仙，也得有老神仙的風度。老衲有一個傳衣缽的徒弟，他又有個女兒，得知老衲要下山，便勸說出行在外要有仙風道骨，見老衲不肯好好裝扮，送行下山時，被她教訓了一路。」

徐鳳年嘴角抽搐得厲害了，眼神溫柔地問道：「可是一位姓李的小姑娘？身邊有個青梅竹馬的南北小和尚？」

老和尚宛如開了天眼的佛，頓時了然，「原來是世子殿下，久聞世子殿下誠心向佛，難怪難怪，老衲失禮了。」

徐鳳年站起身，恭敬作揖行禮，沉聲道：「徐鳳年見過住持方丈。」

老僧起身還禮再坐下，慢慢喝著水，笑道：「殿下萬萬不必多禮。」

徐鳳年坐下後，問道：「老方丈去北莽，可是為滅佛一事？」

老僧點頭，感慨道：「去北莽卻不是要妄自尊大，想感化那一心滅佛的北莽皇帝，只是想與僧人說一說《金剛經》，不知天命，盡人事。儒教聖人詩三百，一言以蔽之，思無邪。老君騎青牛，五千《道德經》，求清淨。佛祖不立文字，倒是讓我們迷糊了。北莽王庭要滅佛，沒了寺廟、沒了香火，沒了佛像、沒了佛經，在老衲看來，都行。但若是僧人數十萬，人人丟了佛心，這個不太行啊。」

老和尚小心翼翼地將水碗放回行囊，站起身後，笑著把水囊還給徐鳳年，「老衲謝過世子殿下贈水兩碗，是善緣。若是不急著趕路，殿下可以往西北而行四十里，有一座峽谷，稍作停留，興許又是一善緣。」

徐鳳年接過水囊，笑了笑，道：「老方丈，有一事相煩，能否帶走這匹馬，我獨身赴北，已經無需騎乘，也不敢輕易送誰，生怕就是一樁禍事，若是棄之不管，也不放心。」

已是佛門當之無愧佛頭聖人的老和尚慈祥笑道：「可以、可以，路上多個說話的伴兒，不麻煩、不麻煩。」

徐鳳年雙手合十，「與老方丈就此別過。」

老和尚雙手合十，低眉說道：「老衲臨別贈語，他日殿下能教菩薩生青絲。」

徐鳳年愣了愣，望著老僧持竹葦禪杖牽馬遠去，直至身形消失在視野。

◆

長呼出一口氣，照著老神仙的吩咐，徐鳳年懸好短刀春雷，往西北掠去，如今當真是無牽無掛了。

果然見到一條綿延不見盡頭的深邃峽谷，徐鳳年攀沿登頂，沿著裂谷山崖緩行，不知所謂善緣在何方。

慢行了半個時辰，才養劍完畢，忽覺腳下顫動。

恍惚天地之間有炸雷。

徐鳳年回頭望去，峽谷一端外邊，有不知幾千幾萬野牛擁入，擁擠如洪水傾瀉入谷壺。他心頭一動，急速前掠了一炷香時間，頓覺頭皮炸開，你娘的，竟然有百來號牧民騎馬牽羊帶著所有家當行走在峽谷中，這不是要被野牛群碾壓成肉泥嗎？這走的不是陽關大道，是鬼門關、黃泉路啊，你們這幫傢伙好歹世代居住草原大漠，就一點不知道這類境況凶險嗎？

徐鳳年居高俯視，看得出來，牧民人流中有人已經知道了憑空而來的地震意味著什麼，頓時亂成一團熱鍋螞蟻，老人面如死灰，許多婦人稚童更是啼哭不止。徐鳳年再眺目望去，立時眼神陰冷。牧民身後遠遠吊著幾十名北莽手持兵器的騎兵，已經策馬返身離去，原來是一出驅羊入虎口卻兵不血刃的絕戶計。

若是沒有老僧悲天憫人的說法，世子殿下也就只會冷眼旁觀，畢竟以一人之力阻擋氣勢如虹的數萬匹野牛，實在是與自殺無異。

徐鳳年一咬牙，身形飄落谷底。

百餘牧民瞠目結舌，其中一些個性情涼薄的青壯牧民已經向山崖攀爬而去，只是山壁陡峭，爬得不高。

徐鳳年踏出一腳，畫半圓，雙手抬起。

腳底沉入地面三寸。

只留給牧民們一個陌生的背影。

與野牛群擁入峽谷同時，一位老僧單手托馬登頂，眼神慈悲，雙手合十，道：「此子大善。」

徐鳳年靜心凝氣。

起手撼崑崙。

徐鳳年猛地一拍額頭，收手從徽山大雪坪那邊偷師而來的大勢撼崑崙，往後一掠，也不管牧民們是否聽得懂姑塞州的腔調言語，要他們青壯人員先行後撤。徐鳳年率先抱起一名遊牧稚童挾在腋下，就近再拎起一名少年，雙膝微曲，如一羽箭矢彈射峭壁，幾次折身彈射，落在山頂，放下後縱身躍下峽谷底部，再裹挾牽扯了兩名年幼孩子。只見他兔起鶻落，身形稍縱即逝。牧民顧不得命根子一般的羊馬帳篷，亡命後撤。

徐鳳年一氣不歇，十幾次起落，總算先將二十多個孩子送到山頂。牛蹄轟鳴如春雷炸開，峽谷峭壁砂礫抖落，塵土彌漫，拐角處當頭一群雄健野牛已然如潮頭先至。

徐鳳年對那些故作停留的青壯牧民不加理睬，一氣起終有落，驀地發現一名體態嬌柔的女子，正彎腰攙扶一個跌倒的孩子，手裡還牽著一個，徐鳳年奔至其身旁，眼角餘光看到她的側臉，微顯錯愕，卻也顧不得什麼，隨手抄起兩名孩子就掠向山頂。

放下以後，他重新墜入谷底，峽谷中仍是剩下八十餘名拚命逃竄的牧民，只見那名能讓世子殿下尚且要驚為天人的少女抿起嘴唇，站在原地，一臉發自肺腑的感恩，眼眸中有著生死有命的釋然，徐鳳年沒有她這份可以不畏生死的閒情逸致，面對浩浩蕩蕩洶湧襲來的野牛群，一氣回落二氣浮，再登崑崙。

地面大震，牧民嚇得雙腿發軟，峽谷地面本就坑窪不平，地面顫動，越發難行，有幾位年邁老人踉蹌倒地，掙扎起身後再跑。

徐鳳年起勢磅礴，如平地起驚雷，以雷對雷。

氣機流淌遍布全身，外泄如洪水，以洪對洪。

徐鳳年再呵一氣，驀然睜眼，雙手各自向外滑行抹去，弧線柔和，塵土不得近身一丈。身後呆立當場的少女只見到年輕佩刀男子長衫飄搖，清逸出塵。

當眼眸通紅的癲狂牛群衝撞到離他十步時，就像撞到了一扇目不可見的銅牆鐵壁，為首並駕齊驅的一線牛群前蹄半身扭曲，往後擠壓，再被後邊的不計其數的綿延野牛以力堆力，層層疊加，直到將位列第一排潮頭的牛群給炸裂了身軀，鮮血濺射！但即便如此，密密麻麻黑壓壓的牛群竟然硬生生被擋住腳步，不得前進絲毫！

一頭頭重達兩、三千斤的後排野牛依次撞上牆壁，屍骨累加，瞬間高達三丈，頓時豎起一道猩紅牆壁，鮮血黏稠而模糊，觸目驚心。

健壯野牛雙角粗長而尖銳，彎出兩個驚人弧度，四足膝下呈白色，肩背高聳如瘤，任何單獨一匹拎出來都讓人膽戰心驚。草原上不乏有獅狼被成年野牛一角掀翻的場景，何況是這一股勢可摧山倒的牛群洪流？在峽谷無路可躲的逼仄空間中，好似狹路相逢，唯有誓死突進，別無他法。

野牛性本溫順，只是一股腦擁入峽谷，撒蹄狂奔，逐漸激起凶悍血性，尤其是被人為阻擋凝滯，世人所謂的鑽牛角尖就真一語成讖了。

徐鳳年雙手往下一按，四十餘具野牛屍體頓時下墜。

雙腳也在地面向後順勢滑出兩步距離。

沒了阻攔，野牛群踩踏屍體一躍而過，繼續狂奔。

徐鳳年雙袖鼓蕩，左腳往外滑出一步，雙臂攤開，猛然向前一推，身前風沙大起，尤其是兩方峭壁被氣機牽引，被硬生生扯出許多大如斗的飛石，激射向牛群，略微阻了阻牛群的衝勢。

徐鳳年不去管嘴角滲出的血絲，知道飛石只是解燃眉之急，逃不過杯水車薪的窘促，先前一擋，當下一阻，說到底只是減少壓縮了牛群的銜尾間隙，現在看似卓有成效，當洪流蘊含的前撲氣勢澈底反彈爆發，才是真正的苦頭。若是到了指玄境界，倒是可以擊開峭壁，有望堵塞峽谷，估摸著尋常金剛境的體魄，都經不起這一波波大浪拍石的衝撞啊。可惜離金剛境還差一線的徐鳳年後撤幾步，中途迅速換氣，連吐出血水的間隙都沒有，呼一吸六，長衫無風而動，再撼崑崙。

能擋一步是一步。

周而復始，大黃庭迴圈生息。

十幾個來回，已經一步一步向後滑出六、七丈，其間焦躁難耐，徐鳳年殺心大起，以落地滾石使了一通劍氣滾龍壁，將十幾頭前赴後繼的野牛分屍碎骨，代價便是再抑制不住地口噴鮮血。

他心頭大震，再不敢意氣用事，只覺得憋屈至極，戾氣暴漲，雙眼赤紅，眉心紅棗印記緩慢轉淡紫，淡紫入深紫，眼不再見，耳不再聞，置死地而後生，再無利弊權衡、生死計較，逐漸臻入一種不可言說的佳境。

生死之間有鴻溝，儒家以思無邪，無愧天地、不懼生死，道家以清靜無為做大作為，佛門不惜以身做橋，送人到彼岸。徐鳳年起手撼崑崙，偷師於大雪坪儒生軒轅敬城，自有一股雖千萬人吾往矣的浩然正氣，起先為救牧民而涉險，心存結下那不知名善緣的私念，但久而久之，再無掛礙，入世人卻無意中生出世心，大黃庭種金蓮，含苞待放終綻放，一瞬清淨得長生。

徐鳳年開竅巨闕而不自知。

他右手自然而然負於身後，閉目凝神，左手掌心朝上。只記得當年初上武當山，聽聞掌教王重樓曾截斷滄瀾，一氣蓄意至頂，徐鳳年左手輕輕一劃，脫口而出呢喃道：「斷江。」

身前一丈處，地面裂生鴻溝，直達峭壁。

一線六、七頭野牛墜入裂縫，被身後幾線來不及跳躍的野牛填滿以後，後來者再度如履平地繼續前奔，鮮血四濺。

你奔我斷。

徐鳳年悠悠然向後滑行，一斷再一斷。

真是好一幅潮起潮落的悲壯場景。

徐鳳年看似身形瀟灑不羈，說不盡的閒淡、說不完的風流，卻已是七竅流血。大黃庭不管如何玄妙連綿，再以內力渾厚著稱，終究不是取之不盡、用之不竭的無底深淵，尤其是十分講究起承轉合，世子殿下這般不惜命地強提境界一掌斷江，總歸是有油盡燈枯的時候。

徐鳳年如魚游走於青苔綠石之間，手中無刀劍，卻有一種與洪水牛群對撞而去的通達念頭，直覺告訴他定然可以天時地利悟出那刀譜第七頁。只是念頭才生，便告熄滅，因為徐鳳年撞上了一個躲避不及的柔軟身軀，是那不急於逃命只是等徐鳳年後撤幾步便小跑幾步的牧民少女。

徐鳳年不知是第幾次氣機迴圈，李淳罡曾說劍意巔峰時，精騖八極，劍術極致兩袖青蛇牽動的氣機流轉剎那八百里，徐鳳年也不敢攀比，但恐怕體內沸騰氣機起碼也有一瞬百里的地步。

徐鳳年苦笑，頭也不轉，抓住她的柔軟肩頭，往後拋去，繼而停下腳步，閉鞘養刀。本就是要將身體拉弓如滿月，拉到極點才甘休，這種走羊腸小徑攀登武道的生僻小徑，就怕拉弓崩斷弦，一旦發生，就不是跌境一二這般簡單好運，十有八九要毀掉辛苦開竅打造的根基，大黃庭長生蓮可不是那原上野草，可一歲一枯榮，枯萎以後再想開放，難如登天。

不知那些牧民跑了多遠，是否出了峽谷？

徐鳳年一咬牙，心想他娘的老子再撐一會兒，實在不行就得撤了，死扛下去，可就真得死在這裡。

老子怕死在其次，更是不甘心啊。

任由野牛轟鳴衝來，已是近在咫尺，徐鳳年仍然完成一個大循環流轉，已經清晰可見前排野牛猙獰恐怖的眼眸。

野牛頭顱同時低垂，要用雙角將這個傢伙刺死。

徐鳳年衣衫一縮，再一鼓，鼓蕩尤勝先前幾分，雙手在胸口捧圓。

以小圓起，圓生圓，大圓有了包羅天地的壯闊氣象。

峽谷塵土飛揚如一柄圓鏡。

徐鳳年幾乎是寸寸後移。

野牛群一樣是匪夷所思地寸寸前行。

與自己說好了只是再死撐一會兒，不知不覺徐鳳年已經撐了好久。

山頂身披一襲樸素袈裟的老僧雙腳離地，手持竹葦禪杖，如同仙人御風而行，見到這幅景象，微微動容，輕聲嘆息道：「忘我時不計生死，滿腔血性，是匹夫之勇。清醒後明知有所不為，仍是不忘有所為，可知根骨本性，些許私心不足以掩善心。」

老和尚折掠入峽谷底部，如鷹隼俯衝，一手抓住徐鳳年，腳尖虛空而踩，一連串空懸的蜻蜓點水，向那名牧民少女飄去，輕聲道：「殿下救人，且容釀下大錯的老衲攔下野牛群。」

當徐鳳年下意識摟過少女腰肢，老和尚輕念一聲「起」，一男一女飄向山頂。

老和尚雙腳終於落地，轉身後將禪杖轟然插入大地。

若非是身披袈裟，否則便給人慈眉善目如村野古稀老人的老僧，金剛怒目，面朝潮水牛群，一聲沉悶低吼。

聲如迅雷疾瀉，威震數里以外。

北莽新武評對這位佛門聖人推崇至高，有云：「兩禪寺龍樹聖僧，演法無畏，如來正聲，有獅子吼，懾服眾生。」

野牛群頓時停下前衝，原地靜止。

峽谷內血流成河。

老和尚愧然低頭，雙手合十。

徐鳳年精疲力竭，跌跌撞撞，一屁股坐地，少女盤腿坐在他身後，滿眼淚水，雙手柔柔撐著向後倒去的世子殿下。徐鳳年沒那心思去計較老和尚下了套還是如何，也沒心情理睬身後女子，只是低頭看著染血衣襟，苦笑道：「總這樣吐血也不是個事啊。」

然後就此暈厥過去。

老和尚拔出竹葦禪杖來到山頂，給徐鳳年把脈，如釋重負，然後從背後行囊取出白碗，手指在自己手腕上一劃，裝滿一碗以後遞給少女。

老僧的血液竟然不是常人的猩紅顏色，而是那只見記載於晦澀佛典中的金黃色！

已然是真正達到金剛至境的佛陀。

少女伶俐，摟著徐鳳年，餵下這一碗價值遠遠不止連城的金黃血液。

老和尚起身後，重新飄落谷底，一路念《金剛經》而去，出峽谷以後，掠上山頂，托下劣馬，牽馬前行，輕聲道：「恭喜殿下初入大金剛境。」

◆

徐鳳年迷迷糊糊醒轉，並未第一時間睜開眼睛，而是先內察氣機運轉，發覺這一番折騰，有好有壞。新開巨闕一穴，是幸事，不幸的是不知為何體內氣機如薪柴劇烈燃燒，雖不曾化灰殆盡，終歸透著股不可控制的危機感，這讓習慣了去掌控手邊一切狀況的世子殿下惴惴不安，百思不得其解。繼而查探四周呼吸頻率，這才緩緩睜眼，率先映入眼簾的是一張絕美臉龐，峽谷初見便已驚豔，只能以不似人間人物來形容她的姿色，一雙罕見的墨綠眼眸，如青山綠水，該有九十五文了，興許只比白狐兒臉與陳漁和姜泥稍遜半籌，若是身段長開，韻味豐滿起來，說不定可以平分秋色。

北莽境內風沙粗糲，女子少有水靈的，身架子也往往比南方女子粗獷偏大，難道是曹官子獨占八斗風流一個道理，將北莽女子的秀氣都給侵吞的緣故？

一念而過，徐鳳年懷疑自己是否封金匱把自己給禍害成只吃素不吃葷的和尚了，竟是一點不想再去打量這名絕色少女，便緩緩站起身，主動脫離那具軟香溫玉。養劍以後，身體就像安上精準刻漏，即便是入定吐納，每隔一個時辰就會自動驚醒。

他躍入谷底，默然馭劍，滴血在劍身上，飛劍竟然直直墜落。

得，三日功夫白費，徐鳳年忍住破口大罵，皺眉盯著手心血痕，鮮紅滲透著莫名其妙的淡金色，大黃庭圓滿境界也不曾聽說有這種古怪景象，便再不敢胡亂養劍，收回劍身修長纖細如女子青絲的峨眉，掠回山頂。

被救的牧民大多年幼，圍在少女身邊，看向徐鳳年的眼神充滿了敬畏與崇拜。

徐鳳年不予理睬，看到那只碗底在日光下熠熠生輝的白碗，蹲下身伸出手指一抹，嗅了嗅，猜到七八分。

佛陀之所以稱之為金身佛陀，很大程度上緣於所謂的金剛不敗之身，傳言可讓陰冥諸邪避退，酆都萬鬼匍匐。徐鳳年也是經由李淳罡闡述，才知世間金剛境大抵都算是偽境，只有兩禪寺李當心與弟弟徐龍象才是真金剛。

李當心當年西遊萬里歸來，不知是誰傳出食白衣僧人之肉一塊可得長生金身的驚悚祕聞，邪魔人物蜂擁而至，竟是一人都無法得逞，最後李當心臨近長安，眾目睽睽下割肉一塊給了饑寒將死之人，幾年以後老者安詳老死，卻也不曾長生，才疑慮消散。

徐鳳年盤膝而坐，對著白碗怔怔出神。旁邊少女與二十幾個孩子少年不敢打擾，陪著發呆。徐鳳年站起身，拎住兩名孩童掠下谷底。野牛群被佛門獅子吼震懾，如洪流瞬間結冰，全部靜止不動，最後掉頭全部擁出，牧民這才安心揀選野牛屍體做秋冬儲肉。徐鳳年陸續將山頂牧民送下，其間幾個性子開朗的孩子只覺得騰雲駕霧，開心大笑。

最後只剩下亭亭玉立的少女。龍腰州再北，所處地境嚴寒，秋冬富人以貂狐、青鼠、貉皮為裘，貧者以牛馬豬羊等皮做衣褲，春夏以布帛衣料，貴賤又有粗細之別。像眼前女子，左衽窄袖，穿烏皮靴，只算是樸素整潔，遠比不得顯貴家室婢妾衣縷綺繡如宮人。不過她出落得天生麗質，腰間繫了一根精緻羌笛。

山頂無人，徐鳳年總算有心思仔細打量一番，不急於將她送入峽谷。她被瞧得滿臉俏紅，低斂眉目，兩根手指悄悄絞扭衣角。徐鳳年笑了笑，走近捏住她的下巴，往上一翹，迫使她與自己對視。

徐鳳年親眼見到莽騎遊獵追逐，不打算摻和到這爛泥塘裡去，紅顏禍水，徐鳳年沒那個本事在北莽拈花惹草，情劍傷人，豁達如李淳罡，何嘗不是一樣如此受罪？

徐鳳年這趟抵擋牛群，私心明顯，只是想要給天下兩大聖人之一的龍樹和尚留下一個尚可印象，若是奢望世子殿下送佛送到西，拯救這批牧民於水深火熱，委實沒有這份慈悲，再者，與他牽連上，誰能善始善終？

徐鳳年抱起她，縱身一躍，飄然落地，鬆開她後不再言語，不理睬那些感激涕零的跪拜牧民，氣機綿延如崑崙龍脈，一掠而逝，追蹤野牛群而去。過拐角以後，他放緩腳步，打算折返回去，因為他想到一個法子能夠演練那刀譜第七頁游魚式，便是在野牛群中如魚游滑。

北莽騎兵久久不見牛群，察覺到事態出乎意料，便揮刀衝入峽谷，徐鳳年耳力驚人，微皺眉頭，如一條壁虎貼在陰暗峭壁上，本想眼不見、心不煩，掠上山頂就去追逐牛群，瞥見末尾一騎轉入峽谷弧角，隨即傳來一陣男人都懂的獰笑。

徐鳳年沿著峭壁山脊行走，看到谷底三十幾騎圍繞著少女打轉，馬術精湛者，便傾斜身體伸手去撩撥少女的衣衫。徐鳳年罵罵咧咧重新墜入谷底，腳尖落地不起塵埃，驕横莽騎沒有注意到身後有人横空出世，徐鳳年也懶得廢話，飄然前行，一手扯住一根游弋戰馬的馬尾，繞圈馳騁的戰馬一陣吃疼，高抬雙蹄，痛苦嘶鳴。凶悍騎兵訝異轉身，殺機勃勃，一刀就朝這名不知死活的傢伙劈下。

徐鳳年握住莽刀，將騎兵拖拽下馬，一腳將這名壯碩武士踹開，身體砸在峭壁上，頓時變作一攤肉泥，徐鳳年內心一驚，自己何時有此境了？其餘騎兵俱是一怔，一名勇悍莽人策馬前奔，徐鳳年紋絲不動，等戰馬撞來，一手按在馬頭上，戰馬頭顱炸入地面，當場斃命，後半具戰馬身軀掀翻而起，徐鳳年一手拍開，連莽騎帶死馬一同摔向峭壁，與前者死相唯一不同之處大概就是一攤爛泥更大一些。

三十多騎兵再顧不上調戲那塊即將到嘴的嫩肉，亡命逃竄，誰都看得出以人海戰術碾壓敵人，根本行不通。留得青山在，不怕沒柴燒，這個道理擱在任何地方都淺顯質樸。徐鳳年既然開了殺戒，就容不得漏網之魚去通風報信，頓時一掠而起，閒庭信步，皆是「慢悠悠」逛蕩在戰馬身側，一掌推出，好似拍死蒼蠅在牆上，峽谷峭壁出現一朵朵大塊猩紅。

徐鳳年的確做不來陳芝豹那般西壘壁前以馬拖死葉白夔妻女的血腥手段，可要說在北莽殺一些蠻子，仍是毫無顧忌，若非如此，徐鳳年自認就該死在北莽！

哪怕是世襲罔替在手，又有何資格去與陳芝豹搶北涼軍權？搶兵、搶糧、搶民望、搶軍心，都是要雙手染血去搶過來的，而不是磨嘴皮去講那仁義道德。春秋不義戰，有多少場坑殺？多少座城池被屠盡？有多少人相食，母販兒、父烹子？士子、貴族、權臣、武夫一個個粉墨登場，即便身死，大多仍算是在青史留名一、兩筆，可太多只是想做溫飽太平犬的亂世人，死就死了，連本該清明燒香的後人都一併死絕。以婦人之仁統帥北涼三十萬鐵騎？帝國北門一旦大開，被北莽長驅直下，頭一個遭殃的便是北涼參差百萬戶。離陽王朝那些一直給北涼拖後腿的骨鯁忠臣，想必臉上悲慟時，心中十分樂見其成。

徐鳳年臉色陰沉，解決掉三十多北莽騎兵，緩緩走向那名少女。

她是牧民中唯一親眼見到他力擋牛群的女子，那時候認定他便是天下最大的英雄豪傑，如仙人降世一般。

可當她見證他殺人而非僅是殺牛的鐵血手腕，尤其是看到他緩緩走來，下意識就躲開視線，向後撤了兩步。

徐鳳年嘴角冷笑，掠上山頂，他已經仁至義盡了，就再不管這些牧民的生死存亡，去追尋那股聲勢浩大的野牛群。

少女猛然驚覺自己做了什麼，悔恨得揪心欲死，茫然跌坐在地上，眼神空洞。

徐鳳年來到峽谷盡頭山頂，駐足遙望遠方。

救一人殺萬人，殺一人救萬人，功德罪孽孰重孰輕。

徐鳳年即便信佛，卻也想不明白，也不想知道。

記得小時候二姐徐渭熊糾結於白馬是馬非馬，粗人徐驍開玩笑說爹坐在那兒說是馬，那就是馬，誰敢說不是？

正是如此一個蠻不講理的武夫人屠，卻在那一晚，對世子殿下說道，天下沒有什麼該死的人，尤其是沒有該死的百姓。只要我徐驍一天不死，涼莽就可以不死一名百姓。

徐鳳年躍下山崖，撒腳狂奔，循著蹄印追上野牛群。

先是游魚入湖，穿梭自如，然後躍上牛背。

踏潮而行。

最終站在一頭領頭的野牛背上，屹立潮頭。

徐鳳年仗著新晉的金剛體魄擠入牛群，仍是吃足苦頭，稍有不慎就被健壯野牛撞上，如一個蹴鞠繡球被踢來踢去，以徐鳳年的執拗性子，又不願輕易躍出牛群海潮，好幾次就給沖刷倒地，瞬間被幾十頭野牛踩踏而過。

這些野牛動輒重達兩、三千斤，他實在消受不起，這才掀翻牛蹄，跳上牛背，好在有大黃庭演化而出的海市蜃樓護體，否則早已淪落到衣不蔽體。

他或躺或坐在牛背上，或休憩或養劍，然後再自尋苦頭，跳入牛群的狹窄間隙，繼續游魚般滑行。起先幾次與牛相撞，狼狽不堪，惹得火大，恨不得以劍氣滾龍壁攪爛幾十幾百的野牛。強行壓抑下心中的煩躁，配合大黃庭心法，總算琢磨出了順勢而動的方法。

牛群停歇時，他便遠離野牛，獨坐凝神，馭劍飛行。一次有狼群盯上幼牛，徐鳳年也不打殺，一腳跺地，頗有天崩地裂的氣焰，恐嚇驅散了野狼。幾天下來，起起落落，徐鳳年約莫是一身牛氣牛味，倒像是成了野牛群的一分子，被許多野牛接納。

當徐鳳年一次從牛群末尾穿過整片牛群，終於領頭而奔，牛群竟然就這般跟著他前衝了十幾里路。

見到大片水草，徐鳳年躺在湖畔草地上，大口喘氣，心滿意足，得到了刀譜第七頁游魚式的精髓，才知起先對這一招的偏見何其目光短淺，若是融入滾刀術，真正是如魚得水、相得益彰。他轉頭去看懸掛腰間的春雷，自嘲道：「春雷、繡冬一對姊妹，分家以後妳不幸跟了我這個草包，繡冬留在白狐兒臉身邊，總不能太丟妳的臉面。」

◆

徐鳳年脫下黑長衫與白底褂，撅屁股放入湖中搓洗，露出身上那具江湖人士夢寐以求的軟絲寶甲。軟甲曾被呵呵姑娘一記手刀在心口位置捅出個窟窿，返回北涼後樞機閣天工巧匠趕緊縫補齊全，這個祕密機構，如今想必正在忙碌那幾架喪失符將的紅甲。

北涼軍戰力驚人，墨家鉅子領銜的樞機閣居功至偉。軟甲織有劍囊十二，分別儲藏飛劍十二，入北莽以前，徐鳳年馭劍四五離體已是極致，如今與魔頭謝靈一戰，留下城中觀悍婦蓮緩緩開放，偶有所悟，再開一竅，在峽谷與野牛群硬碰硬，衝破巨闕，新開三大竅穴，再來馭劍，已有八九。

徐鳳年將衣衫攤在草地上，盤膝而坐，馭劍九柄。之所以說術算好的，對武道有額外裨益，正是如此，每一柄飛劍對於氣機運轉，薄厚與脈絡各有側重，要求劍主心神一分為九，當然不是說徐鳳年離上一任劍主鄧太阿就只差了三劍境界，馭劍與御劍，只差一字，卻終歸是一道難以逾越的天門。

空中九劍分別是劍弧圓潤、劍身青碧的青梅，如竹分節的竹馬，每逢日光映射便璀璨生輝的朝露，好似二八佳人眼波流轉的春水，桃花劍身粉紅，妖冶如嫵媚美人，纖細如一根青絲的無柄峨眉，最是渺小同時鋒利無匹的剔透蚍蜉，劍身有鮮紅流華縈繞的朱雀，最後一把則是劍身寬厚呈黃色的黃桐，九柄飛劍，各有千秋。

其餘三劍玄甲、太阿、金縷，更是劍意浩蕩，尤其是太阿一劍，堪稱氣沖斗牛，徐鳳年不敢輕易駕馭。十二劍如同世間佳麗，架子各有高低不同，青梅、竹馬、朝露、春水好似鄰家女孩，養劍順暢，桃花、峨眉、朱雀、黃桐如大家閨秀，得手較慢，其餘三位，就跟傾城絕色一個德行，軟硬不吃，徐鳳年一樣是每日殷勤伺候，成胎速度卻是奇慢無比，不過那一日摻入佛陀金色血液以後，峨眉墜落，之後幾劍也大體如此，唯獨金縷一劍，幾乎是一瞬成就劍胎大半。這對徐鳳年來說簡直是天大的驚喜，對於之前幾劍的廢劍三日也就不那般心疼。

飼養金縷以後，血液中金色光彩澈底淡去，讓徐鳳年如釋重負，總不能為了養成金縷一劍就捨棄其餘十一劍，否則這筆買賣就虧大了，沒這麼敗家的。

徐鳳年駕馭飛劍斬水草，也不知道鄧太阿見到這幅場景會作何感想。精疲力竭後收回九柄回劍囊，徐鳳年咧嘴笑了笑，往後仰去，雙手交疊在後腦勺下，閉上眼睛半睡半醒。與堪輿大師姚簡耳濡目染，除了懂得一些嘗土相水的皮毛功夫，對於龍脈一說也略知一二。

姚簡說過天下龍出崑崙，三大乾龍，一落太安，一出東海，一入北莽，青囊地理有山老無生氣，嫩山有氣運的說法，故而搜山不搜老，尋龍尋嫩山。越是靠近崑崙，隨著時代變遷，靠西而誕的王朝越是無法應時而生，不去說廟堂，僅以風水而言，當初安置異姓王徐驍屯兵北涼，與北莽對峙，而將皇室宗親燕剌、廣陵兩大藩王投入東南兩地，負責鎮壓龍氣，天子趙家未嘗沒有一份外姓人看門護院、自家人照看財寶的隱蔽私心，其中又因廣陵王與當今皇帝同父同母，又得以駐紮東海一帶，可謂用心良苦。只不過王朝氣運與己身命途一說，總是有太多自相矛盾的地方，李義山對此就十分抵觸，順帶著姚簡都被殃及池魚敲打了好幾次。

徐鳳年突然站起身，穿上衣衫，隨即看到一名不似中原道士裝束的中年道人翩然而至，見著自己，只是瞥了一眼春雷，便再無興趣。這位道士八字眉，一雙杏子眼，穿著短褐袍，腰間繫有雜色彩絲條，背了一柄松紋古銅劍，相貌清逸，頗有神仙風采，以北莽南朝腔調問道：「閣下可曾見到一位手持竹葦禪杖的老僧？」

徐鳳年平靜搖頭道：「回稟道爺，不曾見到。」

道人瞇起眼，繼續問道：「閣下似乎身懷道門上乘吐納術，敢問是得自哪位道門真人授業？」

早已隱匿氣機的徐鳳年佯怒道：「無可奉告。」

中年出塵道士笑了笑，只是笑意冷漠，「哦？那便是北涼而來的密探了。」

在北莽，道教是國教，道德宗麒麟真人更是地位高崇入九霄的顯赫國師，大真人有高徒六人，一樣被北莽視作行雲布雨的得道仙人。北莽在女帝登基以前，道教不顯，佛門興盛，自從麒麟真人被尊國師，是謂天子書黃紙飛敕來，三百一十六人同拜爵。佛法因此逐漸沉寂，北莽帝城大小道觀如雨後春筍，道德宗數百道士雞犬升天，大多平步青雲，被達官顯貴奉為座上賓，都是可以一言定生死的御賜黃紫貴人。

徐鳳年訝異道：「道爺可是道德宗神仙？小子在姑塞州常聽道德宗真人種種扶危救困的

神跡，難道都是假的？」

負劍道人冷笑道：「佛門講求眾生平等，又何曾真正一視同仁？貧道自知得道無望，行走王朝，做的皆是一劍斬奸邪之事。」

徐鳳年好像形勢所迫，不得不低頭，無奈道：「小子的確見過一位老僧往北而行，還與我討要了半囊水喝，老僧說是來自兩禪寺，要去麒麟觀與國師說佛法。」

杏眼道人一字不漏聽入耳中，冷哼一聲，飄然遠去。

徐鳳年等到道人身形消失，確認無疑沒有折返隱匿，這才讓一身氣機油然而生，一縮一舒張，身側小湖平鏡水面轟然乍破，驟起漣漪陣陣。

徐鳳年這幾日游魚入牛群，自知已經晉升金剛初境，也見怪不怪。二品以下以破甲多少評斷境界，世間武人能夠躋身二品，已是天大幸事，足以稱作驚才絕豔之輩，散落於天下，各自稱雄，被常人視作高不可攀的小宗師。可只有當真正入一品以後，才知以往只是一鱗半爪，千里畫面舒展以後，才是真正美不勝收的景象。就像徐鳳年如今馭劍，一劍掠過，卻不只是去看飛劍最終停懸何處，飛劍先前運轉的弧線軌跡，同樣依稀可見。

徐鳳年猜測到達指玄，恐怕就可以預測飛劍下一剎那的前行儀軌了，至於一品天象境的法天象地，徐鳳年根本沒辦法去預知其中的艱深玄妙。他望著漸漸歸於平靜的湖面，喃喃自語道：「飯要一口一口吃，女子衣裳要一件一件脫，溫華所說的道理，總是很有道理。」

既然悟透了游魚式，徐鳳年就不去打攪野牛群，在湖邊稍作休息，停留了一日一夜，趁熱打鐵去單獨駕馭劍胎規模遙遙領先的金縷。

大道縹緲難尋，連聖人都要說道不行乘桴浮於海，劍道也是一個道理，吳家劍塚劍走偏鋒，以術求道，不去追求呵氣成劍的玄乎意境，而是勤勤懇懇在劍招劍術上攀登極致，養劍便是其中一扇風光獨好的偏門，徐鳳年在武帝城外因禍得福獲得飛劍十二，瘋子一般同時飼養十二柄，樂此不疲，也實在不能算是暴殄天物，對得起那個新劍神舅舅的贈劍情誼了。

至於何時能夠馭劍取頭顱，徐鳳年也就閒來無事偷著樂幾下，不敢奢望一蹴而就，老方丈龍樹聖僧誇他天資卓絕，徐鳳年既沒有妄自菲薄也不敢妄自尊大，只是一笑置之，因為有李淳罡和白狐兒臉珠玉在前，實在是沒理由讓世子殿下去自傲自負。

徐鳳年沿湖慢走，體內氣機先前求繁，按照劍氣滾龍壁流轉，初入金剛，就返璞歸真，開始求簡，以游魚式運行氣機，不知走了多時，突然聽到羌笛悠悠。

舉目望去，遠處有一批逐水草而居的牧民在搭建黑白帳房和大小氈帳，草原牧人每當冰雪消融，就要趕著馬車、牛車為各類畜類尋找新牧場，當下四月至以後八月，氣候溫暖，水草豐茂，是放牧的黃金季節，不過居無定所的牧民生活也絕非外界想像的那般自由自在。

北莽草原部落遷徙，要遵循悉惕訂立的規矩，在疆界以內的草地駐紮營地，草原雖大，但牧地都被大小悉惕們圈分殆盡，這些悉惕以皇室宗親最為尊貴勢大，占地廣袤，只有極少數對北莽歷代王孫有救命大恩的牧族部落才有自由遊牧下營的權利。

一般而言，哪怕是天旱草枯、冬雪風暴，部落悉惕都不許鄰部牧民進入領地避難保畜，因而草原常年內戰，哪怕同為皇帳王室出身的大悉惕，也會大動干戈，血流遍野，直到北莽女帝登基以後，致力於彈壓耶律、慕容兩姓悉惕，情形才略有好轉。

徐鳳年循著悠揚羌笛聲，見到一個面湖吹笛的婀娜背影，她鼓腮換氣，獨奏豎吹，婉轉淒涼。徐鳳年精通音律，不過對於羌笛不算太瞭解，府上倒是有幾根西蜀岷竹製成的優質羌笛，梧桐苑裡唯有大丫鬟紅薯擅長此道。

徐鳳年駐足聆聽許久，有些惆悵，這幾日夜深人靜時，確實是有些懷念枕著紅薯大腿安然熟睡的場景了。那雙美腿的彈性，嘖嘖。徐鳳年趕忙咽了一口唾沫，默念道法口訣清心靜念，殊不知不念還好，刻意想要那思無邪的心境，體內氣機反而翻江倒海，步入金剛，大黃庭封金匱也就可有可無，一時間世子殿下有些登徒子故態復萌了。

徐鳳年一陣頭疼，擺在眼前就兩條路可走，要麼做那好似拖女子入莊稼地的畜生，要麼就是瓜田李下恪守禮儀連畜生都不如的呆子。

世子殿下當下和襠下都很憂鬱啊。

◆

隨著北莽新武評出爐，廣受兩朝好評，便立即有了許多跟風之作，天下十大文豪將相，十大劍士女俠，數不勝數，這還不算奇怪過分的，還有許多酒樓掛出了天下十大名菜之一，許多布店懸出十大綢緞之一，讓人哭笑不得。

北莽有評點本朝十大名妓，比較南邊的風雅含蓄，就要露骨情色太多，榮幸入榜的飛狐城風波樓花魁就以一張小嘴著稱於世，據說靈巧小舌能讓櫻桃打結，壓箱絕技是那美人吹玉簫。此外還有一些陰陽壺之類的點評，更是讓中原文士不齒，至於內心所想，是否垂涎那文字描繪的諸般妙用，就不得而知了。

此時美人薄唇含羌笛，徐鳳年難免有些浮想聯翩，先前滿腔戾氣，順帶著對這名牧民少女有些芥蒂，此時心平氣和，也就相對順眼。漂亮女子真是天賜之物，既能秀色可餐，又可養眼舒心，只不過徐鳳年眼光挑剔苛刻，知道這般貧寒少女，臉蛋身段有九十五文，卻也經不起扣減的，比如常年勞作，雙手粗糙，就要扣去一文，牧羊騎馬，兩瓣屁股蛋兒註定無法柔嫩，又要扣去一、兩文，若是不識詩書，見識淺陋，再扣去兩、三文，以此類推慢慢扣除，最後能剩下八十五文的光景，就算不錯的了。

徐鳳年以往對那些女俠嗤之以鼻也不是沒有依據的，看似衣袖飄飄，仙子臨世，除非臻於化境，生骨生肉，否則雙手老繭，萬一若是揮灑兵器的，誰敢保證練武時沒點疤痕？記得羊皮裘老頭兒說過南海當年出了一位妙齡青春的美豔女俠，特立獨行，喜好白衣赤足行走江湖，倍受仰慕，後來被正值武道奪魁的李淳罡說了一句「這娘們兒腳丫子真大」，據說把那姑娘給氣哭了，與李淳罡比劍輸了以後，再不願踏足中原。可想而知，成名女俠也不是那麼容易當的，尤其是「天賦異稟」胸脯豐滿的，若是與人技擊時，顫顫巍巍，旁觀者大飽眼福，當然覺著好看，估計女俠本人也要暗自苦惱。

少女牧民初見這名在峽谷擦肩而過的男子，先是驚喜，再是畏懼，最後愧疚轉復喜悅，五指緊握精美羌笛，不敢作聲。初始生怕這名與整個部落都有大恩的年輕俠士不告而別，見他站在不遠處，嘴角微笑，她才略微心安。只是手心悄悄滲出汗水，沾滿那一杆心愛的羌笛，咬著嘴唇，不敢出聲驚擾恩人的沉思。

她本非部落人氏，襁褓時被人丟在氈帳以外，只留信物羌笛，刻有「耶律慕容」四字。少女初長成，越發驚豔，只是在草原上，女子美色一樣逃不過是悉惕的囊中貨物，可以按斤兩成色去販賣或是上貢。她所在部落的恩主悉惕只是草原上的小權貴，守成有餘，開拓不足，得知帳下部落竟然平白出現了一個被說成舉世無雙的大美人，就忙不迭地準備拿她贈送給一名大悉惕以換取新牧地。

勢單力薄的小部落不堪受辱，舉族遷移，掌控部落生死的小悉惕勃然大怒，派遣騎兵追逐，這批牧民只好跨越轄境營地，小悉惕無奈之下，付給鄰部黃金白銀，算是掏出一筆過路費用，也不敢說出真相，不曾想還是被一位位高權重的年老悉惕獲知內幕，半百歲數的悉惕老驥伏櫪，垂涎少女，乾脆斬殺了十餘吊尾騎兵，自行追逐這塊肥肉。

之後又是悉惕之間的恩怨角力，牧民死傷無幾，倒是五、六股騎兵陸陸續續被大魚吃小魚，死了一乾二淨，最後一位悉惕是耶律旁支子弟，統兵治民皆以殘忍名動南部草原，半點不貪圖美色，直接下令將這一夥違例牧民殺盡，這才有了驅羊入虎口的冷血手腕，卻陰差陽錯，被赴北接頭的佛門聖人與北涼世子無意間攪和了局面，渾水更渾，才讓牧民總算苟延殘喘了下來，在這塊水草肥沃之地紮下營地。

前幾日在峽谷中，少女主動找上族長，說若是再被當地草原梟雄為難，她願意前往悉惕營帳，族長年歲已高，一路奔波逃竄，雖然心疼這名好似親生孫女的少女，卻也不再拒絕，畢竟老人肩上扛著整整一百條人命，若是再堅持下去，不說被大小悉惕當作玩物遊獵追殺，族內早就怨言沸騰的青壯牧民也幾乎就要造反。

牧民貧苦，做不得那些為鼠常留飯的矯情好事，她倒也有一如既往掃地恐傷蟻的善良性子，雖說孤苦無依，能夠讓部族為了她不惜拚死保護，除了一半是姿色使然，一半更是憐惜她的苦命。女子貌美，在草原上本就不是什麼幸事。

徐鳳年不憚以最大的惡意來揣度別人，哪怕你是譽滿天下的兩禪寺住持。徐鳳年這幾天也在反復權衡猜想，這一樁善緣到底善在何處，尤其是在峽谷中，佛門獅子吼姍姍來遲，數百頭野牛死在自己手上，何嘗不是間接死在自稱釀下大錯的龍樹老僧手上？不正應了杏子眼北莽道士那句僧人難以做到眾生平等？這筆賬怎麼算？氣運德行一說，說透了，無非就是與老天爺打算盤斤斤計較，萬事必有得失，老僧已是佛陀境界，徐鳳年就用愚笨法子只管往大了想去，自己終有一天要世襲罔替北涼王，這與北莽滅佛應驗佛法末世是否有牽連？

祕聞兩禪寺本意讓南北小和尚去金頂與道門辯論，卻因為東西小姑娘的一夢而打消。按照北涼探子搜尋而來的細碎消息，那一夢中，無數鐵騎臨北涼，徐鳳年除去好奇小和尚豎碑成佛陀西去，更在意的是這些鐵騎到底來自何方！這一夢，餘味太長了。連向來不信鬼神之說的李義山都殫精竭慮，埋首翻閱佛道典籍，最後以《易》解夢，仍是收效甚小。

牽一髮而動全身。白衣僧人在龍虎山爭辯獲勝以後，便與大天師趙丹坪一同被下旨召往太安城，然後便是老住持親自下山，趕赴北莽與道德宗麒麟真人說佛法。

徐鳳年經過起先一陣燥熱之後，神遊萬里，再回過神，已經心如止水，讓世子殿下自己都憂心襠下是否出了大問題。他暗暗嘆氣，走近了那名最不濟也該有八十五文的少女，從她手中拿過羌笛，見有四個北莽文字，皺了皺眉頭，問道：「妳懂不懂南朝語言？」

少女聲輕如蚊，「聽得懂，講不好。」

北莽文字語言，原本煩瑣不一，女帝執掌王朝以後，逐漸改觀，只不過南北兩朝依然涇渭分明，女帝每次巡遊狩獵，按照古例，與近侍臣僚畫灰議事，偶有言語談事，北王庭權臣當然都會要對南朝官員的那一口腔調冷嘲熱諷，皇帳出身的北朝人士，難免充滿了血統純正的優越感。

春秋戰事收官以後，中原大定，北莽一來被女帝先以國主年幼臨朝執政，再順勢篡位，再者安頓春秋遺民焦頭爛額，使得北莽動盪不安，與離陽王朝六次舉國大戰，後者名義上有兩次獲勝，但真正意義上的大獲全勝，只有一次，便是挾著一統春秋的大勢，加上趁著北莽根基不穩，御駕親征，主動出擊，三線俱勝，一直打到了如今的南朝京府之地，只可惜未能畢其功於一役，繼續北伐，給北莽留下了喘息的機會。

世人只說是北涼王徐驍貪戀權位，不希望覆滅北莽而導致無卒可帶，便私自退兵，事實上卻是當時雙方著手準備訂立盟約，只有徐驍不惜以頭顱作保，私自面聖，放言皇帝陛下只要給他一道密旨，他就可以只帶北涼軍孤軍北入，哪怕拚去二十萬甲士，也要讓北莽不存國號。當時老首輔站在君王側，只是冷笑。第二日徐驍便被下旨率先退兵回北涼，以示離陽王朝的誠意。這大概能算是徐驍在春秋戰事以及馬踏江湖之後的又一次背黑鍋，許多百戰老卒正是此時一言不發退出北涼軍。

之後兩國五次戰事，離陽王朝已是輸多勝少，其中第四次最為慘敗，幾乎損耗殆盡先帝積攢下來的精銳邊軍。太安城以北的東線，堅壁清野，更是不准擅自舉兵採取攻勢，直到現在顧劍棠大將軍辭去兵部尚書，親自坐鎮兩遼，加上有首輔張巨鹿給予了被士子冷言冷語號稱花費半朝財力的雄厚內援，頹勢才稍有好轉。

徐鳳年直截了當地問道：「妳父母是誰？」

她搖頭道：「我是孤兒，從小就被族內收養。」

徐鳳年對於皇室那些個腌臢門道最是熟稔不過，笑問道：「妳就從沒有想過自己可能是姓耶律或者慕容的金枝玉葉？」

少女瞪大眼睛，張大小嘴，很顯然是從沒想過這件事。徐鳳年無意間瞧見她潔白牙齒後的粉嫩小舌，燥熱再起，卻沒有半點在美人眼前心生歹念的慚愧心理，只是微微低眉，瞥了眼腰下，肚子裡暗讚一聲，好兄弟很爭氣！辛苦修行大黃庭，應該是沒啥不可挽回的後遺症了，否則世子殿下就真得拿塊豆腐撞死自己了。

沒有後顧之憂，徐鳳年心情大好，將一些頭疼棘手的難題拋之腦後。記得以前重金買詩無數，傳到了二姐那邊，也就只有「明日愁來明日愁」一句入了她法眼，讓世子殿下開心得再讓奴僕給那名窮酸書生再送去七百兩銀子，一字一百兩。後來聽說好像這名書生金榜題名，在京城那邊也小有名氣，是屈指可數的不肯同流合汙與士子一起謾罵世子殿下的實誠人，估計也因此在冷板凳上候補等待數年，才遞補了一名窮山惡水的縣簿。

徐鳳年坐在湖邊，招手示意她坐下，聞著女子獨有的香味，讓出了飛狐城以後連隻母蚊子都沒見著的世子殿下恍若隔世。野牛浩蕩，徐鳳年一心鑽研刀譜上的游魚式，顧得上去分辨雌雄？再說分辨出了，還能做啥？徐鳳年對上了魔頭謝靈都不曾畏懼絲毫，卻被這個念頭嚇得一個激靈哆嗦，然後捧腹大笑，也算是獨自在北莽掙扎的苦中作樂了。

笑完以後，見正襟危坐十分侷促的少女一頭霧水，徐鳳年臉皮再厚，也不至於厚顏無恥提及這個。低頭撫摸羌笛，兩根深紫竹管並列，金絲銀線纏繞，管孔圓潤，哪怕歷經多年吹奏撫摸，也不見半點損耗，可見是上品質地的珍貴羌笛。

徐鳳年對於書法也算登堂入室，對於慕容在前、耶律在後的四個莽文，仔細觀摩。羌笛刀刻文字，備顯不俗，他沒有交還笛子，而是微笑道：「這支信物，好好保存，說不定以後哪一天妳可以朝是牧女、暮扣鮮卑頭了。真有這一天的話，記得念我的好。」

少女見他摩挲得溫柔細緻，俏臉緋紅，越發嬌豔動人。

只不過當她看到這名南朝而來的年輕公子拿著她心愛的羌笛敲打後背，還那般漫不經心時，眼神就有些幽怨。

徐鳳年不知是後知後覺，還是故意戲弄，瞧見她的面容，忍俊不禁，伸出一根手指撚了撚羌笛管口，壞壞一笑。

少女臉薄，泫然欲泣。

徐鳳年還給她羌笛，躺在草地上，這般閒逸無憂的日子，恐怕以後就不多了。

盤膝坐在徐鳳年身邊的少女攥著羌笛，低頭說道：「對不起。」

這一次確實是真哭了。

徐鳳年知道她是為了峽谷被救以後的怯懦而致歉，嘴角翹了翹，語氣平淡道：「女子膽小也不是什麼錯，妳要是覺得不對，大可以膽大一些，坐到我身上來，我就算受了如此貞潔不保的羞辱，也決不反抗。」

徐鳳年本是捉弄少女，嘴上調笑幾句。

不曾想這姑娘還真把這輩子的膽識氣魄都給用光了，一屁股坐在他腰上。

要害被鎮壓的世子殿下倒抽一口冷氣，道貌岸然道：「姑娘，請妳自重！」

◆

一名懵懂少女跨上男子腰間抬臀而坐，你總不能指望她在這方面有多好的馬術吧。徐鳳年倒是駕輕就熟，前一刻才貞潔烈婦般正義凜然，口口聲聲要姑娘自重，可一見她主動，頓時就轉換了嘴臉，念叨著我來我來，一點不含糊地自解衣衫起來。

野原苟合，席天幕地，肆意欺辱那北莽女子，該是多少孱弱北涼士族子弟的理想，徐鳳年見多了這類手無縛雞之力的富貴讀書人，自以為在青樓床幃騎在北莽出身妓女的凝脂胴體上，就能與提兵殺敵的將士媲美，實在覺得貽笑大方。

他眼神清澈地看著似哭似笑的牧民少女，停下本就做戲成分居多的動作。她無疑有一雙靈氣的眸子，並非直指人心的那種聰慧剔透，而是不沾惹塵埃、不識骯髒的純淨，這種女子、這種眼神，註定會如同身側這片草原上的清冽湖泊，遲早要消散在黃沙中，今年一見，可能來年再無相見。她即便是遺落草原的金枝玉葉，就算重返殿閣宮闈，又有什麼益處？

徐鳳年雖然沒了衣衫褪盡來個坦誠相見的旖旎綺念，不過還不准自己手上占一些小便宜了？他笑著搖了搖頭，示意她放寬心的同時，雙手握住她彈性極好的纖細腰肢，擺了一個不合禮節的姿勢。兩人對視，淫賊所謂的腰下一劍斬美人，大概就是此時徐鳳年的真實寫照。

女子本就早熟，少女再天真無邪，再如何不諳世事，到底也不是傻子，也知曉了她柔軟的屁股蛋下鎮壓了何方凶邪。騎馬牧羊可絕不會如此羞人，這一份並非風塵女子故意撩撥人心的欲語還休，饒是徐鳳年久經花叢片葉不沾身，也覺得那些從此不早朝的亡國君主並不冤枉。

徐鳳年雙手悄然滑下，水到渠成地捏了一捏，這可是熟能生巧的本事，當年三年遊歷，就是靠這等巧妙手法讓溫華那小子佩服得五體投地，可惜這傢伙悟性比世子殿下差了十萬八千里，繃不出那份道德人士的大義臉色，不幸長了一臉欠揍的淫賊相，每次壯了膽子去鬧市上揩油，都免不了要徐鳳年出面救場，要溫華配合著立即嘴角流淌口水，然後說是家裡的癡呆兄弟癡病又犯了，性子柔弱的姑娘也就心軟饒過，潑辣一些的可就要拳打腳踢，連累徐鳳年也要被殃及池魚，後者以軒轅青鋒最為不依不饒，帶著惡僕追攆了好幾條街，也難怪溫華尤為記仇這個娘們兒。

少女也不說話，只是瞪大那雙眸子。徐鳳年這輩子最受不了的除了女子哭泣，就是這種乾乾淨淨的眼神了，只得訕訕然縮手，笑罵道：「就許妳騎馬，不許我拍馬屁啊？」

不適應言語雙關的少女用心想了想，等到琢磨出意味，才笨拙地露出略顯遲到的嬌羞。

徐鳳年見她憨態可掬，越發下不了手，坐起身，摟住她，輕嗅著她青絲的香氣，感受著她處子之身的嬌柔顫抖，嘆了口氣，緩緩鬆開。

北莽風俗豪放，既有被律法許可的放偷日，也有搶婚的習俗，以及那姊亡妹續、妻後母報寡嫂的女子改嫁，都是中原衣冠士子作為抨擊北莽蠻夷的絕佳理由。

徐鳳年抱起她放在身旁，橫春雷在膝上，望向湖面，怔怔出神。二八佳麗體如酥，直教英雄入墳塚，可能換作其他任何一名憋出內傷的男子，碰上這麼一位絕色，早就趁她半推半就行魚水之歡，吃乾抹淨以後拔卵不認人摸襠笑蒼生，何等風流。只不過當下又開始憂鬱的世子殿下轉頭笑道：「妳要是裴南葦或者是魚幼薇該有多好。」

世間哪有喜歡被男人當面與其他女子對比的女子，少女雖然情竇懵懂，卻也聽出話裡話外的輕重，不敢表露委屈，只是撇過頭。

徐鳳年站起身，心中有了一番計較，看能否幫著給這群按律當殺的逃竄牧民安定下來，以後如果有機會安然返回，大不了帶著她一起返回北涼王府，且不去說是當花瓶還是吃下嘴裡，養養眼也好，以後再評十大美人時，砸些銀子稍微運作，她肯定可以上榜，傳出去也喜氣，讓那幫士子書生眼饞嫉妒，就是挺愜意的一件事情。當下將她吃掉，接下來難道帶著她北行？如果吃了卻不帶，徐鳳年可不希望聽到她成了某位悉惕帳內禁臠的消息。

久病成醫，被舒羞揩油無數的世子殿下也學到一些皮毛易容術，成品只算是粗制劣造，不過還算可以掩人耳目，只不過她願意？部落牧民可以不洩露祕密？尤其是一些背井離鄉心懷怨恨的青壯，保不齊會為了富貴前程甚至是幾袋子賞銀去討新悉惕的歡心，人心反復叵測，即便是他救下了整個部族，徐鳳年不覺得可以高枕無憂，要他們死心塌地做牽線傀儡。

徐鳳年想了想，準備在這個命途多舛的牧民部落逗留幾天，問道：「妳叫什麼？」

她輕聲道：「呼延觀音。」

徐鳳年知道北莽許多平民尊佛信佛，許多人都喜好以菩薩、彌勒、文殊等做名字，並不罕見稀奇，若是在春秋中原，取名太大，會被視作不祥，在北莽都以此類做小字卻是十分普遍，甚至連婦人裝束也深受影響，冬月以黃物塗面，呈現金色，謂之佛妝，春暖才洗去，當初離陽王朝使者初見北莽女子大多面黃，以為是瘴氣病態，返回以後作詩譏笑，傳遍朝野上下，後來兩國互市，才知真相，成了一樁大笑話。

徐鳳年讓她領著去部族營地，對於北莽風土人情，赴北以前他就做過扎實功課。呼延在草原上是一等顯貴大姓，類似拓跋氏，僅次於耶律、慕容兩大皇家國姓，起始於百年前那位深諳中原文化的莽主金口一開的御賜，想必這個部落上頭的悉惕是呼延氏的後代。

只不過姓氏顯赫，不代表任何姓呼延的都是貴人，北莽等級森嚴，絲毫不遜離陽王朝，人分四等，原先只有北莽本土與春秋遺民兩等，對立激烈，糾紛無數，棋劍樂府太平令便提議再分出兩等，都在遺民之下，其實都是一些罪民或者冥頑不化被武力強行納入北莽版圖的部落，人數相對稀少，但即便如此明顯，春秋遺民已是無不感激涕零，不患寡而患不均是劣根天性，何況不只如此，還是成了人上人，女帝天恩浩蕩，還有什麼不知足的？當然人分四等，各自等級內拔尖的那一小撮權貴，不論財富還是地位，都遠非常人可以比擬。

徐鳳年喃喃自語：「拓跋菩薩，呼延觀音，名字都挺有意思。那有沒有耶律彌勒，慕容普賢？」

她柔聲道：「有的。」

徐鳳年翻了個白眼，好氣又好笑地彈指在她額頭，「一點都不懂察言觀色，就妳這榆木腦袋瓜，真去了帝城皇帳，也做不來心思百轉千彎的公主、郡主。」

她微微提了提嗓音，興許這就算是天大的抗議了，「我本來就不是。」

徐鳳年捏了捏她下巴，調侃道：「妳說不是就不是？那我說我是北莽皇帝，我就是北莽皇帝了？」

她紅著臉一本正經地反駁道：「皇帝陛下是女子。」

徐鳳年感慨於雞同鴨講的無奈，便不再與她講道理。與她一起到了牧民部族，儼然被奉為神明，徐鳳年在峽谷如仙人起伏救人二十幾，之後更是擋下牛群，再加上一位佛陀般的老和尚推波助瀾，不論老幼，都虔誠地跪在地上，年邁族長更是流淚不止，好似遷徙千里的滿腹冤屈都一掃而空。

北莽民風質樸，所言不虛，不像離陽王朝那些名士，盛世信黃老，亂世逃禪遁空門，反正怎麼自保怎麼舒心怎麼來。族內只有呼延觀音略懂南朝語言，就由她傳話，得知這名年輕菩薩要在部落停留幾日，都是喜悅異常，那些年幼孩童與少年少女，更是歡呼雀躍，除了呼延觀音，當初被徐鳳年救上山頂的還有幾名少女，此時皆秋波流轉，希冀著這名風度不似常見牧人的俊秀菩薩可以入住自家氈帳。

草原戶籍，以一帳做基準，北莽建朝稱帝伊始，帝王行宮也不過是廬帳，哪怕是上代國主，每次狩獵，也必定與心腹近臣同廬而居，故而離陽王朝陰暗腹誹北莽女帝仍是皇后時，曾與數位當代權臣趁國主酣睡而苟且私通，實在是很能讓中原皇宮深似海的春秋百姓驚奇。

族長叫呼延安寶，親自將徐鳳年迎入黑白雙色的寬敞帳屋，老人除去一對性情憨厚的兒子兒媳，膝下還有孫子孫女各一人，孫女便曾被徐鳳年裹挾上山，再次見到徐鳳年開心得無以復加，孫子則是那個在峽谷底始終被呼延觀音牽著的孩子，他目不轉睛地盯著徐鳳年的眼睛，就跟瞧見神仙一樣，敬畏崇拜得一塌糊塗。

當徐鳳年進入帳屋，孩子與姐姐一起站在屋外，透過縫隙張望著那名年輕神仙的風采，只覺得舉手投足都好看極了，估計徐鳳年打嗝放屁，姐弟二人都會覺得是大大的學問。

北莽尚武，擅騎射，尤其尊崇實力卓絕、拳頭夠硬的強大武人。以拓跋氏為主要成員的黨項一部，拓跋菩薩踩在同族累累白骨上成為女帝近侍閫狨卒，復仇在北莽千年不變，黨項尤其注重復仇，若是血仇不報，必然蓬頭垢面，不近女色，不得食肉，斬殺仇人以後才可恢復常態。雙方仇怨和解以後，需要用人血以及三畜鮮血裝入骷髏酒杯，雙方發誓若復仇則六畜死、蛇入帳。

當拓跋菩薩逐漸成為軍神，戰功顯赫，黨項十六族一齊心悅誠服，單獨向這位北莽第一人提出和解，拓跋菩薩不予理睬，十六族族長一起自盡赴死，後來女帝出面，拓跋菩薩也僅是口頭答應，黨項部非但沒有視作奇恥大辱，反而以此為榮，彪悍青壯無一例外地加入了拓跋菩薩的親軍行伍，可見北莽尚武之風何其濃烈。

坐在帳屋內，經過呼延觀音講述，徐鳳年才知道她所在部族的遷徙並非盲目而行。呼延安寶死於途中的父親，篤信神鬼，是一名遠近聞名的卜師，善於用艾草燒灼羊胛骨視紋裂來測吉凶，當年正是這位老人力排眾議收容了襁褓裡的女嬰，這個冬末也是老卜師通過咒羊要求舉族往東南方向遷移。

徐鳳年對於這類讖緯巫術將信將疑，聽在耳中，也不太放在心上，得知呼延觀音就住在毗鄰的氈帳，瞥了她一眼，只是習慣使然的小動作，就讓少女臉紅嬌豔如桃花，老族長看在眼裡，也不說破，只是笑容欣慰。

小丫頭孤苦無依，說到底還是要嫁個肩膀寬闊可以頂天立地的男子才算真正安家，老人對這名自稱來自姑塞州的徐姓公子，只有萬分信服。狹窄谷底，一人力擋萬牛，可是連想都不敢想的神蹟，老人至今記得草原上流轉百年的九劍破萬騎，雖說那是中原吳家劍士的壯舉，當下只覺著眼前同帳而坐的年輕菩薩也足以與那九名劍仙媲美了。

第六章　小拓跋狼戾狠絕　徐鳳年苦戰魔頭

徐鳳年大碗喝酒、大塊吃肉以後，低頭走出帳屋，呼延觀音跟在身後。

徐鳳年緩緩走上一座小土包，除了少女，遠遠還鬼鬼祟祟地跟著老族長的小孫子，好像乳名是叫阿保機。

徐鳳年望向夕陽，驀地瞇眼。

一隻原本悠游盤旋的黃鷹哀鳴不止，掠過長空，搖搖墜墜。

東北方向百里以外，黃鷹墜地。

有一隻小雀爪如鐵鉤，釘入鷹背。

只聞鷹捕雀，世間竟然還有雀騎鷹？

神俊非凡的雀鳥飛到一名腰間左側懸劍又懸刀的年輕人肩頭，鳴聲清脆。

狐裘狼帽的年輕男子身側站有兩名扈從，一名中年漢子身材健碩如雄獅，聲如洪鐘，「小公子，這一路趕來，已經被你殺了不下六百人和四千頭野牛，可曾盡興？」

另一位身穿錦袍的老者陰惻惻說道：「十大魔頭，除了你我二人都是給小主子當奴的，其餘八位，可是一個都沒見著，豈能盡興？」

年輕人冷笑起來，透著股濃郁的血腥味，伸手逗弄著肩上小雀，道：「魔頭什麼的，殺起來其實也無趣，殺那個佛門聖人才帶勁。」

自稱北莽魔道人物的老者點頭道：「這個兩禪寺的龍樹和尚，據說是白衣僧人李當心的師父，是該見識見識。」

聽到李當心這個名字，年輕人眼眸泛紅，伸手輕柔握住小雀，驟然發力，這隻空中獵鷹的雀兒頓時血肉模糊，死得不能再死，他滿手鮮血，咬牙道：「都該殺！」

狐裘狼帽的年輕公子隨手丟掉那隻捕鷹雀，拇指食指撚動，然後放在鼻尖嗅了嗅，淡淡地在狐裘上擦了擦，顯然是城府中透著酷烈的性子。

中年漢子沉聲道：「龍樹老禿驢雖是個聖人，不過三教中人，境界水分太大，做不得準。一品四境，本朝武榜搜羅了三十餘人，天底下估計也就這些人能入小公子的眼。雖說金剛境有大小真偽之分，以佛門不敗金身為尊，不過說到底還是挨揍的本事，論起殺人，恐怕別說我與老哥這類魔道中人，就是比起儒道兩教，也大有不如。這兩禪寺禿驢最合適當作小公子的練刀樁子，一鼓作氣劈砍個八百、一千刀，也好驗證佛陀是否真的金剛不壞。」

錦袍老者嗤笑道：「端孛爾紇紇，你是真傻還是裝傻，聖人便是聖人，豈會如此輕易被打破金身，小心羊肉沒吃著，只惹一身腥。你我斤兩相互心知肚明，況且小公子再好的天賦，終歸尚未二十，這一路與牛群對撞搏殺，仍是未能入金剛，只是我們三人前往截殺龍樹僧人，能討得到好處？」

漢子冷笑道：「這有何難，老禿驢進入我朝是機密，大可以讓小公子隨便找幾位大悉惕，召集起一、兩千騎兵，用車輪戰碾壓耗死老禿驢便是，到時候小主子斬去頭顱，便是當今天下唯一殺死陸地神仙的梟雄，誰敢不臣服？」

老者不屑道：「聖人若是一心想走，避而不戰，就算手握一、兩千騎兵，追得上？」

中年壯漢雙手十指交叉，全身關節劈里啪啦作響，陰笑道：「老禿驢吃齋念佛，慈悲為懷，到時候咱們以幾百牧民性命要脅，若是敢逃，逃一步殺一人，看他能逃幾步？幾百人因他怯戰而死，傳出去，龍樹老禿驢就是個屁的聖僧，有何臉面再去和我朝國師麒麟真人說佛法。」

姓拓跋的錦袍老者神態陰柔如一尾水蛇，瞧著就讓人渾身不舒服，體格壯碩的中年漢子看上去顯然要更有正氣一些，只不過二人言語反倒是後者更加諂媚，符合惡僕幫閒的身分。

年輕公子抬手阻止了錦袍扈從即將脫口而出的冷言諷語，摘下腰間一枚漆黑鐵牌，吩咐道：「紇紇，你去附近幾大悉惕營帳傳我的命令，三天時間內集合一、千兩百名控弦騎兵，到時候在黃鷹谷會合，一同攔截龍樹僧人。誰敢不從，許你先斬後奏，本公子就不信草原上還有不怕我拓跋氏的雄鷹。」

端孛爾紇紇領命而去。

能讓十大魔頭裡的兩位心甘情願做家奴的，北莽王朝除去皇室和年輕人所在的家族，別無分店。

制式莽刀和一柄名劍在同一側交叉懸掛，狐裘狼帽的年輕人陷入沉思，他這次離家，除了氣憤於父親不願讓他單獨領兵前往姑塞州邊境，也有磨礪武道的意圖，父親明明是靠著輝煌軍功登頂王庭的無敵武夫，竟然對常年閱讀中原經籍的大哥那般器重，厚此薄彼，著實令他惱火。

不過他雖不順眼大哥的所作所為，兄弟之情卻始終不曾淡薄，尤其是這些年自己闖禍無數，都是事事與人為善的大哥出面擺平，不惜跟許多耶律、慕容子弟反目成仇，對此他還是十分領情，尤其是年初那狐媚嫂子主動勾搭自己，連父親都勃然大怒，不聽解釋就要廢去自己的武功，依然是兄長平息了父親的怒火，事後兄弟談心，拉上了那位名義上是他嫂子的女子，笑呵呵說他身體多病，遲早會早死於自己，兄死弟娶嫂，天經地義。

看著兄長的溫良，還有那名女子的羞愧，便是以他傳自父親的天生陰鷙冷血，也是感動不已，記得年幼時父親仍未戰功彰顯，兄弟二人相依為命，的確是長兄如父，從不曾讓他受過族人半點欺負。

這位草原大漠上的天之驕子喃喃道：「只要你活不過四十歲，不與我爭，我一定始終視你為兄長。」

鷹師出身的錦袍魔頭對小主子的誅心言語充耳不聞。

年輕人摸了摸刀柄，問道：「最近的悉惕是誰？」

老人笑咪咪答覆道：「是回鶻部的擒察兒，掌管著兩、三萬人，族人擅長豹獵和獅獵，擒察兒本是打捕鷹房的小官，給回鶻幾位族長上貢了幾頭好鷹隼，才當上悉惕，聽說部落裡的女子十分水靈。」

公子哥冷漠道：「就去擒察兒那邊歇腳，至於女人，隨你挑。」

錦袍魔頭與這名出身勳貴至極的年輕人相處，遠不像中年漢子那般奴顏婢膝，哈哈笑道：「知道小主子眼光高，瞧不上這些俗物，老奴可就卻之不恭了。」

年輕人一笑置之，對他而言，北莽女子，除去屈指可數的幾位，例如本朝琵琶國手，號稱纖纖雙手精絕馬上鼓，傳言與北涼陳芝豹有一腿姻緣的那位公主，加上金蟾州慕容家族裡喜好豢養面首的郡主，還有十大魔頭裡的一位琴師女子，還真沒有幾個能讓他提起興趣的。

他突然問道：「聽說排在第十的魔頭謝靈死了？」

錦袍老人平淡道：「謝靈巔峰時與洛陽一戰，僥倖不死，但應該受了重傷，老奴猜測由指玄跌入金剛，遇上奇人異士，被殺也不奇怪。魔道十人排榜，不像那武榜，本就是以名氣大小來定，不能服眾。前三甲還好，老奴與端孛爾紇紇後邊七個，就是一團糨糊，比如鴻雁郡主身邊的龍王，只排第九，但對上第五的琴師女子，也絕對有六分勝算。

說到底，武道一途，比試殺人手段，還是那些一步一個腳印踩過二品入一品，再金剛指玄天象，按部就班，如此成就陸地神仙境界的人物，最為厲害。一些個看似天資卓絕的年輕人，當下驚才絕豔，被傳得日後會如何如何地成就非凡，在老奴看來，其實都不值一提，故而洪敬岩猛則猛矣，以後成就恐怕遠不如那魔道第一人的洛陽，老奴縱覽北莽離陽兩朝江湖，百年以來，無非五人，龍虎齊玄幀和武當洪洗象算是同一人，接下來依次是王仙芝、主人、李淳罡、洛陽。後四人，可都是步步為營，小主子，所以別看耶律東床與慕容龍水這會兒境界比你高，但只有你一人有望躋身此列，與五人並肩屹立頂點，老奴拭目以待，所以捨不得死，哈哈。」

錦袍魔頭笑聲陰森瘮人，如惡鬼夜行見人笑。

年輕人伸了個懶腰，緩緩說道：「被你這麼一說，又想殺人了。」

◆

夕陽西下，湖邊遷徙而至的牧民營地，驕陽作餘暉，酷熱逐漸淡去，清風習習，迎來久違的安寧祥和。草原牧人主要以肉和乳品為食，其中肉食來源於自然死亡的牛馬羊駝，以及狩獵而來的狼狐鹿兔，若有牛馬死去，就切成絲條，掛在日頭下通風的地方晾曬乾，內臟製成臘腸生吃，新鮮宰殺的羊肉是難得的盛宴，薄片浸泡鹽水，拿尖刀刺挑，手邊輔以濃茶去腥，十分美味。

徐鳳年此時蹲在一旁在看牧民如何擠取馬奶。他們的擠奶方法奇特，先將兩根木樁釘入土地，拉起一條長繩，將母馬與幼馬繫上一段時間，母馬會不斷跑至小馬身邊，異常安靜，擠奶過程就順暢許多，馬奶若是新鮮，就十分甘甜，絲毫不遜色於牛奶。

徐鳳年看著呼延觀音和老族長孫女這些姑娘在那邊嫻熟地擠奶，馬奶倒入大皮囊後，交由族內少年青壯拿棍子攪拌和擊打。聽說這種「馬奶子」發酸發酵以後，沉澱皮囊底部的渣子用來餵食牲畜奴隸，上面純淨的部分才為部落內上等牧民所享用，一些極佳馬奶還會進貢給悉惕。

徐鳳年身邊蹲著乳名阿保機的小孩兒，他也不說話，就一直遠遠跟著這位心目中的神仙菩薩，橫看豎看怎麼看都看不厭。

徐鳳年壓抑下燥熱情緒，從這個方向望去，剛好能看到呼延觀音的擠奶細節，不由嘖嘖道：「手法真是不錯。」

隨後的正式晚餐，族長呼延安寶不但用烤全羊招待這位全族恩人的活菩薩，還拿出了珍藏的虎骨酒和地黃酒，主食是大麥和羊肉一起精心熬制的湯，這差不多算是這個部族的全部家底了。

徐鳳年狼吞虎嚥，尤其對於敬酒來者不拒，讓十幾位代表各自營帳赴宴的豪爽牧民又增加好感幾分，大多數人都喝得盡興，酩酊大醉，七倒八歪，老族長也不例外，倒是徐鳳年有大黃庭修為在身，海量的架勢，只是滿臉通紅。

散宴以後，他走出酒味肉香彌漫的帳屋，牧人對這位武力通玄的年輕人敬畏多過親近，也不敢打攪，徐鳳年來到湖邊飼養黃桐劍胎，飛劍入袖以後看到呼延觀音牽著躲躲閃閃的阿保機走來。

少女壯起膽子，說道：「阿保機想向公子拜師學藝。」

徐鳳年搖頭道：「不可能。」

孩子雖然聽不懂南朝言語，但這尊菩薩的搖頭動作總看得清楚，一下子就耷拉著腦袋。

少女猶豫了一下，輕聲道：「求公子教他一、兩招拳法，隨便什麼拳法都可以。」

徐鳳年笑道：「我跟妳很熟？欠妳錢了？」

呼延觀音咬著嘴唇，眼神落寞。徐鳳年也不理會，折下一葉水草，屈指彈出，水草撕開平鏡般的湖面，卻不是筆直前行，而是如魚蛇扭曲滑行。

阿保機看得目瞪口呆，這可比族內那些角抵高手厲害多了。這倒不是徐鳳年有意在他們面前抖摟風采，信手拈來而已。刀譜第六頁開蜀式，看似大開大合，其實繁複晦澀，第七頁游魚式，仍是巧勢，相比劍氣滾龍壁，少了銳氣，卻多了幾分圓轉。而最新第八頁稱作青絲結，好似一團亂麻，讓徐鳳年一時間無處下手，當下閒來無事，就只好自娛自樂，權且當作熟能生巧，便不斷折葉彈出，撕裂湖面。

富武窮文，除了家底一項，武道歸根結底還是要勤練不懈，這也是最大的攔路虎，否則豪閥世族，富比王侯，祕笈不缺，兵器不缺，打熬體魄的昂貴藥物不缺，按理說來都應該高手輩出，但事實上仍是尋常百姓出身的強大武夫占據多數，李淳罡也好，老黃也罷，出身都是貧寒市井，這恐怕也是武林遠比文壇更有生機靈氣的根源所在。

北莽武榜除了十人排名公平公正，更吸引人的地方在於將兩朝兩個江湖所有晉升一品境界的高手都「一網打盡」，共計三十二人，即使有所遺漏，也是前無古人的大手筆。

徐鳳年知道北莽榜上一品高手，有幾名年齡相仿的青年高手，其中耶律東床、慕容龍水這兩位都是皇室成員，前者是王庭皇帳裡冒尖的軍方新貴，與董卓南北交相呼應，後者是一名女子，可惜臃腫如肥豬，相貌堪憂。

北涼這邊，陳芝豹和袁左宗都在榜上，前者更是被視作新一代槍仙。

徐鳳年瞇起眼，想起了曾經差點形成青衣殺白衣的局面。

於是就想起了她的酒窩。

一陣細碎腳步聲打破了湖畔的寧靜，阿保機的姐姐小跑而來，跟呼延觀音嘀咕著，惡補過莽語的徐鳳年得知是母羊要生崽了，而呼延觀音應該是接羔的高手。

一起到了羊圈，徐鳳年安靜地看著她有條不紊地接生羊羔，大功告成以後，她捋起一縷鬢角青絲，滿臉笑容。因為逃亡遷徙，部落的羊群大多瘦弱少膘，能熬過嚴冬就已經殊為不易，接羔就成了安營紮寨後的頭等大事。

虎頭虎腦的阿保機按捺不住，在羊圈裡四處追攆，好不容易一記餓虎撲羊，撲住一隻體型稍小的羊羔，拎住後蹄，站起身提起羔羊後就是一頓亂舞，霸氣十足，看得徐鳳年都有些瞠目結舌，小傢伙的姐姐叉腰訓斥，說不通道理，就去擰耳朵，小傢伙鬆手以後，趁姐姐不留神就去抓捕另外的羔羊，其間被踹了無數羊蹄，沾了一身泥濘糞土，直到空閒下來的呼延觀音柔聲勸說，才總算放過圈內可憐的羔羊。

阿保機不願洗澡，連呼延觀音也勸不動，徐鳳年拎住頑劣小兔崽子的領口，到了湖邊就呼啦一下丟進水裡，小傢伙也不生氣，只是在湖裡暢遊，傻樂呵。

接下來兩天徐鳳年就冷眼旁觀這個小部族的煩瑣勞作，不管男女老幼，都分工明確，偷懶不得，放牧、擠奶、制酪、打井、剪毛、鞣皮、制氈、採糞、搓麻，只要力氣夠用，總有忙不完的事情。

徐鳳年也沒插手幫忙，只是默默計算著一名牧民或者說控弦武士需要多少土地成本，與呼延觀音交談，才知道部落上一輩出過幾名北莽王庭的怯薛軍成員，得以免去部族許多雜稅，否則以本族的人力、物力，需要狩獵大型野物甚至是遊掠別部才能支撐下去，只是這兩種事情，風險太大，稍有不慎，對部族就是滅頂之災，草原上每天都有這等規模的小部落衰敗或者被吞併，流徙到此，僥倖占據了一片湖泊，只能寄希望於當地悉惕法外開恩，以及鄰近部落的孱弱。其間徐鳳年跟老族長一番密談，事後呼延觀音終於戴上一張趕工出來的粗糙面皮，讓部族牧民大開眼界，越發將徐鳳年當作菩薩投胎的奇詭人物。

◆

第三天正午時分，在湖邊靜坐吐納的徐鳳年望向北邊，終於來了。只不過比起意料之中的陣仗，可是大了許多。

這片牧地的主人悉惕擒察兒高坐於一匹高頭大馬之上，這名壯年悉惕身材健碩，一身狼皮服飾，兩耳附近和額前頭髮剃去，編織兩根辮子紮在耳後，肩上停著一隻大隼。

擒察兒大手一揮，身後百十騎怪叫吆喝著呼嘯衝出，圍繞著營地策馬狂奔，這不算什麼駭人手段，尤其震懾人心的是擒察兒身旁有兩架牢籠，各自關押著一頭金錢獵豹和從兩遼那邊擒獲的猛虎，兩頭原本蜷縮打盹的猛獸似乎聞到血腥味，在籠中猛然站起，沉聲嘶吼，利爪撲騰在鐵欄上，欲擇人而噬。

千里流徙早已風聲鶴唳的族長呼延安寶率領部族成員，戰戰兢兢地聚集在一起，不帶兵器，根本不敢做出抗拒姿勢。跨境遷徙本就理虧，若非族內實在沒有拿得出手的值錢寶物，呼延安寶早就親自去給這位日後掌握全族生殺大權的新悉惕「敬香」。

徐鳳年與呼延觀音並未走出帳屋，身邊還躲著一個憤憤不平的阿保機，透過縫隙望著趾高氣揚的悉惕親衛，但最終將視線停留在悉惕身邊一對主僕模樣的傢伙身上。年輕男子狐裘狼帽，腰挎刀劍，與騎士不同，是盤膝坐在馬背上托腮而望，神情冷漠。錦袍老人神意內斂，徐鳳年雖然第一時間收斂了窺探視線，但興許是呼延觀音露出了蛛絲馬跡，老者察覺到了異樣，直視而來，眼神冷厲。

騎兵縮小包圍圈，完全不讓呼延安寶有機會去跟悉惕套近乎。

每年女帝秋季親臨的北莽王庭大型圍獵，也是如此，只不過更加蔚為壯觀，僅是周邊驅逐獵物，就要動用數萬甲士，耗時兩個月，佇列整齊，緩慢推進，有皇室怯薛軍負責監軍，隊形嚴格按照既定路線前進，稍有偏差，就要被拖去杖打，若是其間有獵物逃出包圍圈，十夫長當場斬殺，百夫長罷免官職，千夫長降職一等。

當獵圈最後縮小到士卒僅僅間隔兩、三帕時，連結繩索，覆以毛氈，此時圈內野獸麇集，不計其數，獅驢同處，牛馬相撞，豺狼狐兔擁擠，接下來便是以勳貴爵位依次遞減、依次進入的一場屠殺盛宴。

擒察兒輕輕抖肩，大隼振翅飛入天空，然後這位悉惕笑容殘忍地拍了拍手，等到騎兵獵圈開了個口子，幾名衣不蔽體的刺面獸奴立即打開牢籠，牽出躁動嚎叫的虎豹，鬆開韁繩，野性難馴的一豹一虎並肩衝出，嫻熟地撲向圈內的牧民。

虎豹奔跑時尤其凸顯修長動感的強壯身軀，意味著接觸以後便是無比血腥的撕咬，百步距離，一瞬便至。

護在族長左右的兩名壯年牧民曾參與過多次野獸捕獵，雖然手中沒有矛箭，但仍是當仁不讓地站出佇列，先是大踏步前行，繼而狂奔，與出籠的獅虎對衝而去。

擒察兒嘴角的笑意中充滿不屑，不知死活的賤民，他擒察兒精心飼養出來的虎豹豈是尋常獵物，野性遠比初時捕獲還要濃烈數倍，只有出行狩獵時才囚禁籠內，其餘時候俱是放養於牛羊圈內，何時咬死全部牲畜，何時換圈而養，懲罰部落內犯禁的牧人，就投入圈內，便是那些膂力驚人的角抵高手，照樣敵不過虎豹的幾回合撲殺撕咬，多年以來只有一人活下，事後也已是被咬斷一條胳膊。

幾乎同時，兩名牧民就被身形矯健靈活的虎豹撲倒，咬斷脖頸，五爪輕輕滑抹，剖腸劃肚，兩頭畜生低頭啃咬，牧民血肉模糊，令人不忍卒視。當牧民四肢徹底停下抽搐，虎豹不約而同抬起頭顱，望向膽戰的圈內牧人。

帳屋內阿保機見到這幅慘狀，滿臉淚痕，就要衝出去與人搏命，被徐鳳年按住腦袋，往後一拋，摔回屋內，徐鳳年則撩起當作門簾的棉質懸毯，一掠而去。

他沒有想到這名悉惕如此痛下殺手。一般而言，越境牧民雖然罪可滿族致死，但要知道在草原大漠上，人命不值錢是不假，但與北莽悉惕重視部落內可控弦馬戰的青壯人數是兩碼事，草原上女子改嫁寬鬆，以至於超乎中原人士的禮義廉恥，還有每次戰事北莽都要不遺餘力地掠走離陽王朝邊境的百姓往北定居，都是因為歸根結底，大小悉惕之間比拚實力，都是以最直觀的馬匹與人頭數目來衡量計較。

一般而言，一族舉旗叛出本部悉惕，選擇亡命遷移，遷徙地所在悉惕只要實力雄厚，不怕與上任悉惕為敵，大多願意招徠接納。呼延觀音所在部落流蕩千里，原先悉惕註定鞭長莫及，對於任何不缺水草的悉惕都是一筆財富，無非是花些銀錢跟掌管遊牧戶籍的上司官府打點一番，就等於多了三十多帳幕的稅源，徐鳳年真沒有預料到聞訊趕來的悉惕與牧民一碰面，就要血腥立威，看架勢，根本就是要屠族。

腰間掛刀劍的俊逸年輕人眉頭挑了一下。

錦袍老人正要說話，年輕人搖了搖下巴，示意無需理會。

徐鳳年腳尖一點，身形躍過騎兵頭頂，落地後恰好擋在老族長身前。猛虎張開血盆大口，徐鳳年不去理會被大黃庭海市蜃樓擋在衣衫以外的虎爪，雙手扯住猛虎上下顎，輕輕一撕，就將這頭山林之王的吊睛大蟲給撕成兩半，丟在身前。

生裂虎豹，不過如此。

失去夥伴的金錢豹驟然停下，顯然感受到一股巨大的危機感，不敢輕易前撲。

擒察兒震怒，冷哼一聲，馴獸奴人開始呼喝，指揮獵豹殺人。

毛髮油亮的獵豹終於按捺不住躁動，直線衝來，距徐鳳年十步距離時身形一折，向一側躍出五步，再迅猛撲向獵物右手邊。徐鳳年以峽谷悟出的斷江一勢，不見出手更不見出刀，獵物身軀就在空中被攔腰斬斷，這次輪到擒察兒與百餘騎兵瞠目結舌。

狐裘青年眼睛一亮，嘴角扯了扯，當真是意外之喜。身邊悉惕率兵前來絞殺這支百人部落，正是他這位位高權重的拓跋小公子授意，草原上，興許有強大悉惕可以不賣耶律、慕容兩族子弟的臉面，卻絕對不會有人膽敢違逆他的命令。

在大漠，他父親的言語幾乎等同於女帝陛下的聖旨，如果是在北莽軍中，那更是尤勝一籌，關鍵在於女帝也從未因此而感到功高震主，她對於這名黨項部走出的軍神，絕無半點猜忌，信任得無以復加。所以北邊王庭，任你是皇親國戚和皇子皇孫，碰上軍神的兩位兒子，也要自行低下一頭。

這位號稱「小拓跋」的年輕人一路親手殺戮六百人，何曾有一位悉惕去女帝那邊多嘴半句？倒是不乏有悉惕為他親自牽馬恭送出境。

小拓跋依然托著腮幫，歪著腦袋笑咪咪道：「你是南朝哪個州的春秋遺民，不如做我的假子，你這輩子就有享受不過來的榮華富貴了。」

北莽有權貴喜好收納假子風俗，與離陽王朝義子相似，只不過地位往往只比奴婢稍高，當然門閥豪橫的假子，一樣可以狐假虎威、欺男霸女，尤其是那些北莽王庭可扣鮮卑頭玉帶的甲字大族，假子權勢顯赫，特權無數。

年輕人恩威並濟，笑了笑，輕描淡寫地說道：「知道你們這些春秋賤民有一些無謂的骨氣，若是不肯答應，殺光這群牧人以後，就拿你開刀，埋入黃沙，剝開頭皮，澆灌水銀。」

徐鳳年不與此獠客套廢話，只是平靜地說了一句：「好好說話。」

盤膝坐在馬背上的狐裘狼帽青年愣了一下，隨即哈哈大笑，抬手作勢要抹去笑出來的眼淚，盯著獵圈中的佩刀男子，卻是詢問身邊的錦袍魔頭，「紇紇何時到達？」

老人眸光熠熠，嘿笑道：「一刻以後。難得有美味送上門，小主子這趟不親自出手？」

年輕人撇嘴道：「今天心情好，我還在考慮是收他做假子，還是剝皮曝曬。」

老人一夾馬腹出列，問道：「那老奴先陪他玩一會兒？」

不覺得北莽有幾人值得自己去忌憚的小拓跋輕輕點了點頭。

徐鳳年黃庭瞬間傾瀉如洪，身影一掠如長虹，單手按在這名狼帽青年額頭上，將其推落下馬，在地面上滑行了五、六丈距離。

當單手按住盤膝坐在馬上的狐裘青年，以徐鳳年的果決就要一瞬炸爛這顆頭顱，只不過主僕二人過於小覷了遊歷草原的徐鳳年，他也一樣沒料到這名富貴子弟蘊藏著雄渾的內力，雖然看似被他一招擊落馬下，甚至被摔出五、六丈，但事實上手掌與此獠額頭才觸及即被彈開，而錦袍老者更是離開馬背，圍魏救趙，雙掌推出，罡風凜冽，擊向徐鳳年的腦袋。

一命換一命的勾當，徐鳳年不樂意去做，只能眼睜睜地看著擒賊擒王的大好時機從手心溜走。摔出狐裘青年以後，他的身形迅速側移，與錦袍扈從拉開距離。

坐在地上的年輕公子頭頂狼帽歪斜，咧嘴一笑，露出一口潔白牙齒，輕輕伸手撫摸著滾燙的額頭，不忙於起身，只是嘖嘖稱奇，遍身氣機如龍蛇遊走，暗藏玄機。

徐鳳年一擊卻無法將其擊斃，並不冤枉，拓跋家族以淬煉體魄稱雄北莽，武道基石打得無比牢固，這位年輕男子自幼便被父親帶往極北之地的冰原，鑿洞潛水閉氣，常年躺冰而眠，比較道教由內而外返璞歸真的上乘養胎道法，反其道而行之，由外而內，可以說一品四境，其中金剛、指玄、天象，拓跋菩薩每一次踏境都堪稱當之無愧的北莽第一人，虎父無犬子，這名在北莽自稱第二，無人敢稱第一的世家子也一樣出類拔萃，否則也不會有「小拓跋」的稱號。

虧得他能按捺住急躁性子沒有拔劍出刀，起身以後拍了拍後背，破天荒地抬手示意錦袍魔頭不要計較，嬉笑道：「不錯、不錯，就憑你這手法，離一品也差不遠了。如果還留有餘力，那還得了！不論心機還是本領，都讓我大開眼界。南朝什麼時候出了這麼一個俊彥英才，你是哪家甲字門閥的嫡傳子弟，說來聽聽？我可不捨得剝你頭皮，假子什麼的，就當笑話，不要介意。」

北莽女帝臨朝以後，交換聽取南北兩京權臣的建議後，按照中原門閥制度，出爐了一個算是粗略胚胎的門第劃分，除去皇室兩族為一品大姓，接下來便是被譽為「膏腴」、「灼然」姓氏的甲字十族，北七南三，南朝三姓皆是龍關貴族集團裡的古老豪門，這三姓人物皆是把持南朝廟堂朝政的領袖階層。

狼帽狐裘的小拓跋自然而然將這名深藏不露的南朝人物，當成了被三姓豪閥傾力栽培的嫡系子弟。囊括兩朝的一品三十二人，北莽榜上有名十八位，足以讓自詡人傑地靈的離陽王朝汗顏，好在前三被王仙芝與鄧太阿占去兩席，挽回許多顏面。除了他父親、洪敬岩、洛陽和慕容寶鼎四尊神魔，以及國師麒麟真人這位聖人，提兵山棋劍樂府在內的五大宗派瓜分掉六個名額，十大魔頭中除去位置重疊的洛陽，已經斃命的謝靈，八位凶名遠播的魔道巨擘有五位上榜，再加上耶律東床和慕容龍水兩名後起之秀，共計十八人。

道德宗麒麟真人六位仙人弟子，都在一品瓶頸徘徊，道門真人往往一入一品即指玄，也往往只差一線就是畢生不得踏入一品境。不由得小拓跋不稀奇眼前佩刀的男子，比他大不了幾歲，年紀輕輕就能跨過二品門檻，二品是謂小宗師境界，不是大白菜，可以秋種冬收一割一大把。他父親曾經說起過，當今離陽王朝二品高手中積澱了太多有望登頂的天才人物，當下北莽大體占優的格局，未必能夠持久。

徐鳳年笑了笑，「小門小戶，不值一提。」

狐裘青年略微遺憾地「哦」了一聲，身形暴起，以其人之道還治其人之身，猛然抽刀當頭劈下，莽刀如普通騎兵無異，只是在他手中斬出就要聲勢驚人。

錦袍老人雙手插袖，看似瞇眼觀戰，腳步卻隨著小拓跋的出刀而輕飄移動。

徐鳳年往後撤了幾步，左掌手心拍在春雷刀柄上，短刀往後一劃，蕩出一個圓弧，堪堪躲過一刀之後，彈指一敲，閉鞘春雷離身圓轉，遠離戰場。幾乎是一瞬，徐鳳年身體後仰，欲倒不倒，避過變招橫抹的第二刀，而小拓跋也閃過迴旋至背後的春雷，橫走幾步，第三刀斜撩而起，徐鳳年身體恢復直立姿態，一指輕彈，春雷繼續輕靈旋繞，刀鞘與莽刀鏗鏘撞在一起。

身世顯赫的狐裘公子獰笑，單手握刀變雙手，勁力剎那暴漲，他自幼見慣了高手過招，自然有高屋建瓴的眼力與手段，就要一舉斬斷這種古怪馭刀的氣機儀軌，讓這傢伙無法繼續裝神弄鬼下去。

當他即將有信心斬斷氣機牽引時，徐鳳年欺身而進，不去管春雷莽刀，錯身而過，又是一掌推向他的額頭。狐裘青年委實不按常理過招，雙手不改出刀軌跡，更是不減力道，非但沒有躲避，反而拿腦袋往前一蕩，徐鳳年面無表情地往下一抹，不去拿手心與此人額頭對碰，而是抹過他的臉龐，手腕一翹，托住他的下顎。這一臂一袖氣機鼓蕩，斜向上更是猛然發力推出，雙手仍是死死握刀的陰鷙青年倒摔出去，徐鳳年一腿高抬踹出，踢向胸膛，一腳踏出！

狐裘青年胸口一縮，卸去大半力道，落地後依然滑行出老遠，雙手所握莽刀在地面上割出一條裂痕。

小拓跋嘴角滲血，他抬起袖口輕輕抹去，咧嘴笑意陰冷。

方才本想硬扛全力一腿也要劈出一刀重創對手，但常年被父親餵招的他敏銳察覺到若是果真如此，恐怕就要兩敗俱傷，該死的是即便斷其一腿，自己就要付出胸口盡碎，不可承受的代價，不得已他只好作勢收刀，刀尖朝向這該死傢伙的襠部，只要他敢不計後果，就要他斷了命根子，賭是賭對了，不過當下還是自己吃了大虧，等於白挨了一腳，氣血翻湧，這滋味很久沒有享受到了。

有錦袍奴僕在一側策應，那名並未拔刀的年輕刀客沒有乘勝追擊，小拓跋吐出一口血水，緩緩站起身問道：「你小子如此有恃無恐，難不成入了一品？」

徐鳳年握住離手不如以往酣暢淋漓的春雷，根本無暇顧及擒察兒與百餘名騎兵的精彩表情，生死存亡的緊要關頭，既要對付這名年輕惡獠，還要應對那名錦袍老人的雷霆一擊，總不能還去偷閒欣賞那些別人眼中的驚訝與敬畏。至於牧民的死活，總得自己先活下來才有資格去想。

小拓跋氣勢渾然一變，不再嬉皮笑臉，「不與你玩了。」

徐鳳年這次還給他一個「哦」。

狐裘狼帽的年輕人沒有惱羞成怒，反而剎那間沉心靜氣，右手握刀變成左手。

拔刀以後，他右側腰間尚且懸有一柄好劍，慣用右手的他顯然隨時準備拔劍。收斂了輕佻，這名年輕人還真給徐鳳年帶來不小的驚訝，認真對敵以後左手刀更勝右手，罡風勁厲，幾次挑撩，竟然帶起風沙走石，幾欲刺破海市蜃樓直達肌膚。

徐鳳年皺了皺眉頭，不得不鬆開一部分緊鎖氣機，以在鞘春雷當劍用，劍氣滾龍壁，這一招被棋劍樂府偷學去便成為一個響噹噹詞牌名的開蜀式，波瀾壯闊，而徐鳳年身形如游魚，春雷雖然離手，駕馭起來，一樣天衣無縫。

狐裘青年莽刀鋒芒隱約有紫氣縈繞，徐鳳年身體避其鋒芒，劍氣卻一漲再漲，同樣一招開蜀式，每過一遍，劍氣越滾越大，滾雪球一般，留下城十遍劍氣翻湧，將陶潛稚碾壓得沒有人形，此刻劍滾龍壁無數趟，這名年輕人雖有落敗跡象，但似乎總隔著一層窗紙，刀法始終不曾紊亂。

習慣了跟劍氣磅礴的短刀糾纏不休，正當小拓跋自認抓住一絲竅門，徐鳳年在野牛群中悟出的游魚式，不再一味退縮，而是游滑到了小拓跋身前，一指彈開春雷，左手抓住莽刀刀背，正要有所動作，清晰可見不到二十歲的年輕人目露驚駭，但徐鳳年沒有痛打落水狗，絲毫不拖泥帶水地不近反退，果然，演技與武力一樣出眾的小拓跋終於拔出那柄北莽名劍，在徐鳳年胸口劃出一道狠辣的弧線，徐鳳年悄然呼出一氣，身形輕輕點地，往後飄去。

地面轟然炸開，當真是平地起驚雷了。

一隻頭頂生彩冠的巨蟒衝出泥土，咬向徐鳳年落地右腳。

錦袍老者沒有出手，竟然是這頭潛行破土而來的畜生展開了偷襲。

徐鳳年沒有依照本能縮腳躍起，給狐裘青年和錦袍扈從露出破綻，而是一腳朝巨蟒布滿利齒的嘴中一踏而下！

利齒劃破海市蜃樓，在小腿兩側滑出兩條血槽，而徐鳳年也順勢將這顆頭顱踩回地下。

徐鳳年一踏功成，壓下小腿上劇烈的刺痛酥麻，只是望向那名前行一步又退回的錦袍老者，丹鳳眼眸細細瞇起，終於不掩飾殺意勃發，知道這陰險老頭子是誰了——北莽十大魔頭排在第七的彩蟒錦袖郎！

此人年幼被棄於山野，不知被何物養大，不知是天賦異稟還是如何，自幼能知曉禽獸言語，年輕時候下山，便以豢養珍禽異獸著稱於世，不過壯年時不知天高地厚想要去道德宗禁地偷竊一頭幼年麒麟，被北莽國師一指擊碎脊柱，功力盡失，竟然仍是被他東山再起，再入金剛境。

若說武道前途，他已然不可能晉升指玄，但因為飼養猛獸眾多，與人對敵搏殺，幾乎不需要親自出手，駕馭凶物，讓人防不勝防，尤其是當年一條頭冠七彩的母蟒化龍之際，不知為何尚未騰雲駕霧就死去，被他剖腹挖出三卵，三條幼蟒餵食無數丹藥與百種血肉，經過二十年有違天理的催熟，最終體型只比成年母蟒差了一線，這才讓他成為十大魔頭裡排名猶在謝靈等人之前的梟雄。

錦袍老人輕聲笑道：「大局已定。」

小拓跋瞥了一眼徐鳳年被彩蟒牙齒咬破肌膚的小腿，將吹毛斷髮的名劍緩緩歸鞘，重新玩世不恭起來，一臉惋惜道：「可惜了，便是金剛境高手被咬上一口，興許能活，但幾個時辰內也會迅速變成動彈不得的傀儡。看來你運氣不太好，還是要被我埋沙剝皮澆灌頭顱，好在不幸中的萬幸，全身麻痹，也不知道頭顱內被澆灌水銀的痛苦。」

徐鳳年問道：「既然這老不死的東西是彩蟒錦袖郎，那你想必就是拓跋菩薩的小兒子了？」

小拓跋揮了揮莽刀，點頭道：「拓跋春隼。」

徐鳳年再次不鹹不淡地「哦」了一聲，繼續說道：「春筍？不如冬筍好吃啊。」

拓跋春隼捧腹大笑，心情大好。

他挺喜歡這類不好笑的笑話，殺人前聽上一聽，就像沒胃口的時候，碰上了一盤色香味俱全的上好菜肴，最是能下飯。

只不過下一刻他就笑不出來了。

生冠彩蟒是珍奇凶物，除了蟒皮刀槍不入，更有龍象之力，不知有多少武夫死在蟒身盤繞下，只不過徐鳳年並不知道彩蟒利齒劇毒能讓金剛體魄都失去知覺，一腳踏下，利弊都有，此時小拓跋和錦袖魔頭勝券在握，一直緊鎖隱藏氣機的徐鳳年毫不猶豫地大開金匱，直行直進，掠向這名魔道巨擘的錦袖郎，作勢要玉石俱焚。

小拓跋老神在在，絲毫沒有出手的意圖，倒是老魔頭瞳孔收縮，腳底泥土炸裂，彩蟒再度破土而出，魔頭屹立巨如磨盤的彩蟒頭頂，居高臨下，渾身氣機如沸水翻滾，準備借彩蟒之力擋下這名南朝灼然大姓子弟的最後一擊。

掠出五步時，徐鳳年身形驟停，一個踉蹌，魔頭心頭一鬆，嘴角冷笑，彩蟒吞食毒物無數，口噴瘴氣就能讓常人暈厥身亡，任你是金剛境界的高手，被利齒劃傷，毒汁浸染經脈，越是運轉氣機，中毒越是深入竅穴骨髓。

徐鳳年僅是一頓，本該是洩露疲態的明顯頹勢，錦袍老者心意與氣機同時略微鬆懈，與人對敵演技精湛的小拓跋沒來由地喝聲示警，這位彩蟒錦袖郎看到佩刀男子身如游魚，眨眼間滑至彩蟒身前，趁著在彩蟒抬顱燈下黑的盲區，不知如何轉折，然後就失去了蹤影。

不擅肉搏廝殺的魔頭心知不妙，在野牛群中狹小空間輾轉騰挪也不顯身形凝滯的徐鳳年憑空出現在錦袍魔頭身後，一掌就要拍在這老王八蛋的後背。這一手摧碑式，取自聽潮閣武庫裡的一本拳譜祕笈，大有降龍伏虎的氣象。

在武當山練刀時，搬至山上的祕笈古譜多是劍法刀招，後來趕赴北莽，因為要養意，就臨時抱佛腳，博採眾長，不再拘泥於刀劍，擷取了十八般武藝裡的一些精華招式，這一招摧碑手結結實實砸下，任你是厚重大碑也要寸寸盡碎。

只是才摧碑兩、三分，徐鳳年就被橫空出世的一拳砸在左肩，狠狠摔出去，這次螳螂捕蟬、黃雀在後的偷襲與被偷襲，雙方都是時機拿捏恰到好處。

徐鳳年落地站穩以後，嘴角獰笑，並無氣急敗壞，一掌摧碑未能盡興轟出，不免有些遺憾。他也不去看差點就給砸下蟒頭的老魔頭，而是望向憑空出現身形壯如獅虎的男子。

以大黃庭感知天地的玄通，事先竟是沒有絲毫察覺到他的隱匿，只好與手按拓跋春隼額頭那次如出一轍，再次放棄重創的大好時機，只是單對單，徐鳳年完全有把握像慢慢耗死謝靈那般險中取勝，當下拓跋三人配合嫻熟，互成掎角，自己就有些身陷死境的味道了。

擁有金剛境界的彩蟒錦袖郎雖然並未被重創，但仍是嚇出一身冷汗，轉身厲聲道：「小子，你活該千刀萬剮而死！」

見到這名肉搏遠勝錦袍老奴的強悍扈從及時趕到，拓跋春隼心中大定，拎著莽刀，很有閒情逸致地拍了拍手掌，讚嘆道：「不錯不錯，演戲本事與殺人能耐都是一流，剛才以一敵二，就已經讓我拔劍，我想你肯定還有壓箱底的絕技，不妨一併拿出。」

徐鳳年冷笑道：「要裝大爺，好歹先把我打趴下再說，否則，你有何資格在這裡浪費唾沫？有意思？」

拓跋春隼不怒反笑，耐心解釋道：「原本我殺人也不喜歡廢話，不過春筍也好，冬筍也罷，既然有一盤美味佳餚在眼前，食客下筷前總是要稱讚一下色香味，這也是人之常情。這位真人不露相的南朝豪閥公子，見諒一個。事先說好，等你被塞進黃沙，剝頭皮時我廢話肯定還要多，若是口水不小心與水銀一同滴入你頭顱，千萬不要介意啊。」

徐鳳年笑了笑，問道：「既然有了一位敵不過麒麟真人一指的高人錦袖郎，敢問這位給春筍當奴做狗的大兄弟，又是何方神聖？」

魁梧漢子瞇了瞇眼，言簡意賅地答覆道：「端孛爾紇紇，稍後我會扯斷你四肢。」

徐鳳年只是伸出一隻手，手心朝上。

拓跋春隼扭了扭脖子，緩緩走向徐鳳年，笑道：「我來我來，好不容易找到你這麼個絕佳的刀樁，我要慢慢玩。」

拓跋春隼隨即招了招手，對那幫呆如木頭的螻蟻騎兵吩咐道：「擒察兒，不要去管這些牧民，去拉開獵圈，守住東南西北四個方位，每二十五騎為一隊，這位公子若是僥倖逃出圈子，不管你們是用戰馬撞擊，還是拿命填補空缺，只要拖延下他的腳步，你這個悉惕就算立了大功。」

擒察兒還真怕拓跋小公子要他率領部落騎兵去進行與自殺無異的搏擊，既然是周邊遊獵，這就不算為難，立即帶著一百騎兵游弋在兩百步以外。

拓跋春隼和錦袍魔頭以及端孛爾紇紇，呈現三足鼎立互為引援的態勢，無形中困住這名在網之游魚，縮小他的施展餘地。

占盡天時地利優勢的拓跋春隼開始加速奔跑，雙手交換持刃呈拖刀式衝向徐鳳年。

莽刀不斷有紫氣流溢縈繞，隱約有了宗師風度。

拓跋春隼的刀法簡潔樸實，刀勢皆是直來直往，少有花哨技巧，節奏鮮明，顯然是脫胎於戰陣殺伐，而這名北莽天字號世家子的奸詐在於握刀，單手雙手轉變迅捷，並未定式，不曾出鞘的劍，才讓人忌憚，這與徐鳳年腰間那把閉鞘春雷有異曲同工之妙，不過拓跋春隼的優勢在於他有錦袍魔頭和端孛爾紇紇做堅實後盾，只要不被一擊斃命，他就大可以肆無忌憚地專注於走刀，而拓跋氏的體魄錘鍊幾乎舉世無匹，根本不信此人能夠躍金剛到指玄。拓跋春隼廝殺得興致勃勃，酣暢淋漓，莽刀游走越發剛猛，分明是以戰養戰的路數，天下精兵無不是如此打造。

武道一途，走這條獨木橋的不計其數，只不過尋常武夫，都沒有拓跋春隼這般恐怖家世，一旦陰溝裡翻船，也就萬劫不復。拓跋春隼且不論手段如何血腥殘酷，鍛鍊出的心性，卻符合巔峰武道的一往無前。

徐鳳年閉鞘掛刀，始終沒有拔刀的跡象，只是雙手撥轉，與拓跋春隼和那柄莽刀進行徒手技擊，幾次一發而至，搶占一寸為先的先機，學呵呵姑娘以手做刀，一次刺鯨得手，才要以疊雷炸爛這名北莽將種的全身氣機，就被突如其來的彩蟒以蠻力撞開；一次是心神一動，左手巧妙一撥腰間春雷，短刀繞身一圈，彈在拓跋春隼腰側，然後拓跋春隼整個人已經被他一巴掌甩在臉頰上，擊飛了出去，徐鳳年正要追擊痛打落水狗，就被深諳近戰的端孛爾紇紇一頓糾纏，讓拓跋春隼藉機恢復了氣勢。

拓跋春隼看著與端孛爾紇紇近身大戰而不落下風的佩刀青年，大口喘氣，平穩了一下呼吸，笑道：「好玩好玩。」

端孛爾紇紇位列北莽魔道十人第六，與借助外力的彩蟒錦袖郎以及那用音律蠱惑對手的琴師女子不同，靠的是實打實的雄渾戰力，號稱龍脊熊肩，是草原上首屈一指的搏擊高手，不知有多少角抵國手被他攔腰折斷。

這廝短打直進，勢大力沉，拳罡幾如雷鳴，閃轉騰挪，更是不輸徐鳳年的游魚式，這般難纏人物，若非有兵器拉開距離，欺身以後，簡直無解。

拓跋春隼安靜調息，不急於再入戰場練刀，他有些好奇這名佩刀年輕男人為何寧肯與端孛爾紇紇貼身肉搏，也不願拔刀，以這人離手馭刀的玄巧本事，以及那滾湧如江河的磅礴劍氣，若是拔刀，分明可以更輕鬆一些。

當拓跋春隼看到這傢伙與端孛爾紇紇各自一拳砸在胸口，分別後退幾步，確認無誤此人已是金剛境後，吐出一口濃重濁氣，揮了揮莽刀，大笑一聲，「雖然不知你這金剛境為何能暫時壓下蟒毒，但我還真不信了，你能車輪戰到讓我三人力竭？」

端孛爾紇紇雖然被一拳逼退，但臉色如常，卻也有些訝異這名年輕人的內力與耐性，當下默不作聲地撤出戰場，留給小公子練刀。

徐鳳年伸出拇指，抹去嘴角血絲，拓跋春隼拿他練刀，他何嘗不是拿這三人打熬體魄氣機？當年李淳罡三、四百兩袖青蛇，豈是白白挨打的？徐鳳年不敢說立於不敗之地，但若說三人輪戰，一時半會兒就被耗盡一身大黃庭修為與步入金剛境的體力，還真是天方夜譚。

生死一線有大悟，徐鳳年雖然狼狽了一些，但無比珍惜這種機會，樂得跟拓跋春隼慢慢玩，只不過嘴上不饒人，笑道：「好玩？當年我也是這麼跟你娘說的。以後你有了媳婦，我也會這麼跟她說。」

錦袍魔頭微微張嘴，被這句話給驚呆，真是不知死活，難道不知道小公子的娘親，正是北莽第一人的女人嗎？端孛爾紇紇嘆了口氣，有些佩服這小子的膽量，身處死地，還能嘴硬至此。

拓跋春隼一臉無所謂，提刀走入戰場，不過右手按住了劍柄，緩緩說道：「既然一心求死，那我滿足你。最後問你一個問題，你的金剛境界為何與我兩名扈從不同？」

徐鳳年報以冷笑，起手撼崑崙。

拓跋春隼幾次三番被這傢伙無視，更是吃足了悶虧，撇了撇嘴，錦袍老者與端孛爾紇紇同時凝神提意，知道小公子本就不多的好脾氣已經蕩然一空，要開始屠殺了。

一頭彩蟒在徐鳳年身前十步高高躍出地面，撲殺而來，身後一條巨大身軀在草地上碾壓出溝壑的巨蟒滑行夾擊，撞向後背。

徐鳳年不顧後背彩蟒偷襲，雙手一抬一壓，崑崙可撼，何懼一條遠未成龍的孽畜？

當頭撲下的彩蟒被他雙手絞扭，交錯一抹，一肩撞飛，落地以後砸出一個大坑，彩蟒被一擊之下搖頭晃腦，受傷不輕。身後層層斷江，氣焰凶狠的彩蟒長達三丈的身軀竟是一瞬裂開五、六條血槽，彈入空中拚命掙扎，墜地以後奄奄一息。

錦袍魔頭眼神冰冷，兩條心愛彩蟒的攻勢被阻，這是意料之中的事情，看到端孛爾紇紇已經剎那貼身，老魔頭心中冷笑不已。

徐鳳年一氣撼崑崙與截江有六，已是極限，被端孛爾紇紇一拳轟在胸口，氣機外泄築成的海市蜃樓，本就漂浮搖動，稱不上無懈可擊，也被這名武力名副其實排在魔道第六的壯漢順勢擊破。

拳罡所致，徐鳳年頭髮非但不是往後飄拂，而是往前逆向扯去。被一拳砸中的徐鳳年雙腳再也無法生根，身體倒著飄去，一路助跑然後騰空的拓跋春隼第二次拔劍，刀鋒紫氣絲絲縷縷一瞬粗如指，劍氣尤勝一籌，刀劍在空中劈出一個傾斜的「十」字。

徐鳳年抬起雙臂格擋。

雙袖劃破，鮮血流淌。

拓跋春隼得勢不饒人，刀劍在手，眼花繚亂，好似花團錦簇。

當兩人終於在飛揚塵埃中立定，拓跋春隼刀劍互敲，抖去幾滴猩紅血液。

眉心一枚紫印如開天眼的徐鳳年披頭散髮，伸手握住空中那一縷與頭巾一起被斬落的頭髮，打結做巾，打了個死結，繫起滿頭散髮。

◆

拓跋春隼不管是家世顯赫還是天賦卓群使然，都有著一種讓天下圍繞自己而轉的自負，見慣了奴顏婢膝的他，此時看到這名南朝士子默然繫髮的動作，仍然有些壓抑不住的悚然，泛起一陣破天荒的妒意。

拓跋春隼雖有暴虐嗜殺的極端性格，腦子卻並不差，否則也不至於在占據大優的前提下仍是讓擒察兒遊獵周邊，生怕這尾游魚漏網逃脫，此時咬牙切齒之餘，後退兩步，輕輕將刀劍歸鞘，冷聲道：「端孛爾紇紇，你務必要讓這小子拔刀。」

錦袍魔頭知道長於近戰的端孛爾紇紇一旦傾力而為，也就沒他的事情了，便走到一條彩蟒寵物身前蹲下，掏出一只豢養有幾種奇珍蠱物的瓷瓶，一股腦倒入被斷江重傷的巨蟒嘴中，然後轉頭看向佩刀青年。

他已經許久不曾如此仇視一個人物，況且這傢伙還是如此年輕，就像床榻上有心無力的花甲老人嫉恨那些生龍活虎的青壯，他本就見不得武道上一騎絕塵的年輕天才，這次與小主子出行遊歷，在他有意無意的牽引下，也禍害了幾名本該前途無量的青壯高手，除了死在拓跋春隼手下，有的成為彩蟒的腹中餐，也有被端孛爾紇紇硬生生撕裂了四肢，無一倖免，今天這個不幸淪為狩獵對象的青年，下場只會更慘。

端孛爾紇紇既然被譽為龍脊熊膀，手腳膝肩俱是殺人利器，此時得到小主子的命令，再不隱藏，這位魁梧漢子本就豹頭環眼，凶相畢露以後，內行人物便知他已是殺心起四梢震，其中髮為血梢，怒髮衝頂，指為筋梢，削鐵如泥。

端孛爾紇紇體內血液循環與氣機運行攀至頂峰，一身金剛境跋扈氣焰，展現無遺，氣注於筋而至四肢，每次踏足便讓草地下陷。

他的出拳並無套路。

徐鳳年憑藉大黃庭築造而成的海市蜃樓，好像被鐵鎚砸銅鏡，雖是如潮水層起層生，卻依然被層層擊碎，雙臂本就被拓跋春隼刀劍劃傷，格擋之下，血染長衫。

端孛爾紇紇獰笑怒喝，拳走直線，蠻橫打散這名年輕刀客的取巧攔手，大踏步以肩撞過去。

徐鳳年雙手按住其肩頭，輕輕發力使出四兩撥千斤的玄通，卻也撥轉卸力不去端孛爾紇紇的萬鈞衝勁，一人前衝，一人倒滑，塵煙四起。

端孛爾紇紇每踩一步，地面便是一顫，看著近在咫尺的這張冷漠臉孔，他肩催肘，肘催手，龍虎之力透筋滲骨如鐵鉤，當胸一拳，內勁傾瀉。

只聽砰一聲，年輕人被一拳炸飛，身體卻不是直線後仰，而是在雙腳離地後，在空中滑出一個半弧才落地，雙足如蜻蜓點水，說不出的瀟灑飄逸。

只不過端孛爾紇紇精於技擊殺戮，豈會留給此子換氣再登樓的機會，趁著靠弧度卸力造成一絲凝滯的間隙，他算準世子殿下的落腳地，奔襲一掠如野馬奔槽，臨近時，一腳陷入泥地，這具雄壯身體擰身如滿弓繃弦，然後一記鞭腿掃出，一系列凶狠動作皆在一瞬完成。

年輕刀客既然氣浮不達崑崙巔，乾脆氣沉丹田至黃泉，不逃不避，雙腳下墜紮根，以一個未完成的撼崑崙式硬抗這一腿。這一次接觸，雙方氣機碰撞，爆發出爆竹節節炸裂般的聲響，聲勢壯如雷鳴。

端孛爾紇紇鞭腿身體在半空迴旋，第二條鞭腿再攻向此人腦袋，顯然要將他分屍才善罷甘休。

一直坐山觀虎鬥的拓跋春隼陰陽怪氣地嘖嘖笑道：「真疼，瞧著都疼。」

即將被鞭殺的年輕人面無表情，身體後仰倒向地面，單掌一拍，身體如陀螺急速旋轉。鞭腿落空的端孛爾紇紇收發自如，鞭腿一縮，邁步如行犁，然後一腳朝這小子腰部踹去，踢中以後，卻違反常理地沒有追擊，拓跋春隼與錦袍老者都是皺眉不語。

駐足而立的端孛爾紇紇腿上鮮血直流，竟然好似被一物洞穿了小腿，他伸手一摸脖頸，同樣鮮血淋漓，若非心神一驚，察覺到不妥，以端孛爾紇紇的實力，那一腳足以讓這名年輕人攔腰與脊柱一同截斷。

側向滑出的徐鳳年緩緩站起身，吐出一口觸目驚心的鮮血，馭劍蚍蜉與峨眉，不曾想還是無法對這個魔頭產生致命傷，那柄晶瑩剔透的蚍蜉懸於自己身前，而纖細如青絲的峨眉則掛在端孛爾紇紇展開踢腿姿勢時的脖子前端。

此時他的馭劍境界，不足以在速度上超過出刀，除了架子奇大，並無實質性裨益，但是如同在鴨頭綠客棧刺殺那名閘狨卒，按兵不動，只是守株待兔，還算綽綽有餘，可惜端孛爾紇紇五感敏銳，躲過了飛劍峨眉，不過小腿中招，只是以他的金剛體魄，蚍蜉一劍之穿，並無大礙。而分神馭劍，也讓挨了力可摧城一腿的徐鳳年受傷不輕。

端孛爾紇紇用手指撫摸著脖上血槽，嗤笑道：「好陰險的手段！」

錦袍魔頭臉色陰沉，大概猜出了真相，心想這年輕人好桀人的手腕，何止是「陰險」二字可以形容。轉頭看了一眼再無笑意的小主子，他有些幸災樂禍，尚未拔刀的小傢伙越是表現得武力驚豔，就註定死得越慘，小主子體魄境界是拓跋菩薩一手鍛造，小主子也無愧北莽軍神的厚望，放眼北莽，視線始終盯著那上榜十八人，接下來當真能算是目無餘子，這次在龍腰州栽了不大不小的跟頭，以拓跋二公子睚眥必報的性格，如何能不記恨入骨。

徐鳳年將濁氣與淤血一起吐出，點頭笑道：「陰險是陰險，不過兩名穩坐金剛境界的高人，加上一個只差一線金剛的名門貴胄，三人齊力圍殺，倒是正大光明得很。」

端孛爾紇紇不為所動，全身骨骼劈啪作響。

眼神炙熱的拓跋春隼說道：「你哪來的馭劍法門？死前與我說出，便賞你一個痛快的死法。」

徐鳳年完全不予理睬，只是調息默念口訣，『靜養道根氣養神，元陽不走藏其真，黃庭植有長生蓮，萬兩黃金不與人。』

道門大黃庭的妙處，不在傷人而在養長生。何謂長生，興許像那無形的海市蜃樓有些虛無縹緲，但氣機流轉之快，實在是不臨危死戰不足以知曉其中玄通。徐鳳年暗自慶幸當初勤練開蜀式，讓體內竅穴在劍氣滾龍壁的「摧殘」下，如同緩緩開啟了福地洞天，任由揀選寶藏，徐鳳年雖然只得五、六分大黃庭，但這些修為在李淳罡幾百袖青蛇劍氣鍛打之下，實在是盡得其妙，否則與端孛爾紇紇一戰，早已身軀殘敗，經不起這名魔頭幾回合的打殺。

拓跋春隼好奇問道：「連這好似吳家劍塚馭劍術都已祭出，你除了打腫臉充胖子不曾拔刀，難道還有其他壓軸的好戲？」

拓跋春隼約莫是知道這個冷面孔的倨傲傢伙不會答覆，便自問自答道：「知道了，你肯定不止馭劍兩柄？還有幾柄？三三四？」

徐鳳年笑道：「還真是有幾把飛劍。」

拓跋春隼跟著笑起來，「端孛爾紇紇，繼續。」

端孛爾紇紇奉命再戰，拳勢不減，只不過多留了幾分心思，應付那詭譎飛劍。

對於北莽而言，兩百年前那場驚天地泣鬼神的九劍破萬騎，深深烙印在所有武夫心頭，因此對待吳家劍士，絲毫不敢小覷。劍塚兩百年沉寂，離陽王朝的江湖對於天下劍招盡出劍塚的吳家不再畏懼如初，反倒是北莽依舊牢記於心，委實是一種天大諷刺。

端孛爾紇紇忌憚神出鬼沒的飛劍，一直小心翼翼地試探，雖然分神，卻不意味著拳腳就不夠迅猛剛烈，依然從頭到尾占據著獅子搏兔以力壓人的優勢。

青絲結，如女子情思，結有千絲結。

徐鳳年原先一直不懂這麼有娘娘腔嫌疑的刀譜第八頁，現在不得不按葫蘆畫瓢嘗試著去理解，自然不得其神，與端孛爾紇紇廝殺時，只是死馬當活馬醫，照著刀譜胚子去將飛劍懸在青絲結的結點上，不斷當設置陷阱去使用。

拓跋春隼耐心旁觀，依次數著飛劍數目，除去最先兩柄，應該層出不窮了四把，不由嘖嘖問道：「喂喂喂，已經六把了，家底掏空了沒？」

徐鳳年平淡道：「好像沒了。」

然後很快第七柄朝露便凌空現世。

即便是心性堅定如端孛爾紇紇這等魔道梟雄，也有要破口大罵的衝動。

朝露與之前六柄飛劍結起青絲結，好似一張天網恢恢，將端孛爾紇紇籠罩其中，極大限制了這名魔頭的武力。

拓跋春隼冷笑道：「有本事再來一柄。」

徐鳳年才說完：「這次真沒了」，就賞賜了一柄新鮮出爐的飛劍黃桐。

端孛爾紇紇終於澈底震怒。

飛劍不斷在這位魔道巨擘身上劃出血槽，但徐鳳年也幾次被拳腳加身，每一次擊中，都如斷線風箏。

當第八柄桃花駕馭而出，殺得眼紅的端孛爾紇紇雙拳裂天地，拚卻一身傷痕不管，撕網而衝，一拳砸在這名年輕人的胸膛上。

風箏看似飄蕩。

卻有意無意借勢，急速飄向了拓跋春隼。

端孛爾紇紇喊道：「小主子當心！」

錦袍老者駕馭一頭彩蟒側面撞向這名不肯死心的年輕刀客。

拓跋春隼雙手迅捷握住同在一側的刀柄與劍柄。

徐鳳年懸空的身形驟然拔高幾尺，踩在彩蟒頭顱之上，又驟然一點，出人意料地不去刺殺拓跋春隼，而是折向錦袍魔頭！

一路北行。

春雷終於炸起。

「我有一刀！」

只見天地間掠起一道無與倫比的璀璨流華。

青中透紫。

李淳罡有兩袖，我有一袖。

一袖青龍。

流華蕩過。

錦袍老者緩緩低頭。

身體被攔腰斬斷。

腰斬錦袍。

一袖刀斬斷的，是一名魔道巨擘生死榮辱一甲子的錦繡生涯。

◆

當那一抹流華橫掃而出，拓跋春隼下意識瞇起眼，就像常人抬頭望見日光，等這位這輩子都是一帆風順的小拓跋睜眼，只看到一具攔腰截斷的屍體，以及那名終於悍然出刀的該死年輕人。

短刀不知何時已經歸鞘，雙手撐住刀柄，緩緩直起腰杆，轉身面對他與端孛爾紇紇。

拓跋春隼不動如山，心中掂量了一下，若是自己面對那一刀，刀劍在手，絕不至於被一刀抹腰而斬，更不用說斬殺端孛爾紇紇，這恐怕也是這名武學駁雜年輕人的城府所在，當初將自己打落下馬以後，便知道擒賊先擒王這條路行不通，就盯上了習慣駕馭彩蟒去禦敵的錦袖郎，好一場精心策劃的苦肉戲！

被狠狠算計了的端孛爾紇紇咬牙切齒道：「小主子，此人被我末尾一拳砸傷了胸腔，運氣再也無法順暢，別說出刀，馭劍都難，就由我來收他的屍！」

拓跋春隼白眼道：「能收他的屍是最好，別到時候收我的屍。」

怒極的端孛爾紇紇這次顧不得溜鬚拍馬，只是面孔猙獰。徐鳳年和李淳罡分離以後，按照羊皮裘老頭的閉劍心得，一直艱辛養意，配合餐霞食紫、封金匱帶來的神華孕育，這由兩袖青蛇演化而來的一袖青蛇，總算發揮出超乎想像的凌厲氣魄，卻也幾乎掏空所有精氣神，拉弓如滿月，幾乎繃斷了弓弦。

春雷歸鞘以後，徐鳳年情不自禁地身體顫抖，尤其是握刀雙手，與端孛爾紇紇死戰一場，身體受創深重，最後一拳更是讓自己七竅流血，只是前一刻被強行壓抑，此時緩緩淌出，滿臉血汙。

其實初時遇上拓跋春隼和彩蟒錦袖郎，徐鳳年是不怯戰也不想逃，拓跋春隼想要以戰養戰，拿他做刀樁，他何嘗沒有這份心思。只不過人算不如天算，多出一個端孛爾紇紇，才深陷泥淖，再想逃都難了。

初次聽聞李老劍神的孕育劍意，徐鳳年不是沒有疑問，既然苛求一劍必殺人方可出鞘，否則劍意就有折損，豈不是有欺軟怕硬的嫌疑？對敵境界高過自己的對手，這一劍是出還是不出？若是不適宜出鞘，這與世間既然無龍何必學那屠龍技有何兩樣？但李淳罡始終賣了一個關子，沒有給出答案，只說是行到山前知五嶽。

徐鳳年再入在峽谷時的無悲無喜空靈境地，這一瞬，春雷不再顫鳴，他緩緩閉上眼睛，層巒疊翠，劍意刀意，都是如此，在方寸天地的鞘室之內，春雷生機盎然。

那股出竅春雷揮灑天地間的神意，好似奔流到海再復返，甚至逆流而上，節節攀登。生死一線有大悟。這是讀遍武庫千萬祕笈都不可能帶來的通明，如親見燈火，正是那所謂的低頭登山一甲子，方知崑崙山巔有盞燈。

拓跋春隼不敢輕易涉險，計上心頭，望向在他看來賤如螻蟻的悉惕擒察兒，朝那幫已經嚇破膽子的騎兵招手，微笑道：「去，給牧民分發二十柄莽刀，告訴他們，要想活命，就劈死這名年輕人。不管劈死劈不死，只要舉刀，我拓跋春隼都承諾給他們黃金千兩、牛羊萬頭。」

擒察兒武力平平，只知道那名刀客極其不好惹，不過要他捏軟柿子則信手拈來。他領著二十幾騎策馬前奔，來到牧民身前，丟下二十多把莽刀，陰森道：「聽清楚了沒，咱們北莽軍神的小公子說了，你們只要向那名南朝逃竄到境內的賊子舉刀，黃金千兩！牛羊萬頭！而且我，這片草原的王鷹，擒察兒，也答應你們，這座湖泊這塊牧場，都會贈送你們！若是不識趣……」

擒察兒不敢擅權，連忙小心翼翼轉頭望向拓跋春隼，後者做了一個刀抹脖子的手勢，得到指示的擒察兒立即轉換臉孔，厲聲道：「就是一個死字！」

拓跋菩薩的小兒子？

呼延安寶心死如灰，眼見有一名青壯牧民移動腳步，正要去撿起莽刀，他瞪大眼睛怒道：「你敢！」

牧民只是停頓一下，當他看到陸續有族內同胞走出佇列，原本動搖的決心便不再猶豫，一起默默拾起一把把刀鋒清亮的莽刀，牧民妻兒們也都撇過頭，不去看這一幕。

阿保機衝出帳屋，攤開手站在騎兵和提刀牧民之間，稚嫩的臉龐滿是淚水；老族長閉上眼睛，老淚縱橫。一老一稚，兩張臉龐，在生死存亡之際，於事無補。

呼延觀音奔跑向阿保機，一把抱住，滾向一邊，躲過暴怒擒察兒的縱馬前衝。作為悉惕，他是這片草原上毋庸置疑的主宰，他這隻雄鷹哪怕在拓跋氏眼中只是土雞，也絕不是牧民能夠違逆的，此時見阿保機和呼延觀音竟敢做出頭之鳥，頓時凶性暴漲，抽出一柄加長鍛造的違例莽刀，彎腰狠辣劈下，呼延觀音的手臂被拉出一道深可見骨的傷痕。

徐鳳年睜眼彎了彎腰，春雷在手中一旋。他背對著提刀行來的牧民，心境古井不波，對於人心險惡，因為見過太多的醜陋不堪，也就見怪不怪，何況為了部族和親人的生死，設身處地，是舉刀還是拒絕，都在情理之中。

徐鳳年一手端春雷，一手抬臂，身後驀然斷江，出現一條溝壑，牧民前衝的陣勢出現一陣膽怯的騷動和凝滯，遠觀時只見到這邊塵土飛揚，終歸不如眼見為實來得震撼人心，之所以舉刀相向，他們內心深處除了畏懼拓跋氏如雷貫耳的威名外，未必沒有存有這名年輕士子有一副菩薩心腸的僥倖，只是草地驟裂以後，好似畫出一條生死界線，跨過雷池一樣要死，那份僥倖心理也就一掃而空，膽氣隨之衰減。

徐鳳年盯住拓跋春隼，伸手撫平被鮮血浸透的胸前長衫皺痕，微笑道：「沒了彩蟒錦袖郎壓陣掣肘，再攔下我就不容易了，要不你我互相遊獵一次？」

拓跋春隼倡狂大笑，笑得那張英俊臉龐都有些扭曲，指著徐鳳年說道：「中原有一句話叫作強弩之末勢不能穿魯縞，沖風之末力不能漂鴻毛，就憑你這副半死不活的模樣，還想跟我談條件？是不是呼吸都覺著肺疼了？你當端孛爾紇紇的那一拳是繡花呢？」

徐鳳年道：「我馭劍有幾？你之前可曾猜到？同理，既然有第一刀，就不能有第二、第三刀？再拉一個陪葬也不是不可以，殺一個魔道第六的端孛爾紇紇，似乎沒有殺軍神小兒子來得夠本。」

拓跋春隼伸出一根手指搖晃了幾下，胸有成竹地笑道：「別嚇唬我，沒用，我是被你嘴裡的拓跋菩薩打大、罵大的，唯獨不是嚇大的。你的性情我大抵知道一些，能殺人絕不廢話，現在話多了，就證明你小子差不多黔驢技窮了。嘖嘖，黔驢技窮，這個說法真是不錯，你既然是南朝灼然大姓的子弟，應該明白意思吧？或者說，你又開始在細微陰暗處布局了？我拭目以待，端孛爾紇紇，動手，四肢歸你，頭顱歸我！」

拓跋春隼眯眼陶醉道：「以前不知道，遇到你以後，才發現原來懂一些詩書上的警言名句，嘮叨嘮叨，殺起人來會格外顯得有情調。」

徐鳳年面朝端孛爾紇紇，輕柔一呵氣。

一道金光急掠出袖。

拓跋春隼嬉笑道：「雕蟲小技，你的馭劍殺人術比起我爹當年手下敗將之一，那位棋劍樂府的劍氣近，可差了十萬八千里！」

他臉上的神態雖然玩世不恭，眼神卻凜然，這柄始終不曾露面現世的飛劍不論劍氣還是速度，都遠超先前懸空結網的八柄飛劍。

成就大半劍胎的金縷。

拓跋春隼沒有拔出刀劍，只是與那柄軌跡刁鑽的金黃飛劍較勁，如同多情漢子調戲懷春女子，招蜂引蝶，一人一飛劍，煞是好看。

徐鳳年已經對上奔至眼前端孛爾紇紇，後者越戰越勇，驍勇無匹，出手毫不留情，周身擰繩蓄力，一動則摧山撼嶽，遠了則踢踏鞭掃，近了就肘擊肩撞，勢必要將這個膽敢面對自己還敢分神馭劍的年輕人撕去四肢。

端孛爾紇紇形鬆意緊，出手如大錘，落手如鉤竿，看似兩肘不離肋，拉升幅度不大，爆發力卻傷人、駭人至極，這名魁梧武夫雙腳趟泥步如遊蛇蟒行，雙手擰裹鑽翻，循循相生無有窮盡。

徐鳳年先前身受重擊，如今更要一心兩用一氣雙出，終於被端孛爾紇紇抓住空隙漏洞，抬腿膝撞，當徐鳳年腦袋被巨力反彈向後時，他又一臂掃出，徐鳳年整具身軀都被擊飛。

徐鳳年輕語呢喃：「借我三千氣，斬你項上頭。」

金光暴漲。

本就是一直藏拙的飛劍在主人以搏命代價借勢而得勢以後，剎那間火上澆油，速度猛然提升數倍，直刺拓跋春隼眉心！

千鈞一髮！

來不及躲避的拓跋春隼抬手以掌心阻擋劍勢，傾斜頭顱，飛劍金縷穿透整隻手掌，在他臉上劃出一道血痕。

察覺到異樣的端孛爾紇紇心神巨震，不再追擊那名詭譎手段好像沒個止境的年輕人，掠至小主子身邊，生怕那柄飛劍還有殺招。若是被軍神寄予厚望的拓跋春隼死在龍腰州，別說他端孛爾紇紇，就是整個北莽魔道陪葬都不夠！

拓跋春隼不去看手心，一巴掌甩在端孛爾紇紇臉上，瘋魔一般怒道：「滾去宰了他！」

金縷繞出一個半圓，入袖隱匿，臉色衰敗如金紙的徐鳳年落地後一個踉蹌，吞咽下湧上喉嚨的血液，彎腰前奔，幾名擋在直線上的騎兵被連人帶馬一起斷江劈斬。

端孛爾紇紇返身狂奔追躡而去。

拓跋春隼五指成鉤，仰頭怒吼，「不殺你，誓不姓拓跋！」

◆

彩蟒游弋在錦袖郎的屍體身邊，時不時垂下巨大頭顱輕柔觸碰。拓跋春隼右手被飛劍洞穿，此時左手抽刀，一刀砍去毫無防備的彩蟒頭顱，再對著錦袍扈從一頓亂砍，何止是大卸八塊，比鞭屍還要血腥殘酷。擒察兒不敢騎在馬上，下馬以後也不敢靠近這位小拓跋，生怕被遷怒。

拓跋春隼將因他而死的忠心扈從剁成爛泥，斜眼瞥向擒察兒，後者一哆嗦，跪在地上求饒，拓跋春隼冷笑道：「算你運氣好，是鷹師出身，擒察兒，派人去帶著你部落的鷹隼和騎士，傾巢而出，如果沒能獵殺那名意圖行刺我的刺客，你的部落就可以從草原上除名了。」

擒察兒牽馬小跑到拓跋春隼身邊，滿頭汗水地遞過韁繩，小聲問道：「這些牧民？」

拓跋春隼平淡道：「草原重諾，自然要贈送黃金與牛羊。」

擒察兒忙不迭地點頭如小雞啄米，阿諛道：「小王爺不愧是草原上的王鷹。」

拓跋春隼騎上馬，冷笑道：「之後是死是活，就不關我的事情了。」

擒察兒愣了一下，恍然大悟，橫臂在胸，低頭道：「小王爺英明。」

拓跋春隼看到馬鞍上空無一物，面無表情道：「去拿一張勁弓，三筒箭壺。」

擒察兒身邊的狗腿子立馬吆喝起來，馬上就有對拓跋春隼敬畏無比的騎兵策馬趕來，交付弓箭。拓跋春隼雙指拈起一根羽箭，挽弓以後，射殺了周邊一名騎兵。

羽箭直透頭顱，騎兵墜落下馬，拓跋春隼這才瞇眼點了點頭，抬頭看著那隻矯健悉惕擒察兒調教出來的黃鷹，心中再度泛起暴虐。若是錦袖郎不死，以他的熬鷹水準，豈是馬下這名鷹師出身的悉惕能夠媲美，那名老奴調教出來的大品雀甚至可以捕鷹殺隼！小子運氣真是不錯，拓跋春隼按捺下殺機，夾了夾馬腹，命令道：「讓你那頭畜生盯緊了！跟丟一次，我就剮出你眼珠子一顆！」

擒察兒慌亂上馬，跟在小王爺身後。

來去匆匆。

呼延安寶所在部落牧民都是如釋重負，對這個勢單力薄的流亡小族來說，就像頭頂烏雲雖未散去，但起碼不至於當下便大雨滂沱。呼延安寶早已心灰意冷，只是讓兒媳替呼延觀音包紮傷口。帳屋內少女疼得身體顫抖，卻仍是面容堅毅，反倒是小孩阿保機在一旁心疼得哽咽抽泣，蹲在地上，不敢去看姐姐的傷口，把頭埋在雙膝裡。

呼延安寶愧疚道：「都是我們害了這位南朝而來的年輕菩薩啊。」

呼延觀音欲言又止，老人憂心忡忡道：「追殺恩人的，應該就是拓跋小王爺。」

第七章　驚心魄脫逃遊獵　涉險境再見姜泥

草原上，展開了一場動人心魄的追獵。

徐鳳年突圍以後，端孛爾紇紇銜尾追擊，逐漸拉近距離，相距不過百丈，視野可及，兩人身形急掠不輸戰馬。

端孛爾紇紇身後還有拓跋春隼、悉惕擒察兒和一百鐵騎。撒網以後自然就是收網，一旦再度落網，徐鳳年就再沒有可能逃脫的機會，他這次在圍剿中仍是擊殺一名金剛境高手，已經駭人聽聞。

徐鳳年彎腰如豹，絲毫不敢減少前衝速度。他轉頭瞥了一眼空中飛旋的獵鷹，有苦自知，奔跑速度減緩，大黃庭的恢復自然可以加速，但是被端孛爾紇紇纏上，就要落網，拓跋春隼雖然被金縷刺傷，但戰力還有八九分，自己卻已經精疲力竭，被說成黔驢技窮，實在不冤枉。

腳踏彩蟒，雖然不知為何沒有錦袍魔頭設想那般全身麻痹，但對於身形騰挪肯定有影響，八柄飛劍結青絲，春雷出鞘一袖青龍，最後更是連成胎金縷都祭出，端孛爾紇紇的攻勢，許多拳腳可都結結實實地砸在身上，徐鳳年既沒有到達可以借用天地氣象的天象境，更沒有陸地神仙境界，若是拓跋春隼和端孛爾紇紇給他一旬半月休養生息的機會，他大可以再戰一場，可是他們追殺得急迫，必欲斬草除根，徐鳳年除了拚命吐納療傷和向前逃命外，已經沒有退路可言。

所幸有開蜀式氣機一瞬流轉三百里的珠玉在前，對於這類氣機燒灼的刺痛便習以為常，還能勉強咬牙撐住。

一路狂奔的端孛爾紇紇皺了皺眉頭，一方面驚訝於那名南朝刀客的氣機充沛程度，一方面對於腿部創傷更是不解。一劍穿過，以他的金剛體魄完全可以無視，即便無法迅速痊癒，但絕不會像此刻一般氣機阻滯，可見那名刀客的馭劍術興許尚未臻於巔峰，但飛劍本身，堪稱仙品。這越發堅定了端孛爾紇紇殺死這名年輕人的決心，至於彩蟒錦袖郎的死，他倒是沒有任何兔死狐悲的感觸。

拓跋氏家族就像一座大廟，廟大也就必然泥塑菩薩多，少了一尊，其餘菩薩供奉的香火也就多了一分，況且端孛爾紇紇一直對於這名老奴躋身十大魔頭行列頗有微詞，他反而更欣賞謝靈這幾位同道中人，錦袍老傢伙在他眼中不像魔頭，更像是權貴豢養的可笑伶人，只會以奇巧淫技媚上，兩人向來不對眼也不對路。

端孛爾紇紇豪氣橫生，喊道：「小子，可敢與我大戰三百回合！」

聲音遙遙傳來，「把你媳婦或是你女兒喊來！」

端孛爾紇紇聽音辨氣，此人所剩氣機似乎比想像中要旺盛，不過吃了大虧以後，清楚這傢伙演技比起小主子還來得爐火純青，他再不會輕易上當。

徐鳳年再次望了一眼頭頂黃鷹。

一炷香時間以後，端孛爾紇紇錯愕地發現自己與他相距拉近到八十丈，但身後始終按照獵鷹指示直線疾馳的騎兵不知何時也追上，這小子該不會是個路癡，繞出了個略顯多餘卻足以致命的弧線軌跡？

不過距離拉近，而且可以與小主子會合，終歸是好事，端孛爾紇紇也就沒有深思。

拓跋春隼一馬當先，和端孛爾紇紇隔開十丈距離並肩齊驅。

雙方和那名垂死掙扎的南朝刀客距離不斷縮小。

端孛爾紇紇沉聲道：「小主子小心那人的飛劍。」

拓跋春隼沒有作聲，從背後箭壺拈起一根製作精良的黑鴉羽箭。

兩百步。

拓跋春隼開始挽弓。

一百二十步時，拓跋春隼正要射箭，距離卻驟然被拉升到一百五十步。

然後不斷在一百三四十步距離徘徊。

拓跋春隼並不著急，在平時以那傢伙的腳力，除非最優等的戰馬，否則根本追不上，還不如棄馬追逐，但他既然受了重傷，就另當別論，他樂得貓抓耗子，慢慢玩死這個心頭大恨的南朝豪閥士子！到時候還要拿著頭顱去他家族門口掛上！

終於縮短到一百二十步，拓跋春隼挽弓射箭。

一箭破空而去。

拓跋春隼去箭壺拈箭速度驚人，一箭遞一箭，發箭雖有先後，竟是同時潑灑到那人後背，可知一箭比一箭迅猛如雷，這是連珠箭術的一種。

徐鳳年不肯浪費一絲一毫的體內氣機，順勢向前打滾，躲過兩根羽箭，伸手揮袖撥去兩根，正要握住最後一根。

拓跋春隼站在馬背上，拉弓如滿月，射出鋪墊蓄謀已久的一箭。

直刺徐鳳年眉心。

徐鳳年屈指彈開先前一箭，腦袋後仰，身體貼地，雙手握住那根羽箭，身體一個靈巧翻滾，借助羽箭挾帶的巨大勁道繼續前奔，其間折斷這根利箭，猛然提氣，有箭頭的那一小截被他丟入天空。

刺破正在低空翱翔的獵鷹身體。

仍然在奔跑的端孛爾紇紇目瞪口呆。

拓跋春隼站在馬背上，拳頭緊握，一隻手鮮血淋漓。

徐鳳年哈哈大笑，身體驟然加速，距離瞬間拉升到百丈以外，「就當你們是三個金剛境，有卵用。他娘的不來個天象境的高手，老子都不好意思死在這裡！」

拓跋春隼與那常年與藥罐子打交道的病秧子大哥不同，天生神力，拓跋氏尚武崇力，族內幾乎所有青壯都入伍從軍，對於這位未滿十八歲便即將踏入金剛境的小公子，十分看好，這次出行，也是北莽軍神有意要拓跋春隼自己去打破那一層窗紙。

以拓跋春隼的膂力，騎射相當出彩，挽強弓連珠射箭兩百步，準心都不偏差，只不過他權衡過那名南朝膏腴大姓子弟的餘力，百步以內，可以致命，一百二十步足以重創，他不希望這傢伙死得如此輕鬆，所以一直想在一百二十步左右勁射其背，最好是射傷其手足。

每次王庭秋狩，拓跋春隼隨軍遊獵，遇上大型獵物，都是在射程邊緣地帶優哉游哉，游弋騎射。這是少年時代被父親丟到冰原上與白熊搏殺磨礪出來的心智，當時兵器只有一把弓、一把匕首和一壺箭。

端孛爾紇紇並非震驚於此子的擲箭手法，而是驚懼於這名年輕人身陷死境，仍然不忘仔細權衡利弊的厚黑城府。

一行人銜尾遊獵，除了視線跟蹤，若是消失在視野以外，就要靠黃鷹在空中盯梢，提供情報，不斷伸縮雙方間距做障眼法，最終趁著黃鷹俯衝降低了高度，躲箭並且借箭擊殺，一氣呵成，簡直就是在借氣馭劍傷人以後，又在小主子傷口上撒了一把鹽。

高手過招往往勝負一線，心性搖動，容易未戰先敗。有黃鷹盤空，他們穩操勝券，即便被他僥倖逃出視野以外，只要大致方向正確，就不怕這人漏網，只要一路追躡，不給他喘息療傷的時間，這人就板上釘釘要油盡燈枯。

端孛爾紇紇露出獰笑，既然你還能殺鷹示威，我就要送你一根壓死駱駝的稻草！

他一張粗糙臉龐泛起病態的赤紅，雙眼漆黑，虹膜逐漸淡去，直至不見瞳孔。連同悉惕擒察兒在內的騎兵都察覺到這名扈從的異樣，戰馬焦躁不安。

端孛爾紇紇猛然停下腳步，做出一個丟擲長矛的動作，看得拚死縱馬的一百騎兵莫名其妙，小王爺的扈從手上並無兵器，這架勢是要將那名刀客當成驚弓之鳥？擒察兒作為草原上的悉惕，見多識廣，要更識貨一些，偷瞥了一眼站在馬背上的拓跋春隼，不愧是軍神的兒子，身邊奴僕的武力如此霸道，隨便拎出來一個都可以單獨踏平小部落了。

雷矛！

端孛爾紇紇以損耗氣血為代價強提境界，一腳踏入空靈偽境。屈臂如同舉槍，踩了一串賞心悅目的交叉步，當最後投擲而出時，左腿做出微妙卻一舉定乾坤的蹬伸，帶動小臂向前爆發出一個鞭打動作，只聽刺破耳膜的「嗖」一聲，一條肉眼不得見的槍矛劃破長空，長矛所至，出現真空帶來的波紋，如同彗星掠過，拋弧直達徐鳳年後背。

端孛爾紇紇出身的羌族，自古擅用無羽標槍，鏃體細長尖銳，力大者可穿透數甲，他自幼參與狩獵，以擲槍著稱於勇士輩出的彪悍羌族，年少時偶遇正值武道巔峰的大宗師槍仙王繡，得授槍法奧義，最終自創雷矛神通，八年前與魔道成名已久的大梟搏命，兩矛將其斃，一戰成名。但這種極為損耗氣血的矛術是傷敵一千、自損八百的手段，端孛爾紇紇不敢輕易動用，況且勝在出其不意與遠距離狙擊，可見端孛爾紇紇已經對徐鳳年重視到了何種程度。

徐鳳年在明確知道拓跋春隼三人身分以後，尤其是開始逃竄，就一直在等端孛爾紇紇的成名絕技——號稱「三矛開山」的雷矛，終於等來了。

一路艱辛積攢散亂大黃庭，除去斷箭射殺黃鷹用去一些，都在咬牙準備抵擋這一矛！躲避根本不去想，一擲而出的雷矛有端孛爾紇紇氣機遙相呼應牽引，並非羽箭離弦以後那般目標固定，這與上乘馭劍術形似神似。

徐鳳年眉心印記早已轉入紫黑，也顧不得是否陷入迴光返照的淒涼境地，霎時駐足轉身，雙手扭轉春雷，身形倒掠，在鞘春雷再度如峽谷中構造出一面龐大圓鏡氣牆，矛盾之爭，在此一舉。

端孛爾紇紇無疑仍是強弩，徐鳳年卻已是勢單力更薄，圓鏡被雷矛一擊炸裂，春雷向後彈飛，被稍稍改變軌跡的這一矛刺入徐鳳年肋部，通透以後，依然在地面上炸出一個等人高的窟窿，塵土飛揚，端孛爾紇紇也算替拓跋春隼報了飛劍刺掌之仇。

擒察兒與百騎終於如釋重負，這傢伙實在是太讓人不省心了，這次總該認命死去了吧？

徐鳳年的身體重重墜落在地面上，他掙扎著坐起身，竟是再也站不起來，便拿過身邊的春雷，盤腿而坐，橫放於膝。口中湧出的鮮血已經轉烏黑，他也不去擦拭，反正註定也擦不乾淨，只是伸手揉了揉以髮繫髮的髮髻，身體髮膚，受之父母。

他自幼被李義山笑稱有一副富貴的北人南相，難怪投胎在徐家。大姐徐脂虎也總打趣說家裡四個，就數他長得最像娘親，五官像、眼眸像，連頭髮都像，她總說她嫉妒得很。

徐鳳年視線模糊，腦海中如走馬觀花般想起了許多瑣碎小事，想起了徐驍傴僂的背影，姐弟四人的嬉笑打鬧，想起了清涼山北涼王府的鎮靈歌，那一襲從小就是心中濃重陰影的白衣，想起了羊皮裘老頭的劍來與人去，廣陵江畔閱兵臺上那座臃腫的小山。

太多人太多事，一閃而逝，不知為何，人生臨了，除了覺得對不住寵溺自己的老爹徐驍，沒能從他手上接過三十萬鐵騎的擔子，沒能讓他的肩膀輕鬆一些外，最後，只是想起了一名女子的酒窩，他與她，雖然一同長大，可稱不上詩情畫意的青梅竹馬。

他這一生不過二十年，但已經見過各色各樣的女子，約莫真是如大丫鬟紅薯所一語中的的看似多情、實則無情，涼薄得很，他在意過許多女子，但似乎誰都能放得下，唯獨她，不管是與老黃一起顛沛流離的三年喪家犬生涯，還是後來的遊歷，以及這趟趕赴北莽，總是會想起她，然後輕輕地揪心。

如果天下人知曉已經世襲罔替在手的徐鳳年孤身赴北莽，一定會大笑這位世子殿下吃飽了撐著，放著好好的世子不做，去拚命做啥？你老子當年馬踏江湖，早已證明江湖再精彩，在鐵騎面前，一樣只有匍匐臣服的份。你就老老實實等著北涼王老死，穿上那一襲華貴至極的藩王蟒袍，何樂不為？就算全天下都清楚有陳芝豹這根如鯁在喉的尖刺，十有八九爭搶不過，你徐鳳年睜一隻眼、閉一隻眼，也不過是軍權旁落，北涼王是北涼王，白衣戰仙是白衣戰仙，一個坐北涼，一個坐邊境，涇渭分明，井水不犯河水，也已經是足夠讓人垂涎的彪炳顯赫了。

別不知足，也別不自量力，甭管你世子殿下素袖藏金還是草包一個，去了北涼軍，積攢再多軍功，可你能與春秋大戰中冉冉升起的無雙陳白衣叫板？你能做出逼死兵聖葉白夔的壯舉？你能有幾年時間在陳芝豹的眼皮子底下打造軍方嫡系？

退一萬步去說，陳芝豹一槍刺死過曾與李淳罡、酆都綠袍以及符將紅甲齊名的大宗師王繡，你徐鳳年又有何資格跟他同臺競技？整個離陽王朝，沒有人看好他能像北涼王那樣掌控雄甲天下的三十萬鐵騎，說來滑稽，這似乎也是京城太安城那位中年男人，任由這名藩王嫡長子胡來的根源所在。

偌大一個統治春秋的王朝，沒有一位年輕人，能如此被那位九五至尊惦記。

徐鳳年雙指顫抖，繫了繫有些鬆開的髮結。

那一晚，徐驍說過，鳳年，你若死在了北莽，以後北涼就交由陳芝豹掌管。北涼軍改弦易轍，這對我徐驍來說，不算什麼，但你死了，我這個爹，只能像當年你娘獨身入皇宮一般，不能報仇。

徐鳳年當時開玩笑說，你這做爹的，真是窩囊，要是我這不爭氣的兒子掛在北莽那邊，你領著北涼鐵騎一路碾壓到北莽王庭，得有多霸氣？

徐驍沉默了許久，最後輕笑道，爹倒是也想，也會這麼做，只不過怕你真死了，就說些喪氣話騙你。我徐家三十萬鐵騎，怎麼都得打掉北莽積蓄了三十年的一半國力，這麼霸氣的事情，爹來做，哪裡比得上你來做？

徐鳳年笑著說能不死當然不捨得死，白髮人送黑髮人，想想就憋屈。

從來不打這個兒子的徐驍一巴掌拍在徐鳳年腦袋上，也從不信鬼神的大將軍竟然接連呸了好幾聲，笑罵道別說喪氣話，然後自言自語了好幾遍童言無忌。

徐鳳年無奈回覆著說，都及冠了，還有什麼童言無忌。

徐驍搖了搖頭，不再說話。

徐鳳年閉上眼睛，雙手搭在春雷上，有些明白一些事情了，為何徐驍如今還像個老農那般喜歡縫鞋？軒轅敬城本該像張巨鹿那般經略天下，最不濟也可以去跟荀平靠攏，卻被自己堵在了一家三口的家門以外，堵在了軒轅一姓的徽山之上，即使一舉成為儒聖，仍是不曾跨出半步。騎牛的最終還是下了山，但這種下山與在山上，又有什麼兩樣？羊皮裘李老頭兒十六歲金剛、十九歲指玄、二十四歲達天象，為何斷臂以後仍是在江上鬼門關為他當年的綠袍兒，幾笑一飛劍？

說到底，都是一個字。

徐鳳年想著她的酒窩，搖晃著站起身。

他就算不承認，也知道自己喜歡她。不喜歡，如何能看了那麼多年，卻也總是看不厭？

只是不知道，原來是如此的喜歡。

既然喜歡了，卻沒能說出口，那就別死在這裡！

徐鳳年睜眼以後，拿袖口抹了抹血汙，笑著喊道：「姜泥！老子喜歡妳！」

拓跋春隼冷笑不止，只不過再一次笑不出來。

一名年輕女子御劍而來，身後有青衫儒士淩波微步，逍遙踏空。

女子站在一柄長劍之上，在身陷必死之地的傢伙身前懸空。

她瞪眼怒道：「喊我做什麼？不要臉！」

◆

當下這一幅年輕男女久別重逢的場景，尤其是男子以一己之力力敵三名金剛境高手，更是斬殺一名，雖敗猶榮，傳出去足以名動北莽，而那絕美女子憑空御氣一劍西來，這樣的男女，這種形式的碰頭，恐怕除了瞎子，都要覺得挺壯觀，還有些溫馨。不過女子言語似乎有些讓人捉摸不透，擒察兒驚駭於女子的容顏與御劍的神通，這名悉惕身後的百餘騎面面相覷，還怎麼打？

端孛爾紇紇不用拓跋春隼發話，怒髮衝頂，雷矛梅開二度，再度丟出，在天空拋出一個充滿殺意的鋒銳弧度，墜向徐鳳年頭顱。

兩鬢霜白的青衣儒士神態自若，腳尖落地，伸出一隻手輕輕抓住那根震盪大氣波紋的雷矛，五指一握，雲淡風輕，將雷矛折成兩截，好似稚童丟擲石塊，而被青壯漢子隨意彈開一般。

拓跋春隼臉色陰沉，端孛爾紇紇兩矛過後，氣血翻湧，看見小主子投射來的視線，心中苦澀，深呼吸一口，準備再丟出一矛查探老儒生的虛實，只是當這名魔頭不惜內傷提起氣機，拓跋春隼就看到那名南朝裝束的中年儒生一揮袖，剎那間天地風雲變幻。

中年儒生一袖成龍，擊向端孛爾紇紇，端孛爾紇紇整個人的氣機好似城垛被投石機揮出的千斤巨石砸中，往後踉蹌幾步，噴出一個鮮血，氣海紊亂至極。端孛爾紇紇不愧是忠僕，氣急敗壞地喊道：「小主子快走！不要管我！」

拓跋春隼兩腳紮根，身體紋絲不動，不是不想走，而是好似被無窮盡的絲縷氣運包裹住而動彈不得。

中年儒士收袖以後，輕淡說道：「在下西楚曹長卿，多年以前曾在北莽南朝收了這名徒弟徐奇，不知如何與拓跋小王爺到了不死不休的境地？」

擒察兒一夥人差點嚇得墜馬。

大官子曹長卿？這可是三入離陽皇宮如過廊的天象第一人啊！

拓跋春隼冷笑道：「好一個武榜前五的曹青衣，有本事與我父親耍威風去，跟我這尚未及冠的後輩計較什麼？」

曹長卿微笑道：「小王爺不要言語激將，曹某只要有機會，自會和拓跋菩薩戰上一場，不過相信鄧太阿此時已經過了姑塞州，往北行至皇帳王庭，恐怕曹某此時前去的話，就有趁人之危的嫌疑了。」

拓跋春隼突然笑容燦爛，嬉皮笑臉道：「曹伯伯言重了，我父親對於武榜十人，除了武帝城王仙芝，對你最為敬重，親口說曹青衣是當今天下當之無愧的儒聖，若是能打上一場，不負此生。小侄不知此人是曹伯伯的高徒，若有莽撞不敬，曹伯伯聖人肚裡能撐船，千萬不要上心介意啊。難怪此人能夠殺死小侄身邊扈從，是叫徐奇？名師出高徒，恭賀南朝門閥出現了一名能與耶律東床、慕容龍水並肩的年輕俊彥。」

曹長卿只是說道：「曹某湊巧新入世人所謂的陸地神仙境界，半年以內，必然會與拓跋菩薩切磋一番。」

拓跋春隼幾乎惱怒驚懼得吐血，恨不得搧自己一個耳光。烏鴉嘴，說聖人還真他媽的是聖人了！三教有國師麒麟與佛陀龍樹兩位聖人，原本還納悶聲勢最盛的儒教為何獨缺一位陸地神仙，這不就來了？還偏偏是那位徐奇的師父！拓跋春隼穩了穩心神，再無先前的冷血脾性和倨傲氣焰，低眉順眼，溫聲問道：「曹伯伯，小侄能否返回北朝？」

容顏之美，似乎可以躋身前三甲的女子輕輕躍下那柄大涼龍雀劍，面朝拓跋春隼，冷漠道：「你想殺他，我就殺你。」

大涼龍雀靈犀通玄，環繞女子四周，如小鳥依人，緩緩飛旋。這幅畫面，讓端孛爾紇紇看得心驚肉跳，這女子才幾歲，當真會是劍仙？二十幾歲的女子劍仙？

拓跋春隼腹誹這姓徐的南朝士子不但有個讓人眼紅的師父，竟然還有個連自己都要嫉妒的紅顏，連忙笑道：「既然已經知道徐奇兄弟是曹伯伯的嫡傳弟子，自然不敢不知死活地尋釁，就此別過。以後到了北朝，我拓跋氏一定以禮相待曹伯伯一行三人。」

拓跋春隼鄭重其事地作揖告辭。

這一場雷聲大、雨點更大的圍殺與遊獵就這樣滑稽落幕。

徐鳳年視線依舊模糊，像一尾被丟到岸上的魚，大口喘氣，忍著劇痛笑道：「小泥人，妳這麼說話，會讓別人誤以為本世子吃妳軟飯。」

姜泥一挑眉頭，就要賞他一劍，不過瞧見他這光景，還是忍住，落井下石的事情，她才不屑去做。

徐鳳年一屁股坐下，緊繃的心弦一鬆再鬆，吐血不止，仍是馭出一柄飛劍，飲血養胎。

曹長卿笑著搖了搖頭，走到世子殿下眼前盤膝坐下，不耽誤徐鳳年以吳家劍塚祕術飼養飛劍，等飛劍入袖，他才一指連敲十六竅，替徐鳳年暫且壓下氣機洶湧外泄的頹勢，溫顏說道：「世子殿下竟然初入大金剛境界，佛道兼修，可驚可喜。」

臉色慘澹的徐鳳年皺了皺眉頭，苦笑道：「大金剛境界？和兩禪寺李當心相似？」

曹長卿笑著點了點頭，「雖然是初入此境，卻也比較一般成熟金剛境界不差太多了。」

徐鳳年瞥了一眼故意背對自己的小泥人，好奇問道：「她怎麼御劍飛行了？」

曹長卿正要說話，姜泥冷哼一聲好似提醒，這位大官子笑了笑，沒有解釋。

徐鳳年笑道：「要我猜的話，肯定是練劍嫌吃苦，只跟李老劍神挑了最好玩、最嚇唬人的御劍一項，對不對？」

姜泥轉身怒道：「怎的，我就算只會御劍，也總比你強！一個人入北莽擺闊裝高人，沒了扈從和北涼鐵騎，還不是被打得這麼慘！」

瞧瞧，隨便一句話就逗出真相了，曹長卿嘴角笑意溫醇，不管如何，公主都鬥不過這名北涼世子。

徐鳳年有了喘息的機會，氣色緩緩轉好，眉心印記由烏黑轉回深紫，摀住胸口小心翼翼地問道：「李老前輩如何了？」

曹長卿輕嘆道：「若是強撐，本該還有十年，不過老前輩順其自然，並不惜命，只覺得三、四年傳授劍道給公主就足矣。」

小泥人眼睛一紅，眼眶濕潤，哽咽道：「都怪你！」

徐鳳年默不作聲。

曹長卿輕聲道：「這趟北行本意是聯繫幾位出身西楚豪閥的春秋遺民，曹某進入北莽以前順路去了北涼王府，見過了大將軍，才知道你的行蹤不知為何洩露出去，曹某本來許諾殺陳芝豹報恩，可殿下不曾答應，之後大將軍也婉拒，大將軍只是讓曹某捎帶一句話給你。」

徐鳳年笑道：「說。」

曹長卿虛空彈指，持續給徐鳳年以類似尋龍點穴的手法療傷，說道：「大將軍要殿下早些回家。」

徐鳳年苦笑道：「說得輕巧。」

姜泥憤憤道：「是你自討苦吃。」

徐鳳年瞪了一眼，她回瞪了一眼，大眼瞪小眼。

曹長卿故作不見，道：「你行蹤洩露以後，北莽有兩人受雇殺你，曹某只知其中一名是魔道十人中的目盲女琴師，此女跟離陽王朝大內韓人貓一樣，最善指玄殺金剛。」

姜泥譏諷道：「記得見面了趕緊逃，別見色忘命！」

徐鳳年沒好氣道：「男人說話，女人閉嘴！」

姜泥勃然大怒，「一劍刺死你！」

徐鳳年斜眼看去，「那是我的劍，妳好意思？三日不見，刮目相看，劍術不去說，臉皮厚度倒是跟我有的一拚了。」

姜泥俏臉漲紅，大涼龍雀劍急速飛掠，聲勢驚人。

曹長卿有些頭疼，這種當局者迷卻讓外人著實無奈的打情罵俏，是否有些不合時宜？不過他很快想起方才世子殿下那句更不合時宜的表白，就立即釋然了。不是冤家不聚頭，一語中的。

徐鳳年笑道：「小泥人，手上生老繭沒有，給本世子瞧瞧，就知道妳有沒有偷懶了。」

姜泥回了一句世子殿下的口頭禪：「閉嘴。」

不過比較徐鳳年的「閉嘴」二字，氣勢弱了太多。

曹長卿緩緩說道：「是北涼王給了曹某大致的北行路線，才總算及時遇上了世子殿下，否則曹某一生有愧。」

徐鳳年搖了搖頭，笑道：「恭喜先生成聖。」

曹長卿平靜道：「歸功於公主的練字和御劍。」

徐鳳年一臉遮掩不住的訝異，小泥人冷哼了幾聲，秋水長眸顯然有些沾沾自喜。

徐鳳年問道：「先生何時動身去南朝姑塞州？」

這名一舉成就儒聖境界的青衣儒士微笑道：「總要等世子殿下傷勢痊癒再說。」

小泥人在一邊煽風點火，嘖嘖道：「高手高手高高手。」

徐鳳年笑而不語，曹長卿眯眼笑意濃郁，解圍說道：「世子確實算是高手了，面對三名金剛境高手，力敵並且斬殺一人，養刀脫胎於劍開天門的閉劍術，加上鄧太阿贈劍十二，以後的成就肯定會讓兩個江湖都大吃一驚。」

徐鳳年搖頭感慨道：「不說李老前輩和曹先生，就算比起白狐兒臉，也差遠了，何況還有個騎牛的。」

姜泥撇嘴道：「跟洪洗象、南宮僕射相比較，真不要臉！」

徐鳳年一本正經地點頭道：「要臉的話，能說喜歡妳？妳也一樣，我才喊出妳的名字，就屁顛屁顛御劍來了。」

姜泥頓時丟盔棄甲，一敗塗地，紅透耳根，欲言又止，卻說不出一個字。

曹長卿識趣地充耳不聞。

徐鳳年與姜泥同時出聲：「一劍刺死你／妳！」

一敗再敗的姜泥匆忙御劍而去。

一劍西來，一劍東去。

當場只剩下徐鳳年和曹長卿兩人，徐鳳年問道：「她這麼離去，不打緊吧？」

曹長卿笑道：「無妨，百里以內，都在曹某掌控之中，世子殿下自行療傷即可。」

徐鳳年閉目凝神。

◆

一氣御劍十里以外，姜泥凌風而立在劍上，長袖飄搖如天仙，咬著嘴唇，泫然欲泣，胡亂抹了把臉頰，自言自語道：「不准哭！」

曹長卿平心靜氣，有些感觸。

江南道分別以後，公主與他這位棋詔叔叔返回舊西楚境內，在山清水秀中，對於自己傳授的獨門練氣心法，三天打魚、兩天曬網，只是辛勤打理了一塊菜圃，樂此不疲，要不然就是趴在房中桌上發呆數銅錢，直到見著了廣陵江畔一劍破甲兩千六的李淳罡，才有了笑臉。

但之後，對於學劍也並無興趣，只是練字還算賣些力氣，直到自己說要去北莽，興許要去一趟北涼王府，她才捧起了那柄大涼龍雀，主動要求練劍，與李淳罡討價還價了一整天，才揀選了劍道裡最拔尖的御劍。但公主的性情實在是憊懶，往北而行，還是喜歡俏皮偷懶，而且她自小恐高，即便偶爾鼓起勇氣御劍，也只是貼地幾尺而飛，御劍辛勤程度，越到北涼越高，只是聽說徐鳳年趕赴北莽以後，她才開始真正用心御劍。

御劍過山巔。

御劍過大江。

氣勢如虹。

境界一日千里，連曹長卿都驚豔不已。

曹長卿趁著徐鳳年如同老僧入定的空當，微微打量了幾眼，是初入金剛境無疑，比較當初江南道初見，氣象宏闊許多。

在西楚境內時，和李淳罡閒來無事喝酒論英雄，老劍神多次提起這名命途多舛的北涼世子，言語中褒貶皆有，將他的未來成就拔高到與聽潮亭白狐兒臉、龍虎山齊仙俠一個層次。老前輩讚譽多是說這名年輕人心性堅韌，不似尋常紈褲子弟，武道天賦雖然與洪洗象之流差了一線，卻勝在勤能補拙，而且怕死得要命，願意以最笨的法子去提升境界；而不喜之處，無非是這小子對待女子，多情近無情，見著漂亮姑娘，就要忍不住撩撥一下，拉屎的功夫一流，擦屁股卻馬虎，對西楚遺民魚玄機、對靖安王妃裴南葦都是如此，讓羊皮裘老頭兒十分白眼。

曹長卿對於這名年輕人，談不上太大好感或者太多惡感，不過能夠拒絕以送出公主換取殺陳芝豹的誘惑，曹長卿宦海沉浮，早就老於世故，也只是略微詫異，長線布局本就是他曹官子的長項，若是徐鳳年當時一口答應了，才真的讓人失望。以公主的執拗心性，恐怕以後劍道大成，就真要毫不猶豫地一劍刺死這個重利薄情的男子，又或者是此生不再相見，曹長卿其實樂得如此光景，也遠比此時此刻這般藕斷絲連來得省心。

不過當公主御劍而來，聽到那句人之將死的表白，曹長卿難免有些唏噓。當年在那座西楚皇宮，自己年幼入宮，那麼多年輕敲玉子聲琅琅，又是為誰而落子？那個她可曾知曉？恐怕她臨死也只道是這名棋士在為帝王指點江山吧？比起眼前這名年輕人，自己就算已是儒聖，何嘗不是輸了一籌？

曹長卿轉頭遙望舊西楚頂梁柱的小公主御劍而去的方向，嘆了口氣。她與徐鳳年註定是要分道揚鑣的，以後甚至要被自己這名棋詔叔叔和西楚國運逼得與他搏命，這是不是她打著怕吃苦的幌子憊懶練劍的根源？

曹長卿斂了斂心緒，見徐鳳年氣機流轉到了一處緊要結點，輕輕敲指，助其一臂之力攀登崑崙山。這一戰，徐鳳年經脈斷損過重，即便有道門百年以來獨樹一幟的大黃庭護體，也委實不輕鬆，堂堂世子殿下，何苦來哉？

曹長卿笑了笑，在他看來，亂世劍走偏鋒，在羊腸小徑上富貴險中求，而盛世就要走那坦途的陽關大道，徐鳳年這位權貴甲天下的王侯公子，似乎就在夾縫之中，表面光鮮，內裡凶險，曹長卿對此倒算不上有何憐憫，既然生於徐家，就得有在水深火熱裡摸爬滾打的覺悟，本名姜姒的公主也是如此，背負莫大氣運，如何做得了散淡無波瀾的女子？

徐鳳年三氣小周天沉浮以後，睜開眼睛，問道：「先生真要為西楚王朝復國？才來北莽聯絡遺民？」

曹長卿對此並不隱瞞，點頭說道：「確實是如此。許多西楚遺民士子如今皆已是北莽南朝權臣，曹某到達邊境以前，先去了一趟離陽皇宮，在九龍壁上刻字，向世人表露了公主身分。朝廷開始大興文字獄，廣陵王也親自帶兵血腥鎮壓了六家書院，京城老太師孫希濟請辭還鄉，國子監學子群情激奮，左祭酒與右祭酒原本偽裝的溫情脈脈徹底破裂，趙家天子沒有批准孫老太師的告老辭官，卻准許桓溫辭去左祭酒一職，前往廣陵道擔任經略使，安撫士子民意。」

徐鳳年苦笑道：「也虧得是她，否則肯定要記恨你這名臣子的強人所難。」

曹長卿平靜道：「不論復國失敗還是成功，曹某定會在適當時機向公主殿下以死謝罪，都要給公主一份安穩。」

徐鳳年轉移這個沉重話題，皺眉問道：「鄧太阿為何要去北朝挑釁拓跋菩薩？」

正襟危坐、風流無雙的曹長卿伸出兩根手指撥了撥一縷頭髮，微笑道：「曹某三個月前曾在西壘壁遺址與他一戰，便是那個時候，我有所升境，鄧太阿說與我打架無趣，要去拓跋菩薩那裡討打。不過鄧太阿說得雖然輕巧，我卻知道他這一去，不比以前和王仙芝搏殺，只是將武帝城城主當成磨劍石，用作砥礪劍道，這次只會有兩種結果，要麼死在拓跋菩薩手上，或者活下來，成為劍仙。

鄧太阿劍術只用來殺人，若是成了以術證道的劍仙，就真正有望撼動王仙芝天下第一的寶座。既然十二飛劍都贈送給世子殿下，那麼我猜鄧太阿何時不用桃花枝，世人再不敢說王仙芝、拓跋菩薩兩人聯手可以輕鬆擊殺其後八人了，殿下以後繼續深入北莽，不妨拭目以待。」

徐鳳年笑道：「先生既然成聖，這個說法本來就站不住腳。」

曹長卿搖頭道：「世人眼中的三教聖人，境界是高，可論起殺人技擊，實在是水分太大。我這次入境陸地神仙，不過是為了給公主造勢，真要落在不出世的高人眼中，只是貽笑大方。」

徐鳳年有話直說，打趣道：「先生過謙了，聖人便是聖人，誰敢小覷。我要有先生這般境界，沒有身分牽掛，也會去皇宮撒潑搗亂，讓那九五至尊下不來臺。」

曹長卿手指停在下垂的一縷頭髮旁邊一頓，繼而雙手疊在膝上，微笑道：「如果真有這一天，曹長卿一定會去旁觀。」

徐鳳年笑道：「隨口說說，先生別當真。」

曹長卿望了一眼一望無垠的廣袤草原，平淡道：「當年曾有西楚舊人趕赴邊塞，眼界始開，感慨遂深，這位翰林也由伶工之詩詞化為士大夫之言語，可見殿下能夠離開北涼屋簷之下，獨身赴北莽，有了自立門戶的眼光氣魄，很好。」

徐鳳年苦澀道：「若非先生趕到，十有八九就要交待在這裡了。」

曹長卿盯著這名年輕人的臉龐，沉聲道：「可知北涼王戎馬一生，有多少次身陷死境？」

徐鳳年輕聲道：「徐驍不過是二品武夫的實力，卻喜歡身先士卒，他自己也說沒死是靠天大的運氣。他也總說自己其實就只有統轄一州軍政的本事，只是被莫名其妙地推到如今這個異姓王的高位。」

曹長卿感慨道：「大將軍做這個異姓王，不知為趙家吸引、承擔了多少仇恨和負擔。狡兔死、走狗烹，你以為趙家天子不想這麼做嗎？只是他尚未有這份國力而已，就像北莽女帝仍是不曾有國力踏破北涼大門。」

徐鳳年笑了笑，「先生可是有些挑撥的嫌疑。」

曹長卿大笑道：「殿下你我心知肚明。」

徐鳳年笑而不語，兩人沉默以對。

徐鳳年終於皺眉開口道：「可惜這個拓跋春隼活著離開了，雖然先生臨時收了個便宜徒弟，算是替我舉起一杆障眼的旗幟，不過以拓跋氏的家底，用不了多久就可以查出一些蛛絲馬跡。」

曹長卿淡然道：「曹某之所以出手救人，是還江南道欠下的人情，以後與徐家兩不相欠，否則以北涼王和西楚的恩怨，曹某不對殿下痛下殺手，就已經是有違曹某的身分了。」

徐鳳年點頭道：「不欠了。」

曹長卿突然撫額搖頭，似乎有些無奈。

◆

那邊，姜泥御劍大涼龍雀貫長空，繞了一個大圈，截下拓跋春隼一行人。

拓跋春隼沒有瞧見青衣曹長卿，悄悄鬆了一口氣，笑咪咪道：「不知道這位姑娘有何指教？」

姜泥平淡道：「去死。」

拓跋春隼壓下怒意殺機，依然滿臉笑容，無辜攤手道：「曹伯伯都已經大度放過小侄，不知姑娘為何不肯一笑泯恩仇？」

姜泥跳下比徐鳳年馭劍要更加名副其實的飛劍，落地以後，不與這名小拓跋廢話，食指中指併攏，輕念一字：「臨！」

大涼龍雀一瞬劃破長空，恢宏氣勢絲毫不輸端孛爾紇紇的雷矛。

拓跋春隼的瞳孔劇烈收縮，迅速從箭壺抽出一根羽箭，挽弓勁射。

羽箭與飛劍精準相擊，不僅彈開，還被磅礴劍氣絞碎。

大涼龍雀急掠速度絲毫不減，坐在馬背上的拓跋春隼一箭功敗，抽出莽刀豎在身前，格擋住飛劍，莽刀經過一陣微顫後，剎那之間被一抹削斷，拓跋春隼低頭躲過向著自己頸脖橫抹過來的飛劍，丟棄莽刀，躲避下馬，狼狽至極。

飛劍繞回姜泥身邊，等於畫出一個渾然大圓。

「陣！」

姜泥屈中指搭在拇指上，輕輕結印。

好一個一尊天人坐溟濛，劍在汪洋千頃中。

若是李淳罡瞧見這一幕，肯定又要吹噓徒弟比自己更當得五百年一遇的讚譽了。

飛劍當空，轉折如意，劍意羚羊掛角，畫出的軌跡讓人眼花繚亂，擒察兒等人只看到拓跋小王爺像條落水狗被追殺得四處逃竄，而這位悉惕與一百騎兵都不約而同地下馬趴在地上，生怕被殃及池魚。

端孛爾紇紇忌憚這柄飛劍的速度和鋒芒，只敢以鼓蕩的氣機迎敵，幫著小主子分擔如潮劍勢。

這名年輕女子兼修曹長卿傾囊傳授的儒家天道，和李淳罡苦心孤詣造就的無上劍道。

世間無人能像她這般既有天賦異稟的根骨，又有舉世無匹的時運氣數。尋常武夫，俱是辛辛苦苦拾級而上，望山累死，望洋興嘆，唯有她一步登天，還暴殄天物，時不時偷懶一下，總是喜歡在登頂途中發呆出神。

但正是這麼一個對劍道不太用心的怕吃苦女子，被李淳罡認定是劍道已高，卻仍然可以將原有劍道高峰再拔一岳高的人物。

◆

當徐鳳年看到小泥人氣呼呼地御劍歸來，輕聲向曹長卿問道：「她這是去找拓跋春隼的麻煩了？」

曹官子笑著點頭，說道：「自然是沒殺死，拓跋春隼和那名扈從估計是顧忌我的存在，始終沒有還手。」

徐鳳年問道：「先生可否再給我兩個時辰修養，到時候讓我與姜泥說幾句話？」

曹長卿面無表情地點了點頭。

不知是度日如年還是一瞬即逝的兩個時辰以後，徐鳳年緩緩長呼一口氣，臉色如常，等他搖晃著起身以後，曹長卿已經不見蹤跡。

幾里以外，曹長卿雙手抓住鬢角下垂的灰白頭髮，瞇眼望向天空，人生經得起幾度聚散離合？

徐鳳年走向遠處背對自己的女子。

她聽聞腳步聲臨近，冷笑道：「下一次見面，就是你的死期！」

徐鳳年與她並肩站立，一起眺望南方，沒有言語挑釁，這麼多年鬥嘴無數，她哪一次不是兵敗如山倒。

她冷淡說道：「你要是敢死在北莽……」

徐鳳年沒好氣地白眼打斷道：「知道妳想說什麼，無非是找到我的屍體，鞭屍洩憤對不對？」

她咬著嘴唇，狠狠撇過頭，「知道就好。」

徐鳳年猶豫了一下，走到她眼前，伸手摸了一下她的額頭，柔聲道：「我會用心練刀，妳也好好練劍，說好了，以後如果輸給我，就不放妳走了。」

她本想惡言相向，說些你這三腳貓功夫如何贏得過我，說些我都已經御劍飛行了諸如此類的話，只是不知為何，看著滿身血汙的他，覺得十分陌生，驀地就紅了眼睛，藏不住的眼眶濕潤。

徐鳳年伸出一根手指，在她臉頰一側點了點，「酒窩。」

◆

姜泥負手御劍而行，青衫廣袖的曹官子踏空飄搖，兩者俱是神仙人物。

曹長卿雖然明知此時說話有些煞風景，但臣子本分所在，有些話不管能否被聽入耳中，都要說，「拓跋春隼此子純以術數鎮壓籠絡人心，廟算只算能定考下下，不過他是拓跋菩薩之子，將來多半會按部就班入伍從軍，借勢壓人反而可以加分，故而可以定考中上，不過若是由軍界轉廟堂，仍是不堪大用，遠比不上草莽出身八面玲瓏的的董卓。

公主，此次前往北莽南府京城接見西楚舊臣，公主只需露面一次，其餘瑣碎雜事，一併交由臣下打理即可。當年皇朝內十之三四的大姓世族北逃過境，除去不想讓香火傳承斷絕的私心，並非一味惜命，許多家族的忍辱負重，都是在等公主。」

御劍離地一丈的姜泥輕輕「嗯」了一聲，這讓曹長卿愣了一下。以往與公主說王朝復辟事務，她總是不加掩飾地心不在焉，不知為何轉性了。

在西楚第二支王氣所在的紅鹿洞山林間，近六十人陸續進山結茅而居，經過他的篩選，群英薈萃，已經儼然是一座小朝廷，這些舊西楚的棟梁，有假意逃禪遁世的治國巨材，有二十年遙領監管南嶽廟的文壇巨擘，更有一批寧肯窮困潦倒、隱姓埋名的權柄武將，這些年不惜假死掩人耳目，見到公主以後，這些股肱忠臣，無一不是跪拜痛哭流涕，只是公主似乎對此並無感觸，讓許多老臣子殫精竭慮的同時憂心忡忡，不過無人懷疑小公主背負氣運。

當年西壘壁一戰，葉白夔戰死，皇城內，所有輔政重臣包括曹長卿和老太師孫希濟在內共計九人，都親眼見到皇帝陛下將春秋九國中公認最具定鼎意義的傳國玉璽，貼在小公主後背，象徵一國氣運的玉璽光華隨之煙消雲散，暗淡無光，變成和一塊普通玉石無異，悉數轉移到她身上。

那是一個大廈將傾、風雨如晦的帝國黃昏，九名臣子齊齊跪倒在金鑾殿上，曹長卿至今記得那種滾燙玉璽燒灼稚嫩後背的刺耳聲音，還有年幼公主辛酸淒涼的哭聲。

姜泥眼神堅毅道：「棋詔叔叔，我知道你之所以入聖，帶我輾轉西壘壁和皇陵，是想偷偷將你的境界和西楚所剩氣運轉嫁到我身上，以後不用遮掩了，我會全盤接納的。」

曹官子眼神柔和，輕輕說道：「公主你其實不用在意臣子們的想法，公主能在我們身側就已經是最大的恩賜，不用再付出什麼。曹長卿與那些遺老遺孤的處心積慮，公主大可以將心思全部放在那塊小菜圃上，徐鳳年都捨得將公主送還西楚，曹長卿若是都不能給公主一份安穩，這樣的復國，不要也罷。」

姜泥緩了緩御劍的速度，輕聲道：「他都不怕死，我為什麼怕疼，以後我再也不數銅錢了。」

這位不知不覺由風華正茂的棋詔變成一位年近五十老儒生的大官子點了點頭，略帶促狹地笑道：「好的。公主就算偷偷數了，曹長卿也只會假裝沒有看到。」

姜泥燦爛一笑，露出兩個小梨渦，攥緊拳頭揮了揮，說道：「棋詔叔叔，你跟我說說武夫一品境界，以前我都沒用心聽。」

曹長卿由衷笑道：「一品四重，金剛、指玄、天象、陸地神仙，層層遞進。金剛境取自佛門金身不敗，指玄乃是道門玄通的簡稱，大抵是叩指問長生的意思，而天象是我輩儒生追求的浩然境界，聖人有言大凡物不得其平則鳴。世間不太平就由讀書人去修身、齊家、治國、平天下，不管是立言還是立功立德，都要以浩然正氣有所鳴不平。不過書生讀書，大多止於讀取功名，為帝王一人了卻不平事，少有為百萬蒼生去讀書。至於陸地神仙境界，可以出竅神遊，逍遙天地間，真正做到了無拘無束。一品前三重境界，雖是以三教精髓來命名，但往往與三教人物沒太大關係，反倒是追求以力證道的武夫，踏境遞升，成為江湖萬眾矚目的人物。

佛門得道高僧，習慣性鑄就大金剛，有血液呈現金黃的特徵，如今只有兩、三位和尚成為這般佛陀人物。而道教真人，一入一品即指玄，武當山洪洗象兵解以後，暫時無人入指玄，道教祖庭龍虎山情況稍好，卻也屈指可數，至於讀書人，就更少有入一品的了。」

姜泥認真思量了一番，說道：「除去三教的普通武夫，是不是可以理解為先要鍛鍊金剛體魄，再進入求氣的指玄，然後由氣轉勢，到達天象，可以竊取天地氣運，以便共鳴？這麼說起來，天象境高手怎麼像是一個小偷？」

曹長卿欣慰大笑，點頭道：「公主所言一針見血，竊鉤者誅、竊國者侯，便是此理。」

姜泥這才想起身邊棋詔叔叔是獨占八斗的天象第一人，不覺有些汗顏臉紅。

跟隨姜泥一起凌空瀟灑前行的曹長卿瞇眼道：「我曾有過棋盤推演，天下間同時出現七位或者八位陸地神仙，已經是一副棋局的氣數極致。」

姜泥輕聲問道：「他會成為其中一人嗎？」

曹長卿搖頭嘆息道：「難。」

姜泥歪了歪頭問道：「那我呢？」

曹長卿斬釘截鐵道：「穩占一席。」

姜泥好似後知後覺，好不容易醒悟以後氣憤道：「他總騙我說我笨，資質平平！」

曹長卿心情極佳，也不再古板恪守君臣上下，開玩笑道：「一劍刺死他。」

姜泥下意識地拿一根手指戳了戳自己的臉頰，然後伸出雙手揉了揉臉，自言自語，含糊不清。

大涼龍雀劍尖猛然朝上，她御劍衝入雲霄。

一人一劍凌駕於雲海之上。

曹長卿抬頭望去，卻已經不見她身影，不由喃喃道：「巍巍巨觀。」

舊西楚境內，不像春秋其餘幾國氣運轟然倒塌散盡的一道接天雲柱，在這一刻驟然凝聚方圓千里的氣運。

太安城欽天監，一位正在觀象望氣的老人神情劇變，匆忙踉蹌跑回書閣。

第八章　李義山溘然長逝　徐鳳年混跡行旅

徐鳳年站在原地怔怔出神許久，終於回神，摸了摸還算完整的生根面皮，這一張是按照南朝小族子弟徐奇來打造，是幾張面皮中最關鍵的一個環節，但人算終歸不如天算，和拓跋春隼結仇，恐怕等他回到家族動用資源調查這個徐奇，曹長卿臨時起意的打掩護恐怕也支撐不住多久，不過在這段時間以內，還是相對安全。

徐鳳年小心翼翼地換了一張面皮，低頭看了眼血跡斑斑破敗不堪的衣衫，重重嘆氣一聲，只得回馬槍往南邊走上回頭路，一邊吐納呼吸休養生息，一邊在腦中回想端孛爾紇紇的雷矛。

第一矛是背對，沒瞧清楚細節，後來針對自己和曹長卿的兩矛則是面對面，徐鳳年模仿腳步小跑幾步，幾十次下來，總覺得不得要領，也就暫且放下，畢竟是一位大魔頭的壓箱絕技，艱深處不在形體，而在於氣機經脈的學問，若是如此輕鬆就被破解，也太不值錢了。

他從懷中掏出第八頁刀譜祕笈，蘸了蘸口水，方才曹官子出手，借天地之氣禁錮住拓跋春隼，那叫一個驚心動魄，倒是能與這一頁青絲結相互印證。入金剛以後，可以依稀看清許多軌跡輪廓，徐鳳年當時恨不得把眼珠子都瞪出來，外行看熱鬧、內行看門道，門道門道，說到底就是劃分界限的儀軌二字，難怪當年王仙芝要死皮賴臉地去偷窺高手過招，然後以他山之石攻玉，投入熔爐化為己用。

徐鳳年提著撕下的一頁祕笈，念念叨叨，很難想像這是一個前一刻還在與人生死相搏的遊獵對象。這得感謝當年遊歷磨練出來的好心性，老黃說能睡還能醒是福，溫華說能吃還能拉更是福，徐鳳年覺得都挺有道理。

至於和她的短暫相聚和迅速離別，徐鳳年也談不上有太多的惆悵感傷。這會兒沒太多資格去兒女情長，再說了，姜泥已不是那個只會砸泥巴或者用嘴咬人的小泥人了，都會御劍了，自己沒理由不去拚命提升境界，下一次見面，這笨姑娘多半是真鐵了心要一劍刺死自己的。

徐鳳年猛然抬頭，看到一個令自己陡然間殺機四起的身影。

一位站在劣馬身邊的老僧，低頭雙手合十。

徐鳳年笑了笑，強行散去殺意。

已是人間佛陀的老和尚抬頭以後，說道：「世子殿下如果想要抒發、宣洩滿腹殺機，老衲絕不還手。」

徐鳳年笑道：「聖僧已是金剛不敗之軀，還手不還手都沒區別。因為一樁善緣，我差點死在草原上，現在渾身都疼，就不浪費氣力了。」

老和尚平靜說道：「殿下無需擔心牧人部落的安危，老衲自會停留。」

徐鳳年問道：「老方丈，你這是在揣測衡量以後的北涼王是如何的角色？如果不合己意，是不是就要我死在北莽了？說錯了，不管是否稱心如意，先前我似乎都註定要死在拓跋春隼的追殺下。」

老和尚搖頭道：「你是有大氣運的人物，卻在無形中篡改了氣數，應了棋無定式一說，並非老衲本意。」

徐鳳年差點脫口而出「放你娘的屁」，好不容易憋回肚子裡，繼而深呼吸一口，擠出一個沒有半點誠意的笑臉說道：「老方丈此番前來，又要做什麼？還有善緣等著我去不成？」

老和尚啞然失笑，搖頭道：「殿下多慮了，老衲前來是想贈送一顆兩禪丹，就當作是老衲失算的彌補。」

徐鳳年沒有任何的狐疑與猶豫，笑咪咪問道：「過去的事情就不要提了，傷感情。老方丈，除了送我三四五六顆號稱活舍利的金丹，還有沒有佛門武學祕笈？」

老和尚一隻探入袈裟大袖的手輕輕縮回，笑道：「只有一顆丹藥，祕笈則沒有。不過看殿下的臉色，已經沒有大礙，似乎用不上兩禪丹，老衲也就不錦上添花了。」

徐鳳年頓時傻眼，小跑到這尊佛陀身邊，笑咪咪道：「別啊，老方丈，來來來，掏出來瞅瞅。」

老和尚一臉為難，伸入袖口，愧疚道：「咦？奇了怪了，好像丟了。」

徐鳳年臉色僵硬，咬牙切齒道：「老方丈，有點高手風範行不行？」

老和尚哈哈大笑，牽馬而去。

◆

當徐鳳年和老和尚來到湖邊牧民營地，發現才紮下的氈帳已經拔出，重新裝上馬車，看來又要遷徙流亡，一路牽馬緩行的龍樹僧人轉頭對徐鳳年問道：「殿下，已經是第四次動殺機了，為何次次都不出手？」

徐鳳年笑呵呵道：「老方丈既然是聖僧，自然大肚能容，容天下難容之人，不都說佛頭著糞佛不忿，與我計較什麼。」

老和尚深深看了一眼這個記仇的年輕人，笑道：「殿下倒是心思活絡的真小人。不過你這要殺不殺的，也不是回事，老衲還是想請殿下一口氣出了心胸那股惡氣，也有個好聚好散。」

徐鳳年這一次沒有隱瞞，收斂起故作玩世不恭的浮躁神色，平淡道：「殺機確實是真，殺心卻不敢有，怕被老方丈當成人人得而誅之的魔頭，以後回到兩禪寺這座佛門聖地，隨便一口唾沫就能釘死我。我可是見識過道教大真人的心性了，一個趙黃巢，一個趙宣素，都不是好東西，偏偏境界奇高。都說道門清靜無為，真不知如何修行出來的境界。」

老和尚輕聲感慨道：「這兩位龍虎山大真人啊，說到底還是都沒能放下那個姓氏，也怪不得他們岔入了一條旁門左道。就像老衲，這些年也總是經常守不住本心。不求執著，本身執著，如何能解？

老衲當上住持以後，沒能想通許多事情，想來想去，實在沒辦法，就去數不勝數的道教典籍裡一探究竟，最後覺得似乎《道德經》第二十四章裡的『道法自然』四個字，分量最重。後來徒弟說要明心見性，自證菩提。

老衲也覺得很好，老衲與首座師兄當年爭辯的兩副偈子，徒弟西遊萬里歸來，只說了八字評語：『美則美矣，了則未了』。師兄點頭稱是，隨後圓寂。還有儒教先賢所言：『勿以惡小而為之，勿以善小而不為』，真是把道理都說盡了。此行北莽，註定是要銷毀世人眼中所謂的佛陀境界。」

徐鳳年皺眉道：「跌境？」

老和尚笑著點了點頭，「是放下。」

徐鳳年搖頭道：「我不懂白衣僧人提出的頓悟和立地成佛。」

老和尚笑道：「老衲也不怎麼懂得打機鋒，否則這時候與殿下說些讓人似懂非懂的佛語，才應景。」

徐鳳年無奈道：「老方丈這會兒總算有些高人風範了。」

一手牽馬、一手握著竹葦禪杖的老和尚輕聲道：「就算這麼說，老衲也不會送出兩禪丹。」

徐鳳年欲言又止。

老和尚輕聲道：「問佛不如問己。」

徐鳳年苦澀笑了笑，將那個有關徐驍而且不敢知道答案的問題放回肚子。

徐鳳年隨即自言自語道：「不管有何企圖，既然要跌境，老方丈此行怎麼都算是我不入地獄、誰入地獄了。高高在上的只能是鍍金佛像和泥塑菩薩，還是老方丈這般願意到民間俗世走動的，才是真僧人。」

老和尚默默伸入袈裟袖口，拿出一個四方小木盒，見徐鳳年一頭霧水，這位兩禪寺住持一本正經地說道：「年紀大了，總是喜歡被人誇的。」

徐鳳年默默接過木盒，嘴角抽搐，無言以對。

牧民見到徐鳳年和老和尚攜伴而來，驚喜交加，驚訝的是年輕菩薩的去而復還，讓他們愧疚難耐，欣喜的是那尊佛陀再度臨世，對於多災多難的小部落而言，在心理上也是一種莫大的慰藉。

呼延觀音和阿保機一起小跑向這對高高在上的菩薩佛陀，她不知為何停下了腳步，但滿心雀躍的孩子掙脫她的手，仍是跑過去。

徐鳳年換過了衣衫，要了一囊清水和食物，就繼續往北而去。

◆

「南北，你有沒有覺得你那株同齡桃樹枝葉有些不夠茂盛？」

「師父，你別騙我去撒尿澆肥了行不？被東西和師娘知道，我會被打死的！」

「你都有膽量不去金頂吵架，害得師父一路顛簸幾千里，口水沒有十斤也有八斤，你就不覺愧疚？」

「我等下就去做飯。」

「悟性似乎還不太夠啊。」

「師父，你直接說該咋的吧。」

「師娘今天早上說掐指一算，最近幾天都不宜洗衣服。」

「懂了。」

「那還愣著幹什麼？」

「不是說幫你敲背半個時辰嗎？這才一炷香呢。」

「哦。看來悟性漸長，不錯不錯。」

「師父。」

「嗯？」

「師娘又帶東西下山去買胭脂水粉了。師娘前幾天說以前有很多腰纏萬貫的俠士追求她呢，還說要是隨便嫁給其中一個，買幾十兩銀子一盒的胭脂都不帶眨眼的，哪像現在。」

「這樣嗎？」

「嗯！」

「那好，師父的師父恰好不在寺中，他老人家珍藏了幾套佛經，你去偷來，下山典當了換銀子去。反正到時候返寺，他捨得打我，也不捨得打你。」

「師父，這是犯戒。」

「你都喜歡上姑娘了，都信誓旦旦不做那佛陀了，還怕這個？」

「師父，天氣好，我洗衣服去了。」

「去去去，悟性還是不夠。」

這個小和尚跑去端木盆拿搓衣板，太陽底下坐在小板凳上。

當初在北涼王府，東西臉上掛了半斤紅妝，世子殿下可能是好心好意不想傷了她的心，可笨南北當時是真的覺得好看啊，自那以後就越發覺得要成佛，能燒出舍利子，讓她能買好些的胭脂水粉了。不過東西做了一個夢，他如今是做不成佛陀了。

笨南北低頭搓洗著衣裳，只覺得很愁啊。

◆

與兩禪寺齊名稱聖地的龍虎山，一名枯黃清瘦少年打趴下了齊玄幀座下黑虎，一場架打得地動山搖，然後騎虎下山。

◆

北涼王府，聽潮閣。

一座清涼山，無風亦無雨。

李義山在陰暗潮濕的頂樓伏案書寫有關歷朝歷代皇權相權的爭鬥起伏，已經寫至本朝當今天子與張巨鹿，他抖了抖手腕，不小心將幾滴墨汁滴在宣紙上，瞧著緩慢浸染散開的墨跡。

這位已經在閣樓生活小二十年的王府首席幕僚突然作嘔，連忙摀住嘴巴，拎起腳邊的酒葫蘆，用一口綠蟻酒咽下湧上喉嚨的鮮血，放下酒壺後，視線昏花，一卷尾「自古昏君惰主養權相，本朝名相輔勤君，何其怪哉」寥寥二十字，竟然寫得有些歪扭，失去了一貫的章法。

李義山輕輕嘆息，放下那一杆硬毫，擱在筆架上，吐出一口酒味、血腥味混雜的濃重濁氣，隨手掀開幾本梧桐苑五、六位丫鬟最近一起編撰刻畫的王朝地理志，看了幾眼就放下，吃力地站起身，推開房門，走到簷下過廊，想了想，破天荒走下樓。

白狐兒臉不知為何也跟在他後頭，一起走到一樓，並且出了聽潮閣，來到養有萬尾珍貴錦鯉的湖邊，幾位守閣奴皆是震驚不已，第一時間通知了北涼王。

李義山站在閣樓臺基邊緣，搖搖欲墜，等到徐驍跑來，才艱難坐下。

徐驍坐在這名當年和趙長陵一起稱為左膀右臂的國士身邊，將自己身上一襲老舊狐裘披在李義山身上，皺眉道：「元嬰，你身子骨不能受寒，怎的出樓了？」

李義山捣著嘴仍是止不住地咳嗽，徐驍連忙輕柔敲背，這位春秋國士眼神安詳地望向湖面，輕聲笑道：「大將軍，我跟了你多少年了？」

徐驍感嘆道：「三十二年了。當初我是個出身鄙陋的死蠻子，沒幾個讀書人樂意給我當手下，都嫌棄丟人，有辱門楣，就你和長陵兩個愣頭青，先後傻乎乎跑來，我當時都覺得你們兩個要麼腦子有問題，要麼是不懷好意，後來才知道我撿到寶了。」

李義山縮回手，握拳放在膝蓋上，笑容豁達，輕聲道：「大將軍，張巨鹿是比我和趙長陵都要有抱負和才華的名相權臣，有這樣的廟堂對手，累不累？」

徐驍輕拍著三十幾年老搭檔的後背，笑道：「有你在，我怕什麼？反正從來都是我衝鋒陷陣，你運籌帷幄，怕過誰？」

李義山苦笑道：「你這甩手掌櫃，忒無賴了。」

徐驍哈哈笑道：「就我這麼個糙人，除了當年跟老宋學來的縫鞋活計，還算拿得出手，騙了個媳婦回來，就再做不來其他的精細活了。」

李義山笑容恬淡，眯起眼，看了眼天色，緩緩說道：「當年很多人勸你自己當皇帝，我是極少數不讚成的，如果當初你是因為聽了我的屁話，才讓那麼多將士寒心，決定解甲歸田，甚至許多人跟你反目成仇，那你今天罵回來好了。」

徐驍搖頭道：「才多大的事，再說了是我自己知道沒當皇帝的命，與你無關。」

李義山咳嗽了幾聲，說道：「張巨鹿很厲害啊，才幾年工夫就讓朝廷上下出現人人激奮的新格局、新氣象，雖時常犯忌惹來非議，但委實是功在社稷，況且有個明君坐鎮龍椅，讓他沒有後顧之憂。尤其是在籌邊一事上成績斐然，讓人驚嘆。幾次兩國大戰都以失敗告終，但兩朝東線邊境，硬是在他的布置下扭轉頹勢，邊防潰敗逐漸有所匡補，選用了大批善戰青壯將才赴邊禦敵，難得的是說服顧劍棠，在兵部添設侍郎二員，用以頂補邊防缺員。當初在老首輔手上充任邊關軍校，不是濁品雜流便是不受重視的遷謫官員，如今倒是成了香餑餑，足見張巨鹿這個帝國裱糊匠的縫補功底。

但是大將軍，張巨鹿也非完人，這位紫髯碧眼兒小事溫和，大事卻自負凌人，堪稱旁人同僚有所觸忤之立碎，這就勢必埋下了禍根。當下老牌貴族豪閥雖已不在，前朝的勳貴輪流掌朝柄，沒了根基，卻仍有兩大士子集團頂上，而這兩大權貴的領袖人物大多被逼致仕，逐出內閣，或者急流勇退，藉口回鄉養疾，這才有了新近國子監右祭酒罵他是吹笛捏眼、打鼓弄琵琶。只不過罵得凶，到底還是不知道張巨鹿的用心啊，這位獨專國柄的首輔分明是想要以一人之死後身敗名裂，換來萬世太平。」

李義山猛然間神采奕奕，雪白臉色開始泛紅，繼續說道：「碧眼兒想要在有生之年看到徐家敗亡，我李義山成事不足，某些敗事到底還算綽綽有餘，倒也留下十六策應對。除此之外，還有北涼治政六疏共計三十四議，也都寫完，都留給鳳年。」

白狐兒臉始終站在兩位老人身後，沉默不語。

他知道這位枯槁國士，早已病入膏肓，熬不了多久時光了。

徐驍輕聲說道：「別說了。」

李義山鬆開拳頭，手心猩紅一攤。他笑了笑，不再咳嗽，只是嘴角滲出血絲。疲倦至極的他閉上眼睛，說道：「南宮先生，李義山求你一件事，將來如果鳳年有難，而三十萬鐵騎卻無法救援，懇請先生務必出手相助一次。」

白狐兒臉沉聲道：「請先生放心！」

「看不清了。」

視線開始模糊的李義山顫抖地抬起手臂，拿手指凌空指指點點，好似那些年與年幼世子殿下一局局黑白對弈。

他布滿滄桑的臉上似乎有些遺憾，當年對這個孩子太嚴厲了，責罵太多，稱讚太少。

這名不知是病死還是老死的男人，腦袋沉沉靠向肩並肩而坐的大將軍，喃喃道：「終於能睡個好覺了。」

這一覺睡去，便不再醒來。生死何其大，生死何其小。

白狐兒臉撇過頭，不忍再看。

北涼王徐驍只是輕輕幫他攏了攏那件快要滑落的狐裘。

◆

北莽先帝登基以後，自認做了四件大事：統一王庭皇帳，創建六百餘個驛站，於無水處打井取水，在各大軍鎮城池設立赤軍鎮守。當今女帝篡位卻不改政，在這四件事情上繼續精耕細作之餘，又兢兢業業做了兩件事：別軍民，即地方軍民財分開，再就是定賦稅和戶籍。其他還有類似設立勸農司，編撰《農桑輯要》。

北莽的文官制度遠不如春秋中原那般完善，任何一件事情，都要皇帝本人耗費巨大精力去事必躬親，所以在徐鳳年看來，穿龍袍實在是毫無吸引力。家家有本難念的經，離陽王朝的趙姓天子治政，勤勉程度，更是只高不低，據稱這些年下來日均朱批文字達到數千字，要知道這是一位家天下的帝王，而非追求著作等身的文人書生。別的不說，僅是朝會，每日親坐朝門處理一切三省六部各司所的大小事情，就讓那些以為當皇帝就只是三宮六院的百姓聽而生畏。

時至暮春，穀雨時節，大雨滂沱，潑灑在太安城中。

先前京城沒有張貼天師禁蠍符咒的習俗，只是隨著青詞宰相趙丹坪在京城的得勢，以及民間的傳頌，尤其是在天子的表率以後，滿城都有了朱砂書符禁蠍的習俗，尋常人家就去道觀花上幾十文錢買符，破財討心安。富貴門第自然有門路去讓道教真人親筆畫符，而高門大宅，都是京城大觀裡心眼伶俐的老神仙派遣道童主動將一疊疊朱紅符咒送上門，這與清明穀雨之間的熱絡贈茶並無兩樣。

此時，離五更破曉還有小一段光景，一名身穿大紅蟒衣的男子走在深宮大內，手持幾張與尋常禁蠍符截然不同的黃底朱丹符籙，另外一隻手下垂在袖，提了一把普通的油紙傘。緩緩穿廊過道，往皇宮玄武北門走去，男子無眉沒鬚，一頭雪白頭髮，兩縷如雪長髮垂在鮮紅蟒袍前，持符探袖的那隻手，粗看只是修剪乾淨，如女子般白皙修長，細看袖口竟然有無線紅絲如纖細小蛇扭軀飄搖。

雖然才是穀雨，約莫是近湖的緣故，驟雨過後，附近蛙聲一片。北門玄武有一座更鼓房以及計時的一間刻漏房，各挑選有勤懇太監當值，這名雖白髮如霜，面容卻保養得體瞧著才中年模樣的蟒衣太監腳步竟然無聲無息，如同一隻行走在夜幕中的捕鼠紅貓。

宮內有資格身穿紅蟒衣的宦官屈指可數，就官銜而言，以正四品司禮掌印太監和從四品司禮秉筆太監幾位大宦官為首，太安城皇宮號稱浩浩蕩蕩十萬宦官，雖是誇大其詞的虛數，卻也側面說明這個坐擁天下的趙姓家族宦官之多。

這位近看裝束就已經足夠被稱作貂寺的宦官來到玄武門，貼上了畫有雄雞啄蠍的朱丹符籙。他不識字，自然認不得那些精妙符咒到底寫了什麼，年幼入宮前是沒錢進入教塾或者私學，入宮以後，跟了主子，忙碌得顧不上學文識字，再後來，主子成了九五至尊，大概是為了避嫌，他也就沒了去讀幾本書的心思。

站在門下，看著那張由龍虎山趙丹坪提筆親寫的符咒，這位大宦官嘴唇微動，說了無人可聞的三個字，「鬼畫符。」

他抬頭看了眼天色，還要下一場暴雨，可惜了那些新透紅的桃花、新抽綠的嫩芽，不由輕嘆一口氣，默默提傘返身走回。

四更將至，臨近刻漏房，一名值殿監老宦官匆匆拿著青底金字的時辰牌往更鼓房跑去，一路上大小太監們見著了，不管身分，都要側身站立，以示尊崇，便是未曾掩門的房內太監見著了，也應該起身。

太監這個世人眼中雲遮霧罩的行當，實在是有太多的規矩和講究，曾經有一名聖恩正隆的大太監撞到了值殿監宦官，誤了敲更，那名大太監曾經的班頭已經成為御馬監的掌印，私下父子相稱，當值宦官被反咬一口，被活活打死，之後被韓貂寺獲知，不僅這名正值炙手可熱的太監，連同御馬監掌印太監一併被私刑剝皮，而這等連朝廷大臣都悚然的大事，對家事國事習慣事必躬親的皇帝陛下，也只是一笑置之，對於御史言官雪片一般的彈劾，以「寡人家事」四字駁回。

此時，前往更鼓房遞送時辰牌的老宦官原本沉浸在所到之處所有太監的恭敬禮讓之中，見著了拐角轉來的那一襲大紅蟒衣、那一頭白髮，瞬間頭髮炸開，不敢停留，只是彎腰低頭，大步變小步，但加快步伐，使得速度不增反減。

白髮紅蟒太監微微側肩，兩名身分天壤之別的宦官就此擦肩而過，老宦官始終連大氣都不敢喘。乖乖，他如何不怕，當年那位遺落民間的新皇子入宮，身後這位，可是一氣殺了四百多名膽敢私下議論皇子身分的太監，其中就有本是心腹的二十四衙門之一兵仗局的首領太監。

這位手腕血腥的紅蟒太監，自然就是十萬宦官之首，與人屠徐驍和黃三甲並稱王朝三害之一的人貓韓貂寺。

五更鼓響，也就是破曉了。

刻漏房九刻水滴出第一聲，就有腿腳靈活的小太監趕往宮門稟告拂曉已至。千萬盞大紅燈籠幾乎是在同一瞬間高高掛起，照耀得一座皇宮燈火通明，充滿生氣。韓貂寺輕輕走在其中，等到九刻水第二聲來臨，他剛好一步不差來到皇帝御前，進屋以後，始終低頭，只能看到一雙出自尚衣監的黃紫相間的靴子，除去寓意勳貴的顏色，也就與尋常家庭的棉鞋無異。

房內有奉禦淨人侍奉那名男子穿上正黃龍袍，男子聽著窗外雨聲，笑聲溫和，「穀雨降雨，萬物清淨明潔，是個好兆頭。」

彎腰的韓貂寺，兩縷下垂頭髮幾乎觸及沁著涼意的青石板地面，輕聲道：「啟稟陛下，六皇子昨天托人送了些雨前香椿入宮。」

男子沒有作聲，房內氣氛凝滯，只聽得窗外雨聲隆隆，許久，他才笑道：「雖說雨前香椿嫩如絲，不過他顯然是送你這個大師父的，與朕無關，你就不要畫蛇添足了。」

韓貂寺彎腰更低。

男子脫下一只黃紫棉鞋，砸在這名大太監身上，大笑一聲，略顯無奈道：「拿三斤過來便是。」

紅蟒衣韓貂寺點了點頭，白雪髮梢隨之在地板上彎曲，他撿起棉鞋，小跑幾步，交給御前淨人手中，然後後撤幾步，站在原地，用太監特有的輕柔腔調，只不過比起一些太監的陰柔瘆人，多了幾分醇正，小聲說道：「陛下恕罪，六皇子只送了兩斤香椿。」

才拿過棉鞋準備自行穿上的男人又丟了過來，笑罵道：「那就兩斤都拿來，你這當大師父的，沒這口福了。」

掌寶璽大太監和幾名俱是紅蟒巨宦都已經在門外安靜候著，站在廊道中線，風吹雨斜，大雨拍欄杆，濺入走廊，鞋面很快就浸透。這些大太監都是宦官極致的四品從四品，等著跟隨皇帝陛下向南而行，其間要先走過一條象徵大內界線的龍道，再繞過兩座宮殿，才算到民間所謂的金鑾殿參加今日的早朝。

臨朝之前，就會有幾位新提拔而起的起居郎在中途匯入這支隊伍，都是一些年輕的新面孔，卻連大太監們都要笑臉相向，與以往一等達官顯貴在宮內遇上他們主動下馬、下轎截然相反。

本朝早朝遵循舊例，皇帝親臨，除去天災，嚴寒酷暑一日不間斷。不過對於絕大多數品秩不高的京官而言，還算不上如何勞累，只需要參加五日一次的大朝以及朔望朝；那些個住在臨近皇城幾條權貴紮堆的大街上的官員，大概是四更起床；其餘官員每逢大朝，若是買不起越是離皇城近越是寸土寸金的豪宅大院，恐怕就要三更半夜就要動身，穿過小半座京城才能不耽誤朝會。

今日大雨，文武百官出門就都帶了雨衣，此時披雨衣等候大門開啟，因為是大朝，不光是公侯駙馬和近千京官，許多世襲勳官散官也都按例前來早朝，足有一千四五百人，密密麻麻地站在皇城大門以外的雨中，黃豆大小的雨點敲打在傘面上，砰然作響。

這是一幅太平盛世獨有的候朝待漏畫面。

這個前無古人的龐大帝國，無數政令就交由他們下達到版圖每一個角落。

鐘響以後，這些大權在握的朝參官京朝官就要棄傘前行。過城門以後，不得喧嘩、不許吐唾，近侍御前有病咳嗽者即許退朝，前者往往也因人而異，低品小官一經發現，自然會被監察侍衛和宦官驅逐出去，以往許多祖輩建功的勳官子弟也都對此不搭理，踏階入殿以前的一路前行，都會與世交官員竊竊私語，說些不甚恭敬的言語，直到張首輔掌權以後，這種陋習才得以滌蕩，每次朝會因此越發肅穆莊嚴。

大黃門晉蘭亭撐傘而立，依然孤單伶仃，對此人相當不喜的大部分京官們都私下取笑其「並非鶴立雞群，而是雞立鶴群」，尤其是這位鯉魚跳龍門的小士族黃門郎一次早朝，竟然拉肚子，差點憋死，所幸黃門郎不像四品以下官員只在殿外跪地無法入殿面聖，被皇帝陛下看出異樣，特准他退班離去，才算沒有鬧出天大笑話。

於是這個好不容易靠賣熟宣與幾位大人物拉上關係的黃門郎，澈底成了京城顯貴們茶前飯後的取笑談資，尤其是桓溫遙領國子監左祭酒去廣陵道擔任經略使後，一偌大座京城，四品以上官員中唯一一位願意讓晉黃門入府門的廟堂重臣也沒了，誰讓這小子好死不死偏偏與北涼走得近？

以遞補大黃門身分躊躇滿志步入京城的晉蘭亭早已沒了起初的書生意氣，磨光了稜角，對於鋪天蓋地的冷嘲熱諷也不再在意上心，他清楚地記得當自己被桓祭酒邀請上門的第二天朝會，那些嫉妒羨慕的眼神。

晉蘭亭伸出一隻手到傘外，雨點敲打掌心，一陣生疼。一直以油紙傘遮掩面容的他微微撐起傘面，看著那些每一個熟人紮堆便意味一座小山頭的百態官員，聽著他們的談笑風生，這位被京官集體排斥在外的熟宣郎輕輕踮了踮腳跟，因為他的身分清貴，大朝要嚴格按品秩依次魚貫入門，得以靠近皇城正門，於是晉蘭亭看到了幾個顯眼傘面，其中一柄是身材高大故而超出常人傘面好幾寸的首輔張巨鹿，傘下除了這位「三百年獨出砥柱」的大人物，還有可以不上朝卻執意上朝的門下省左僕射孫希濟，大概是首輔大人擔心孫老僕射的身體，就幫著撐傘擋雨，這是一份莫大的殊榮，比較皇帝陛下准許老僕射臨朝坐椅，絲毫不差。

晉蘭亭縮回冰涼的手，低斂眼皮子，握緊拳頭。

他悄悄望向不遠處同是北涼出身的一名大臣，貴為皇親國戚的禮部侍郎嚴杰溪。本是北涼陵州州牧的後者恰好也向他望來，雙方視線一觸即彈開。

晉蘭亭不露痕跡地收回視線，重重深呼吸一口，眼神堅毅。他要做一名諍臣。

而今日即將被他彈劾的誤國奸臣，正是提攜他入京為官的北涼王徐驍！

他知道早朝以後，不管大雨是否停歇，自己都會震動朝野，清譽滿天下。

而此時，徐鳳年轉入了橘子州。

徐鳳年想通了一個道理，所謂的拔劍四顧心茫然，除了憂國憂民，還有一種可能就是迷路了。

◆

因為修改了既定路線，只能循著大致方向如無頭蒼蠅一般亂竄，所幸路途上遇上了一隊正被馬賊剪徑的讀書人，算是沒拔刀就給相助了一次，然後一同折向龍腰州和橘子州邊境。

之所以出手，是看出了這些人的春秋遺民身分，而且馬賊也不陌生，其中兩名就是上次要搶人回去給女當家壓寨暖床的傢伙。這群年齡參差不齊的書生士子應該家境不俗，不知是家族聘請護院教頭還是臨時雇傭了五、六名精壯武人，對上三十幾名來去如風的馬賊也稱不上毫無還手之力，幾名佩劍士子也表現得頗為出彩，劍術花哨歸花哨，嚇唬馬賊倒也綽綽有餘，幾名裝扮男裝的年輕女子看得兩眼放光，反倒是出力最多一錘定音的徐鳳年，讓她們興致缺缺。

這大概是他戴了一張平庸相貌生根面皮的緣故，世間情愛大多文縐縐講求一見鍾情的感覺，可說到底，才子佳人小說裡的主角，男子怎能不玉樹臨風或者滿身書卷氣濃得嗆鼻才好？女子怎能不必須沉魚落雁閉月羞花？

徐鳳年對此倒談不上有什麼失落，反倒是跟隊伍裡幾名老儒生談得來，才知道一行人都是姑塞州幾個同氣連枝世交家族的子弟，聖人教誨要讀萬卷書還要行萬里路，隊伍裡有幾人同時及冠，恰巧一名老學究和橘子州大族有聯姻，也想遍覽邊塞風光就一起出行，年輕人趁著風華正茂去遊學，年邁的趁著一隻腳還在棺材外就趕緊遊歷，至於三名女子，都是愛慕及冠士子，雖然也是北逃的遺民後代，但感染北莽風氣後，就壯起膽子來了一出私奔好戲。

徐鳳年略作琢磨，也知道她們所在家族多半比起幾位青年俊彥要稍遜半籌，希望能夠藉機在遊歷途中生米煮成熟飯，攀上高枝，這才睜一隻眼、閉一隻眼。

徐鳳年在與老儒生天南地北地閒談套話中，也得到了佐證，北莽分四等人，春秋遺民都在第二等，後來北莽女帝淨九流、清朝軌，排姓定品，除了朝野上下心知肚明在為慕容氏鋪路以外，也並非一無是處，南朝除了高踞甲字的「高華」三姓，接下來一線所謂的高門大族大多是丙丁二字居多，和徐鳳年關係親近的老儒生，便因為族兄曾經擔任南朝吏部正員郎，得以躋身丁字家族，而隊伍裡為首的世家子，雖然士子北逃時只是中原三流士族，但紮根北莽，約莫是水土適宜，家族先後有兩人位列南朝九卿高位，一躍成為丙字大姓，三名家族不在丙丁之列的女子，有兩位思慕對象都是一個姓駱的瀟灑公子哥。

路途上，她們得悉姓徐名奇的年輕人只是姑塞州流外姓氏的庶出子弟，連給個笑臉的表面功夫都不樂意做了，好似生怕與這人說一句話，就要被駱公子當成水性楊花的輕佻膚淺女子。

離橘子州邊境城池還有一天腳力，暮色中一行二十來人開始紮營休憩，徐鳳年手腳利索地幫著幾名老儒生搭建羊皮帳篷，在有心人勢利眼看來就越發沒有結交的興趣，只有那幾名差點喪命在馬賊手上的扈從，偶爾和這名武力不錯據說是半士半商子孫搭腔幾句。

北莽中南部偏北容易水草肥美，靠近離陽王朝的錦西州還有連綿山脈，不過他們不敢跨境幅度太大，遇上了北朝的權貴，不管是草原上的悉惕，還是軍伍的將校，別說碰一鼻子灰，能否活著回姑塞州都要兩說。

粗略安營紮寨，就開始燃起篝火烤肉，順便溫酒煮茶，昨日一名箭術精湛的扈從射殺了一頭落單離群的野馬和幾隻天鵝，還未吃完，徐鳳年沾了幾位老儒生的光，才嘗到幾口烤得半生不熟的馬肉。

坐在篝火前，年輕士子們高談闊論，好像一個吐氣就是經國濟民，一個吸氣就是山河錦繡，老書生們則緬懷一些年輕時候在中原的光景歲月，不知為何話題就集中到了兩朝軍力，再推衍到弓弩臂力。

丁字家族的羅姓老者見徐鳳年好像聽得入神，就笑著解釋道：「這弓弩強度，即所謂的弓力，就是用懸垂重物的法子，將一張弓倒掛，拉滿為止，重物幾斤，這張弓便有幾斤，也有相對少見的桿秤掛鉤，後者精準一些，一般用在軍營裡，老夫那名拉弓射落天鵝的扈從，就有接近兩石的臂力，百步穿楊不敢說，八十步左右，透皮甲一二還是可以的。弓弩用的是冬天津液下流的上好柘木，水牛角和麋鹿筋也都是制弓美材，可惜魚膠和纏絲差了些，否則他背的那張弓少說能賣出三百兩銀子。」

徐鳳年笑道：「羅先生，如此說來，那張上好弓弩起碼能挽出三百斤弓力吧？」

羅姓老儒生撫鬚笑道：「不錯，不過三百斤弓力，怎麼說都要戰陣上的驍勇健將才拉得出來。他若是拉得開，就不會給老夫當扈從了。徐奇，你可猜得到此人年輕時候是一名北涼軍中的擘張弩手？」

徐鳳年瞥了一眼那名沉默寡言的擦弓漢子，搖頭道：「還真猜不出。」

興許是隔壁篝火堆的俊男美人聽到了「北涼軍」三字，頓時談興大漲，就將北涼軍裡的武將排坐了一番，有說陳芝豹槍術天下無敵，也有說袁左宗是真正的戰力第一，更有說那人屠怎麼都該有一品境界，否則十歲從軍如何活著拿到北涼王的藩王蟒袍，大家對此爭論不休，大部分俊彥公子都比較偏向徐驍城府深沉，一直在戰場上隱藏實力，不可能是二、三品武夫境界。二品小宗師境界，的確很出彩了，可擱在一名幾乎要功高震主的大將軍身上就難免有些拿不出手。

老儒生見徐鳳年默不作聲，笑問道：「徐奇，你怎麼看？」

徐鳳年擦了擦嘴角烤肉油漬，「我想徐驍撐死了二品吧，也就是運氣好，才活著走下戰場。聽說成為將軍以後，每次跟隨他衝鋒的大雪營折損人數都是所有北涼軍裡最多的。」一位對徐人屠推崇得無以復加的年輕公子耳尖，作勢要丟一根樹枝到篝火，卻砸到了徐鳳年腳下，譏笑道：「小泥塘裡的小魚小蝦，不知道就別信口開河！」

徐鳳年笑著點了點頭，說了一個好字。

羅姓老儒生趕緊暖場笑道：「大家各抒己見，咱們這會兒都離家千里，沒有一言堂。」年輕公子、千金對這位丁字家族裡走出的長輩，明顯敬重許多，幾個原本想要藉機發難的俊彥也都將話連同烤肉一起咽回肚子。遷徙北莽的春秋遺民二代子弟，雖然不如中原那般唾棄將門種，在北莽寄人籬下，也不敢一味輕視武夫，可畢竟家學淵源，許多習性一脈相承，像那名駱家世子有書劍郎的美譽，但依然書香在前，劍術在後，尤其是這個叫徐奇的，僅僅是姑塞州的末流士族出身，自然肯定是學文不成，才退而求其次學武，好攀附邊軍去積攢功名，高不成、低不就的破落玩意兒，竟然也敢妄談國事軍政。

風度翩翩的駱家公子拿著樹枝指了指一名溫婉女子，笑道：「蘇小姐，妳不是有個最敬佩那位北涼世子殿下的弟弟嗎？」

正在把玩一枚玉佩的女子柔聲道：「一丘之貉，都是不成氣候的紈褲子弟，也就知道牽惡僕如牽狗一般欺負百姓。不過北涼世子家世更好一些而已，骨子裡都是一路貨色，他就是站在我面前，我也不會看上一眼。」

三名女子表面關係融洽，其實有趣得緊，姓蘇的這位只是心思單純想要遊歷千里，無心插柳柳成蔭，讓駱世子有些心動，其餘兩名女子則有心栽花花不開，不管如何搔首弄姿丟媚眼，駱公子只是嘴上調笑幾句，並不給她們定心丸，兩位姑娘氣惱得不行，若有姓蘇的在場，她們便同仇敵愾，若是外敵不在，就要窩裡內鬥，互相給對方穿小鞋。

其中一位聽到姓蘇的如此矯情，就忍不住笑道：「蘇姐姐真的假的啊，對北涼世子殿下都能不假顏色？可別真到了妳面前，臉紅得連話都說不出來。妹妹我可聽說了，世子殿下英俊得很，雖說作風浪蕩了些，說起風流韻事，他自稱第二，可沒誰敢自稱第一。」

蘇姓女子婉約一笑，並未反駁。

另外一名媚氣重過秀雅的瓜子臉女子更是陰陽怪氣，「蘇姐姐不是喜歡鑒賞古畫嗎，別的不說，天底下誰不知道被諧趣蓋上印章『贋品』二字的名畫，都是千真萬確的真品？有多少收藏大家都視作懸疑的畫作，因此而正名？」

蘇姓女子微笑道：「這一點，北涼世子的確功不可沒。金無足赤，駱公子不也說自己不擅古琴嗎？可手有五指，也有個長的，說的就是北涼世子殿下了。」

兩名女子被她滴水不漏的說法給噎住，面面相覷，也沒能找出可以拿捏的把柄，憤憤然不再說話。

徐鳳年望著火勢漸大的火堆，笑意輕淡。

被人當著面刻薄挖苦，感覺也不錯。如果是在北涼，可沒這福氣。

徐鳳年不禁想起從不承認是自己師父的李義山，也有些懷念小時候他打在手心生疼的雞毛撣子了，這根撣子至今還放在聽潮閣頂樓。

許多道理，都是這麼打出來的。不知為何，不懂事的童年和少年歲月，被徐驍輕輕罵幾句，就覺得委屈，跑去陵墓賭氣，反而是被李義山敲打，從未記仇過。

這趟回北涼，怎麼也要拎幾壺好酒給他。

夕陽西下，餘暉溫淡，駱姓公子哥手提酒壺，閒談時妙語連珠，什麼臨義莫計、利害論人不看成敗，什麼俗人見得眼前無事便放下心，卻不知功夫只在意外，連徐鳳年這個局外人都聽得津津有味，覺得滿身俗氣都頓時清減。

更別提兩位本就對駱公子芳心暗許的大家閨秀，恨不得依偎過去，或者乾脆去床榻上聆聽教誨才好，幾名老儒生也頻頻點頭，顯然對這名駱家子弟的好感，並非只是因為他姓駱，就像當初遇見馬賊，此人便搶在扈從之前拔劍拒敵，好一個風流倜儻書劍郎，將來必然不會是池中物。有駱公子穿針引線，氣氛熱烈，一名才子即興詩賦，蘇姓女子吹奏竹笛悠悠，其餘年輕男女或拍掌附和，或者敲打枯枝做輕鼓，其樂融融。

文巾青衫腰懸玉的羅老儒生看了一眼遠方，感慨道：「井底蛙看井口天，能有多大的心胸？張目看去，天地寬闊，心眼也就隨之大開。所以你們年輕人哪，是要趁著身體好多出門走一走，我隨著家族北奔，一路上兵荒馬亂，自己流離失所成為了百姓，才知道百姓的苦楚和難處，所以到了北莽，我想我們這一批老書生，大體上比較那些留在中原的士子，要少許多風花雪月，多幾分人情味。我們的子女，也少了許多讀書人不合時宜的清高。」

徐鳳年兩指一擰，輕輕折斷一根枯枝，丟入篝火叢中，笑著點頭道：「羅老先生這話很在理。」

家世在北莽南朝也算一等一的老儒生收回視線，看著這個脾氣極好的年輕人，低聲笑道：「徐小兄弟，駱長河這些及冠士子，雖然嘴上不太客氣，也沒個好臉色，其實對你沒什麼惡感，只不過有心儀女子在場，遇上馬賊，卻被你一個外人奪了風頭，腦筋轉不過彎，就一下子拉不下臉來。我這老頭兒也是過來人，年輕時候，爭風吃醋，也顧不上溫良恭儉讓，失了風儀，所以小兄弟你體諒體諒。相逢是緣，以後回到姑塞州，若是遇上難處，老頭兒敢保證，他們若是撞見的話，肯定會悄悄替你說幾句話的，不過多半不會露面與老弟你說這件事情是我出手幫忙了。」

徐鳳年點了點頭，身邊老儒生雖然貴為高門名士，卻願意和他這個不值一提的家族庶子把臂言歡，就足以說明太多問題。這位花甲老人老於世故熟諳人心，所說所講，都是有理有據的真相。老儒生哈哈一笑，翻來覆去好不容易從行囊裡找出一只乾淨瓷碗，遞給徐鳳年，問道：「萍水相逢，能飲一杯無？」

徐鳳年瞇眼笑道：「一杯太少，只要酒夠，隨便幾碗都行。」

老儒生作勢護住只剩小半袋子的鹿皮酒囊，佯怒道：「可經不起幾碗喝了。」

徐鳳年一臉無奈笑道：「明天到了城裡，還老先生一囊好酒便是。」

附近兩位比羅老書生年輕五、六歲的老頭兒趁火打劫，爽朗笑著起鬨道：「小兄弟，不許厚此薄彼。」

「此話在理。」

徐鳳年都許諾應承下來。

不知何時有了一碗酒飲盡就要賦詩一首的規矩，輪了一圈，連徐鳳年身邊之人都沒能逃掉，就是五、六名扈從所在篝火也大多扭扭捏捏蹦出幾句粗話俚語，稱不上什麼五言、七言，不過從漢子口裡說出，也有幾分粗糲的邊塞風情。

也談不上是故意要徐鳳年這個外人難堪，眾目睽睽之下，輪到徐鳳年，羅姓老儒生幫忙倒了一碗酒，笑著提醒道：「可不許搬弄宮闈幽怨詩大煞風景，也不許背誦詩壇大家的詩詞，只要你是自己的，隨口胡謅都行。」

徐鳳年不知為何想起了武當、徽山和九華山的幾次觀瀑，還有廣陵江畔的觀潮，想起了許多故人故事，只是一口便將一碗烈酒盡數灌入腹中，要了一根筷子，輕敲碗沿，叮咚一聲，望著篝火，輕聲道：「蓮花之瀑煙蒼蒼，牯牛之瀑雷硠硠，唯有九華之瀑不奇在瀑奇脊梁，如天人側臥大崗一肱張。力能撐開九萬四千丈，好似敦煌飛仙裙疊嶂。放出青霄九道銀河白，恰如老將軍兩鬢霜。」

本以為這個傢伙要出醜的年輕男女都愣了一下，然後面面相覷，他們大多熟讀詩書，知道這才是剛起眉目，尤其是駱長河和蘇姓女子都皺了皺眉頭，細細咀嚼意味。徐鳳年身邊幾位老儒生沒那麼多心思，羅老先生則跟著這小子朗朗上口，輕拍大腿，眯眼喝了口酒。

「我來正值潑墨雨，兩崖緊束風大怒。雲濤乍起湧萬重，洪水沖奪遊人路……我曾觀潮更觀瀑，瀑下靜立一白鹿。霎時人鹿兩相望，南唐東越或西蜀？後有老僧牽鹿走，再有掉頭笑……語罷月落西山水茫茫，只覺石梁之下煙蒼蒼，雷硠硠，挾以春秋淒風苦雨，浩浩蕩蕩如河江。」

這首脫口而出的詩篇，約莫是太過於不拘泥於格律，讓人無法點評高下，只覺得胸中有氣不得出，如那千層瀑布直瀉而下，都堆積在深潭裡回蕩。

終於有一名士子忍不住輕聲說道：「這是詩還是詞？非驢非馬，沒半點講究嘛。」

另外一名讀書人小心翼翼地問道：「體格全無，可意思還是有些的吧？」

羅老先生興許是捧碗不穩，手上濺了些酒水，下意識撫鬚，就沾濕了灰白鬍鬚，也顧不上這些細節，與其餘兩名老書生相視一笑，眼中都是由衷的激賞。

三年遊歷歸來，在城門口酒肆討要了一碗酒，說了一句「小二上酒」便昏昏睡去，後來武帝城端碗而行，再到今天草原夜幕敲碗輕吟。徐鳳年恍如隔世，怔怔出神，沒有聽到那些公子哥、千金小姐的言語。安靜躺在膝上的短刀春雷，此時輕顫不止，也不知羊皮裘老頭兒所謂的鞘中不得鳴，一鳴高九霄，是不是這個意境。

老儒士像是要蓋棺論定，沉聲笑道：「我手寫我口，我口說我思，豈能被前人詩體所拘牽。小兄弟，可有詩名？」

徐鳳年回過神，汗顏道：「臨時起意信口胡謅，還不曾有。」

一名老書生喝了口酒，咂摸咂摸，感慨道：「不妨叫〈觀瀑生氣歌〉，可教我輩蠅營狗苟的文字伶人也生出幾斤浩然正氣。」

徐鳳年搖頭道：「名字太大了，委實是愧不敢當。」

另外幾叢篝火，都覺得有些尷尬，陸續離去，要麼離遠了去月下散步，要麼回到帳幕休息，只有駱長河和蘇姓女子起身前來坐下，駱長河輕聲笑道：「徐公子胸有丘壑，駱某自嘆不如。」

幾名老書生也都起身散去，江山也好，江湖也罷，更別提那士林文壇，終歸都是要年輕人去新木秀於老林的，不過羅老先生還是善解人意地悄悄留下了酒囊。

徐鳳年搖了搖頭，自嘲道：「若真說是好詩，也只是因為不小心將這輩子僅剩那丁點兒的才氣都用光了的緣故。」

駱長河豪爽笑道：「公子自謙，讓駱某更加自慚形穢。比如我這『書劍郎』的名頭，聽上去挺像一回事，其實來歷十分不堪。不過是花錢讓文壇幫閒鼓吹造勢，和青樓名妓喝酒時不小心冒出幾句詩詞，千金買醉而非買肉堪稱真風流，找幾個讓老百姓深惡痛絕的軟柿子拿捏一番，及冠時請士林名流取個寓意深遠無比響亮的字，名聲口碑也就滾雪球滾出來了。你說這樣的書劍郎，貨不真價不實，能有幾兩重？徐公子這篇詩，就要實在許多了。」

徐鳳年嘴角翹起，「駱公子真是大大的直爽人。」

駱長河問道：「這般坦誠相待，能否共飲一碗酒？」

眉眼含笑的蘇姓女子幫忙倒酒，徐鳳年和駱長河捧碗一飲而盡。

徐鳳年輕聲笑道：「其實說起寫詩，我家二姐才是真有才氣，以前我還不如駱公子，只會花錢買詩詞充門面，後知後覺，現在再回頭去看，挺傻的。」

蘇姓女子小口小口酌酒，笑意真誠了幾分。

駱長河舉碗道：「誰家少年不輕狂，駱某替朋友敬你一碗，感謝前幾天的俠義相助，先乾為敬。」

又是各自一碗酒下腹，駱長河喝酒傷面，已經漲紅了臉，起身歉意道：「看是不能再喝了。」

徐鳳年和蘇姓女子一同起身，後者輕柔道：「駱公子，一起走走？」

看到徐鳳年悄悄對自己眨了眨眼，心有靈犀的駱長河臉色越發紅潤，攜美散心去了。一番苦心終於有了回報，駱長河心情大好。

一路行來，名士風流沒能折服身邊俏小娘，直到今夜姓徐的敲碗吟詩，駱長河才幡然醒悟，清楚了這位出彩女子不喜好以往那些瀟灑做派。駱長河也是果決性子，放低身架子，便一放到底，藉著與姓徐的袒露心扉的機會旁敲側擊，果然收到奇效，贏得美人芳心，轉頭看到站在原地的徐姓年輕人伸出大拇指，駱長河回了一個手勢，盡在不言中。

徐鳳年挑了一個僻靜方向獨自前行，在一條河流岸邊躺下。

◆

北莽八州，姑塞、龍腰兩州毗鄰北涼幽州、豐州，狹長橘子州則與離陽王朝北部兩遼接壤，橘子州以北是錦西，遠的不說，即將踏入的橘子州，便有一位登榜武評的持節令慕容寶鼎，徐鳳年當然不是吃飽了撐著去跟這種大人物拚命，這趟北莽，還是有一條清晰脈絡的。去留下城是殺人，殺青壯派武將陶潛稚，算是為北涼略盡綿薄之力，到飛狐城是找人，找那名教出陳芝豹這等戰陣弟子的覆面男子，不過似乎運氣不佳，接下來本該是去錦西州刺殺一位皇帳耶律氏子孫，再暫時南逃橘子州，找一名打鐵匠鑄劍師，不管能否找到。

接下來就要趕往北方冰原，不過這中間被兩禪寺老方丈有意無意地攪局，徐鳳年差點把命都交待在草原上，說恨談不上，他對於這個老和尚始終都是很敬意有加，何況拿人家的手軟，袖裡的活舍利金丹可不是白拿的，不過要說對老和尚如何感激涕零，肯定是假的，惹上了拓跋春隼不可怕，牽動了拓跋家族才是後患無窮。

徐鳳年掏出四四方方的小木盒，舉在眼前，然後在指尖旋轉。

曹長卿說過行蹤洩露，有兩人嗅到了氣息要殺自己，其中一人是十大魔頭裡第五的女子盲琴師，擅長指玄殺金剛？既然是超出金剛一層的指玄境界，為何有擅長一說？意思是說這名女子殺起金剛境高手最賣力、最熟稔？

徐鳳年彈擊著小木盒，搖了搖頭，不去揪心這些想不出答案的煩惱，有些期待見到那名躲在橘子州市井的春秋遺民鑄劍師。大隱隱於朝，這是西楚老太師孫希濟之流才能達到的境界；小隱隱於野，書院講學，逃禪山林都是如此，能夠功不成名卻就，也算不錯了；至於鑄劍師這類中隱隱於市，似乎是最沒根骨和高人氣象的，不過想到這位鐵匠所要庇護人物的身分，徐鳳年也就釋然，能活下來本身就是一樁壯舉了，西蜀君王家出了一名劍皇，在北涼鐵蹄中力竭戰死，君王守國門，以殉國落幕。但仍是被兩名忠臣拚死偷走了年幼太子，這兩人一文一武，文人是春秋鴻儒趙定秀，武將姓名不詳，只知道是給西蜀劍皇鑄劍和捧劍的，捧了二十幾年的劍。

據說一行人逃到了南海山崖，跳崖身亡了。徐鳳年是出北涼前才知道根本不是這回事，上次飛狐城找人，是徐驍讓自己帶話，這次則換成了師父李義山，大概意思就是西蜀四百年國祚可以再綿延下去，前提是要那名如今該有二十幾歲的太子去北涼，徐鳳年有些吃不準，西蜀就是被北涼鐵騎踏破的皇宮，踩斷的國祚，這種事情能談成？那名鑄劍師不會一見面就紅了眼殺人？不過想必師父肯定在聽潮閣有了對策，對於這類暗流湧動的廟堂經緯，以往天塌下來反正有徐驍扛著的徐鳳年一直不是很上心，不過畢竟從小在這個大染缸裡耳濡目染，說徐鳳年是官場門外漢，也的確是小覷了這位表面上聲名狼藉的世子殿下。

徐鳳年坐起身，收好活舍利，扳指頭算了算。

北涼軍除去碩果僅存的幾位老將，中堅力量裡最大一股大概就是徐驍的六名義子了，陳芝豹不去多說，袁左宗的忠心毋庸置疑，有「小趙長陵」美譽的葉熙真擅長陽謀，性格也磊落，不過與世子殿下關係只能算是疏淡，精於覓龍察砂的姚簡是除褚祿山以外和自己最親的，年少時候隔三岔五就跟在屁股後頭去北涼各地堪輿地理，至於祿球兒，徐鳳年嘆了口氣，世上恐怕也就徐驍看得透這胖子的心思了，自己仍是差了太多道行。

接下來是寧峨眉、典雄畜、韋甫誠之流武將幕僚，也都是風采卓絕，要麼自立門戶，要麼依附六位義子之一，而這些人自然而然又有各自的小山頭陣營，關係十分盤根交錯，不過比起離陽王朝的朝堂，終究還是要乾淨一些。由李翰林那個貪財老爹李功德領銜的文官集團，大體上還是遠遠無法與北涼軍叫板，只能一邊察言觀色一邊維持政治。

徐鳳年數來數去，稱得上自己嫡系的，似乎只有一個拿全族性命做投名狀的果毅都尉皇甫枰。

徐鳳年低頭看著象徵只有一名心腹的孤零零一根手指，自言自語道：「真是淒涼啊。」

◆

徐鳳年獨自在河邊枯坐，駱長河、羅老書生一行人早已見怪不怪。

夜半子時，徐鳳年馭劍玄雷，滴血養劍胎。十天干，十二地支，這兩個說法的背後隱喻，在北涼王府是一等機密，前者是徐鳳年的死士，後者是徐驍的心腹扈從。

得到桃花劍神的十二柄飛劍後，徐鳳年對於後者可謂是刻骨銘心，子玄甲、醜春梅、寅竹馬、卯朝露、辰春水、巳桃花、午金縷、未黃桐、申峨眉、酉朱雀、戌蚍蜉、亥太阿，養劍時辰與飛劍出爐時分相呼應，除了金縷一劍因緣際會，受到佛陀金血饋贈，得以養成大半劍胎，其餘飛劍都未過半。

尤其是劍意最盛的玄雷、太阿兩劍，簡直是冥頑不化，跟新主子好似橫豎不對眼，進展龜速。收起這柄玄雷，祭出金縷，隨著手指滑抹，飛劍在河中刺殺了一尾游魚，閒來無事的徐鳳年嫌一劍擊水不夠氣魄，乾脆就再馭出八柄，湊成一個九，濺起水花無數，然後一瞬收起所有九柄飛劍，穿袖以後幾乎都是貼臂繞膀入劍囊，不說其他，僅是這份精妙拿捏，就足以讓尋常武夫瞠目結舌。

徐鳳年撿起一塊石子丟入河中，一位寄身於羅老先生家族的精銳扈從，站在遠處猶豫了一會兒，看到徐鳳年時不時丟石子入水，才走近三十步以外朗聲道：「在下馮山嶺，若是打擾到徐公子，有冒昧之處，還望海涵。」

徐鳳年丟擲出一顆石子，拍拍手，轉頭笑道：「沒事，我也正巧睡不著。」

馮山嶺離得稍遠距離坐在河畔，拱手道：「感激公子前幾日出手相助殺退馬賊，馮某在這裡代替幾位兄弟道一聲謝。說來不怕徐公子笑話，馮某與兄弟都只是奴籍僕役，也不敢說些滴水之恩、湧泉相報的場面話，一來實在是救命大恩，二來就算有心報答也沒有東西拿得出手，只敢說明日到了城鎮上，私下請徐公子找家乾淨館子，喝酒吃肉。」

徐鳳年笑道：「這敢情好。徐某身上倒還剩下點銀子，酒足飯飽以後，大青樓的姑娘開銷不起，逛逛小窯子還是可以的，馮老哥，有沒有興趣？我雖然對外說是小士族出身，其實也就是個商賈子弟而已，與高門世族的駱公子他們不算一路人，也怕熱臉貼冷屁股，和馮老哥才算對路。有一說一，請客逛窯子，也無非是想著以後到了幾位公子的地盤，好讓馮老哥你們賞臉一起吃頓飯，徐某的小本買賣也好有些照應。」

原先有些神色拘謹的馮山嶺豪邁笑道：「徐公子是爽快人，這趟倒是馮山嶺以小人之心度君子之腹了，既然徐公子打開天窗說亮話，我姓馮的也就不搗糨糊含含糊糊了，實在是職責所在，不敢掉以輕心。先前馬賊被擊退，卻談不上死傷慘重，馮某就怕徐公子是那些馬賊的內應，這些天都暗中讓一位斥候出身的兄弟在周邊打探消息，不過都沒有馬賊的蹤跡，這不明天就要進入軍鎮歇腳，就覺著應該是冤枉徐公子了，馮某和兄弟們都是只知道舞刀弄槍的粗人，但臉皮還是要的，這就想著來給公子致歉幾句，任打任罵。」

徐鳳年擺手道：「人之常情，馮老哥多慮了，設身處地，出門在外我也會謹慎再謹慎一些。」

馮山嶺不是健談的玲瓏人物，一口氣說完醞釀許久的言辭，也就不知道該說什麼。

徐鳳年猶豫了一下，問道：「聽羅老先生說馮老哥以前是北涼的擘張弩手？」

馮山嶺露出一抹恍惚，笑道：「是很久以前的事情了。」

徐鳳年在身邊撿起一顆扁平石子，打了一記水漂，說道：「涼莽邊境專設控弩關，不讓弓弩越境流竄，馮老哥恐怕有些年沒有摸到擘張弩了吧？」

曾經因為才力出眾才得以成為北涼踏弩手的粗糙漢子苦笑感慨道：「是啊，還記得退出軍伍前的時候，一個大老爺們兒，蹲在地上摸著擘張弩，偷著哭了半天。這些年給羅家當護院武教頭，仗著當年在北涼軍學來的本事，傳授十幾位羅家庶子的箭術和馬術，也順便積攢了些銀子，本想著好不容易終於可以買張好弩過過手癮，不料去年家裡添了個不帶把的閨女，媳婦說是現在就要給女兒存下嫁妝，買這買那的，不說別的，就說那張雕花女兒床，不說其餘配套的梳粧檯、洗臉架、銀櫃、椅凳，一張床就要六十兩銀子。唉，這銀子也就像流水一樣花了出去，把我給氣得喝了好幾天悶酒，後來回到家見到自家小閨女紅撲撲的臉蛋，也就立馬消氣了。」

徐鳳年會心一笑，「閨女像馮老哥還是像嫂子？要是像馮老哥多一些，的確是要多準備些嫁妝。」

馮山嶺愣了一下，然後哈哈大笑，「徐公子這話實誠，老馮愛聽。嘿，還真別說，那閨女幸好除了眼睛像我這當爹的，其他都像她娘親，以後找個門當戶對的好人家應該不算太難。」

徐鳳年打趣道：「可惜我年紀大了些，否則還能跟馮老哥攀親戚，認個老丈人什麼的。」

馮山嶺一本正經道：「甭想，我那閨女十三、四歲以前，哪家小王八蛋敢有壞心眼，我非把他吊在樹上打。」

說完，馮山嶺自己率先笑起來，然後不忘對徐鳳年拱手致歉了一下。

徐鳳年點頭道：「女婿是丈母娘半個兒子，越看越順眼，不過也是老丈人半個敵人，是偷走自己姑娘的毛賊。我爹就說他恨不得讓我那兩個姐這輩子都別嫁出去，嫁出去做什麼，還不是好不容易養大了閨女，卻被別的男人不知心疼地欺負。」

馮山嶺笑道：「對對對，以前我總跟媳婦埋怨初上門提親那會兒，老丈人對我總是橫眉豎眼、鼻子不是鼻子的，這會兒自己有了閨女，才總算明白了。」

徐鳳年看了看頭頂璀璨星河，又看了看南方。

馮山嶺打心眼裡覺得這徐公子親近，比起駱長河這些世家子來說，要順眼舒服太多了。那些人物，即便明面上沒架子，平易近人，說到底還是與他和兄弟們劃出一條涇渭分明的界線。識趣站在界線以外，那些大族子弟自然和和氣氣，有個笑臉，若是不長眼跨過了界線，可就要栽跟頭了。

這些尺度，馮山嶺這類在大族門牆內混飯吃的武夫，都心知肚明，反倒是眼前這位公子哥，興許是商賈成分多過士族身分的緣故，就要好接近許多，也對馮山嶺的胃口脾性，值得結交。至於能否深交，當然還要路遙才能知馬力，馮山嶺也不是那三歲稚童，一下子就掏心掏肺，自以為能夠成為那種可以換命的兄弟。

徐鳳年好奇問道：「馮老哥怎麼就退出北涼軍了？」

馮山嶺望向河面，順手拔了一叢野草，嘆氣道：「我從軍晚，沒能趕上那場春秋大戰，是大將軍去北涼路上才投的軍，家裡二老也過世了，無牽無掛，就想著積攢軍功好光耀門楣，回家上墳給老爹敬酒，也能挺直腰杆不是？運氣好，加上有些蠻力，從軍沒兩年，就成了一員擘張弩手，跟著大將軍和北涼軍一路就打到了北莽南京府。痛快啊，殺蠻子殺得老子我眼睛都紅了。

有一次都給擘張弩踏散了架，才愣神不知道該做什麼，就被都尉大人一巴掌拍在腦袋上，要我拿北涼刀就殺進去，那時候也管不上什麼是不是貪生怕死，只想著能殺一個蠻子就不虧，殺一雙就賺一個，再多殺幾個的話，老子就能撈個小尉當當了。

沒想到跟著兄弟們才跑了幾百步，就給屍體絆了一個狗吃屎，好在起身以後趁著膽氣還在，胡亂劈殺一通，最後竟然被我砍死了兩個蠻子，之後幾場大戰，都沒機會衝進戰陣裡親手殺敵，有大將軍和陳將軍在，北莽蠻子根本就沒有還手之力，後來聽說皇帝陛下也御駕親征和咱們北涼軍會合了，一開始我和兄弟們都挺高興，再後來，就想不明白了。

這場仗說不打就不打了，而且北涼軍竟然要率先南撤，大將軍也沒說什麼話，我那時候什麼都不懂，只覺得投軍投錯了，憋氣，就和許多兄弟一起退了出去，有幾個當了馬賊，說大將軍不殺蠻子，他們來殺。

我和另外一些兄弟也都在路上各自散去，這不碰上羅家的一位偏房家主，我想著好歹也是中原遷徙過去的家族，給他們辦事不算丟人，就落腳下來，我也是很後來聽羅家人閒聊，才知道當初是趙家天子下了一道御旨，逼著大將軍撤軍。」

馮山嶺把野草丟入河水，一臉遺憾地說道：「這些年晚上睡覺，還是一有聽到牆外馬蹄聲就會驚醒，要麼就是做夢，下意識就是一個鯉魚打挺，去想著摸刀上陣。」

徐鳳年想笑卻笑不出來。

糙漢子揉了揉臉頰，自言自語道：「已經被媳婦埋怨了不知道多少次，不過看樣子這輩子是改不過來了。」

徐鳳年長呼出一口氣，抿起嘴唇，默不作聲。

北涼有多少老卒，金戈鐵馬入夢來？

◆

有了鋪墊，也就好趁熱打鐵，徐鳳年第二天跟隨大隊伍一起前往橘子州城池，就跟馮山嶺這些糙漢子湊近了一起吹牛打屁，這和跟羅老先生幾位老儒生聊道德文章，是截然不同的滋味，大概是大口灌酒和溫吞喝茶的區別了。

徐鳳年一路上跟馮山嶺借了那把良弓，以他的臂力拉出個滿月來肯定不難，幾次嘗試著射箭，氣勢十足，好在有殺退馬賊在前，這些扈從也都並未如何訝異，再者徐鳳年和他們不是一個行當搶飯碗的王八蛋，也樂意吹捧幾句熱絡感情，人情功夫不過就是抬轎子，你抬我我抬你，皆大歡喜。

馮山嶺相對要誠心一些，人到中年，約莫是心中塊磊積鬱太多，已是喝酒澆不盡，就想要和人嘮叨嘮叨，趁著撿箭時四下無人和徐鳳年說了許多北涼舊事，馮山嶺見徐鳳年也沒有半點不耐煩，老男人的話匣子也就完全打開。

「一開始投軍入伍，其實有兩個選擇，去顧劍棠大將軍舊部那邊，戰事不多，能有安穩日子，不過註定軍功也搶不過那些富家子弟。我這種光腳不怕穿鞋的一條土光棍，琢磨著還是投了北涼軍，其實也有小算盤，雖說北涼邊境不安生，可春秋九國打了幾十年，被大將軍一個人打垮了六個，就覺得就算去了邊境上，估計只要別當斥候探子，以及那種衝在前頭的遊擊騎兵，想死也不容易。還真被我給撞上大運，成了擘張弩手，除了那次踏散了弩架，也就沒有怎麼跟蠻子近身廝殺了。

一開始每次戰事結束，見到那些斷手斷腳或者整個後背被劃開的騎兵和步卒，還是會頭皮發麻，後來打仗打久了，被伍長都尉們罵多了，聽老卒們說些春秋大戰裡的功績，身邊兄弟們都嚷嚷不殺人不過癮，我怕死還是怕死，天底下哪有不怕死的小卒子，不過想著萬一有一天真要輪到老子衝上去拚命，還真不怎麼怕死在陣上了，反正有兄弟收屍，再說當時也沒個滾被窩的媳婦好去念想。要是換成現在，可就沒這份膽量了。

記得很牢，在北涼軍一共待了三年九個月，沒見過什麼大人物，最大的官也就是六品，是一員年輕騎將，這位將軍屁股下坐騎那叫一個高大，不過當時羨慕歸羨慕，一想到大夥兒是用一樣的北涼刀，聽說連大將軍也沒得例外，也就沒啥好眼紅的了。

徐公子，不是老馮精明，而是誠心誠意勸你學些北涼話，以後要是真有一天北涼鐵騎一路北上，打垮了北莽南朝，會些北涼言語總是沒錯的。」

隨著馮山嶺的碎碎念，逐漸臨近邊鎮，徐鳳年與駱長河一行人拉開距離，蹲在一條河水乾涸的溝壑邊上發了會兒呆。

第三次兩朝戰事，是離陽王朝第二次也是最後一次在前期局勢上占優，可惜正是在這紫貂臺附近功虧一簣，當時在老首輔與顧劍棠在內的一批熟諳邊防的重臣精心籌劃下，兩遼九鎮邊軍精銳傾巢而出，以迅雷不及掩耳之勢，日行軍百里，於洪漢三年六月九日自珍州北進，十六日抵達屯金臺，十七日至北莽如今橘子州宜兵鎮，六千餘守軍望風而降，十九日圍株州，然後前往野壺關諸要塞，意在封鎖北莽南西出兵之口。

只是在四方開闊的紫貂臺試圖圍點打援，被後世兵家譏諷有正無奇之用兵，頭回御駕親征的年輕趙家天子更是鬧出陣圖授將的笑話，若非坐守錦遼的顧劍棠違抗先前既定旨意，率八千精兵奔襲解圍，再有北涼陳芝豹領九萬鐵騎與顧部幾乎同時北突，如一枚錐子刺向南京府，帝國就不可能是此時的帝國了。

第九章　窮蘇酥竟是太子　盲琴師原是魔頭

收回散亂思緒，徐鳳年站起身後，小跑著跟上大隊伍，春雷刀被裹上布條放在背囊中。

這座城鎮軍民混淆，城門檢查十分嚴苛。稀疏人流中，一名低頭緩行的女子遞出關牒給持矛城衛，精壯披甲的年輕士卒確認無誤後，瞥了一眼這名女子，皺了皺眉頭，拿矛尖敲了敲女子吃力背負的大布囊，女子慢悠悠地解開斜挎胸前的繩帶，解開布囊，露出一架古琴，長三尺六寸五，七弦蕉葉式，有蛇腹斷紋，焦尾。

城衛對這類雅物當然稱不上識貨，也看不出門道深淺，見她似乎是個瞎子，也就沒有再為難，城鎮以外有萬餘控鶴軍駐紮，治政嚴厲，他今天已經賺到幾百文錢的油水，也不敢做出太多雁過拔毛的小動作，就給她放行。

女子身穿南朝裝束，窄袖小裙，不曾戴有閨秀獨有的帷帽，大概是練琴練出了溫淡的性子，走得輕緩。入城以後，市井街道開始熱鬧起來，許多孩子嬉戲亂竄，幾名當地欺軟怕硬的土棍正蹲在街道邊上的井口曬太陽，見到這麼一個孤苦伶仃獨自進城的柔弱女子，相視會心一笑，趁著巡門城衛沒注意這邊，其中一個無賴就佯裝醉酒，踉踉蹌蹌走過去，結實撞了她肩膀一下。

背琴女子一個情理之中的搖晃，差點跌倒，卻依然低著頭不見表情。打著光棍只能靠偷街坊鄰里女子兜肚過活的男子笑意更甚，擦肩錯過以後，眼睛滴溜兒一轉，就摸向這名身段嬌柔女子的屁股，捏了一捏，放在鼻尖一嗅，惹來街邊狐朋狗友的哄然大笑，那女子腳步匆匆，不敢出聲訓斥，這無疑大大助長了這名無賴的氣焰，加快步伐就要去拉扯，滿嘴瞎話嚷嚷道：「娘子，快跟妳男人回家去生崽兒去，閒逛什麼。」

被拉住纖細手臂的女子沒有言語，無賴正想著順勢摟在懷裡肆意愛憐一番，街道另一邊站著個穿著整潔卻一臉痞氣的年輕人，見到這幅光景也沒那路見不平英雄救美的悟性，只是摳著鼻孔嗤笑道：「劉疤子，就你也娶得起媳婦？去睡你娘還差不多吧，反正你老母也是千人騎、萬人趴的貨色，不多你一個。」

被稱作劉疤子的潑皮頓時急紅了眼，沒鬆開那隻柔滑膩人的女子手臂，轉頭破口大罵：「蘇酥，老子的褲襠再閒著，也比你強一百倍，你小子對著兩個老光棍二十幾年了，屁股開花沒有？」

年輕男人摳完了鼻孔就去挖耳屎，一臉雲淡風輕地道：「我前一個時辰剛去你家爬牆，跟你娘說了些長短私房話，知道啥叫六短三長嗎？你這雛兒，肯定是不懂的，反正你老母在床上歡快得很，說不定明天我就要成為你便宜老爹了，來來來，先喊聲爹。」

這年輕人做了個挺腰聳動的動作，劉疤子被當街羞辱，再顧不得女子，轉頭四顧，沒瞧見能打人的趁手東西，大踏步就衝上去教訓這個揍了無數遍還是沒長進的小王八蛋。

年輕男人其實長相挺秀氣，不過都被痞子相給遮掩了，見機不妙，就要跑路，沒奈何被劉疤子的五、六個哥們兒兩頭堵死了，他心中罵娘，無比嫻熟地抱住腦袋臉面，被好一頓飽揍，尤其是當事人劉疤子，捲起袖子，吃奶的勁頭都榨出來了，對著這姓蘇的屁股蛋就是一腳撩溝腿。只聽到哀號一聲，嘴巴刁損的蘇姓青皮跳起來捣住屁股就拚命逃竄，劉疤子等人就開始追殺，抄起街邊茶肆酒館的板凳就是一通亂砸，街道做生意的正經小販都罵罵咧咧。

這座城鎮說大不大，二十幾年相處下來，對於這些遊手好閒的憊懶貨都知根知底，知道哪些該叫罵、哪些該還手。等到劉疤子等人解氣了，隨手丟回了椅凳，也沒了背囊女子的蹤影，這讓劉疤子恨不得去姓蘇的家裡翻天覆地，不過想到那條老光棍的手勁臂力，劉疤子縮了縮脖子，感覺到一陣涼意，只好喋喋不休地詛咒蘇酥那小子被打沒了屁眼，這輩子都拉不出屎來。

平白無故遭受一場無妄之災的蘇姓青年拐彎抹角，繞著走了好幾條巷弄，終於躲過了追殺。他蹲在牆腳根下，拿拇指擦去嘴角血絲，發覺自己已經是鼻青臉腫、渾身酸疼，扯開領口，看到透出一塊青紫顏色的肩膀，不由抽了一口冷氣。

暗自咒罵了劉疤子一夥一會兒後，他站起身，踮起腳跟，趴在土坯黃泥牆頭，喊了幾聲，最終還是沒能瞧見這家賣蔥餅的姑娘，也沒在晾曬衣物的竹竿上看到女子兜肚之類的私物，頓覺有些無趣，便忍著刺痛，吹著口哨故作瀟灑而行，路上順手牽羊了一塊醃肉，丟進嘴裡嚼著，就這麼漫無目的地在城內逛蕩。

◆

徐鳳年跟這幫儒生士子入住了一間上等客棧，羅老書生已經幫忙付過了銀錢，徐鳳年也不在這種細枝末節上矯情，跟馮山嶺約好晚飯去剛打聽來的一家老字號酒樓，因為還沒到吃飯的點，就出門散步。

走過幾條街，在一棵腹部中空的老柳樹下看到了一個簡陋的算命攤子。卜士穿了一身皺巴巴的破爛道袍，留了兩撇山羊鬚，生意冷清，他就坐在一條借來的長凳上打瞌睡，迷迷糊糊，下巴時不時磕碰在鋪有棉布的桌面上。

徐鳳年猶豫了一下，抬頭看了眼由於無風而軟綿綿的一杆旗幟，大概是算盡前後五百年之類的話語，做算命相士的，就怕語氣說小了。

徐鳳年走過去拿手指敲了敲攤子，算命先生驚醒，趕忙拿袖口抹了抹口水，正襟危坐，盡力擺出一些高人氣度，滔滔不絕道：「本仙通曉陰陽五行、紫薇斗數、面相手相、奇門遁甲、地理風水，不論陰宅陽宅，無一不是奇準無比，敢問公子要本仙算什麼？」

徐鳳年當初和老黃、溫華搭檔，可算是做過這一行騙人錢財的老手，笑道：「不妨先掐指算一算我要算什麼？」

老道士一時間不敢胡謅，起身作勢要將長凳給這位好不容易上鉤的顧客，自己一屁股坐在老柳樹坑裡，藉機用眼角餘光打量這名相貌平平的年輕人。坐穩了以後，伸出兩根手指撚了撚一撇山羊鬍，沉吟不語。

徐鳳年忍住了笑意，也不急著說話。其實這個講究演技的行當，無非是瞎蒙、套話、解災、要錢四個環節，一環扣一環，不出差錯，差不多就能掙到銅錢了。當年他做相士比較辛苦，畢竟嘴上無毛、辦事不牢，即便借來了道袍也很難糊弄住人。

老道士眼神遊移，輕聲道：「公子是來算官運。」

徐鳳年搖了搖頭。

老傢伙「哦」了一聲，「測財運。」

徐鳳年還是搖頭。

老人終於有些坐不住，再蒙不中的話，豈不是到嘴肥肉都要飛出碗外。

徐鳳年也不繼續為難這位日子顯然過得清水寡淡的算命先生，微笑道：「其實老神仙都猜中了，既算官運能否亨通，也測財運是否通達。」

老人如釋重負，輕輕點頭道：「本仙向來算無遺策。」

有了一個不算尷尬的開頭，接下來就是天花亂墜的胡扯了，徐鳳年也不揭穿，時不時點頭稱是附和幾句，老道士唾沫四濺，神采飛揚。

徐鳳年身上有在客棧那邊換了些的碎銀，聽過了將來未必不能前程似錦的好話，掏出一粒碎銀就準備了事打道回府。大半年沒摸過銀子的老道士眼睛頓時一亮，等碎銀子擱置在桌面上，便以電閃雷鳴的速度抓起放入袖中，然後拈鬚笑道：「公子，是什麼時辰出生，本仙可以再幫你算上一算，這份不算錢。」

徐鳳年已經屁股離開長椅，重新坐下後輕聲笑道：「我的先不說，你幫我算算我爹的，他是申時。」

老道士故作沉吟，再問過具體一天銅漏一百刻裡的時分，這才緩緩說道：「這可不是太好的時辰啊，是早年要背井離鄉的命，兄弟姊妹也都早夭，若是福緣再薄一些，夫妻恐怕不得白頭偕老啊，不過妻子過世，會使得男子老年晚運漸好。」

老道士見到眼前出手闊綽的公子哥神色呆滯，還以為說錯了，正想著臨時改口，只怕袖裡銀子被討要回去，沒料到這年輕人又問了他大姐、二姐的命數氣運。知曉了時辰時刻，老道士故弄玄虛，掐指算了又算，硬著頭皮說了幾句，也不敢多說，幹這行的都信奉少說少錯的宗旨。

他小心翼翼地瞥了一眼眼前的公子哥，後者嘴唇顫抖，擠出一個笑臉說出了自己的出生時分，老道士悄悄抹了抹汗水，故作鎮定地說道：「不錯不錯，公子是清逸俊美之相，早慧伶俐，一生多福，爹娘福氣都分到了你身上，初運略有坎坷，中運勞碌，不過晚運上佳，因此公子無需多慮。」

年邁相士猶豫了一下，還是說道：「這位公子，本仙多嘴一句，公子家人或多或少都因你而減了福運。」

接著又趕緊補充道：「不過公子家人本就福緣不差，也不在乎這一點半點的。」

老柳樹下，年輕公子和老相士兩兩相望。

正閒逛到這邊的蘇酥正想著竟然還有蠢貨跟這老騙子算卦，然後就看到那個腦袋被驢踢過的傢伙撒下一捧碎銀，接下來的一幕更是讓他感到匪夷所思。

蘇酥轉過身，打算回自家鋪子挨罵去，翻了個白眼嘀咕道：「這傢伙真是有病！」

一個異鄉年輕人，坐在一棵枯敗老樹下，沒有哭出聲，就只是在那裡流淚。

◆

蘇酥在外頭徘徊了半天，才鼓起勇氣回到一座位於城鎮犄角旮旯的鐵匠鋪子，是座兩進的土坯院子，架子撐起來了，不過一眼望去，擺設簡陋，給人空落落不得勁的感覺，就知道這戶人家生活不易，遠稱不上富裕殷實。

前屋裡火爐風箱前，一名中年男子打著赤膊，身材雄魁，肌肉那叫一個結實，說是拳上跑馬、臂上站人都不過分了，胳膊比女子的大腿還粗，不去大街上胸口碎大石，實在太浪費這麼好的身架了。

漢子一身古銅色，正提著鐵鎚將一塊燒熱的鐵胚擱在砧子上錘打，見不爭氣的渾小子回來，漢子瞥了一眼，沒有出聲，繼續叮叮咚咚錘鍊胚子。從小就幫工打雜的蘇酥對於打鐵火候早已爛熟於心，便跑去筐子往爐子裡倒了些木炭，然後正想著去後頭床上躺會兒修養修養——用老夫子的話說那就是養浩然正氣——卻耳尖聽到聽了二十多年的腳步聲，趕緊開溜，才跑到門檻，就聽到一聲輕喝，只得乖乖站住轉身，裝傻扮癡笑了笑。

一位窮酸老書生模樣的老人手裡提著一尾樹枝穿鰓的鯉魚，怒容道：「又與劉宏那些個無賴打架？豈是謙謙君子所為？修身、齊家、治國、平天下，連身都修不得，能成什麼大事？」

蘇酥小聲撇嘴嘀咕道：「我還君子遠庖廚呢。」

老人剛要瞪眼，年輕人就嬉皮笑臉跑到跟前，拿過還在蹦跳的肥腴鯉魚，開懷道：「老頭兒，家裡剛好還有些蔥蒜，我這就去給你做一手岳炳樓大廚子都自愧不如的紅燒鯉魚。」

不說還好，聽到這話老夫子立即一股怒氣湧上，「家裡菜圃哪來的蔥蒜？」

說漏嘴的年輕人拿了鯉魚就往後院跑，迂腐刻板老夫子也不看一眼鐵匠，跟著苦口婆心地念叨起來，大抵是類似「君子處事，要我就事，不讓事來就我」的聖賢教誨，蘇酥早就聽出繭子，背對老夫子，口形和老人一模一樣。

當老夫子良苦用心說到「少年性情，要收斂不可豪暢，可以育德」，實在熬不過的蘇酥憤憤不平說道：「我還老人性情，要豪暢不可陰鬱，方可養生呢！趙老頭，再婆婆媽媽，我可不燒飯了！」老夫子愣了一愣，嘆息搖頭，不再多話，不過神情緩和許多，五指併攏，滑過鬍鬚，對於眼前年輕人的老人養生一說，顯然頗為讚同。

蘇酥到了狹小陰暗的灶房，將鯉魚丟到砧板上，推開窗戶，先淘米煮飯，繼而嫻熟操刀，對付那尾註定命不久矣的紅鯉。老夫子站在門檻外頭，眼神慈祥。

蘇酥剝弄魚鱗，抬起手臂擋了擋額頭髮絲，神情專注。身後那位文縐縐的老學究，自打他記事起，就相依為命了，那張嘴有講不完的大道理，講了二十幾年都沒講完，不去當聖人只在城裡當個私塾先生真是天大的屈才了，不過這些年這個不像家的家裡，靠著老夫子給十來個稚子教書掙錢，以及前院裡齊叔打鐵，才算沒餓死人，不過奇怪的是常年見齊叔敲敲打打，也沒見賣鐵器給誰。

他不愛讀書，捧書就要打盹，也沒那心性毅力去街坊同齡人那般去偷學把式，他知道自己的斤兩，除非天上掉一麻袋黃金白銀砸在頭上，否則這輩子就是爛命一條了，以後能否娶上媳婦都懸乎。得過且過唄，還能咋的，從軍打仗？那還不得嚇尿褲子。做滿是銅臭的買賣營生？一來沒那本錢，他沒跟人卑躬屈膝送笑臉的賤脾氣，二來老夫子非急眼了要打斷自己的手腳。

蘇酥唉聲嘆氣，自個兒要是說書先生那所謂的「狸貓換太子」裡的太子，該是多美的事情啊？一來二去，飯熟了，菜也可以入盤子了，蘇酥沒好氣地道：「老頭兒，去喊齊叔吃飯嘍。」

餐桌上，即使老夫子經常說寢不言、食不語，蘇酥年紀漸長，老夫子也真的是「老」夫子了，小夥子經得住敲打以後，也就不當回事，扒飯的時候含糊不清說道：「齊叔，咋不去鴉燕橋集市上招攬生意，酒香怕巷子深，浪費了你的好手藝。」

老夫子忍不住破戒說道：「賣技藝給販夫走卒，成何體統！」

蘇酥斜眼看了木訥漢子和橫眉豎眼的老夫子一眼，無奈道：「販夫走卒咋了，就不是人了？就比帝王將相少了一隻眼睛還是少了兩條腿了？不都是從娘胎裡出來的？」

老夫子一拍桌子，道：「荒誕！」

老人原本正細細嚼著飯，這一聲大義凜然的訓斥，使得幾粒米飯噴到了桌上，蘇酥拿筷子指了指，老夫子微微漲紅著臉，一筷子、一筷子夾回碗裡。

蘇酥有些委屈地強嘴道：「老頭兒，你自己也說賢人不強人所難，只是撥轉一點自然善心，無妨善語稱人幾句好。可這些年老頭兒你哪裡說我的半句好話了？我要是這輩子都沒出息，出息那也都是被你罵沒的。」

老人破天荒沒有出聲，甚至連一句反駁都沒有，只是細嚼慢嚥著橘子州這邊百姓家庭不常吃的米飯。

吃過了飯，洗過了碗碟，老夫子就坐在院中幾盆蘭花附近的小板凳上，歪著腦袋，眯起眼趁著暮色多看幾眼經書，油燈耗油，能少用便少用。蘇酥去了前院鐵匠鋪子，幫著齊叔照顧爐子火候。

鐵器在北莽這邊監管嚴格，耽誤了火候，就要揮霍大塊鐵料，這個家折騰不起。蘇酥雖然沒心沒肺沒志向，但這種關係米缸厚度的頭等大事，從不馬虎，說到底，老夫子那些不知哪本書上照搬來的道理，對於一個自小生長在邊鎮的傢伙來說，總是沒什麼感觸，遠不如遙望著鮮衣怒馬或者花枝招展來得深刻。

魁梧漢子一如既往地沉默寡言，只是偶爾望向這個年輕人的視線，透著無聲的和暖。

暮色漸濃，看書也就越發吃力，老夫子幾乎眼睛要貼上了泛黃書籍，實在是模糊不清，這才輕輕收起書本放在膝上，抬頭望著天色，緩緩說道：「君子為人，情勢所迫，難免欺人。唯獨不能自欺，欺心便是欺天，問心無愧，便不須向蒼天面討福運。」

老人突然淒然道：「我倒是想向青天討要福運啊。」雙手攥緊那本書籍，老人沙啞道：「人生要有餘氣，言盡口說，事盡意絕，只能是薄命子。當真只能是薄命子了嗎？」

沉默許久，起身緩緩走回屋子，老夫子放下書籍以後，去搬那幾盆蘭花。

趁著休息間隙，不苟言笑的漢子伸手在衣袖上狠狠擦了幾下，這才走向蘇酥身邊，按在肩膀上，幫這小子舒筋散瘀。

吃痛的蘇酥眉頭緊皺，強顏歡笑道：「齊叔，前幾日我聽王小豐說去年有流竄到城內的盜匪，可以飛簷走壁，世上真有這等功夫的好漢？」

健壯如熊羆的漢子笑而不語，沒有點頭也沒有搖頭。

知道是這個結果的蘇酥晃了晃手臂，嘿，還真不疼了，從小到大，每次與人鬥毆，齊叔的揉捏都立竿見影，百試不爽，據老夫子說這是中原那邊跟針灸推拿是一個道理，可惜只能治病，不能打人。蘇酥打了一套閉門造車的蹩腳拳法，打完收功以後，笑問道：「齊叔，咋樣，有沒有高手的架勢？」

漢子點了點頭。

蘇酥嘖嘖道：「要是我得到一本絕世武功祕笈，一定要打遍天下無敵手！」

漢子嘴角扯了扯，對他而言，就當是笑了笑。

蘇酥豪氣道：「齊叔，到時候我就給你一座天底下最大的鐵礦，想怎麼打鐵就怎麼打鐵，站著打坐著打，還他媽可以躺著打！」

漢子沒有作聲，蘇酥想起什麼，跑出院子，回頭小聲喊道：「齊叔，出門逛會兒。」

漢子點了點頭。

才一個大跨步飛衝出沒掩門的院子，就稀里糊塗撞上一具嬌軟身軀。蘇酥定睛一看，是個背行囊的低頭女子，看不清面容，看身形，不像是附近土生土長的，他連忙致歉，也沒啥揩油的意圖，見她沒動靜，也不知如何套近乎，乾脆就不去想。

跑向巷口，沒跑幾步，這狗娘養的老天爺就開始撒尿了，貌似是好大一潑尿的跡象，劈里啪啦砸在小巷屋簷上，蘇酥罵娘幾句，轉身回院子拿傘，跟幾個兄弟約好了要去跟東邊街一批王八羔子打上一架，沒理由缺席，蘇酥看到那名女子傻啦吧唧蹲在自家院門口，敢情是個拎不清情形的笨女人？妳要躲雨也不是這個躲法吧？

蘇酥也不理睬，偷偷拿了一柄雨傘小跑出院子，瞥見這娘們兒十有八九是真傻，一會兒工夫就被黃豆大雨給澆成了落湯麻雀。蘇酥走出幾步，重重嘆氣一聲，走到她身邊，沒好氣地說道：「喏！拿著，我家窮，就一把雨傘，借妳了，等雨停，妳就放院門口。醜話說在前頭，可別撐著撐著就把傘順走了，我蘇酥閉著眼睛都能在這座城裡走上一圈，妳別想溜！」

女子仰起頭。

蘇酥嚇了一跳，是個瞎子，長相倒是馬馬虎虎，挺小家碧玉的，可天黑還下雨，這一抬頭，眼眶比他家院子還空蕩蕩，真是把蘇酥給結結實實驚駭到了。

不是女鬼吧？

蘇酥拉開一段距離，壯起膽子伸出手，遞過那把破敗不堪其實也遮不住大雨多少的油紙傘。

女子柔柔站起身，微微側身斂袖，好像是施了個萬福，這才接過傘，嗓音空靈得更像女鬼了，「謝過公子。」

你娘的，大半夜的，老子也不好看妳有沒有影子啊。

蘇酥膽戰心驚，幾乎是把傘丟擲過去，不停默念「老子胸中有正氣，百鬼不侵」。

女子似乎聽到言語，婉約一笑，柔聲道：「蘇公子多心了，我並非女鬼。」

蘇酥愕然，更加驚恐，往後退去，顫聲問道：「妳咋知道我名字的，還說不是女鬼！」

應該背負重物的女子想了想，說道：「方才公子自己說的。」

蘇酥仔細思量，才記起的確是有過無心地自報名號，鬆了口氣。被滂沱大雨砸在身上，蘇酥估摸著這場架是打不成了，順勢就貼在牆根下跟她並肩站著，好奇問道：「我家是鳥不拉屎的地方，妳來這兒做什麼？」

年歲應該不大的女子輕聲道：「等人。」

蘇酥打破砂鍋問到底，「等誰？」

女子十分用心地想了想，回答道：「來這裡的人。」

蘇酥一拍額頭，這姑娘腦子不太好用，沒來由想起白天在老柳樹下見著的那個公子哥，都有些莫名其妙。

狂風驟雨啊，蘇酥見她衣襟濕透，自然有些大丈夫的憐香惜玉，說道：「妳要不去我家躲雨，在這裡也不是個事，放心，我家沒壞人，就我壞一些，不也把傘借妳了，是吧？」

目盲女子固執地搖了搖頭。

蘇酥有些生氣，「那妳把傘還我！」

女子果真把傘往他那邊傾斜。

蘇酥惡狠狠道：「妳再這樣，我可就使壞了啊，孤男寡女的，我脫衣服了，真脫了啊，我先脫為敬，姑娘妳看著辦，隨意。」

她面朝蘇酥，歪了歪腦袋，依稀可見嘴角翹起。

蘇酥無可奈何，伸手將油紙傘往她那邊推了推，說道：「得，妳厲害，妳是女俠。」

一起站著淋雨，蘇酥實在扛不住大雨稀里嘩啦地往身上沖刷，鄭重其事道：「姑娘，妳真不怕淋出病來？要是病倒在我家門口，可沒錢幫妳治病。」

她靠近蘇酥，一起撐傘。

蘇酥正想著是不是把她綁架到院子裡去，猛然轉頭，看到巷口一個很陌生的修長身影，撐傘而來。

蘇酥有些嫉妒，下意識呸了一聲，腹誹了一句：「真你娘的玉樹臨風！」

◆

小巷暴雨，狹窄水槽來不及泄水，春雨如油的冷水浸過了腳面，讓人難受。在蘇酥眼中玉樹臨風的身影似乎在猶豫著是否要踏入巷弄，正納悶間，只聽到一句「蘇公子對不住」，然後就被一記手刀敲在脖子上，當場暈厥了過去。

目盲女琴師攙扶身體癱軟的蘇酥，走向院門口，一名魁梧漢子靜立門檻，接過了蘇酥，年輕女子「啪」一聲收起油紙傘，想要一併還給這名木訥漢子，不料院門嘩啦一下緊閉，再明顯不過的閉門羹。

性情安寧的她也不惱，將這柄小傘豎在門口牆腳，背後棉布行囊已然被雨水濕透，露出一架古琴的形狀。

彎腰安靜放傘時，她兩指扣住繩結，輕輕一抹，摘掉布囊，濕潤棉布順勢激起一陣雨水。同時三朵水花在巷弄空中迸射蕩開，如同蓮花綻放，隨即消弭在昏暗雨幕中。

只見黃桐、峨眉、桃花三柄飛劍被無形氣機擊中，在雨中翻了幾個跟頭，然後彈返回袖，隱入軟甲劍囊。

第一次殺機重重的試探，就此告一段落。

同樣是大雨瓢潑，院內院外的氣氛仍是大不相同，搬完了幾盆蘭花的老夫子來到前屋，望著背回蘇酥的鐵匠，眼神凝重。老夫子一般不在鐵匠鋪子逗留，都是快步穿堂而過，今天卻搬了張板凳坐在門口。鐵匠也不說話，一腳將椅子踢到火爐前，將沉睡的蘇酥放在椅上，這才來到門口蹲下，回望了一眼年輕人的背影，嘆了口氣。

蘇酥自打懂事起老夫子就成了城北小有名氣的教書先生，後來一次被打板子的孩子回家哭鬧，當屠豬剁肉嫻熟的男人第二天抄著傢伙就去私塾茅廬揍人，結果老夫子給打得毫無招架之力，當時蘇酥也在私塾裡搖頭晃腦念聖賢書，見狀一時熱血上頭，就要去給老夫子幫架，結果只是幫倒忙而已，害得老夫子手臂上被劃開一道大口子。屠子其實也沒想到要授業刻板的老學究見血，一下子慌了神，就逃出茅廬，後來打鐵的齊叔去了趟肉鋪子，也沒能要回場子臉面和醫藥賠償，只聽看熱鬧的街坊鄰居說是屠子見著了鐵匠，拿刀往砧板上一剁，齊叔就回了一句「我是買肉來了」，讓蘇酥聽聞以後恨不得挖個地洞鑽下去。

少年時代，家裡兩條老光棍也成了劉疤子這幫潑皮攻訐蘇酥的笑柄，打是肯定打不過，蘇酥退而求其次，附近市井裡每次有潑婦大娘掐架對罵，他都捧著碗在一旁蹲著看戲，學了許多辛辣髒話，這些年受益無窮，劉疤子就沒有一次不吵架落敗七竅生煙。可蘇酥也知道，會吵架沒什麼用，就跟老夫子會講大道理還是抵不過一個粗鄙屠子一樣，所以他喜歡聽那些大俠踏雪無痕、手起刀落的傳奇故事，也想著這輩子若是能跟這般了不得的江湖人物打交道一回，哪怕是被打上一頓，也值了。

在他印象中，大俠嘛，都是不走尋常路數的，露面時不說抱刀捧劍站在城頭最高處，就算出現在市井巷弄，也得最不濟是站在屋頂或是土坯牆頭才配得上「高手」二字，可惜這座城鎮外頭有軍營駐紮，活了二十多年，連一個飛來飛去的大俠好漢也沒能見著，前個幾年好不容易聽說紫貂臺上有兩批俠士比拚過招，小蘇子大清晨就屁顛屁顛跑去欣賞高人風采，哪裡料到一袋子瓜子都嗑完了，「俠士們」正午時分才露面，加一起二十多人，各持刀劍，挺像回事，結果帶頭兩位站在紫貂臺頂不動手只動嘴皮子，罵了個把時辰，竟然說下回再戰，就各回各家了，害得蘇酥回家以後躺在床上半天沒回過神。那時候才起來的一點練武勁頭就立馬給一泡尿澈底澆滅了，原本以往每天都要跟同齡幾位去乾涸河岸站樁練拳，打那以後也就沒人願意提起。

遺憾的是，他似乎錯過了一場距離極近的巔峰廝殺，更遺憾的是他可能這輩子都不知道真相，一如他不知道老夫子和鐵匠的咋舌身分。

前院種植有一叢芭蕉，高不過牆垜，病懨懨的，絕大多數芭蕉喜半陰溫暖氣候，院中這一叢黃姬芭蕉耐寒，是少數能夠在北莽這邊生長的蕉類，不過院落水土不好，長勢稀疏，還是歸功於這些年年輕人沒了摘芭蕉葉玩耍的陋習，才有這般光景。

風聲雨聲，雨打芭蕉聲，很是乏味。

魁梧鐵匠悶聲悶氣道：「知道我們在這兒落腳的，也就只有北涼毒士李義山了。門外兩人，院門口的背琴女子，小巷盡頭的佩刀男子，都不簡單，若只有一個，我還能擋下。」

淒風苦雨、拂面吹鬚，老夫子恍若未覺，輕聲道：「當初奔逃到可以遙望南海觀音庵的山崖，是李義山親自帶兵驅趕，也是他私放了我們三人。只說西蜀國祚還沒到斷絕的時機，我趙定秀這些年想來想去，要說李義山是想要幫我朝復國，是如何也不相信的，不過不管這位春秋中以絕戶計著稱於世的謀士打了什麼算盤，既然破天荒沒有絕了西蜀皇室的戶，那麼我這老頭兒就算給北涼做牛做馬，也沒二話，只不過若是要太子以身涉險，做些類似拿性命去換取趙家天子視線的勾當，我肯定不會答應。」

鐵匠悶不吭聲，讀書人的想法，他一向想不清楚，也懶得去想。在這裡定居二十多年，每當蘇酥沉睡，出身西蜀鑄劍世家的他就開始打鐵鑄劍，一柄劍，鑄造了二十多年。他也想不出什麼好名字，老夫子說這柄劍就叫「春秋」好了。

老夫子沉聲問道：「何時出爐？」

鐵匠甕聲甕氣道：「隨時都可以。」

老夫子點了點頭，道：「背琴的女子多半是魔頭薛宋官了。好像新出了個殺手榜，她跟一個殺死王明寅的小姑娘並列榜眼。不過琴者在於禁邪正心，攝魂魄、格鬼神，被她用來殺人，落了下乘，誤入歧途啊。」

姓齊的鐵匠扯了扯嘴角，沒有出聲。

老夫子自嘲笑道：「知道你想說什麼，類似盛世收藏、亂世金銀這種淺顯道理，我也懂，兵荒馬亂易出傳世琵琶曲，卻出不了上好的琴譜，只不過還有些書生意氣罷了，眼裡揉不進沙子。我家世代制琴，國手輩出，八寶漆灰的獨門技藝，恐怕到了我手上就要斷了。」

鐵匠嘆了口氣，瞥了一眼老夫子，記得似乎眼前這位趙學士有一個琴壇上下百年無敵手的說法，還是黃龍士那隻老烏龜親口說的，只不過如今，誰還有這份閒情逸致。

◆

牆外巷中。

目盲琴師盤膝而坐，焦尾古琴橫膝而放，左手懸空，右手一根手指在琴弦上一摘。

鏗鏘聲瞬間蓋過了風雨聲。

撐傘站在拐角的青年刀客終於一腳踏入小巷，開始狂奔。

灰濛濛天地被這一摘切割成兩截，一道隱隱約約的銀線將雨幕切豆腐一般切過，攔腰而來，徐鳳年腳尖一點，身形跳過銀線。水簾斷後復合，巷弄兩壁則沒這般幸運，撕裂出一條細不可見的溝痕。

兩人相距百步變八十步。

長了一張清秀娃娃圓臉的女琴師沉浸其中，無視前衝而來的撐傘男子，依然是右手，卻是雙指按弦，一記打圓。

雨夜造訪小巷的徐鳳年眼睛瞇起，手掌下滑，托住傘柄，雙指輕擰，傘面樸素的油紙小傘在小巷中旋轉飄搖。

嗤啦一聲，油紙傘被氣機擰繩如實質鋒刃的兩條銀線滑切而過，剎那間辨別出軌跡的徐鳳年往右手邊踏出，腳尖點在牆壁上，身體在空中傾斜，恰巧躲過殺機。

七十步。

女子做了個相對煩瑣的疊涓手勢。

小巷內的黃豆雨點瞬間盡碎，兩邊牆壁上炸出無數細微坑窪，那柄尚未落地的油紙傘幾乎被碾為齏粉。

徐鳳年腳步不停，一揮袖口，以峽谷面對野牛群奔襲而悟得的斷江應對。既然可斷大江，自然斷得雨幕琴聲。

兩股磅礡如龍蛇游水的浩大氣機轟然撞擊在一起，徐鳳年趁勢鑽過巷弄中激起的碎裂雨牆，拉近到六十步。

目盲琴師纖細右手一滾一撮。

一根尤為粗壯的銀線在身前滾動翻湧，在小巷弄裡肆意游弋滑行，如同出江的蛟龍，撲向不願停下腳步的徐鳳年。另一根規模稍小的銀線小蛇從身後劃弧掠空，在她左手牆壁上裂出一條居中厚兩邊淺的縫隙，率先激射向弓腰奔行的刀客。

在鞘春雷離手，與這條銀蛇糾纏在一起，綻放出一串火花，徐鳳年然後五指成鉤，右手握住那一尾如蟒蛟凶悍游來的銀光，驟然發力，一捏而斷，水花在胸口濺射開來，真是好一幅花團錦簇的景象。

徐鳳年身形所至，大雨隨之傾瀉向目盲女琴師。

只差五十步。

春雷被徐鳳年一彈指，直刺高空，劃開天穹雨幕，墜向女子頭顱。

一柄金縷出袖。

今夜在此守株待兔的女子臉色如常，懸空左手終於落下，滑音吟猱，一反先前的輕柔平和，因按弦勢大力沉，故而激蕩驚雷。

春雷刀鞘和飛劍金縷都被斬斷氣機牽引，雖然被徐鳳年再生一氣，強硬收回，但同時也失了先機，他終於不得不止步站定，雙袖一捲推出，硬抗琴師左手兩手造就的弦絲殺機。

針刺鏡。

鏡面結實，可抵不過針有千百枚。

眨眼工夫過後，琴聲停歇，徐鳳年低頭看了眼左肩，有血絲滲出，越來越濃，即使是初入大金剛境，也止不住傷勢。

他有些明白為何這個魔頭號稱擅長指玄殺金剛了。

琴弦顫動生遊氣，絲絲殺人。

在殺手榜上和呵呵姑娘並列第二的目盲女琴師並沒有給徐鳳年任何療傷的機會，右手大擘復細挑，徐鳳年以插入小巷青石板上的春雷斬去一縷，抬頭望去，兩條銀線割破無數滴雨水，掠至眼前，這與當初李淳罡在泥濘官道上屈指彈水珠，串連成一線劍，有異曲同工之妙。

徐鳳年不敢掉以輕心，伸臂雙叩指，連敲數十下，身形飄然後撤，似乎想要考量這琴師的指玄銀線到底有何等氣勁。銀線不斷刺破水珠，如細針鑽薄雪，毫無凝滯，這讓徐鳳年心中有些無奈。

僅是抗衡氣機厚度，王重樓饋贈的一半大黃庭未必沒有勝算，可要說化為己用，比拚抽絲剝繭的玄妙程度，還是差了太遠。他只得縮回手指，雙手握拳，砸在銀絲鋒頭上，饒是如此他仍是不敢托大，用了武當山學來的四兩撥千斤，用巧勁一撥，岔開兩條白線，沒入身後雨幕。

徐鳳年再次弓身前奔，腳踩雨水，不用觸及小巷青石板，只是在水面上一滑而過，右腰側手掌一托，春雷脫離一塊青石，浮現在身前空中，劍氣滾龍壁，硬生生碾碎了二十步距離的琴弦顫絲。

方才一退有十步，現在離了女琴師只有四十步。

除去擊退春雷、金縷的那一手吟猱，琴師按弦音色復原至先前的清婉柔和。

徐鳳年打小跟著二姐徐渭熊精研古譜樂器，悟性平平，不過對於音律不算門外漢，總算咂摸出些意味了。

這名琴師雙手撫琴，左右手琴風一分為二，右手撥弦，是南唐漁山派，講求高山流水，綿延輕緩，有國士之風；左手則是典型的東越廣陵派風格，聲調急切躁動，如潮水激浪奔雷，似豪俠仗劍高歌。如此一來，雖然音質駁雜、韻味雜糅，但是勝在折轉突兀，讓人措手不及，好似河道凶險，小舟轉瞬傾覆。

以音律殺人，是武道偏門，這名女子的以指玄殺金剛，除去銀線鋒利，傷及竅穴骨骼根本，使得傷口極難痊癒外，還有更棘手的玄妙，若非徐鳳年習慣了分神的一心幾用，早就束手束腳，別說前進，根本就應該知難而退，乖乖逃出小巷。

徐鳳年以開蜀式劈爛無窮無盡的銀絲，向前步步推移，又十步。無線銀絲包裹如半圓，被徐鳳年的氣機滾走壓縮向女琴師。

盲女面無表情，不知是換氣還是走神，右手略作停歇，加上左手始終浮空不按弦，琴聲驟停，滴水不漏的守勢就透出一絲縫隙。春雷攪爛弧形半圓，徐鳳年不管不顧欺身而進，即便是陷阱，也要一併破去。

耐心等到相距三十步。她終於雙手同時落下，不過好像只能說是毫無章法，亂七八糟小孩子胡鬧一般雙手拍打琴弦，簡簡單單興之所至地一拍再一拍，接連十八拍，好一個大小胡笳十八拍。

徐鳳年四周水坑一個一個接連平地炸開，所幸有刀譜游魚式憑仗，在生死之間靈活遊走，十八坑蕩起的水花就像十八記滾刀，除了完全躲過的十坑，五水刀被海市蜃樓擋下，仍有三記水刀滾碎了大黃庭，雨花在徐鳳年雙腳上綻出血花來。

徐鳳年咬牙握住春雷，當一根短矛擲出。琴師本就目盲，談不上什麼視而不見，只是嘴角微勾，左手進復，右指打圓。

小巷風雨驟變，天幕暴雨像是一塊布料被人往下用力拔了一下，驀地生出一道道鋪天蓋地而來的風雨劍幕。徐鳳年頓時被十面埋伏，圍困其中；春雷懸在離她頭顱六寸處，顫顫巍巍，不得再進。

琴師左手一氣抹過七根弦，氣勢一層疊一層，右手看似緩慢抬起，輕輕屈指一彈，彈在春雷刀鞘上，春雷立即斜插入牆壁一側。

院內，一直歪著腦袋側耳聆聽琴聲的老夫子由衷稱讚道：「世間竟然真有七疊之手，大有雪擁邊塞馬不前的氣魄，難怪西出陽關無故人。琴聲三音，按音如人，散音泛音與天地合，是謂三籟。這位琴師，大國手無誤。」

牆邊那一叢芭蕉稍高的蕉葉已經盡數碎爛。

魁梧鐵匠擋在門口，閉目凝氣，眉頭緊皺。

老夫子訝異了一聲，嘖嘖道：「這不是咱們西蜀失傳已久的拉縴手法嗎？」

院外殺機四伏。徐鳳年猜測這名琴師殺手不擅近身肉搏，便拚著受傷也要拉近距離，好在十步以內一刀斃命，只是這場擲骰子打賭下注，賭得奇大，竟然連掀罐子看骰子點數的機會都沒有，相距二十步時，就給琴師左手撥弦掀起的漫天殺機給狠辣逼退。

以步入一品金剛境界的獨到眼力看待這場大雨，就如同一張張散亂雨簾子豎在兩人之間，無人造勢的話，並無玄機，先前琴師右手撫琴，不過是生出銀線，刺破雨簾殺人，但換成左手以後，竟是被琴聲控制住了一顆顆水珠，鋪就而成一張張可以隨心所欲擺布的雨簾。這等精準拿捏，讓深陷其中的徐鳳年苦不堪言。鋪天蓋地的雨劍激射而來，他只能撐開全身氣機，一退再退。

一身血水，被雨水沖刷殆盡，再絲絲滲出。

◆

院內老夫子沒能瞧見這幅慘不忍睹的血腥畫面，只是輕笑道：「都說江湖人士喜歡一言不合拔刀相向，不過照你所說，這兩位都還沒說過話，就打起來了？」

不苟言笑的鐵匠沉聲道：「這兩個都是爽利人。」

老夫子點了點頭。

淋雨的鐵匠問道：「幫誰？」

老夫子搖頭道：「本該幫後來者，不過要是死在琴師薛宋官手上，幫了也無用。就當是咱們鷸蚌相爭坐收漁翁之利了，做了二十多年的喪家之犬，沒資格談什麼厚道不厚道。聖人平天下，不是移山填海，無非高一寸還他一寸，低一分還他一分。」

鐵匠大概是等了這麼多年終於等到瓜熟蒂落，一院三人不管是生是死終歸都要有個結果，而不是吊在半空晃蕩，難得冒出一句評價性質的言語，「趙學士，跟太子一樣，我其實也不愛聽你講道理，主要是酸牙，跟啃酸白菜似的。」

老夫子趙定秀不怒反笑，拿手指點了點這根榆木疙瘩，「你們兩個，一個是不堪大用的白木，一個是茅坑裡的石頭。」說完這句話，老人輕聲道：「我早就認命了，其實這樣也挺好。」

鐵匠仔細感知院外紛亂的氣機絞殺，說道：「這名琴師大概是跳過金剛入的指玄境，好像也快接近天象了。不過一紙之隔，也是天壤之別，說不準。」

老夫子急眼道：「那還打個屁？」

鐵匠似乎被老夫子的破天荒粗口逗樂，笑道：「咱們習武之人，只要不是一步一步走出來的境界，破綻就會很多。」

◆

小巷中，徐鳳年拿袖口抹了抹臉上的雨水和血水。

差不多回到初始位置，重新和這名琴師殺手距離百步。

百步以內和二十步以外，琴師右手按弦殺人的本事，已經很嚇人。沒料到二十步以內，左手指玄，還要更加霸道無匹一些。

她的每一根銀線對於金剛境，都不足以致命，但就像拿針去刺大皮囊，是另一種陰毒法子的軟刀子割肉，一旦僵持不下，被耗死的肯定是無法近身的那個金剛境。

目盲女琴師不急於乘勝追殺，雙手停下，按在琴弦上，嘴角翹了翹，柔聲道：「來殺我啊。」

徐鳳年差點氣得吐血，擠出一個笑臉，試探性問道：「我也不問是誰想殺我，就想知道多少錢買我的命？」

可惜她不再說話了。

徐鳳年長呼出一口氣。

就在此時，她猛然屈指扣弦，當場崩斷一弦！

徐鳳年氣海如大鍋沸水，只是被人投下薪柴緩緩加熱，並不明顯，直到這一刻才完全失控，一口鮮血如何都壓抑不住，湧出喉嚨。

這才是目盲琴師的真正殺招，彈琴數百下傷人肌膚和氣機，不過是障眼法，既然琴聲素來被視作止邪正心的至樂，當然也可以在一位指玄境高手手中做到禁鬼神、破金剛。先前琴聲不管是南北之分，還是疾緩之別，都是在進行一種無聲的牽引，暮春之雨如潑墨，但春風潤物細無聲。這一記斷弦，撥動心弦，讓徐鳳年全身大部分氣機在剎那間劇烈翻湧，當下就直奔徐鳳年心脈而去！若是被她得逞，一顆心臟就別想完整了。

指玄，指下弦，玄弓為弦。

目盲女琴師這指玄，可不是叩問長生，而是要斬別人的長生路啊。

徐鳳年一拳砸在胸口，強硬壓下流竄的氣機，一直雙腳氣機鎖金匱的他放鬆最後三分禁錮，獰笑著拔腳而奔，這名女子設下連環陷阱，在靜等這一刻契機，他自始至終都耐著性子伺機而動，何嘗不是黃雀在後？

插在牆壁上的春雷鞘中鳴，只是被雨聲遮掩。

堪稱女子大國手的琴師皺了皺秀氣的眉頭。

她似乎有些心疼惋惜，再彈斷一根琴弦。

兩人頭頂的滂沱大雨一瞬間定格靜止，而巷弄屋簷以下的雨水依然急速下墜，於是出現了一幅詭異至極的畫面。

天地相隔。

一巷無雨！

第二根琴弦被一指挑斷，緊繃的弦絲跳起，在她白皙的手心劃出一條細微血槽，滴在焦尾古琴上，隨著血滴墜落，驟停大雨也轟然砸下。

離她不過十步的徐鳳年探臂一伸，插入牆壁的顫鳴春雷就要出鞘。只是春雷才出鞘一寸，徐鳳年就失去牽引短刀的氣機，反而被目盲琴師中指微曲輕輕一彈，春雷便彈回刀鞘，澈底透入牆壁。

氣海炸開的徐鳳年整個人籠罩在猩紅霧氣中，落地後，往嘴上塞入那顆龍樹僧人贈送的兩禪金丹，腳尖一點，踉蹌著前傾，雙袖揮動，九柄飛劍一齊湧出。

女琴師冷哼一聲，左手拇指食指鉤住一根琴弦，往上一提，九把飛劍瞬間各自被十數條銀絲纏繞絞扭，頓時火花四濺，嗤嗤作響。她右手反常地以左手指法剔出，徐鳳年腹部像是被重物擊中，如同樹樁撞門，整具身軀往後飛去，跌落在青石板上。

就在這種千鈞一髮的緊要關頭，一名黑衣人如夜幕覓食的狸貓翻牆而落，手提一把朴刀，眨眼間來到徐鳳年身畔，對著腦袋就是一刀迅猛劈下。

這一刀劈是劈下了，卻軟綿綿得很，當然沒有能夠切下徐鳳年的頭顱，因為徐鳳年雙手撐地，身體彎曲，貼著冰涼石板旋轉出一個大圓，袖中原本對付指玄琴師的金縷激射而出，由眼眶刺透頭顱，出場沒多時的刺客當場死絕。

殺人與被殺從來都是不過彈指間。

徐鳳年的身體還未落地，巷弄牆壁轟然裂開，第二名壯碩黑衣人更加省事，直接破牆衝出，一斧斬腰！

徐鳳年無需手腳觸及地面，身體向側面旋轉，那一板斧卯足了勁頭，落空後裂開一整塊青石板。徐鳳年站起身後，肩膀靠向那名黑衣刺客，黏多過撞，只是不想讓這名膂力驚人的壯漢回神蓄勁，然後他伸出一掌，貼在刺客太陽穴上，小錯步交替前踏，這個過程裡藉機迅速積攢雜亂湧動的大黃庭，一氣推出，他和刺客的氣勢此消彼長，一下就將手持板斧的壯漢推到牆壁上，腦袋砸入泥壁，炸出一個大坑來。

徐鳳年豈會給他還手的餘地，左手一拳寸勁恰好轟在刺客腰間，右手按住那顆頭顱，在牆壁上一劃而過，硬生生抹出觸目驚心的一攤血跡，鬆手以後，刺客整張面孔血肉模糊滲入黃泥，已是死人一個。

徐鳳年連殺兩人，不過六、七息的短暫光景。

這一次是真正的力疲氣竭，目盲女琴師手指勾住一根琴弦，再崩斷一弦，徐鳳年必死無疑。

她的指肚才碰觸琴弦，驀地神情微變，變斷弦作挑弦，這架焦尾古琴離開雙膝，往後飛去。

砰一聲。

古琴當空龜裂。

徐鳳年嘆了口氣，扶住牆壁，有些遺憾，這樣的良機不會再來了。

◆

雨前。

那時候徐鳳年起身離開老柳樹下的算命攤子，看到一名十五、六歲的健碩少年攔在街道中央，衣衫襤褸，端著一口破瓷碗，像是個打定主意糾纏不休討要銅錢的無賴乞丐。

少年咧嘴微笑，露出一口潔白牙齒，用北涼話輕聲說了兩個字，「戍，戍。」

徐鳳年繼續前行。少年倒退著跟上，在旁人眼中嬉皮笑臉，但徐鳳年卻看見他的眼神異常清澈，只聽他輕聲說道：「我師父是十二地支中的戍，一直負責暗中監視蘇趙齊三人。我是這兒土生土長的孤兒，打小被師父收作徒弟，三年前師父老死，我按照師父遺願去了趟北涼，本意是繼承衣缽做這個戍，但大將軍沒答應，而是讓我做了十天干裡的戊。前段時間我得到另外一名地支死士的消息，說世子殿下可能要來，就讓我多留心。」

徐鳳年作勢掏出一塊碎銀，沒有急於丟入碗中，在外人看來他是有些心疼銀子，正猶豫著給不給這個糾纏不休的小乞兒。

少年快速說道：「城裡來了兩撥殺手，一撥三人，身手不咋的；另外一位是背琴女魔頭，叫薛宋官，北莽十大魔頭裡排第五，殺手榜上的榜眼，很棘手。小的我擅長六石弓，三百步以內傷及金剛體魄，不過這般威勢，一天只能射出一箭。殿下，是殺她還是躲她？我聽你的。」

徐鳳年將碎銀丟入碗中，毫不猶豫道：「殺。」

少年裝作見錢眼開，笑臉燦爛，問道：「可是殿下，她是指玄高手，不好殺啊。」

徐鳳年邊走邊說，一副不耐煩趕蒼蠅的神情，語氣平淡道：「我吸引她注意力，不出意外的話，一撥三人會趁我與薛宋官廝殺時落井下石，我若是無法殺死她，也一定會留力殺他們，到時候你只管在三百步以外射出一箭。」

邋遢少年沒個正經地嘿嘿笑道：「世子殿下，需要賭這麼大嗎？你要死了，我可也就活不了了。」

徐鳳年微笑道：「賭博不能總想著以小博大，這樣摳門的賭徒十賭九輸。」

少年眼前一亮，似乎十分讚同這個觀點。

徐鳳年笑了笑，跟性情古怪反復無常的紈褲子弟一般，伸腳踢開這名少年，從碗裡拿回那塊碎銀。

目瞪口呆的死士少年望著這個瀟灑背影，咽了一口唾沫，吐出兩字：「摳門！」

◆

此時雨中。

沒了那架蕉葉式古琴的女子嬌軀前撲出一個細微幅度。止住搖晃，目盲琴師吐出一口鮮血，伸手從後背拔出一根玄鐵箭。利箭只是刺入後背一寸，並未嚴重傷及肺腑。

一杆長槍從牆內穿牆而出，刺向徐鳳年，結果莫名其妙被女魔頭丟出鐵箭，射透刺客腦袋。徐鳳年輕而易舉地躲開槍尖，好奇望向這名先殺人再救人的指玄琴師，然後擺了擺手。

射箭少年三百步以外挽弓射箭，是要隱匿蹤跡，既然露餡，就在屋簷頂如一頭豹子靈活縱躍，拉近到百步，拉弓如滿月，對準女魔頭。

有主子示意，少年也不急於射箭，再者一箭不得成功，第二箭能否對這個琴師造成致命傷還兩說，除去手上在弦鐵箭，背負箭囊僅剩一支。

目盲琴師站起身緩緩說道：「徐鳳年，或者說是北涼世子殿下？我在龍腰州時，先有人以黃金五百斤買你死，後來又有人用六百斤黃金買你活。」

徐鳳年點頭道：「我這趟行蹤整個北涼知道路線的不過八、九人，很多人都可以排除嫌疑在外，現在看來不是褚祿山就是葉熙真要買我的性命。五百斤黃金，祿球兒肯定有，葉熙真則未必，但世事難料，天曉得真相是如何。至於買我活的，肯定是我師父李義山，妳為何收了第二筆黃金還要殺我？」

她理所當然道：「總要講究一個先來後到，我對自己說過，只要三弦斷去，你還能活下來，我就不再殺你。」

不用徐鳳年有所動作，少年就果斷一箭射斷了安靜躺在青石板上五根弦中的一根。

做魔頭、做殺手兩不誤的薛宋官問道：「我已經不殺你，你要殺我嗎？」

一身氣機翻江倒海幾乎痛死過去的徐鳳年臉龐扭曲道：「妳不還手我就殺！」
她嘴角象徵性扯了扯，大概算是一笑置之了。
徐鳳年盤膝而坐，終於抽空得閒去吸納那顆兩禪金丹的精華。
少年戊沿著屋頂牆頭一路跳到徐鳳年身邊，謹慎地望向那名被自己毀去古琴的女魔頭。
而她只是仔細地撿起古琴碎片和琴弦，小心翼翼地捧在懷中，然後坐在石階上發呆。
大雨漸停歇。

◆

老夫子趙定秀在鐵匠陪伴下走出院門，後者去收屍，老夫子看了眼起身斂衽行禮的琴師，再看了眼在牆腳根入定的年輕男子，以及持弓的少年，嘆息道：「你們說的話我都聽到了。來者是客，都進來吧。」
目盲琴師先走入小院，不忘拿起那把斜立在門檻的小傘。
一炷香時間後，徐鳳年站起身，去牆上抽出春雷，然後和少年戊一起走進院子。
這一屋子，除了躺在椅中昏迷不醒的蘇酥，還有北涼世子殿下，死士戊，西蜀遺老趙定秀，加上一個女魔頭薛宋官，實在是荒謬得一塌糊塗。
老夫子瞥了一眼徐鳳年，「家家有本難念的經，沒想到當年那個三十萬鐵騎眾志成城的北涼也這般亂了。」
徐鳳年脫去外衫，笑道：「小富即安，說的是小富，家大業大，尤其是完全安定下來以後，趙家天子沒能奈何北涼，北莽也差不多拿三十萬鐵騎沒轍，大夥兒閒著沒事，總會有各種各樣的內鬥的。」

老夫子冷笑道：「世子殿下倒是好寬闊的胸襟。」

徐鳳年坐在門檻上，靠著房門軸樞，「為了給你們捎話，差點把命都留在這裡，這就是西蜀遺民的待客之道？」

昔日的春秋鴻儒冷淡道：「別忘了西蜀是被你們北涼軍踏破的。」

徐鳳年揮手道：「沒有北涼軍滅西蜀，也有南涼西涼去做這種名留青史的事情，但南涼西涼什麼的可不會放過你們西蜀太子。我現在說一個字都鑽心疼，就別賣關子了行不行？」

老夫子瞇眼道：「你信不信我讓人一劍斬去你項上頭顱？」

徐鳳年伸手指了指目盲琴師，背對他的女子心有靈犀地說道：「薛宋官已經收下六百斤黃金，齊劍師要殺他的話，我會出手阻攔。」

徐鳳年笑咪咪道：「趙老學士，如何？」

老夫子冷哼一聲。

徐鳳年說道：「西蜀復國不在舊西蜀，再往南而下八百里，有南詔十八部，你們去統一了再談復國，北涼在那邊有隱藏的棋子可以提供給你們使喚。」

老夫子眼神一凜。

徐鳳年開門見山地說道：「天底下沒有白拿好處的事情，我先收下一筆定金。聽說姓齊的這二十年一直偷偷鑄劍，不管劍有沒有鑄成，就算只有個劍胚，也要送給我。」

老夫子怒髮衝冠，罵道：「滾蛋！」

徐鳳年白眼道：「趙定秀，別得了便宜還賣乖，別說一柄劍，我估計你要是有個孫女，聽說復國有望，還不一樣雙手奉上？」

老夫子氣得嘴唇鐵青，虧得他不曾習武，否則十有八九抄起傢伙就要跟這小王八蛋拚命了。

返回院子的鐵匠平靜道：「那柄春秋，你拿去就是。」

徐鳳年愣了一下。

鐵匠望向徐鳳年，太陽打西邊出來似的開懷笑道：「小巷一戰，勁道十足。我一直在聽你的言語，跟人廝殺時沒說超過十個字，知道你是爽利人，我喜歡，像當年主子。咱們的西蜀劍皇，殺人便殺人，聒噪個鎚子，想必這柄春秋在你手上不會辱沒了去。」

說完這句話，鐵匠更是爽利，一腳踏在院中，一只劍匣破土豎起。

未曾出匣，便已是劍氣沖斗牛！

不知是否是名劍出世的緣故，蘇酥打了個激靈，才要清醒過來，徐鳳年馭劍出袖，彈指敲在金縷劍柄上，又把這位舊西蜀太子給當場擊暈過去，老夫子又是氣惱得一陣嘴皮發抖。

返袖金縷在目盲女琴師眼前時，薛宋官冷哼一聲，金縷在空中掙扎顫抖，進退失據。

冷眼旁觀的老夫子洞察世情，對這個言語輕佻的北涼世子增添了幾分戒心，大局明明塵埃落定，到了此時他仍是不忘試探性抹殺薛宋官。

徐鳳年厚著臉皮笑了笑，扯去對飛劍金縷的氣機牽引；薛宋官也沒雙手奉送的好心腸，食指一勾，將飛劍拉扯到身前，然後用左手兩根纖細手指按住劍身。

她是貨真價實的指玄高手，最是見微知著。飛劍乃是鄧太阿精心打造，就妙不可言的紋理來說，就像是一本無字劍譜。一品四境，不說當下境界是否晉升或者毗鄰陸地神仙，有三人是繞不過去的天才，都曾在某個境界上一騎絕塵：金剛境上白衣僧人李當心、獨占八斗氣象的曹長卿，而指玄境，就是以術證道的鄧太阿。

雨巷一戰，加上這柄可謂殺手鐧的金縷，目盲琴師總計見識到十柄飛劍，此時一摸劍身，知道大有學問，薛宋官估計這個人屠之子似乎身懷巨寶而不自知，有撿芝麻丟西瓜的嫌疑，只顧著養育劍胎，而不知一柄飛劍本身蘊藏的劍道意義，她也沒那份善心去捅破窗紙。

徐鳳年丟了金縷，也不擔心女魔頭不歸還，更不理睬趙定秀的怒目相視。走到院中，看著儲有春秋劍的烏檀匣，世子殿下目不轉睛。

劍匣篆刻有煩瑣樸拙的銘文符籙，天底下排得上號的上乘劍匠，大多精通奇門遁甲，姓齊的鑄劍師既然有資格給西蜀劍皇鑄劍，當然名列前茅。如果說劍鞘是內衫，那麼劍匣就好似一個人的外衫。這只劍匣，已經超出這個範疇，更像一只牢籠，不讓殺伐氣焰外逃。

不論是文壇棋壇還是江湖武林，都有崇古貶今的陋習，總以為詩詞文章是古人做得好，武學祕笈也是越上年紀歲數越珍貴，殊不知世事如棋，總是踩在先人肩膀上的後來人落子越來越精妙，好在棋壇有黃龍士、徐渭熊，江湖上有王仙芝、李淳罡，都開創了足以福澤百年的新氣象，此時一柄春秋出世，也差不多能算是教今人不羨古人了。

鐵匠看到徐鳳年伸手要去觸碰劍匣，輕聲道：「小心。」

徐鳳年伸手摸在劍匣上，縮手後低頭看去，手指上滲出許多新鮮血絲，這柄劍所藏殺伐意氣之盛，生平僅見。

曾經給西蜀劍皇捧劍的鐵匠笑道：「我只管鑄一把好劍，你如何取劍，事後讓劍氣內斂，是你的事情。」

徐鳳年頭也不回，說道：「戊，你去幫琴師姐姐找家客棧住下。」

持大弓背箭囊的少年點頭道：「好咧。」

薛宋官這才兩指鬆開金縷，飛劍剎那便返回徐鳳年的袖中劍囊。

本就是當世劍道屈指可數高手的鐵匠見到這一幕，暗自點頭，難怪能跟這名指玄境女子在小巷鬥得那般凶險，北涼王倒是生了個心性相近的好兒子。鐵匠繼而想到自己西蜀的太子蘇酥，蘇酥當然是化名，蘇酥二字都諧音「蜀」，至於為何姓蘇名酥，得問趙老學士，他這些年總沒能想明白，敢情是老夫子惦念西蜀街上挑擔叫賣的酥餅滋味了？

鐵匠走到爐前，看著熟睡的年輕人，他一個打鐵鑄劍的與老夫子不同，沒那麼多國仇家恨好講究，只覺得這名遺落民間市井的小太子能開心活著就好，復國與否，聽天由命。記得有大江過西蜀，那位聲名僅次於劍神李淳罡的劍皇曾說過劍勢如江流，居高臨下順勢往低處流去，自然也就劍氣更足，捧劍的他覺得做人大概也是這麼個道理，如那般逆勢劍開天門，終歸是只有李淳罡一人，木馬牛一劍，並非常理。

老夫子負手走入後院，鐵匠背起蘇酥。後院有兩間狹小屋子，小時候蘇酥喜歡半夜啼哭尿床，老夫子差不多就要整夜守在門口伺候，反而是鐵匠自己睡得安穩，或是只顧著將那塊天外玄鐵鑄劍。每次想到這個，鐵匠就忍不住想笑，真是難為一輩子做文章學問的老學士了，臨老還要當爹又當娘的，當年頷下鬍子也不知道被小太子揪斷多少，拔完以後還要笑，鐵匠覺得那會兒一臉無奈的老夫子，人情味兒遠比當年廟堂上怒斥陛下昏聵來得更多。

徐鳳年枯站在院中，繞著劍匣慢行。

少年死士把弓留在院子裡，然後和目盲琴師走出院門。她拿棉布行囊裹緊了碎琴，挽在手臂上，如同一個出門買菜歸來的婉約小娘。

少年斜眼瞧著，覺得挺有趣，他本就是留不住煩憂的樂天性子，打趣道：「薛姐姐，我不小心打爛妳的心愛古琴，妳不會突然出手宰了我吧？」

女琴師柔柔搖頭，說道：「不會。」

代號戊的少年好奇問道：「薛姐姐，妳不是北莽榜上很靠前的大魔頭嗎？魔頭殺人可不就都是不要理由的？」

她笑了笑，「我也不知為何能上榜，其實我才殺了六人而已，除了第一人，其餘都是別人花錢買凶要我殺人。可能是因為我所殺的人物，都是接近金剛境界的。」

少年孩子心性地笑道：「薛姐姐，女人本領這麼高，小心以後嫁不出去。妳想啊，就算妳不是惡名昭彰的大魔頭，哪個男人喜歡娶進門的媳婦打架比自己厲害，是不是這個說法？像我就不敢，以後找媳婦肯定找只會女紅繡花的女子。不過我沒錢，長得也不俊，師父在世的時候就總擔心我以後討不到媳婦。」

盲女輕聲道：「跟了北涼世子，你還怕沒媳婦嗎？」

雙手過膝如深山猿猴的少年戊走在小巷青石板路上，望向遠方，沉聲道：「就怕哪天說死就死了，所以不敢找媳婦啊。」

到了客棧門前，少年悄悄隱入夜幕。

◆

第二天天濛濛亮，睡飽了的蘇酥想要用一個漂亮的鯉魚打挺坐起身，結果重重砸在床板上，可憐木板小床吱呀作響。

他揉了揉腰，有些犯迷糊，怎麼睜開眼就躺床上？昨晚雨夜裡不是碰上了一名等人的女子嗎？依稀記得小巷盡頭還有個撐傘的修長身影，這類瞧著就高高在上的人物，擱在平時見著，能讓蘇酥酸溜溜腹誹半天。

走出這間不管如何被老夫子收拾整齊第二天保管凌亂不堪的屋子，老夫子經常念叨什麼一屋不掃何以掃天下，起先蘇酥左耳進、右耳出，後來實在不堪其煩，就堵了老夫子一句「你弄個天下來給我掃掃，我保證把這間屋子收拾得一塵不染」，那以後老頭兒再沒在這件事上碎碎念，讓蘇酥心裡頭有些過意不去。

老夫子在往外搬那幾盆蘭花，蘇酥見怪不怪，去了前屋，齊叔還在孜孜不倦叮叮咚咚打鐵，蘇酥屈臂，跟齊叔對比了一下肌肉，有些洩氣，冷不丁瞥見院裡站了個半生不熟的身影，他小跑過去一看，頓時瞪大眼睛，怒喝道：「你誰啊？」

整整一宿，徐鳳年都在將劍匣流淌出來的劍氣抽絲剝繭，便凌厲劍氣翻裂的泥土已經不知不覺被他踩平，聽見蘇酥的鬼叫聲，他轉過身看了眼這名舊西蜀皇室遺孤，沒有出聲。

蘇酥皺了皺眉頭，隨即醒悟，跳腳譏笑道：「老子記起來了，你是那個昨日在老柳樹下被騙了錢的傻子，大老爺們兒還流淚，是心疼銀子還是咋的啊？」

徐鳳年冷著臉轉過身。

來到前屋的老夫子趙定秀無奈道：「不可無禮。」

以蘇酥的五感遲鈍，自然無法感知劍匣藏劍的充沛劍意，劍氣有靈犀，對於蘇酥這類不習武的凡夫俗子也不會主動傷人。蘇酥跨過門檻，想著出門跟狐朋狗友們打鬧逍遙去，他這輩子都跟窮得叮噹響的傢伙打交道，對於眼前這種出手闊綽的公子哥，雖說腦子有點被門板夾到的嫌疑，但也不是他喜歡接近的，說到底還是會渾身不自在，容易自慚形，蘇酥就當眼不見、心不煩了。

繞過那人和那個古怪匣子，無意間瞧見牆腳芭蕉叢，蕉葉碎爛得跟惡狗咬過似的，他當下便怒氣橫生，爬上牆頭，叉腰對隔壁院子罵道：「王肥膘，你給蘇爺爺滾出來！上回你偷摘我家芭蕉葉子去擦屁股也就算了，這次你是貓叫春還是咋的，撓老子的芭蕉做啥？撓什麼撓，撓你那癡傻媳婦的奶子去！」

隔壁院子傳來一聲怒吼，一個肥肉顫抖的胖子一邊拉上褲腰帶一邊抄著鋤頭就殺出來，「酥餅，皮緊了欠拾掇是吧？大清早喊喪啊！老子削死你！」

蘇酥自顧自在牆垛上打了幾拳，自以為威風八面，然後蹲在牆頭上，笑咪咪道：「還想爬牆？來啊來啊，就你這體型，在床上能壓得你那媳婦喘不過氣，小心別壓死了，到時候你可就真要求我幫你喊喪了。」

胖子爬不上牆，鋤頭也搆不著蘇酥，一氣之下就乾脆甩手將鋤頭丟了出去，興許是昨晚在媳婦肚皮上力氣用得七七八八，沒了準頭，鋤頭落向小巷裡。

蘇酥正想調笑幾句，轉頭見鋤頭要死不死偏偏砸向了一名路過女子，嚇得他趕忙縱身一躍，想要去攔住鋤頭，可驟雨以後的泥牆鬆軟，蘇酥一個踉蹌就要撲出個狗吃屎，便下意識地閉上眼睛。等睜開眼睛時，猛然驚覺自己被她抱在了懷裡，蘇酥一時間有些發懵，不知道怎麼開口。

胖子打開門，見到這一幕，也是目瞪口呆，蘇酥這小子祖墳冒青煙了，竟然還給一個娘們兒抱住了？王肥膘搖晃了一下腦袋，跑去撿回鋤頭，還真怕傷到了人，小門小戶，每一顆銅板都是要一顆蘿蔔一個坑的，哪來的閒散銀錢去賠？真死了人，萬一若是北莽二等的人物，他就要全家給賠命陪葬了。

目盲女琴師放下蘇酥，後者站定後赧顏笑道：「見笑了、見笑了。」

大清早的，又有夜雨掃塵，空氣清新宜人，光線也就顯得格外清晰，蘇酥瞧真切了她，不漂亮，不過秀秀氣氣的，也很討喜了，像是鄰里富裕人家走出來的姑娘，沒啥大架子，他喜歡得緊。

蘇酥撓撓頭，問道：「姑娘，妳昨夜等人，是等院子裡那個佩刀的公子？」

她點了點頭。

蘇酥習慣性一拍額頭，果然，物以類聚、人以群分，都是腦瓜子不太正常的，如此一來，蘇酥看她的眼神就有些憐惜。領著她進了院子，身後傳來蹲在門口看熱鬧的王肥膘一句調笑，「呦，酥餅，出息了啊，都帶娘們兒進院子了，打從娘胎以來頭一回啊，要不放爆竹慶祝一下？」

蘇酥一腳剛跨過院門，聞言縮回頭怒罵道：「王肥膘，再瞎叫喚，晚上我帶兄弟去你家聽牆根去！什麼金槍不倒、一夜七次郎，我看也就是提槍上馬就下馬的眨眼工夫！」

胖子才要衝上去痛打一頓，聽到院門砰然關上，只得罵罵咧咧回家睡回籠覺，還狠狠呸了一聲，心想老子有媳婦暖炕頭，你小子有嗎？接下來蘇酥才知道老夫子去私塾說過了這幾日不教書，齊叔依然打鐵，目盲女子只是坐在後院，不像是發呆，不過也不怎麼愛說話，偶爾老夫子跟她閒聊才問一句、答一句，至於那個不知姓名的公子哥，蘇酥橫豎沒看出門道，也就懶得理睬，就坐在後院欣賞目盲女子略顯拘謹的小娘子姿態，至於老夫子所謂非禮勿視啥的，才不當真。

後來老夫子不知從哪個旮旯拿出半吊錢，讓這些年常嘆自己巧婦難為無米之炊的蘇酥心情大好，做了頓有葷有素，色香味俱全的豐盛午飯，姓薛的目盲姑娘吃飯時也一樣秀氣靦腆，小口小口的，蘇酥怎麼看都歡喜，老夫子在桌底下不知踩了多少腳，蘇酥始終不動如山，十分有大將風度。

蘇酥知道那個佩刀公子哥端著飯碗就又去前院站著發呆了。

老夫子時不時去那邊看一會兒，然後搖頭晃腦回來，蘇酥也不是沒有疑惑，可老夫子嘴巴嚴實，不透露半點，讓本以為有個大財主遠房親戚的蘇酥很是失望，好在有薛姑娘安靜坐著附近，讓蘇酥心裡好受許多。

接下來半旬，薛姑娘皆是清晨來、黃昏走，雷打不動。

終於知道是姓徐的年輕公子哥還是走火入魔地呆在前院，蘇酥就納悶了，你要說即便你眼前杵著個如花似玉的姑娘，這麼不眨眼盯著看半旬時光也得看吐了吧？

這一天，蘇酥坐在後院小板凳上，和薛姑娘有一句、沒一句地聊著。

老夫子負手從前院走回，低頭自言自語：「精誠所至，六丁下視，太乙夜燃，勤苦從來可動天。既然有了這般數一數二的家世，還如此有吃苦毅力，是我趙定秀走眼小覷了。」

蘇酥聽得含糊不清，高聲問道：「老頭兒，說個啥？」

老夫子默然坐下，許久以後，說道：「要搬家了，往南走。」

蘇酥白眼道：「咱們有那個錢嗎？再說了，去南邊做什麼？在這兒就挺好，不搬！」

老夫子好似哀其不幸、怒其不爭，揚聲道：「我說搬就搬！為何人家身在富貴尚且吃得住苦，你偏偏就吃不得？」

平時老夫子罵就罵，可今天有女子在場，蘇酥也有些急眼了，「放著有好好的安穩日子不過，憑啥要我去吃苦，顛沛流離跟喪家犬一樣，好玩嗎！」

老夫子怒極，顫聲道：「好一個喪家犬！對，你就是喪家犬！」

老夫子竟然眼眶濕潤，指著這個年輕人，咬牙切齒道：「我西蜀三百萬戶，誰不是做了二十年的喪家之犬？」

一頭霧水的蘇酥嚅嚅囁囁，只覺得丈二和尚摸不著頭腦，但看到老夫子罕見的失態，也不敢再強嘴。

一直安靜的目盲女琴師輕聲道：「老夫子，其實蘇公子說得也沒錯，為人處世，天底下任何人都只是求一個不苦。像我這般的，在江湖上，也無非是求一個莫要身不由己。」

老夫子並非一味蠻橫不講理的迂腐人物，只是搖頭哽咽道：「可是他不一樣啊，他是蘇酥啊！」

蘇酥其實不是挨了罵而委屈，只是見到老夫子老淚縱橫有些莫名的心酸，也紅了眼睛，抽泣說道：「對，我是蘇酥！可我就只是在這裡長大的蘇酥啊。」

訓斥蘇酥二十多年，從來都是正襟危坐的老夫子默然，垮了那股不知為何而撐著的精神氣，就像脊梁被壓彎了。

蘇酥心一緊，胡亂抹了抹臉，神情慌張，趕緊說道：「老頭兒，你說啥就是啥，我聽你的就是啊，你別嚇我。」

老夫子重重嘆息一聲，站起身走回屋子，只留下犯了錯卻不知錯在哪裡的蘇酥，顧不得有女子在身邊，低頭抽泣。

薛宋官猶豫了一下，伸手輕柔拍了拍他攥緊拳頭放在膝蓋上的手背。

他如溺水將死之人抓住救命稻草般，死死握住她的纖細小手，抬起頭，哭泣道：「妳告訴我哪裡錯了，我去跟老夫子道歉去。我不想他傷心，我也想有出息啊，可是我真的不知道該怎麼辦啊！」

沒了古琴的目盲女子溫柔笑了笑，用另外一隻手幫他擦去滿臉淚水，輕聲喊了一聲：「蘇酥。」

◆

前院。

這半旬無數次記憶起廣陵江畔的一劍天門開。

深呼吸一口。

徐鳳年一手負後，一手伸出，無數劍氣斕絲一改往日暴虐常態，溫順纏繞在他這隻手臂上。

他平靜道：「開門！」

劍匣大開。

◆

有氣急了就動手痛打子女的爹娘，卻絕沒有記恨子女過錯的爹娘。對老夫子趙定秀來說，蘇酥就是他的親生兒子，只是差了那份血緣而已，若是那個姓徐的年輕人不踏入這條巷弄，也許這輩子他也就老死在這座城鎮，墓碑上刻下「趙定秀之墓」五字，再連同墳塋一起被風雨打散，無人會記得春秋時西蜀趙書聖的一字千金。

他會擔心蘇酥這孩子沒能娶上溫婉的媳婦，會擔心這個孩子被市井潑皮欺負，也會擔心他沒了自己的罵聲，會走歪，會不成材，會過得落魄。但現在不一樣了，李義山完成了當年的約定，他要帶著隱姓埋名的蘇酥去南方，去南詔十八部運籌帷幄，就如當年李義山在山崖所說：「西蜀不在，還有後蜀！」

今天老夫子給那些孩子在私塾授業的家庭親自登門致歉，再將那些盆蘭花分送出去，便是當年那個拿刀劃傷他手臂的屠子，聽說這位教書老先生要走，二話不說剁下一整條新鮮豬腿，強塞了過來，後來生怕身材瘦小的教書匠扛不動，讓家裡那個健碩小子背著送到了小院門口，以後多半要子承父業當屠子的少年憨笑說了幾句先生以後記得回來。

老夫子笑了笑，叮囑著說識了字，幫你爹記帳可別馬虎，做人做事功夫都在細處。憨厚少年撓撓頭，不知如何作答。老夫子揮了揮手，吃力地托著豬腿往院子裡搬，在前院想事情的徐鳳年見狀趕忙扛在肩上，幫著放到灶房裡去。

臨近黃昏，燉了一大鍋肉，香氣彌漫整間院子，有蘇酥和齊叔兩尊饕餮鎮場子，不怕吃不完。徐鳳年在城裡買了幾套合身衣衫，再購置了一只小書箱，恰好可以裝入春雷，至於那柄劍氣蟄伏的春秋，他準備背在身後，不再佩刀，也算一種聊勝於無的身分掩飾，如此一來，真有幾分負笈掛劍遊學的士子模樣了。

徐鳳年不肯浪費那六百斤黃金，就讓女魔頭薛宋官護送三人前往南詔，雖說有齊姓鑄劍師保駕護航，出不了大紕漏，但扈從這種事情，總歸是多多益善，連同少年死士也一併被吩咐順路去北涼，起先戊死活不答應，要陪著世子殿下一起由橘子州入錦西州，徐鳳年只得拿出北涼世子的架子，才讓少年心不服口服地聽命南行。

一大桌人一起吃著香噴噴的燉肉，連目盲琴師都被挽留下，死士戊也讓徐鳳年喊來了蹭飯，是院子難得的熱鬧場景。

酒足飯飽，少年戊回去收拾家當，蘇酥帶上薛宋官去城內轉悠，老夫子又掏出半吊錢偷塞過去，頗像是自家不爭氣的兒子好不容易拐騙了個姑娘，做長輩的怎麼都得充充門面。

院中只剩下老夫子、鐵匠、徐鳳年三人，說話也就沒了顧忌。徐鳳年按照李義山所說，給了趙定秀幾個南詔人名。老夫子心情不錯，默記下這幾個分量極重的人物以及聯繫方式，最後直截了當地問道：「徐家這是要造反？」

徐鳳年沒來由地想起青城山和青羊宮，不知是否已經放入六千甲士，嘆了口氣，搖搖頭道：「自保的手段而已。」

老夫子感慨道：「春秋謀士多如過江之鯽，但成名成事的也就一雙手左右。你們徐家麾下的趙長陵死得早，可惜了一身王佐之才。好在李義山尚在，否則狡兔死、走狗烹，你們徐家未必能有今日的景象。先前我只認為李義山雖然計謀略勝趙長陵半籌，卻輸在視野氣魄上，比起英年早逝的趙長陵，和如今仍然幫燕刺王出謀劃策和經略藩地的納蘭右慈，只算術強而道弱。可這二十年通過傳入橘子州零散瑣碎的消息，慢慢看下來，原來當年李義山仍是藏拙了，或者是被趙長陵鋒芒遮掩，施展不開，等到徐家入主北涼以後，除了親赴戰場一項，李義山不論地理、洞察、機變和外交，還是文采修養，都是一流國士。簡單評價其為『毒士』，實在是委屈了李義山啊。」

徐鳳年懶洋洋地靠著房門戶樞，笑道：「我師父是當之無愧的全才，徐驍也說過趙長陵當年就一直心懷愧疚，說有他趙長陵在世，李義山就無法盡全力而為。我師父是真的到了隨心所欲的境界，不論帶兵治政，還是廟算運籌，都是信手拈來。這二十幾年下來，連我都不知道師父到底布局了多少手妙棋，恐怕在師父眼中，王朝裡也就只有張巨鹿是他旗鼓相當的對弈敵手了。」

老夫子一臉遺憾道：「可惜這趟南下無法跟李義山見上一面，有太多話想跟他嘮叨了，不吐不快啊。對了，世子殿下，你師父身體如何？」

徐鳳年輕聲道：「不太好。」

老夫子一聽，皺了皺眉頭，徐鳳年瞇眼望著天色，十分篤定地爽朗笑道：「放心，他怎麼會死！」

◆

第二日清晨時分出城，在城外乾涸的護城河附近聚頭，然後分道揚鑣。

蘇酥原本想厚著臉皮跟老夫子說租輛馬車，好擺闊不是？不過今早醒來就見老夫子繃著張臉，就沒這份膽識了。好在聽說薛姑娘要跟他一起往陌生的南方而去，對於有無馬車也就無所謂了。回頭望了一眼那名站在河邊揮手的瀟灑公子哥，蘇酥輕輕扯了扯女子衣袖，小聲問道：「妳跟姓徐的其實不熟？」

目盲女子柔聲道：「不熟。」

蘇酥笑問道：「那妳不會喜歡他吧？」

她嘴角翹起，搖了搖頭。

蘇酥高興慶幸之餘，又有些傷春悲秋，那小子連老夫子都瞧得順眼，以後十有八九出息得不行，而自己這般活得稀里糊塗，只是一個渾渾噩噩過日子的無賴混子，那麼她就更喜歡不起來了吧？

少年戊沒有著急跟上大隊伍，他的大弓和箭囊都已經藏好，交由身材魁梧的鐵匠背負，只是站在主子身邊，欲言又止。

徐鳳年笑道：「你跟著我沒用，說不定還要拖後腿，死了也是白死。」

少年死士一臉惆悵。

誰說少年不知愁滋味。

徐鳳年拍了拍他的肩膀，安慰說道：「去吧，到了北涼王府，跟徐驍和我師父李義山說一句，我很好，這也算你立功了。」

少年愁得快，不愁得也快，笑臉燦爛道：「好咧。」

徐鳳年想了想，掏出一袋子碎銀，丟給少年，「別讓人覺得我們小氣了。」

少年接過一袋子銀錢，突然低頭悶聲道：「世子殿下，要不我還是跟你一起去錦西州好了，我其實不那麼怕死。」

徐鳳年撥轉他的身體，一腳踹在他的屁股上，笑罵道：「滾！」

師父是戊、他是戊的少年踉蹌了一下，轉身怔怔望著遠去的背影，狠狠揉了揉眼睛，這才匆匆跑向老夫子一行人。

蘇酥驚訝問道：「呦呵，你小子竟然哭啦？」

知道這人綽號的少年恨恨撇頭道：「死酥餅，要你管！」

蘇酥嘻嘻笑道：「那傢伙是你親哥不成？」

少年惱火道：「是你大爺！」

蘇酥愣了一下，捧腹大笑。

惱羞成怒的少年學世子殿下依樣畫瓢踹了蘇酥屁股一腳，氣勢十足道：「滾！」

連老夫子都樂得落井下石，撫鬚笑道：「小戊，教訓得好。」

蘇酥拍了拍生疼的屁股，齜牙咧嘴，倒也不生氣。

轉頭望了一眼，蘇酥雖然自認不聰明，但也不笨，他大概知道那姓徐的往北獨行，不讓小戊隨從，是好心，換成是他，估計就做不到，別的不說，一個人孤苦伶仃的，連說話的人都沒有，多可憐。

不知自己成為別人風景的徐鳳年向北行去。他拍了拍身後背負的春秋，笑了笑，「本來是想送給溫華那小子的，總是用木劍也不像話，不過得等他出息了再說，否則背著一、兩天還沒威風夠就給人搶去，也太丟人現眼。要是他鑽牛角尖不肯要，那就送給鄧太阿，權且當作還了贈劍之恩。遇不上的話，也沒事，回了北涼，送給白狐兒臉。他若是不要，這位叫春秋的兄弟，那你就只能跟我混了。」

徐鳳年沉默下來，自言自語道：「其實說來說去，最想送給羊皮裘老頭兒。」

第十章　老劍神寂然作古　徐鳳年落腳黑店

江南紅鹿洞，綠水青山之間有稻田。

一名羊皮裘老頭插秧過後，光著腳坐在田垛上休憩，身邊有一架木制水車。

跟隨父輩一起入山隱居的佩劍少年蹲在老頭兒身邊，問道：「喂，李老頭兒，你到底是做啥的？我問叔伯們他們都不說，姜姐姐只說你是練劍的，那你行走過江湖嗎，你給說說看唄？」

羊皮裘老頭彎腰從水車那邊勺水潑在腳上，洗去田間帶起的泥濘，沒好氣道：「去去去，別打攪老夫看風景的雅致。」

少年耍賴道：「說說看嘛。」

羊皮裘老頭自嘲道：「江湖裡哪來那麼多大俠，都是小魚、小蝦米，說起來也沒個意思。」

少年撇嘴道：「強老頭，你知道我爹是誰嗎？他就是響噹噹的大俠！」

老頭兒白眼道：「別說你爹，我連你爺爺都打過。」

少年漲紅了臉，怒氣衝衝道：「你瞎說，我爹是西楚名列前茅的大劍客，我爺爺就更是劍術超群了，是咱們西楚碩果僅存的劍道大宗師！」

老頭兒摳著腳趾，呵呵笑道：「還大宗師，你去把你爺爺喊來，看他臉紅不臉紅？呂家小娃兒，你看你爹每天擦拭那柄破劍就跟撫摸小娘們兒肌膚一般用心，可他哪次見老夫請教劍道，不是都不敢佩劍的？」

少年雖然出身春秋高門貴胄，難免在細枝末節上沾了些娘胎裡帶來的驕橫，不過也不算盛氣凌人，接人待物都恪守禮儀，不過這座山裡結茅而居的不是名將就是文豪，他就樂意來跟眼前這個最沒風度的邋遢老頭嘮叨，聽了羊皮裘老頭兒的言語，細細思量，似乎還真是這麼一回事，便將信將疑說道：「這麼說來，你也是大劍客了？」

老頭望向濃綠綢帶一般的潺潺小溪，反問道：「怎麼才算大？」

少年哼哼道：「聽說你姓李，那就是李淳罡那樣的劍客，才算了不起！不過你倆雖然都是斷了一條胳膊，但差了十萬八千里！我以前聽奶奶說起，李淳罡可是天下最英俊風流的男子，連她都思慕得緊呢，你再看看你！」

老頭兒隨意拿手在裘皮上擦了擦，掏耳朵笑道：「小娃兒說夠了就一邊玩褲襠裡的小鳥去，老夫沒心情聽你捧臭腳。」

少年天生聰慧，知道曲線救國[1]的道理，嘿嘿改口笑道：「老前輩，既然連我爹都要跟你請教劍術學問，你見我根骨咋樣？要不你把那啥成名絕學都教我一教？算我吃虧，做你的記名弟子好了！」

羊皮裘老頭被逗樂，「那你還真是吃天大的虧了？想學劍？根骨在其次，心性在先，懂嗎？你這娃兒所在家族出了一大窩的名臣將相，那麼你會不會下田插秧？」

少年一拍劍鞘，氣呼呼道：「我怎麼能去做莊稼活，學那兵法和練劍都來不及了！」

老頭笑道：「這就對了，所以你學不來老夫的劍。」

少年賭氣道：「可見你的劍術也不高明。」

與李淳罡同姓的老頭兒一笑置之，起身道：「呂家小娃兒，去跟你那些爺爺叔伯們說一聲，我要下山了，不回來了。對了，再給你姜姐姐帶一句話，殺人救人，一線之隔，也是天人之隔。」

少年雖然經常跟這老傢伙頂嘴，可事實上還是打心眼裡喜歡這個沒架子的邋遢老人，一聽他要下山，以後自己不是要乏味死了？趕緊問道：「李老頭，下山做什麼啊，一大把年紀了，總不會還要闖蕩江湖吧？江湖啊，都是我們這些年輕人的了，你湊啥熱鬧，在這兒養老不好嗎？別去了，最多我以後不罵你糟老頭，行不？」

這老頭兒說走就走了。

有些無奈的少年只好轉身跑去山腰上，先跟爺爺說了一聲，曾是西楚名將的老人神情震驚，丟下書籍就要衝出茅屋追人，但隨即洩氣坐下，失魂落魄。

少年好奇問道：「爺爺，怎麼了？」

老人摸了摸孩子腦袋，一起走出茅屋，望向山下，輕聲道：「如今可以說了，你這位李爺爺，不僅和劍神李淳罡同姓，而且同名，因為本就是一個人啊！爺爺年輕時候被李前輩打過，說來不怕笑話，能娶你奶奶，還是歸功於這頓打哪。前些天牽驢上山的那個小書童，跟你差不多歲數，被你說成一口西楚歪腔的同齡人，如果爺爺沒有料錯，是鄧太阿的劍童。」

少年如遭雷擊。

那架水車依舊汲水灌溉不停，而人已走遠。

◆

一名白髮白鬚的魁梧老人出城。

出城誰不會？進城總歸要出城的不是？

但他這次出城，一路行來，身後一百里外已經吊著足足八千鐵騎了！經過廣陵道的時候跟上了三千甲，再往南到了燕剌王轄地，又跟上了三千騎，中間又有八百里加急的京城密旨，再添了兩千鐵騎。

不管他想要做什麼，這八千鐵騎都只是遠遠望著，不去插手。

整整八千騎，就像一個欲語還休的羞澀小娘子，只敢遠望著心中崇拜的漢子，就是不敢靠近。

一身粗麻袍子的老人腳踩一雙麻鞋，牽著一個七、八歲的綠衣小閨女，健步如飛，速度之快奔馬也望塵莫及，可怕之處在於小女孩身體孱弱，被白髮如雪的老人牽引，就一樣可以如同草上飛。

一老一小，讓人驚駭側目。

被從舊南唐境內帶來的小孩子歪著頭問道：「老爺爺，我們這是去哪裡啊？」

老人大概不苟言笑了一甲子，在這孩子身邊卻破天荒地多了些言語，說道：「去見一個故人，既是前輩，也是知己。」

小孩子「嗯」了一聲，也聽不太懂，就裝懂點頭說道：「故人啊。」

老人笑了笑，「故人就是老朋友的意思。不過去得晚了，就是已故之人，見與不見都沒有意思了。」

綠綢衣小孩子乖巧道：「老爺爺，那我們快些！」

老人突然停下腳步，見小女孩眨著眼眸一臉迷惑，笑道：「綠魚兒，稍等，再有三百里就要見到那名故人了，我要趕些蒼蠅。」

老人一瞬即逝，一瞬即回。

然後拉起暱稱「綠魚兒」的小丫頭繼續前行。

八千騎中當頭三百先鋒騎人仰馬翻，再不敢越過半步雷池。

他們如何不驚懼？

這老人可是那雄踞武帝城的天下第一人王仙芝啊！

◆

羊皮裘老頭兒來到一座頹敗的黃泥屋子前，屋前有一方早已無水的水塘。

年輕時下山行走江湖，曾在集市購得一條青魚、一條紅鯉，放生養在房前小塘。

當初極為自負，以為在江湖逗留不過半年，就要於世無敵，也就會無趣而回。刺傷妳以後，去過斬魔臺，帶妳骨灰返鄉，才見房屋殘破。

池水乾枯，荷葉皆枯，塘中兩尾青紅亦不知所蹤。

李淳罡沿著雜草叢生的山路登山，山頂是他的練劍處，山巔峰巒好似被劍仙當中劈去填海，山坪上就突兀樹起了一道光滑峭壁。

這一面峭壁，被年輕時意氣風發的李淳罡劍氣所及，溝壑縱橫，斑駁不堪。

李淳罡來到山坪，蹲在一座荒蕪墳墓前，拔去雜草。

墓碑無字，只留下一柄年輕時候的無名劍，與她相伴。

這個羊皮裘老頭兒望向山壁，笑道：「我李淳罡豈能腐朽老死，豈能有提不起劍的那一天？又怎願捨妳而飛升？天底下還有比做神仙更無趣的事情嗎？」

老人回首看了眼孤小墳塋，柔聲道：「世間劍士獨我李淳罡一人，世間名劍獨我木馬牛一柄，這是李淳罡三十歲前的劍道。」

「再以後，如妳所願，如齊玄幀老傢伙所想，山不來就我，我不去就山。有山在前攔去路，我就為後來人開山，這便是李淳罡的劍道了！」

「綠袍兒，看這一劍如何？」

李淳罡拔起那柄半百年不曾出鞘的古劍，輕輕一劍，劈開了整座峭壁。

復又抬頭，朗聲道：「鄧太阿，借你一劍，可敢接下？」

有聲音從九天雲霄如雷傳來，「鄧太阿有何不敢？謝李淳罡為吾輩劍道開山！」

輕輕一拋。

這一劍開天而去。

羊皮裘老頭兒拋劍以後，不去看仙人一劍開山峰的壯闊場景，只是坐在墳前。

一輩子都不曾與女子說過半句情話的老人細語呢喃，只是說與她聽。

天色漸暗，羊皮裘老頭兒視線模糊，如垂暮老人犯睏，打起了瞌睡。

驀地，他有些吃力地睜開眼睛，望見一襲綠袍小跑而來。

李淳罡輕聲道：「綠袍兒。」

綠衣怯生生站在他身前，輕聲道：「我叫綠魚兒。」

獨臂老人已是人之將死，闔起眼皮，仍是顫抖著舉起手，「綠袍兒？」

這一襲小綠衣不知為何，靈犀所致，伸出小手，握住老人，點頭道：「嗯！」

◆

徐鳳年再換一張面皮。他手頭的面皮都符合舒羞大娘的刁鑽口味，這一張也不例外，實在是書生得不能再書生了。春秋劍已經認主，斂去了滾滾如長河的劍意，斜背在身後，他本就身材修長，此時名劍在背，就越發顯得玉樹臨風，只差沒有出現一座立於荒郊野嶺的古寺，否則徐鳳年入宿挑燈讀書，指不定就有狐仙狷子來勾引。

橘子州地理狀況其實和中原相差不多，也有一些崇山峻嶺，不過比較南方山川殊勝，多了幾分經不起細細咀嚼的粗糲感覺。徐鳳年這一路行來，除去養劍，很大精力都花在破解第八頁刀譜所載的青絲結上，他山之石可以攻玉，小巷一戰，目盲琴師好似孩子氣的胡笳十八拍，雖然當時躲避狼狽，事後卻讓他收益頗豐。

徐鳳年既然完成了一樁心願，成功說服老夫子前往南詔，這一路就走得不急了。這會兒來到山腳岔路口，看到一家旗幟撲灰到不管如何大風吹拂都直直下墜的簡陋酒肆，有個身段妖嬈的少婦站在門口伸懶腰，這一扭動腰肢，成熟婦人獨有的風情也就搖盪出來了。

她瞧見徐鳳年這位俊俏書生，兩眼放光，馬上小跑而來，挽住年輕後生的胳膊就拖拽向酒肆，擠啊擠的，還不忘拿挑了挑懸掛好些斤兩媚意的眼角，直勾勾望向徐鳳年，見他一臉邪氣不侵的浩然正氣，嬌笑道：「公子別裝了，知道你是老到的鳥。」

徐鳳年不再故意緊繃著臉，十足姦夫淫婦一拍即合的登徒子表情，嬉笑道：「大嬸好眼力。」

大嬸！

輪到這位少婦有些繃不住臉色了，嬌滴滴說道：「公子真壞，奴家才十八歲呢。」

徐鳳年一臉憨厚實誠地說道：「是你女兒十八歲吧？」

「小冤家，去死呀。」少婦滿臉嫵媚笑意，說著調笑的情話，袖中伸出匕首，則是直直刺向徐鳳年腰間。

背負書箱略顯疲態的徐鳳年神情不變，兩根手指夾住那把凶狠的匕首，無奈道：「大嬸別這樣好不好，我就喝酒解渴來了。給銀子的，不白喝。」

風韻不差的婦人還是那副笑臉，眯眼道：「給銀子哪裡夠，連身子帶一百幾十斤的肉一併給老娘做肉包子，還差不多！」

她抽了幾下匕首，竟是抽不動絲毫，這才眼眸裡流露出一些訝異，朝酒肆喊道：「快滾出來，老娘碰上扎手點子了！」

徐鳳年看著嘩啦啦衝出來的十幾號壯漢，哭笑不得。

這樣精彩的江湖，溫華那小子肯定喜歡。

◆

本該是明前茶、雨前茶賣得緊俏的好時分，可留下城這座小茶館還是生意寡淡，天生不適合做生意的店老闆不在乎，新來的脾氣古怪的小姑娘不上心，可溫華卻急啊，天天吃那加煎蛋的蔥花麵也不是個事，好歹隔三岔五來點葷菜不是？嘴巴都能淡出鳥來了。

溫華在街上招攬生意，口乾舌燥也沒把一位客人請進茶館坐下，瞥了眼掛在門口鳥籠的老鸚鵡還在那裡「公公」叫喚個不停，氣得他摘下木劍就猛敲鳥籠，可這頭扁毛畜生學舌含糊，倒是跟主人黃老頭學足了處變不驚的架勢，依舊重複罵人，溫華縮頭縮腦，見黃老頭背對自己飲茶，就伸出兩根手指去拔毛。

正要得逞，被一杆向日葵抽在手背上，溫華想躲，可是根本來不及啊，瞪眼望去，這小姑娘生得亭亭玉立，雖說臉色不太好，可吃飯時候瞧著她還是很能漲胃口的，可惜溫華自詡浪子回頭，自打不知第幾十次一見鍾情後，總算開竅，打定主意這輩子要給那名女子堅守貞潔了，此時手背被抽，這位曾經是世子殿下難兄難弟的木劍俠士怒道：「賈加嘉家嫁佳頰，再打我，本公子可就真要出手了啊！」

當初她神情頹敗地來到茶館，天崩地裂都像是可以紋絲不動的黃老頭那叫一個心疼，後來介紹她名字的時候也不肯用心，只確定姓賈，後頭是諧音，溫華也不管什麼，跟她天生不對眼，每次喊她都故意喊一大串。

上個月出現的一幕嚇得他差點尿出來，一個茶客有意刁難，嫌棄她煮茶功夫寒磣，她耐著性子換了兩壺茶，大涼天搖扇故作文士風範的商賈仍是挑刺，溫華本來是看熱鬧，樂得這姑娘出醜，然後就看到站在客人身邊的少女呵呵一笑，一記手刀就削去，如果不是溫華機靈，丟出一只茶碟，擋下手刀，然後拚了命去擋在兩人中間，那顆頭顱就跟西瓜一般被一刀切掉了。打那以後，溫華就提心吊膽，恨不得連她上茅房都盯梢。

這些日子以來，溫華頭回心甘情願地做牛做馬，不敢勞駕這位小姑奶奶接待茶客，寧願她盤膝坐在視窗長椅上，肩扛一杆不知從哪裡拔來的向日葵發呆。

少女板著臉呵呵一笑。

溫華拿她沒轍，訕訕然走進茶館，一屁股坐在黃老頭對面，見小姑娘沒跟上來，小聲說道：「你孫女？有你這麼寵著慣著嗎？就說上次，殺人不犯法？」

兩鬢霜白的老頭喝了口茶，平靜道：「我閨女殺幾個人還犯法？哪家的家法？哪國的國法？早個二十年，你小子讓那些帝王君主來回答，看誰會點頭。」

溫華嘴角抽搐道：「黃老頭，你這吹牛不打草稿的，要照你這麼說，豈不是跟趙家天子平起平坐了？」

老人斜瞥了一眼親手授予劍術的木劍遊俠，沒有說話。

溫華被盯得毛骨悚然，道：「好好好，你厲害行了吧，既然你口氣這麼大，晚上我給你做三大碗蔥花麵，要不然你肯定餓得睡不著覺。」

自有一股雅氣的老人揮手道：「這就去做一碗。」

溫華怒道：「不去，真當我是嘍囉了？」

然後伸出手，嬉皮笑臉道：「我家小年說過，大丈夫威武不能屈！只有富貴才能讓老子能淫一個，所以，給錢先！」

老人懸停茶碗，於是溫華立即擠出諂媚笑臉，做了個毛巾搭在肩上的動作，跑著離開，不過嘴上念叨著：「看我給不給你加煎蛋，嘿，本公子連蔥花都不給你放幾粒！」

老人轉頭提了提嗓音，帶著笑意喊道：「小閨女，來來來，坐近了，陪我喝喝茶。」

小姑娘坐在隔壁桌上，盤膝坐好，然後一瓣一瓣摘下向日葵，兩人還是背對背。

老頭也不在意，一口一口喝著粗茶。溫華腿腳利索，加上蔥花麵也不是多費勁的活計，吃過了那碗蔥花果然可憐到屈指可數的馬虎麵條，茶館老闆黃老頭也不和眼前那小子斤斤計較，放下筷子後感慨道：「溫小子，武評上那些人物，你覺得誰才是真正的高手？」

聊到這個，溫華馬上興致勃勃，大聲笑道：「這還用說？當然是武帝城的王老神仙了，拓跋菩薩是北蠻子，我才不稀罕，說來說去還數桃花劍神鄧太阿頂呱呱，劍道第一人嘛，我當然佩服得五體投地，這輩子能跟鄧劍神比拚一劍就死而無憾了，其餘那些曹官子啊、魔頭洛陽啊，都不算什麼，不是本公子的菜！」

黃老頭嗤笑道：「就你這等見識，還想劍術大成？練劍之人，只學那鄧太阿，不知李淳罡，不出百年，劍道就要再無占去武道風采一半的鼎盛光景了。」

溫華愣了一下，「李淳罡？我只知道我們王朝自己有個水分極大的武榜，這老頭兒才排在第八，後來北莽出爐的武評更是沒影兒了啊，不是被人擠下去的嗎？」

老人端起茶碗作勢就要潑溫華一臉，這小子趕忙拿袖子護住自認英俊無雙的臉龐，老人卻是停下手，喝了一口茶，慢悠悠說道：「這五百年江湖，李淳罡是唯一一個劍道造詣直追仙人呂洞玄的巨材，足足五百年啊，可不是一百年。這個李淳罡，當時評定春秋十三甲，其中李淳罡的劍甲魁首，是最沒有疑義的。」

溫華「哦」了一聲，虛心請教道：「黃老頭，別說懸乎的，說些實在的，否則我也聽不明白。」

老頭笑道：「你可知道李淳罡曾在廣陵江畔一劍斬甲幾許？」

溫華想了想，試探性問道：「八百？」

見黃老頭笑而不語，溫華一咬牙，學這老傢伙獅子大開口：「一千六！」

老人冷笑道：「再加一千。」

溫華一拍大腿，吼道：「他娘的真是生猛！以後老子不崇拜那位傳言去挑釁拓跋菩薩的鄧太阿，改換成李淳罡了！」

老人嘆息道：「不出意外，已經死了。」

溫華愕然。

黃老頭雙指旋轉白瓷茶碗，望著微微漾起的茶水漣漪，輕聲道：「人力終歸有極致，一劍破甲兩千六，也受了無法挽回的重創，這等讓人神往的壯舉，比起兩百年前吳家九劍破萬騎，猶有過之。可惜我沒能親眼瞧見，都是你小子害的。不過李淳罡雖然受了重傷，按理說再活個三、四年並不難，只不過以李淳罡的性子，如何受得了慢慢老去，老到連一把劍都提不起來？

當初他既然肯為了酆都綠袍兒跌入指玄境，再返劍仙以後，也是不願飛升或者轉世的，死了便是死了，才符合李淳罡此生一往無前的劍意。這才有最近的萬里借劍鄧太阿，助一臂之力。贈劍在其次，一劍開天，西去萬里，贈送劍道感悟才是關鍵，終於幫鄧太阿這名劍道後輩戰平了拓跋菩薩。」

老頭似乎都忘記了喝茶，唏噓道：「青衣飄飄，仗劍江湖，讓整個江湖仰視。一生臨了，最後一劍，仍是成就了一位新劍仙，也就李淳罡可以有這等手筆了。死得其所啊，只是不知李淳罡是否真的死而無憾。」

老頭自嘲笑了笑，指著茶水，「人走茶涼，沒過多久，江湖就只會看到鄧太阿如何風光一時無兩，忘記李淳罡曾經給予劍道無與倫比的一次次拔高。在我看來，天下可以沒有王仙芝這樣的老匹夫，唯獨不能沒有李淳罡這樣的真正風流子。

靖安王趙衡死了，這個一輩子都比娘們兒還不如的趙家男人，總算做了件爺們兒該做的事情。

李義山勞心勞力，總算病死了。天下謀士無數，被我考評上上不過九人，毒士李義山位列探花。他一死，也就只剩下四人了，其餘幾位年輕後生能否頂補上去，現在還不好說。

見著了西楚散而不倒的氣運柱子再度接天，欽天監那個經常對弈被我騙的老傢伙估計氣死了，不知這個老學究那部曆書編撰完成了沒有，若是沒編完，讓李當心那個王八蛋搶先，儒家就岌岌可危嘍。

西楚老太師孫希濟也沒幾年好活了。

剩餘四名離陽王朝頂尖謀士中，在京城以外給燕剌王當大幫閒的納蘭右慈，撐死了還有四年好活。其餘兩位在京城當縮頭烏龜的，病虎楊太歲自廢大半武功，不用多說。剩下那個，最不出名，卻是最風生水起，未來三十年廟堂走勢，大半都掌控在他手中。當年那樁白衣案，他可是主謀啊。徐驍身邊十二死士，有一半都死在刺殺此人途中，其中一個，還是這人的寵愛侍妾，因果迴圈報應不爽，好笑不好笑？

都死了，都要死了。數來數去，一人少一人。江湖也好，江山也罷，到底還是年輕人的，我喜歡這樣的天下，不至於死氣沉沉。離陽王朝有張巨鹿、顧劍棠，北莽有才到中年的拓跋菩薩，有更年輕的董卓之流，以後還會有不斷的新人，雨後春筍般冒尖上位，這才有趣啊。不過棋劍樂府的太平令，好像還不死心，要幫著北莽女帝下一盤很大的棋局，我有些拭目以待。」

溫華聽得暈乎乎，訝異問道：「黃老頭，你魔怔了，胡言亂語什麼呢？」

老人端起茶碗，一口飲盡，「你不用理會這張棋盤，安心練劍就是，你這輩子也就只能練劍了。讀書人有讀書人的事情，莽夫有莽夫的活計，商賈有商賈的買賣，大家都在規矩裡做人做事，就是天下太平。」

溫華拍了拍腰間木劍，冷哼道：「你等著！」

老人譏諷道：「可別讓我等個幾十年，等不起。」

溫華一拍桌子，「才吃過我的蔥花麵，就過河拆橋了？」

老人正要說話，就見腦袋被一樣東西拍了拍，轉頭一看，是自家閨女拿向日葵敲他，他何等謀略心機，頓時了然，哈哈笑道：「知道啦知道啦，放心，我不想死就可以不死，怎麼也要活到親眼看妳出嫁那一天的。」

然後老人就被一根向日葵給拍飛。

倍感解氣的溫華忍不住豎起大拇指，讚嘆道：「比女俠還女俠！敢打黃老頭，除了李淳罡和鄧太阿，我就佩服妳了！」

溫華突發奇想，冷不丁自說自話起來：「妳這樣有個性的姑娘，我琢磨著徐鳳年那色胚肯定會鍾意，以後豈不是成了我弟媳婦？那我得喊黃老頭啥？」

然後他也被打飛出去。

黃老頭坐在地上，自己問自己：「李義山既然臨死之前就劃下道來，要不我還是去襄樊再看一看？」

聽到頭頂冷哼一聲。

老頭兒嘆息道：「女大不中留啊。算了，北涼自己院子裡就夠亂的了，那小子能不能活下來都難說，我何苦做這個惡人。還是跟那個不願天下太平的太平令較勁，比較實在。你想黑白買太安嗎？那也得看我答應不答應。」

站起身，拍了拍塵土，黃老頭笑道：「閨女，妳等著，我給妳做蔥花麵去。」

無緣無故被抽了一杆子的溫華忙不迭嚷道：「給我也來一碗！」

黃老頭根本就沒搭理他，這讓溫華當下又憂鬱了，又懷念小年了。

◆

被十幾位凶神惡煞的綠林好漢包圍，徐鳳年鬆開手指，讓身段婀娜可惜生了一副歹毒心腸的婦人抽走匕首。她也識趣，不再黏靠著這名深藏不露的俊俏書生，退了幾步，不服老地學那二八少女一臉天真爛漫，笑問道：「公子，怕不怕？」

徐鳳年苦澀笑道：「妳說我能不怕嗎？」

她捧著心口嬌笑道：「怕了就好，老娘見你有些本領，就給你兩條路，一條是殊死搏鬥，單挑我們一群，死了後剁肉做包子，一條是投了我們寨子做兄弟，一起吃酒喝肉。」

一名身材瘦如竹竿偏偏袒露旺盛胸毛的漢子小聲嘀咕道：「青竹娘，不應該是那吃肉喝酒嗎？」

被揭短的婦人柳眉倒豎，扭腰行走如一條竹葉青，一腳狠狠踩在這漢子的腳背上，「老娘讓你吃肉，讓你喝酒！沒老娘做這黑店買賣，你脫了褲子割下褲襠裡那玩意兒自己煮了吃去！」

徐鳳年毫不猶豫道：「做兄弟、做兄弟。」

少婦眼中閃過一抹鄙夷，那隻瘦猴兒吐了口濃痰，罵道：「就這德性，咱們寨子收下也是浪費口糧。」

馬蹄響起，蹄聲漸近，塵煙四起，婦人皺了皺眉頭，抬起手臂，用衣袖遮住半張臉，眯眼望去。十幾個漢子面有喜色，徐鳳年也轉身看去。彪悍六騎疾馳而至，當頭一騎儀表天然磊落，提了一根纏金絲裹銀線的鐵棒，擱在二流名門正派，這人放在掌門位置上一點都不含糊。身側兩騎一人黑羆體格，提了一對板斧，一字赤黃眉，頭髮蓬亂，天生面容猙獰。另外一騎是道士裝束，穿一領麻布寬衫大袍，繪有陰陽魚圖案，腰繫一條茶褐色鑲玉腰帶，腳踩一雙絲鞋淨襪，面白鬚長。剩餘三騎都是各持兵器的精壯漢子，除去舞棒的領袖和中年道人，其餘四人都血跡斑斑，尤其是那個赤黃眉粗人，就跟血缸裡浸泡過似的。

六騎一齊下馬，為首英武男子黯然道：「沒能救下宋兄弟，是對不住各位。」

瘦猴兒「哇」一聲就哭出聲，跌坐在地上，哀號不止。得有三個瘦猴兒體重的黑羆漢子把兩柄板斧丟在一起，悶悶道：「直娘賊，老子從法場東邊殺穿到西邊，照排砍去，殺得老子手都軟了。」

道人望向徐鳳年這個不速之客，然後斜瞥了眼婦人，後者沒好氣地解釋道：「新撞到網裡的魚蝦，還沒來得及下鍋。」

她看著這名時運不濟的俊俏後生，媚笑道：「小子有些手段，趕巧幾位大哥到了，正好擒拿下送灶房去，回頭做幾大屜肉包子送山上去犒勞各位。」

儀表出彩的首領皺了皺眉頭，說道：「青竹娘，怎的又做這種買賣了。」

她理直氣壯地道：「不重操舊業做這個，就揭不開鍋了，一文錢餓死英雄漢，你們要如何俠義心腸，老娘不管，總不能虧待了自己！」

男人從懷中掏出一錠金子，溫雅笑道：「就當這個月伙食錢了。」

他轉頭朝徐鳳年抱拳笑道：「驚擾了公子，在下六嶷山韓芳，若是信得過，一起喝碗劣酒，就當韓某人替兄弟給公子壓驚。」

一屁股坐在地上大口喘氣的漢子粗嗓子說道：「韓大哥，跟這小白臉廢話什麼，喝酒是給他天大面子，敢不喝，讓我方大義一板斧削去他腦袋當尿壺！」

徐鳳年笑著點頭道：「喝。」

那落草為寇的儒雅漢子輕喝道：「不許無禮！」

他率先在酒肆外頭的酒桌坐下，將那條能值不少銀子的祖傳鐵棒放在一旁，對徐鳳年伸了伸手。徐鳳年也不客氣，摘下書箱，跟這個自稱六嶷山韓芳的綠林英雄面對面坐下，碰碗以後，一飲而盡。

這番直爽舉動，贏來不少旁觀漢子的好感，背了一柄松紋古劍的道人輕輕坐下。韓芳介紹道：「這位是張秀誠，出身士族，舉凡群經諸子、天文地理無所不精，寫得一手好字，本是橘子州一名刺史的心腹幕僚，為佞人陷害，才成了道士，和我們這些粗人不一樣。」

大大咧咧坐下的赤黃眉漢子恨恨道：「韓大哥你還是那三代將門之後哩，薊州當年若不是有你們韓家做那定海神針，早就給北蠻子拿刀捅成篩子了，若不是離陽王朝那姓趙的昏君不識好歹，你如今也該有個正四品封疆大吏當當了。」

韓芳眼中出現一抹陰霾，隨即很好地隱藏了情緒，自嘲笑道：「叫公子笑話了。不提這些，喝酒喝酒。」

綽號青竹娘的丰韻女子又拎了一罈酒砸在桌上，「下了蒙汗藥啊，回頭都是老娘砧板上的魚肉。」

韓芳趕忙笑道：「還有這位，韓某不得不多提一句，劉青竹，叫喚一聲青竹娘即可，刀子嘴、豆腐心。」

徐鳳年不識趣道：「才見識過青竹娘的匕首，豆腐嘴、刀子心還差不多。」

韓芳愣了一下，有些尷尬。

婦人嫣然一笑，身子往徐鳳年這邊靠了靠，「這位小秀才，老娘越來越中意你了。」

啪一聲。

沒些彈性是斷然沒有這等清脆響聲的。婦人瞪大眼睛，望向這名本以為沒幾斤根骨的俊逸書生，自己這是被當眾揩油了？常年打老雁，結果被雛雁啄了一回？

徐鳳年縮回手，笑咪咪道：「青竹娘，妳要真願意，咱們就洞房花燭去。」

女子捧腹大笑，拿手指抹去眼角淚水，媚眼一拋，扭腰進了屋子。

中年道人古劍出鞘，一劍抹去，在徐鳳年後方脖頸停下，然後迅速回撤歸鞘，一切不過眨眼間。

沒資格坐下飲酒的旁觀漢子們瞅見這一幕，大氣都不敢喘。

好像始終蒙在鼓裡的徐鳳年看向韓芳問道：「青竹娘這是磨刀去了？」

韓芳哈哈笑道：「公子好性情，韓某先和兄弟們去山上寨子，要是不嫌棄，公子可以一同前往，若是想再喝酒，事後讓青竹娘帶路便是。」

徐鳳年笑道：「再喝幾碗，韓當家先行一步。」

起身相互抱拳，韓芳領著小二十號人馬上山去。徐鳳年獨自坐在桌前，喝了口酒。

青竹娘站在附近，冷淡道：「都不是好人。」

徐鳳年疑惑「哦」了一聲，問道：「怎麼說？」

青竹娘坐下，倒了一碗淡而無味的劣酒，「那韓芳本是六嶷山好幾個寨子坐頭一把交椅的，誰都瞧不起，結果被那些寨子合起手來對付，如今混得慘了，連姓宋的拜把子兄弟去城裡逛窯子，都給洩露了消息，給一大票官兵堵住，五花大綁去了法場，韓芳帶了人去救，才六號人，可不就是救不了人，只能殺些手無寸鐵的無辜百姓？

那提雙斧的，別看他長得跟頭牛似的，你聽他說話，文縐縐的，就知道不是好鳥，一肚子壞水，以往寨子裡興旺，人多勢眾，去了小城裡喝花酒，這些年也不知被他喝高了耍酒瘋，排頭砍殺了幾十上百條的性命，被他糟蹋的黃花閨女何曾少了去？那姓張的道人，歪點子多，是寨子裡的軍師，劍術自然稱得上高明，說是年輕時候師從一位道德宗的大真人，學了一身呼風喚雨的仙術，好像是叫五雷天罡正法還是啥的，不過老娘我也沒瞧見他騰雲駕霧了，但是親眼見過他一次傾力殺人，出劍時候恍惚有雷聲。其餘幾位，誰手上沒幾條人命？寨子裡樹了一根杏黃大旗，說要替天行道，可寨子裡的規矩是誰上山，就要在山下殺了人當作投名狀，這算什麼替天行道？」

徐鳳年笑道：「那妳？」

女子神色平靜，「老娘跟他們一路貨色，能是好人？也就是沒本事殺你，否則你這會兒哪能在這裡舒舒服服喝酒。對了，你姓啥名啥？」

徐鳳年答覆道：「徐朗，負笈遊學來到六嶷山，可不知道這兒這般比兵荒馬亂還烏煙瘴氣，早知道就繞道了。」

她笑道：「是該繞道。這座山啊，就是賊窩，不過呢，不妨跟你透個底，韓芳這些匪窩寨子再狠，比起那個橘子州數一數二的魔教宗派，也就是小孩子過家家嬉鬧了。人家就算只放個屁，這些寨子幾百條所謂的江湖好漢就都得熏死。好在這些魔頭兔子不吃窩邊草，不跟韓芳這些小嘍囉計較而已。」

徐鳳年納悶問道：「妳跟我說這些做什麼？」

她托著腮幫，無形中將胸脯擱在桌面上，呈現出兩團晃眼的豐碩，媚眼笑道：「你這才入江湖的雛兒，酒裡沒有蒙汗藥，就不許老娘在碗底抹上一些嗎？」

徐鳳年瞪眼道：「你！」

她笑道：「敢吃老娘的豆腐，你有幾條命？等會兒把你脫光了丟到砧板上，先剁下你的那條小蚯蚓，做下酒菜。你說滋味該是如何？」

徐鳳年搖搖墜墜，她越發開心了。

結果搖了半天，她也沒瞧見這俊逸書生倒下。

直到察覺到眼前年輕公子哥一雙勾人丹鳳眸子瞇起，她才咬著嘴唇憤恨道：「逗我好玩嗎？」

徐鳳年坐直以後，哈哈笑道：「好玩。」

結果，女子噗哧一聲，笑道：「傻乎乎的俊哥兒，老娘其實沒在你碗底抹藥，誰玩兒誰呢？」

徐鳳年愕然。

她柔聲道：「你走吧，別意氣用事，上山去了那座寨子，就算掉進了大火坑，就算你運氣好，有過硬身手傍身，被你爬出來，怎麼也得掉一層皮。」

徐鳳年柔聲道：「謝過妳了，知道方才妳扮惡人，是想幫我脫身，被捅上一刀換活命，不過就是丟了一身家當，怎麼看都是賺的。」

她笑了笑，沒有言語。

徐鳳年低頭喝了口酒。

兩兩無言。

女子突然說道：「以往我不是這般菩薩心腸的，只不過你長得跟我男人有幾分相像而已。」

徐鳳年一本正經地點頭道：「由此可知你男人是何等的風流倜儻。」

女子嬌笑著潑了一碗酒過來。

徐鳳年輕輕伸出手，攬雀式，無比玄妙地將酒水凝成一塊，然後重新放回她眼前碗中。

誰說覆水難收？

玩了一手攬雀收覆水的徐鳳年笑道：「雜耍而已。」

劉青竹用一根青蔥手指碰了碰瓷碗，再揉了揉柳葉眉，驚訝道：「只是雜耍？」

徐鳳年沒有回答，問道：「妳怎麼入了寨子？」

她沒敢去喝那碗酒，想了想，笑道：「牢騷太盛肝腸斷，不說了。」

徐鳳年很不識趣地刨根問底：「妳男人？」

她白了一眼，「真想聽？」

徐鳳年搖頭道：「算了。」

女人心思難測，徐鳳年不想聽，她反而竹筒倒豆子，一股腦抖摟出來，不過語氣淡漠：「死了，百無一用是書生，家破人亡的時候，被寨子裡一個漢子嫌他礙眼，拿一根鐵矛攪爛了肚子。然後我被韓芳許配給了一位坐第三把交椅的，還沒洞房花燭，那位英雄就管不住褲襠裡的玩意兒，急匆匆想要野外苟合，我衣裙都褪在小腿肚上了，光屁股等了半天，才知道給魔教裡頭一位大人物路過給撞上，把這位夫君給拍爛了頭顱。

魔頭見我還有幾分姿色，就大發慈悲收了我做禁臠，跟他去了那座巍峨宗門，大概算是通房丫鬟，跟一些狐媚子服侍了他半年，玩膩了，就給打發回來。方大義這些渾人也就只有賊心，沒那賊膽了，想要跟那位大魔頭做連襟，也得有命不是？要不然你以為我這個俏寡婦能活到今天？就算能活下來，估摸著大白天也沒力氣站直。

伺候男人，尤其是這些滿身蠻力的糙人，可是體力活。現在想來，當初在皇宮一般的地方，也算見識了一場人間仙境的大世面，沒白遭罪。你瞧瞧，被你勾起了話頭，老娘真是肝腸斷了。換碗酒喝，這一碗透著邪乎勁兒，怕著了你的道，真被你給洞房了，到時候老娘倒是不吃虧，你這初生牛犢給那魔頭又是一巴掌拍爛頭顱，白花花一攤，跟豆汁似的，終歸是瘆人的畫面。」

徐鳳年把酒碗推過去，平靜問道：「什麼門派，這麼有來頭？」

她略帶譏諷道：「徐公子，你連沈門草廬都沒聽過？這就敢往六嶷山這邊遊學？」

徐鳳年笑道：「沈門草廬？聽著很像偏向儒教的名門正派啊。」

青竹娘喝了口酒，見四下無人，這才說道：「韓芳綽號『錦毛麒麟將』，你哪隻眼睛看到他像麒麟了？真當他是北莽國師？張秀誠人稱『雷部真君』，也沒見他招過雷。這次在法場上被砍腦袋的宋馗，還叫『扛鼎天王』呢，不一樣是自封的，就他那風吹就搖的小身板，能不能扛起老娘這九十來斤都兩說，也就只會用些下三濫的淬毒暗器。所以啊，沈門草廬，說是草廬，其實跟皇帝住得差不多，遍地都是金玉，也不知道怎麼掙來的錢，茅房都比山上那些寨子大當家的居所來得氣派，老娘是沒真正去過皇城宮殿，不過琢磨著差不離了。」

徐鳳年點了點頭，然後問道：「青竹娘，妳可不止九十來斤吧，該有一百斤上下重。」

女子惱羞嗔怒道：「今日老娘吃撐了七八斤牛肉不行啊？」

徐鳳年一笑置之。

女子看了眼天色，說道：「你啊，別把六嶷山當兒戲，不是你說來就來、說走就走的，都是人精兒，沒幾把刷子就沒本事站穩腳跟。走吧，身上隨便留下點東西給老娘，好跟韓芳他們有個交代。老娘不是救苦救難的觀音娘娘，也不是那情竇初開歲數的女子了，不能因為你有副好皮囊就分不清東西南北。你要不捨得背著的劍，拿出些銀子就當破財消災，韓芳給了我一錠黃金，給他那些上頓不接下頓的苦命兄弟吃定心丸呢，就是在你面前打腫臉充財主，這個寨子早就成破落戶啦。」

徐鳳年還真從書箱拿出一摞銀票，放在桌上，微笑道：「一百多兩，夠了沒？」

她挑了下眉頭，手指敲打著銀票，笑道：「還真是個闊氣主兒，就憑你這等身家，只要家底不薄，在寨子裡還真會被當冤大頭財神爺供奉著，只要一天不吸乾你的血，保管性命無憂，方才辛苦演戲，敢情是老娘自作多情。徐朗，你家哪裡的，真是遊學的士子？」

徐鳳年調笑道：「姑塞州的小家族，那邊高門世族紮堆，多如牛毛，沒個丁字大姓都不好意思出門跟人打招呼，根本抬不起頭，沒想到在這兒懷揣了一兩百兩銀子，還成有錢人了，早知道就早些時候來這裡擺闊，說不定就跟妳明媒正娶行魚水之歡了。」

她瞥了眼這名嘴上滑溜的書生，譏諷道：「偷瞧了半天，就不敢摸一摸？」

被抓個現形的徐鳳年搖頭道：「哪裡是這種人。」

她起身後有意無意地拍了拍胸脯，這等顫顫巍巍的旖旎景象，讓漢子恨不得趕緊跑去捧著兜著，生怕因為過於沉重咕嚕一下就掉地上了。徐鳳年還是眼觀鼻、鼻觀心，讓青竹娘不知是白眼還是媚眼，臨了笑著離開，酒肆沒夥計幫襯，都得她一人忙碌，總有忙不完的雞毛蒜皮。

◆

接下來那名背劍負笈的書生沒打算上山，給了一百多兩銀錢後就在山腳岔口坐下了，自己動手把桌子挪移在屋簷陰涼處，從書箱裡抽出一本地理志，跟青竹娘要了一碟鹽水花生、一碗熟牛肉、一罈酒，從正午坐到了黃昏。

青竹娘也沒把他當座上賓看待，做了頓馬虎飯食，對付著吃了，接著詢問他是怎麼個算計。徐朗說要在這兒住幾天，琢磨琢磨一個山寨是如何維持的，還跟她討教了許多瑣碎事情，諸如進賬出賬、招徠人馬、收買人心，就連平時沒有殺人劫舍、人命買賣時在山上是否要開墾菜圃都問過了，事無巨細，都打在算盤上。

青竹娘也知無不言、言不無盡，反正這也不是什麼了不得的機密，若說這名年輕書生是官府的密探，打探風聲來了，給甲兵入山剿匪鋪路子，她也不怕，寨子被鏟平，她大不了再去沈門草廬做牛做馬。對她而言，誰死不是死？世間也沒她願意收屍的人物了。

晚上他也好打發，就拎了兩條長椅，對付著睡了一夜。屋內青竹娘輾轉反側了半宿才昏睡去，清晨起床，對著銅鏡，劣質脂粉如何都撲不去一雙黑眼圈兒，當她看到精神煥發坐那兒捧書的傢伙，眼神幽怨得不行，也不知是氣惱這後生死皮賴臉，還是氣他昨晚連畜生都不如，連寡婦門都不敲一下，她雖不會開門，可好歹證明了她還是尚有幾分姿容的。

她冷哼一聲，拿著他孝敬給寨子的銀票走去山寨，猶豫了片刻，還是沒有私吞個一、兩張銀票，不過那一錠黃金到了嘴裡就不吐出來了，這幫大老爺們兒蹭吃蹭喝的，這份錢本就該是她的。韓芳所在的寨子進山不遠，十幾里路外，不過山路不比官道平地，好在她走慣了，也不覺得如何吃力，到底不是當年那個養尊處優不碰柴米油鹽的秀氣女子了。

韓芳客客氣氣地收下了銀票，禮數周到，還親自奉茶一壺。在泥地校武場練把式的方大義盯著這名年輕寡婦的屁股瓣兒瞧了又瞧，再看她的疲態神情，看似粗鄙不堪實則心思如髮的漢子眼神古怪，打翻了醋罈子，心中冷笑，不知死活的後生，這個帶刺的娘們兒也敢吃下嘴，豈是你能吃乾抹淨走人的？昨日上山時，張軍師說這小子武藝可能有些，不過也就三腳貓的稀拉功夫，經得起草廬那位大魔頭一根手指壓下？這尊菩薩，單槍匹馬就可以連踏好幾座寨子都不帶歇氣的，到時候有你小子喝幾壺的。

青竹娘出了寨子回到酒肆，見到徐公子還在那裡看書，到今天為止她還不知道姓名的瘦猴兒蹲在一邊發呆。這無賴好吃懶做，欺軟怕硬，該有的毛病一個不落，不過比起山上草寇動輒對著人砍瓜切菜一通亂殺，委實是本事小膽子更小，也就顯得沒那般可惡，這些年常來這裡幫些可有可無的小事，管不住眼睛是肯定的，不過竟然從未做過蘸口水刺破窗紙偷窺她洗澡出浴的腌臢事情，讓她有些刮目相看。

在這座山裡誰不信奉那富貴險中求的道理，瘦猴兒成了鮮明的異類，也是沒出息的例子。聽說第一次納投名狀殺人，一刀下去沒把一名樵夫澈底砍死，眼淚鼻涕流得厲害，還要背著那樵夫去看大夫，不過好在有兄弟在一邊盯著，幫著捅了一刀了結掉，才算讓他進了山寨。只不過若說如此一來，她就樂意跟這瘦猴兒溫存幾晚，那也太荒唐了，她還是喜歡書卷氣多一些的男子。

見著了潑辣的青竹娘，也就只能靠那一大叢胸毛裝爺們兒的瘦猴兒擠出笑臉，也不敢和她說話，只是假裝跟那個後生套近乎，問道：「喂，姓徐的，你知不知道當下江湖出了一件大事？」

徐鳳年放下那本從老夫子那邊順手牽羊來的橘子州地理志，笑問道：「啥事？給說道說道。」

瘦猴兒站起身，大搖大擺地坐在他對面，見他主動推過一碟花生，原先有些忐忑的心情頓時安定許多，悄悄暢快了幾分。他往嘴裡丟入一顆花生，一隻腳踩在長椅上，嘖嘖道：「前幾日我去了趟城裡，跟一位當差的兄弟去酒樓撮飯，知道啥酒樓不？逢仙樓，一頓飯可要好幾兩銀子才拿得下來……」

受不住這瘦猴兒瞎吹噓的婦人一掃帚拍在他後背上，笑罵道：「有屁快放！就你這窮酸命，能認識什麼當差的兄弟。還去逢仙樓喝酒，你怎麼不乾脆說去近江閣嫖花魁？不是更威風？」

滿臉漲紅的瘦猴兒一口氣憋回肚子，弱了七八分氣勢，訕訕道：「妳這娘們兒頭髮長、見識短，忒瞧不起我了……」

見青竹娘抬起掃帚就要劈頭蓋臉砸下，瘦猴兒趕忙說道：「你們知道離陽那邊來了個桃花劍神鄧太阿吧？」

徐鳳年點了點頭。

「等會兒說。」青竹娘去屋裡拎了酒肉出來，這才坐下。

瘦猴兒聞著她身上的香味，咽了咽口水，神采飛揚說道：「這位天底下第三厲害的劍神，不是去找咱們軍神比試高低去了嘛，結果你們猜怎麼著？」

青竹娘沒那心情猜謎，倒是徐鳳年笑道：「應該是輸了。」

瘦猴兒一拍大腿，「錯啦！」

「鬼叫什麼！」被嚇了一跳的青竹娘抄起腳下的掃帚就殺過去。

被拍翻在地的瘦猴兒也不敢與她惱怒，坐直了以後放低了聲音，神祕兮兮地說道：「本來是要輸了，那位劍神連桃花枝都折斷了，跟拓跋軍神打得天昏地暗，從早上打到晚上，再從晚上打到早上，不知道打了幾天幾夜。哎呦，青竹娘別打別打，我這就說正題兒。在分出勝負的緊要關頭，哦、不對，是鄧太阿就要落敗的時候，所有旁觀的數百近千高手們都聽到一句話，在萬里之遙，從天上傳下來！」

青竹娘一臉譏諷，嗤笑道：「又胡扯了不是？你當自己是說書先生說神仙志怪呢？」

瘦猴兒粗脖子說道：「千真萬確！」

徐鳳年伸手倒了一碗酒，也沒忘記給青竹娘以及瘦猴兒各倒上一碗，輕聲笑道：「繼續說。」

瘦猴兒剜了一眼青竹娘，至於趁機剜在她臉上還是胸脯上就不得而知，這才嘖嘖說道：「就聽到一句『鄧太阿，借你一劍，可敢接下？』」

徐鳳年才抬起手腕端酒，聞言停在那裡，沒有喝酒。

瘦猴兒正想要拍大腿，想到剛才的遭遇，硬生生縮回，一臉神往地說道：「然後鄧劍神就回了一句，『鄧太阿有何不敢？謝李淳罡為吾輩劍道開山！』接下來就更嚇人了，有一把劍開天而降，到了桃花劍神手裡，然後就跟拓跋軍神打了個平手。」

再蕩氣迴腸的一戰，落在瘦猴兒這等人物的嘴裡，總缺了十之八九的嚼頭。青竹娘將信將疑，疑多過信，聽過也就算了，斜眼看去，瞅見年輕書生低頭喝酒，沉默不語。

瘦猴兒嘆息一聲，悶悶說道：「都是飛來飛去的神仙哪，也不知道這輩子能不能遠遠瞧上一眼。」

青竹娘也沒有深思，隨口問道：「這李淳罡是何方神聖？能借劍給那啥天下第三高強的桃花劍神？」

肚裡貨已經掏空的瘦猴兒囁囁囁囁道：「大概是離陽那邊的大劍客吧。」

青竹娘瞧見年輕書生抬起頭，是一張看不出表情的生硬臉龐。

放下酒碗，徐鳳年說道：「是個獨臂的羊皮裘老頭兒。」

瘦猴兒撇嘴道：「你糊弄誰呢，獨臂老頭兒能御劍千萬里？說得好像你見過似的。」

年輕書生淒然笑了笑，「再也見不到了。」

瘦猴兒也不知道再說什麼暖場的言語，見到青竹娘進屋子幹活，便失去了奉陪的興趣，兜頭吃去大半酒肉花生，還是覺著乏味，就拍拍屁股回山上去了。

青竹娘時不時站到門口，看那徐朗幾眼，此時見桌上多了那柄青綠劍鞘的長劍，俊俏書生瞇起那雙連她都要嫉妒的丹鳳眸子，只是抿著嘴唇發呆。除了兩餐，他就一直坐著。

天色昏暗後，青竹娘晚上依舊睡不著，隔著窗戶見著外頭油燈昏黃搖晃，就披上衣裳走出去，輕聲問道：「要酒喝？」

他轉過頭，笑了笑，柔聲道：「不用了。」

她還是去拿了一罈酒，卻是所剩不多的一罈好酒，啟封以後香氣彌漫，她說道：「我自己喝。」

喝過了幾碗，她問道：「真不喝？」

他搖頭道：「妳喝就是了，我等著妳酒後亂性。」

被逗笑的婦人果真獨自喝起酒來，豪飲，不輸給那些自詡殺頭不過頭點地的漢子。喝著喝著，她就細細碎碎說起來：「應了我家鄉那句土話，沒毛兒的鳥，有老天爺照應。我啊，反正就這麼莫名其妙活下來了。怕死，覺得上吊死了，太難看。拿菜刀抹脖子、捅肚子，該有多痛啊？貞潔烈婦，實在是做不來啊。」

這名也曾素手研墨紅袖添香的女子，也曾做過人肉包子的青竹娘，醉眼惺忪，淚眼朦朧，「我那夫君，沒做過什麼壞事，好事倒是做了太多，府上丫鬟都是苦命孩子，犯了紕漏，他都不捨得說重了，都由我來白臉、紅臉一併唱了。家裡租賃出去的莊稼地，年份不好，說是收了欠條，可堆了一年又一年，哪有去討要過？怎麼就死了？你們既然是替天行道的英雄好漢，劫富濟貧就是，為何連人都殺光了才肯甘休？你們殺的，都是不比你們壞的好人啊！」

徐鳳年平靜道：「我上次見到遠嫁的大姐時，勸她回家，她不肯，說初嫁從親，再嫁由身，我知道她在等人。」

婦人哭笑了一聲，「等到沒有？」

徐鳳年點頭道：「等到了，可我寧願她沒有等到。」

她擻過頭，胡亂擦了擦眼淚，不再喝酒，也不再抽泣，兩人沉默以對。

砰一聲，喝醉了的她腦袋側著敲在桌面上，嘴唇顫抖平伸出一隻手，柔聲道：「我女兒，若是活著，該有這麼高了吧？」她伸出去的手掌略微抬高了一些，那隻按在桌面上的手，五指僵硬，「要更高一些。」

徐鳳年說道：「我啊，重新撿起刀習武以後，好像就沒做過半次跟行俠仗義搭邊的好事，今天不講理一次，妳說想殺誰，我就殺誰。」

她只是癡癡扭頭，望著這個越發陌生的陌生人，問道：「你殺了人，我女兒就能活著，被我看著一點一點長高嗎？」

徐鳳年背好那柄春秋劍，往山上行去。

1 曲線救國：採用間接、迂迴的策略達到自己的目的。

第十一章　忠義寨鳳年斬魔　長樂峰世子開殺

韓芳坐在書案前，撫摸著一把掐絲菱紋柄金刀，是實用性不大的裝飾刀具，正想著什麼時候拿去典當了換些銀錢，好給錢囊乾癟的寨子解燃眉之急。放下金絲刀，桌上還有一塊象牙微雕金剛經鎮紙，韓芳用手指摸著鎮紙上篆刻的密密麻麻的蠅頭小楷，重重嘆息一聲，一文錢餓死英雄漢啊。

韓芳就住在「忠義廳」樓上，推開窗戶就能看到樹立在青石廣場上的那杆杏黃大旗，他不像寨子裡許多落草為寇只為圖快活的漢子，這些年始終潔身自好，沒有擄掠女子上山做那泄欲工具。

以往下山去大莊子裡殺富濟貧，或者是攔路剪徑，遇上的那些個嬌柔小娘、俏麗婦人，都分發給麾下兄弟。宋馗、方大義這幾位坐頭幾把交椅的兄弟，倒也不貪錢，唯獨喜好在女子身上爭風吃醋，時常大打出手，每次都要他和張秀誠去勸架才能息事寧人。像這次宋馗在法場上被砍去了頭顱，他留在寨子裡的幾房妻妾，不出意外今晚就成了其餘兄弟們床上的玩物，這也是韓芳不願意娶妻納妾的原因所在。

做賊做匪，少有安享晚年的，能活到半百歲就是老天爺開恩賞賜了，寨子裡鼎盛光景，除去拖家帶口的，得有將近騎得馬殺得人的兩百多號兄弟，來去呼嘯成風，六嶷山附近數百里沒有軍鎮屯兵，官府剿匪不力，對上自家寨子，不去官衙一排排砍了官老爺們的腦袋就要燒高香了。

只是如今寨子大勢已去，得力手下不過十來條刀和馬，許多當年稱兄道弟歃血為盟的，死的死，活著的大多都已去了山上其餘寨子，留下來的都是傷病拖累，養在寨子裡，脾氣還不小，不是嫌棄沒新鮮女人，就是埋怨酒肉不夠。

韓芳也自知是為名聲所累，許多話都不好說出口，甚至都不能擺出絲毫臉色，如今能說上真心話的，也就只剩下家世相當的張秀誠了。樹倒猢猻散不可怕，牆倒眾人推才叫人心涼。附近一些個當年寄他籬下討口飯吃的寨子，隨著不遺餘力誘以黃金白銀和嬌俏女子，攏起大批人馬，時不時就帶上兄弟去山下殺個逍遙痛快，幾個原先與六嶷山有祕密聯絡的鄉堡莊子，都給不念舊情地鏟平了去。

那些當家的做事不擇手段，從來不講究，一些個甚至和官府軍校和捕快都有眉來眼去，大把銀子砸進這些人的錢囊，更幫忙做了個本該公門當差便公門解決的許多染血髒活。前不久跟銀瓶寨交好的一位官吏，就花了五百兩銀子私下聘請寨子歹人，去將一名衙門裡的外鄉刀筆小吏在在鄉下村莊裡全家上下十幾口人，都給血洗屠盡，連幾個幼齡稚童都沒有放過，據說就那麼給挑掛在長矛上。另外一些寨子則靦著臉去給沈門草堂幾位管事的甘心做狗，認了叔父乾爹，甚至還有一位四十幾歲的寨主，認了草堂裡一名年紀輕輕的女子做乾娘，只因為她是草堂裡一位魔道兇擘的寵妾。

這些無半點道義廉恥可言的事情，尤其是官匪勾結，韓芳素來不齒，也難怪偌大一座忠義寨日薄西山了去。說來好笑，寨子能夠散而不倒，還要歸功於山腳那個青竹娘，若不是她跟草堂數一數二的魔頭有過半年露水姻緣，其餘幾座大寨子想必是不看僧面看佛面，早就真刀真槍趕來吞併了。

響了兩下敲門聲，張秀誠無需等到應諾，就推門而入。他與韓芳意氣相投，又是管領寨子內務的軍師，不必在細枝末節上矯情。韓芳見到這位相識多年的嫡系心腹，心情好轉，喊了一聲張秀誠的字，笑道：「涪靈，睡不著？」

張秀誠臉色陰沉道：「方大義和洪遷二人又打起來了，還揚言立下生死狀，說不共戴天，請我去寫狀子，我一氣之下就誰都不理睬，省得鬧心。」

韓芳笑道：「為了宋嬙那個從青樓花兩百兩銀子買來的小妾？」

張秀誠冷哼一聲，「口口聲聲為兄弟兩肋插刀，到頭來還不是為女子與兄弟拔刀相向。」

韓芳愧疚道：「我也知道那女子其實早已跟洪遷勾搭私通，本就該入他的屋子，不過方大義眼饞，硬要從中作梗，壞了這樁好事，的確不占理。你有為難，其實都怪我，洪遷早年上過幾年私塾，這些年與你學了許多醫卜天象，也有不小的志向。這小子才二十四、五歲，一心想要一刀一槍博取個封妻蔭子，好光宗耀祖，若非感激你的栽培，以他的本事，早就轉投門戶，換一個與官府有交情的寨子，偷換了戶籍，未嘗沒機會建功立業。而寨子上下都知道方大義跟我關係好，他也以韓家小孩兒自居，所以讓你裡外難做人，是我韓芳的錯。」

張秀誠臉色稍霽，擺手道：「大當家的言重了，涪靈只是可惜這份家業啊。」

韓芳輕嘆道：「天要下雨，娘要嫁人，盡是無可奈何的糟心事。」

韓芳站起身，和首席謀士來到窗口。微風拂面，接著明朗月色眺望山間夜景，心境頓時清寧了幾分，他突然笑道：「鄉里婆娘鄉里樣，那狐媚子不管如何面容姣好，也是一身的鄉土味道。」

張秀誠會心笑道：「洪遷、方大義也不過是鄉里漢子，沒嘗過山珍海味，自然卯足了勁頭去爭搶個頭破血流。你瞧瞧，這不就邀約來到廣場上比試了。」

韓芳雙手按在窗欄上，「不打緊，方大義看著粗獷，心思其實比懷春女子還要細膩個幾分，一肚子算計最多，他也只是藉機找洪遷的麻煩。如今寨子凋零，第三把交椅空懸，他就想要搶先放在屁股底下坐著。洪遷根骨好，悟性也不差，武藝穩步晉升，方大義也只能憑仗蠻力趁早打一架，再過一年半載，就不用跟洪遷較勁了。這頭黑牛小聰明太多，哪裡知道洪遷根本志不在此，其實如今多結交一些香火情，以後指不定還要靠洪遷撐著那杆杏黃旗。涪靈，回頭我教訓一頓方大義，讓他安分守己，你也與半個徒弟的洪遷說個幾句。咱們啊，真是又當爹又做娘的，辛苦。」

張秀誠笑道：「這算好的了，比起那些給人當孫子的寨主們，咱們起碼還算是給人做長輩。」

兩人相視一笑。

張秀誠皺眉問道：「大當家，那名叫徐朗的姑塞州士子如何處置？」

韓芳搖頭道：「不去計較，今時不同往日，不管他是負笈遊學的士子，還是官府處心積慮派遣的探子，咱們都招惹不起。前者還好，以禮相待即可，若是後者，即便惹不起，總還能躲得起。」

張秀誠眯起一雙杏子眼，殺氣凜然：「無妨，官府真敢帶兵剿殺我們，不留退路，只需讓我帶上十名精悍兄弟潛伏入城，殺這些官老爺的後院一個雞犬不留。」

韓芳笑道：「你這雷部天君，可不像方外真人。」

張秀誠眼神黯淡，喟然道：「什麼真人，本就是披著道袍的匪人，只會在紙堆裡降妖除魔捉鬼。」

韓芳一臉遺憾道：「是寨子廟小，容不下涪靈兄施展滿腹才華和拳腳，如果當初能夠再勢大幾分，壯大到三百兄弟，就有了分量去要價要官，被朝廷招了安，少不得能有六、七個流內實權官職，三、四十個品外散官。且不說涪靈兄的經緯韜略，僅就道德宗外門弟子的身分，何至於在寨子裡對付那些柴米油鹽。」

張秀誠伸出雙指撚鬚，豁達笑道：「生死有命，富貴在天，我這等凡夫俗子，實在強求不得。」

韓芳驀地睜大眼睛，與此同時，道人脫口而出：「不妥，這魔頭怎的露面了！」

韓芳眼角餘光瞥了一眼身邊道士。

◆

青石鋪就的校武場上，不知何時出現了一行人，俱是山上罕見的錦衣華裳，而且寨子裡的草寇即便穿上綢緞服飾，也難免有沐猴而冠的嫌疑，這十幾位俊男美人則氣質熨貼得很，好似天庭仙人下凡塵，讓人眼紅嫉妒。為首的中年男子身穿一襲廣袖大白袍子，赤足而來，面如冠玉，不佩刀劍，但身邊有數名唇紅齒白的捧劍侍童。有這等氣派場面的，不用說也是六嶷山長樂峰沈門草廬的貴人駕臨。

當韓芳看到洪遷退出場外，不跟方大義廝殺，走向那名好似人間公侯的雍容男子，畢恭畢敬作了一揖，韓芳一顆心頓時沉入谷底，果不其然，洪遷已經偷偷改換門庭，投了那座草堂，不由嘴角冷笑。

道人張秀誠勃然大怒，怒斥一聲「孽障」，身形直掠出窗，飄落廣場，方大義和十幾名看熱鬧的寨內兄弟也都如臨大敵。

張秀誠抽出背後松紋桃木劍，劍指洪遷，痛心道：「洪遷，寨子待你不薄，當初你擅殺官兵，走投無路，是當家的憐惜你一身本事，才收容你，為何要做出這等忤逆之事！」

洪遷淺淡一句話就讓半個師父的張秀誠啞口無言：「人往高處走。」

洪遷繼續面無表情地說道：「不錯，是我稟告鐘離仙師，有陌生男子試圖接近青竹娘，青竹娘既然進入過草堂仙府，本就應當生是草堂的人，死是草堂的鬼，她作風不檢點，我去與仙師說上一句，這有何錯？師父，仙師已經答應我，只要你肯離開寨子，仙師法外開恩，草堂會有你一席之地，這等潑天榮華，不正是師父你夢寐以求多年的嗎？徒弟好心好意為你搭了一條青雲梯，何錯之有？鐘離仙師這趟出行，順路而來，無意跟寨子計較，只是去取了那對狗男女性命。」

赤腳踩地的顯貴男子終於開口，瞇眼道：「聽說忠義寨裡兩位當家的身手不俗，要不跟洪遷一起給本仙做假子，不過是改了原本姓氏，賜姓鐘離。不過這之前本仙還要看看到底是否入我法眼，看你韓芳棒法到底是如何的打遍邊境十三鎮，看你張秀誠是不是真的劍術能引雷，如果讓本仙大失所望，這座寨子今夜也就踏平，抹去名號，這杆杏黃旗早就讓草堂諸位高人不順眼，替天行道，行的竟是歪門邪道，可笑至極。」

男子抬起頭，面露訝異。

斷旗杆。

旗幟頂端，站著一名負劍而立的年輕男子。

他怒極而笑：「小娃兒不知天高地厚，敢當著本仙的面抖摟那幾分雕蟲小技。洪遷，去斬了旗杆。」

若是斬旗，就等於跟寨子結下血海深仇，洪遷知道其中輕重，但仍然咬牙前奔，一刀砍斷旗杆。

不敢當著草堂魔頭的面去攔下洪遷的張秀誠臉如死灰。

忠義寨，澈底完了。

旗杆轟然倒下，塌向廣場中央，但那名只敢在山腳跟一名寡婦眉來眼去的遊學士子，並沒有失足墜地，他的身形始終筆直如槍矛，和旗杆一同落地時，砸地的旗杆晃蕩而起，被他一腳踢出。

旗杆做劍，激射向意態逍遙的草堂魔頭。

洪遷期間怒喝一聲，劈下一刀，不曾想鋒銳刀鋒砍下，非但沒有斷去旗杆，一股巨大勁道反彈入刀，幾乎令他握刀不住。氣海翻騰的洪遷踉蹌後退幾步，滿眼驚駭地望去，已經看不到那文弱書生的蹤跡。

姓鐘離的草堂魔頭嗤笑一聲，踏步而出，伸出一掌按在旗杆一端，旗杆立即寸寸斷裂。

高手風範盡顯無疑，眾人只瞧見勢如破竹的畫面，卻沒看到他腳步悄悄後滑了幾寸，魔頭數次提氣，都止不住後撤跡象，眼神已然驚懼不輸洪遷。

當他看到那名年輕劍客一閃而逝，終於按捺不住，沉聲道：「劍來！」

劍童趕忙丟出一柄布滿冰裂肌紋的樸拙古劍。

下一幕，便是那年輕人站在六疑山赫赫有名的中年魔頭身前，一隻手越俎代庖替主人接住了古劍，另外一隻手掐住魔頭的脖子，往上提起。

魔頭碎裂了一杆旗幟，這個年輕人便讓手中古劍寸寸扭曲崩斷。

徐鳳年盯著這張猙獰通紅的臉龐，冷淡問道：「你也配用劍？也配『劍來』二字？」

他隨手丟了那柄曾經號稱削玉如泥的廢劍，又問了一句：「誰准你說『劍來』二字？」

在六疑山上作威作福慣了的鐘離魔頭，雙手死死抓住這年輕劍士的那隻手，雙腿竟然無力蹬踏，只像是在抽搐。一掐之下，他驚覺自己全身氣機都跟潰散了一般，拚命蓄力仍是無果。這才是真正可怕之處，若是平時，有人膽敢如此倡狂無禮，還不得被他拿劍剁成肉泥餵狗，可眼下這位比他還要魔頭的年輕人武功竟是高得深不可測。

形勢比人強，拚著臉色由紅轉入病態青紫，鐘離魔頭艱難喘氣道：「聽說離陽王朝有劍仙李淳罡曾說『劍來』二字，是我輩劍士楷模，便偷學拿來竊用了，公子若有絲毫不滿，本仙，不不，我鐘離邯鄲便不再說了，這輩子都不再說這二字……」

徐鳳年「哦」了一聲，抬起手，看似輕描淡寫地一巴掌拍在這名草堂仙師的頭顱一側，然後一顆腦袋就拔起脫離了身軀，落地後滾西瓜似的滾出去老遠。

徐鳳年放開無頭屍體，輕聲笑道：「『劍』和『來』二字，如此普通的字眼，你承諾一次不說，想必很難，為了不讓你失信，只好幫你一把。」

那個方才給鐘離邯鄲遞劍的侍童，見到主子暴斃，顧不得什麼，也不去深思為何主子怎就一招身死，只當是被小人算計，大義所致，他一把搶過另外一名捧劍僕役的名劍，鏗鏘拔劍後，紅了眼睛怒斥道：「你這喪心病狂的鄉野雜種，知道鐘離仙師是我沈門草廬的下一代盧主嗎？定要讓你五馬分屍，死無葬身之地！」

劍童盛怒之下的一劍劈來，在武道修為不弱的韓芳、張秀誠等人看來已然不容小覷。

徐鳳年左手五指成鉤，那顆滴抹了一路血跡的頭顱憑空飛回，恰巧被劍童一劍劈成兩瓣，但濺射的血液都被一層海市蜃樓盡數彈開，倒是出劍的跋扈劍童滿臉血汙，他這一劍砍瓜切菜劈開了主人的腦袋，懸停在那名背劍書生頭頂三、四寸處，不論他如何加重力道，都劈砍不下。

徐鳳年緩慢抬臂，屈指一彈，劍身蕩開，掙脫劍童手心，反拍在他白皙臉頰上，瞬間浮現出與劍身同等寬度的長條紅印，劍格鑲嵌有一枚珍稀貓眼石的古劍脫手以後，又古怪扯回徐鳳年手中，一寸一寸砰然龜裂，他對著被打懵了的劍童笑道：「我連沈門草廬都不曾聽說，又怎知腳下這腦袋開花的廢物是誰？你主子才上了黃泉路，既然你忠心耿耿，作伴去？否則以你劍劈華山的絕代劍士風姿，相信回到草堂也是殉葬的命運。」

劍童這才醒悟雙方天壤有別，才說出口一個「不」字，就被一腳踹得身軀如挽弓，倒飛出去五六丈外，吐血而亡。

徐鳳年這才問道：「你想說什麼？」

一座廣場兩批立場不同的人物，都是悚然動容。

洪遷悄悄挪步，想要逃離這是非之地。斬旗之後，他就已經與忠義寨恩斷義絕，絕無半點迴旋餘地，好不容易卑躬屈膝找來的大靠山橫死當場，不說這名手腕血腥的掛劍士子如何計較，便是師父張秀誠和大當家韓芳兩人就夠他吃一大壺。

才溜到廣場邊緣，徐鳳年就轉身盯住這名不遺餘力去攀爬地位的草寇，微笑道：「洪當家的，別急著走，這杆杏黃旗被你斬斷，只是你和寨子的恩怨，與我無關，不過聽青竹娘說起，當年她男人莊子被破，也是你隱姓埋名，先做了幾個月的莊子清客，然後裡應外合，事後你一槍捅死了那名讀書人，好些往日裡經常和你說笑的清秀丫鬟，也都在那一晚被你提起褲腰帶後給殺了一乾二淨。既然鐘離邯鄲死了，來來來，你若僥倖贏了我，青竹娘就是你帳幕玩物了。」

洪遷滿臉苦澀悔恨道：「徐公子說笑了，洪某豈敢對你不敬。」

道士張秀誠突然高聲道：「懇請徐公子將此人留給在下！事後要殺要剮，張秀誠絕不還手，悉聽尊便！」

徐鳳年反問道：「你當日在山腳酒肆，不是一劍想要割去我的頭顱嗎？」

張秀誠平靜道：「只要徐公子肯放過忠義寨，張秀誠殺死洪遷，自當以死謝罪！」

徐鳳年笑了笑，攤手示意張秀誠放開手腳搏殺，清理門戶。

徐鳳年望了一眼軟綿綿縮成一團的杏黃底朱紅字旗幟，自言自語道：「官逼民反，民不得不反，沒有錯，可之後，吃上了酒肉，從手無寸鐵變作了手拿兵器，到頭來殺得最多的還是與你們一樣的百姓，到底是誰在替誰行道？」

徐鳳年看著那幫平日裡狐假虎威、作威作福此時卻瑟瑟發抖的草堂僕役，既然連那頭山大王都死了，他們還能威風什麼？徐鳳年扭頭對韓芳說道：「韓大當家的，借七、八匹馬，與我一同前往沈門草廬見識見識人間仙境，如何？」

韓芳抱拳朗聲道：「韓某人不敢不從！」

幾名忠義寨草寇戰戰兢兢從馬廄牽來十幾匹駿馬，生怕這位比魔頭還魔頭的俊哥兒嫌馬匹少了不得勁兒，就把他們給一併宰了，這可真就是冤死了。洪遷已經被張秀誠糾纏下來，還有幾名精壯漢子站定，形成一個包圍圈。

對上成名已久的道德宗不記名弟子張秀誠，洪遷本就沒有勝算，而且他的武藝大多出自張秀誠傳授，短處彰顯，處處被針對，被打得捉襟見肘。虎視眈眈的方大義見著機會，一板斧揮下，就在洪遷後背劃開一道大口子，洪遷已經沒那氣力去怒罵這頭黑牛的不講規矩，就在此時，才牽過馬韁準備躍身上馬的徐鳳年一掠而過，手中扯過「替天行道」四字旗幟，奔至方大義身後，一手拍爛後背，壯如熊羆的漢子尚未撲倒，頭顱就給那面旗幟裹住，如同一顆粽子，慢慢地被活活悶死。

廣場上清風吹拂，卻讓所有人直墜冰窖。

洪遷被張秀誠一劍透胸後哈哈笑道：「死得好！都死得痛快極了！老子下輩子還做帶把的爺們兒，只求老天爺讓韓芳、張秀誠你們幾人都成女人……」

不等他將臨終遺言說完，張秀誠一劍攪爛其心肺。

徐鳳年瞥了一眼杏子眼的道人，平靜道：「看在青竹娘說你還算有幾分仙風道骨的份上留你一條性命，以後該作甚，等我和韓大當家回來再做定奪。」

殊不料這名道士也是果決性子，揮去劍尖血滴，倒提一把桃木劍，作揖低頭，直截了當地說道：「不用如此麻煩，張秀誠願意和徐公子一同前往那座草堂。」

徐鳳年對那幾名草堂侍從生冷吩咐道：「捎帶上鐘離邯鄲的兩瓣頭顱。」

一行人騎馬奔向一個時辰馬力外的長樂峰，忠義寨外其實有一架富麗堂皇的馬車，不過徐鳳年不坐，也就沒誰敢造次。

有資格占山為王的宗派府門，大抵都算足金足兩，遠的像是隔江對峙的龍虎山和徽山軒轅，近一些的像是青羊宮，都是信眾萬千，別說宗主之流，就是一些雜魚角色，也都水漲船高地高高在上，神仙得不行。落在常人眼裡，只覺得雲遮霧罩，自然而然就生出敬畏之心。

這沈門草廬是六嶷山當之無愧的山大王，而眼前這位被拎野鴨一般扯住脖子的魔頭，喜歡自稱仙師，實力在草堂可躋身前五，前幾年傳言已經臨近二品，徐鳳年按照從青竹娘嘴裡得知的瑣碎細節，草堂大概能有兩位二品境界即小宗師坐鎮，就橘子州一州而言，的確相當不差了。

草堂主人姓沈，這個姓鐘離的是廬主不光彩的私生子，不過習武天賦不差，四十歲前有望晉升二品境，是不是私生子就不痛不癢了，兵強馬壯者為王，是自古而來的鐵律，朝野上下，擱在哪裡都管用。

沈門草廬之所以被戴上魔門的帽子，是由於草堂擅長房中術和密宗雙修，歸根結底，就是只要和魚水之歡有關聯的，草堂都精通。沈氏子弟下山，要麼是殺人父母擄奪年幼鼎爐，要麼就是護送成器的成熟鼎爐給達官顯貴，甚至與北莽皇帳一些兩姓宗親都有生意來往，這也是草廬能夠金玉滿堂的根源。其實雙修術雖然歷來被斥為邪僻左道，但一些脫胎於佛道典籍的正統神通，根柢並不歪曲，這恐怕也是沈氏武學棟梁世代輩出的關鍵所在。

韓芳默不作聲，在這名書生身畔騎馬夜行。

只是心思跌宕，既然是掛劍負笈遊學，這還不曾出劍，就一巴掌拍去鐘離魔頭的腦袋，豈不是就有了二品境界？這自稱徐朗的士子才及冠幾年？竟然就有了這等遙不可及的可怕實力！這讓韓芳只感到人比人氣死人，不過對於徐朗前往沈門草廬，他並不看好，被裹挾前往是逼不得已，總不能像那個捧劍侍童一樣才說出一個「不」字就死在當場，但是到了草堂以後如何權衡利弊，就有些頭疼，別的不說，草堂杵著兩尊沈氏老供奉，久在二品境界高居不下，一個身後劍還未出鞘的徐公子，是不惜命，還是胸有成竹？

張秀誠跟在身後，只是覺得這名讀書人好重的戾氣！

就像一方上品古硯研磨出來的墨水，異常濃稠。

徐鳳年手裡正握有劍童那邊拿來的一柄佩劍，是模仿東越劍池青銅劍的造型，厚格黑漆，大氣古樸。徐鳳年鬆開馬韁，一手提劍，一手屈指輕彈，聲音清脆悠揚。他突然問道：「方大義之流，鬧市之中，嗜好不問青紅皂白就掄起板斧砍殺過去，就只有酣暢淋漓，沒有半點不忍？」

韓芳泛起自嘲，正要說話。張秀誠率先開口說道：「方大義、洪遷這些亡命之徒，上山之前本就不是什麼心慈手軟的善人，都是殺人不眨眼之輩，意氣用事，不分對錯，對自家兄弟而言，自然足以稱讚一聲義薄雲天。這就像中原二十四孝裡頭那些所謂的殺兒養母、臥冰求鯉，都是瘋魔了心竅，終歸是有悖人倫常理。

當年寨子也有過些出身清白的官家子弟，被我用計害得他們家破人亡、妻離子散，被官軍追殺，不得不入寨子做匪寇，這些人對此也曾十分惱火。只不過大當家的也有大當家的難處，一個寨子三教九流，魚龍混雜，兄弟們忠心有多少，說到底還是看方大義這些莽夫。

讀書識字多了的，心眼活絡，少有樂意在一棵樹上吊死的，後來忠義寨被六嶷山其餘寨子合著夥來排擠，兄弟們作鳥獸散，散去的正是這些肚子裡有學問有墨汁的兄弟，投了別門別戶後，反過頭對忠義寨禍害起來，也最為不遺餘力。

三當家的宋馗，就是被以前一位兄弟設計騙去城中，才有的牢獄之災。當然，也不是所有人都是如此下作，許多到了山上也不拉幫結派樹立山頭的兄弟，心灰意冷下山以後，也都對忠義寨有情有義，算得一場好聚好散了。」

徐鳳年點了點頭，說道：「在山下跟青竹娘討教了許多經營寨子的手段，多少知道你們的不易。」

張秀誠肚裡忍不住罵娘，求你這尊大魔頭別再討教了，都擁有這般凌厲無匹的身手神通了，難不成也要學咱們弄一座寨子玩耍玩耍？繼而心頭一熱，難不成六嶷山要換天了？

韓芳亦是心有靈犀，兩人相識，視線一觸即閃，一切盡在不言中。

一名在廣場上撿回那柄嵌有貓眼石華貴名劍的劍童騎馬奔來，焦急稟告道：「公子，有人偷溜！」

徐鳳年其實早已通過辨識馬蹄聲得知真相，但還是多此一舉地轉過頭望去。

估計是從主子那裡學了七八分真傳狠辣心腸的劍童以劍做匕首，趁機直刺徐鳳年脖頸，連韓芳和張秀誠都沒料到這劍童如此膽大包天，性子剛烈更是可見一斑。

徐鳳年輕輕拋出手中的青銅劍，插在那名逃竄的草堂僕役的後背，僕役應聲墜落下馬。雙指輕鬆擰住劍尖，兩匹馬依舊並駕齊驅，徐鳳年沒有立即痛下殺手，只是抽過了這柄價值不菲的好劍，然後笑咪咪道：「去，去屍體上拔回那柄劍，至於逃不逃，隨你。」

劍童呆立當場，隨即崩潰得號啕大哭。

徐鳳年倒轉過劍，一腳踢去，才回過神準備去拔劍的劍童如風箏般飛出撞在山壁上，氣斷死絕。

張秀誠噤若寒蟬。

這個魔頭性情怎的比手段還詭譎難測。

坐在馬背安穩如山的徐鳳年將劍拋給韓芳，雙手插袖，瞇起丹鳳眸子望向遠方前路。

記得以前那段見著帶刀持棒蟊賊就是生死大敵的寒磣歲月，每次翻山越嶺，有個立志要做女俠的小姑娘都會歡樂地嚷嚷大王讓我來巡山呦，巡了南山巡北山呦，每次末尾還不忘呦呦呦顫音不止。

徐鳳年平靜道：「要是被妳這位女俠知道上山只是痛快殺人，還認我這個好哥們兒嗎？」

◆

徐鳳年上山，只想學李淳罡那樣一人殺千軍。

春雷雖未帶在身邊，卻養意照舊。

徐鳳年自己也已經察覺到積鬱有太多的殺意和戾氣，再這樣下去遲早會走火入魔，到時候北涼少了一個世襲罔替的北涼王，北莽倒是多了一個殺人不眨眼的新魔頭。

大致問過了沈門草堂的家底，得知除去兩位不食人間煙火架勢的老爺子穩居二品，像鐘離邯鄲這般實力的「高人」，也有四、五個，對於軍鎮林立的橘子州來說，已經是夾縫裡求生存後的大氣魄。

北莽以鐵腕治理江湖勢力，五大宗門中與軍鎮無異的提兵山排在第三，棋劍樂府墊底，因為有登榜武評的洪敬岩拉起大旗，以及劍府府主劍氣近幾大隱世高人壓陣，無人敢心存輕視，有這五頭以鯨吞姿態吸納武林資源的猛獸珠玉在前，超一流和一流門派之間就割裂出一道不可逾越的鴻溝，徐鳳年對此並不奇怪，北莽只有祭出此種手筆，才好在戰時第一時間集結起武林勢力，融入軍中，給予離陽王朝以重大打擊。

以此看來，當初徐驍馬踏江湖，讓一個江湖支離破碎，實在是有利有弊。俠以武亂禁，擅殺士族和官員，對於朝廷而言是頭疼的事情，可是一旦被鐵騎碾碎了風骨，踩斷了脊梁，江湖也就沒了生氣。

徐鳳年瞥了一眼韓芳，這名坐忠義寨頭把交椅的耍棒英雄，出身名門。韓家是邊陲重地薊州百年的砥柱，不知抵擋下幾波北莽的遊掠侵襲，韓家老爺子曾經有過率領八百精銳家騎，衝擊六、七萬北莽軍的壯舉，戰陣中韓家軍認准王旗所在，直直殺去，戰功顯赫。這並非野史虛誇，而是向來被治史嚴謹的內廷史官所承認，賦以濃墨重彩撰寫。

有韓家控扼薊州幾處要害關塞，導致前四十年北莽遊騎南下，無數次碰壁後都折損得肉疼，乾脆繞道而行，韓家親軍因此一直被北莽皇帳視作除之後快的心腹大患。韓家可謂滿門忠烈，有趣的是這一百年來，不論天子姓什麼，只要你坐上龍椅、穿上龍袍，韓家便忠心耿耿，為你殫精竭慮把守邊關，韓家子弟不惜赴死再赴死，戰死沙場的嫡系子弟不計其數。

直到十年前，張巨鹿和顧劍棠主張邊鎮輪換，北涼軍的發軔之地兩遼，尤其是錦州，最為反彈劇烈，幾乎釀造出春秋大定後的第一場兵變，接下來便是薊州韓家，韓家雖未傳出任何不滿言辭，甚至已經開始舉族搬遷，但薊州不知為何一夜之間嘩變，這才有了出自張巨鹿之口的一句傳世名言「皇帝不急太監急」。

皇帝？這等於給薊州動盪定下考語，韓家一門百人，被株連坑殺，之後更是傳首邊軍。韓芳是位列韓氏族譜上的亂臣賊子，只是離陽王朝鞭長莫及，總不太可能來到橘子州腹地絞殺這名欽犯餘孽。當年和徐驍以及二姐徐渭熊一起雪夜圍爐煮酒說天下，說及含冤待雪無望的薊州韓家，徐驍只提了一句：「說到底韓老爺子還是兵不夠多。」二姐則輕淡加了一句：「朝廷篤定韓家被忠義二字拖累，不會造反，所以更該死。」

一針見血，兩針見骨。

徐鳳年曾好奇詢問徐驍是不是他從中作祟，故意將北涼和兩遼禍水引向薊州，徐驍反問著說你猜？徐鳳年那會兒脾氣急躁得跟王府鋪設的地龍一般，就罵了一句猜你大爺。

徐驍唯獨跟子女才有好脾氣，依然笑咪咪回了一句，我可不就是你爹嘛，你再猜。然後正值少年的徐鳳年便澈底無言以對了。

那時還未去上陰學宮求學的二姐破天荒捧腹大笑。

終於臨近沈門草廬，沈氏僕役被一腳踢死一個、一劍刺死一個，活下來的再無下山入寨時的囂張氣焰，哪怕快進入自家地盤，也不敢有所情緒表露，仍是板著臉騎馬在那名負劍書生身後。

◆

長樂峰上竹木建築鱗次櫛比，數以千計的大紅燈籠高高懸掛，牌樓懸有「六嶷天頂」四字，兩根梁柱是昂貴無比的金絲楠木，合抱之木。楠木本就是官家採辦的皇室用木，大殿修葺以及陵墓柱棟皆是用上等楨楠，而金絲楠又是楨楠裡的第一等。

春秋時中原西蜀、南唐幾國，每隔幾年就要出現一、兩樁動輒幾十顆人頭落地的運楠舞弊案，當朝趙家天子更是傳出過假借修整西楚皇陵名義盜取珍藏楠木的滑稽醜聞。因為金絲楠木本身生長有霞光雲海效果，尤其是大料，無需雕琢，就讓人目眩神搖。

徐鳳年騎馬過牌樓，轉頭視線停留在金絲楠柱上，嘖嘖道：「真是有錢的大戶人家。」

韓芳和張秀誠是頭回親臨沈門草廬，大開眼界之餘，俱是憂心忡忡，沈氏每富可敵國一分，他們陪葬的可能性也就增添一分，如何能有笑臉。

徐鳳年看著呼啦啦從主樓兩側洶湧衝出的兩股人流，自言自語說道：「徐鳳年，可記住了，別不把二品小宗師不當盤菜啊。」

徐鳳年轉身伸手淡然道：「拿來。」

一名草堂扈從趕緊拋過浸透血水的包裹，騎馬前行，馬蹄踩在白玉石的廣場上，格外響亮。相距一百步，徐鳳年隨手丟出裝有鐘離邯鄲兩片腦袋的包裹，盯住一位白髯及胸的拄杖老者。

不是所有人都能讓沈氏廬主大半夜從鼎爐白嫩肚皮上爬起身來親自出門招待的，不過既然有高屋建瓴的說法，住得高當然就會有住得高的好處，負責值夜瞭望的沈門子弟早已傳去消息，層層遞進，越演越烈，這才驚動了不問俗事許多年頭的老人。

鐘離邯鄲正是他的私生子，被證實有望在壯年步入二品境後，逐漸被寄予厚望，倍受草堂器重，許多原本屬於嫡長房的諸多資源都開始傾斜向鐘離邯鄲，甚至連他鴆殺當年害死他親娘的一名姨娘，都被草堂一筆帶過，後來又以白綾勒死一個，這才被責罰去後山字劍齋閉樓面壁一年，事實上也不過是被按下氣焰去靜心習武流覽祕笈而已。

今晚明明有貴客，才前一腳造訪府邸，鐘離邯鄲後一腳便乘坐馬車私自下山，這不算什麼，驚訝的是回來時竟然不見了身影，如何能讓在他身上耗費大量財力心血的草堂安心。

雙方對峙。

一名佩有纖細青銅劍的沈氏子弟得到眼神示意，小跑去打開包囊，立時瞠目如見鬼。也差不多了，見鬼稱不上，不過是見死人的頭顱。

背對家族眾人的劍客神情複雜，轉身後斂去眼中一抹隱藏極深的狂喜，滿臉悲慟聲顫顫道：「廬主，鐘離邯鄲，死了！」

拄杖廬主怒極，胸前長髯飄拂，提起那根重達百斤的精鐵拐杖，重重砸入玉石地面，炸出一個窟窿，喝道：「你是何人！」

徐鳳年不拉韁繩，雙手插袖，背春秋劍不動如山地坐在馬背上，平聲靜氣道：「實不相瞞，我跟這個自稱鐘離邯鄲的草堂劍客是初次見面，無冤無仇，不過他說了『劍來』二字，說是要模仿李劍神大雪坪的風采，可說是『劍來』，卻也沒見到有一千幾百柄劍飛來，僅是讓捧劍侍童丟了一把破劍過來，我實在是聽不下去也看不下去，湊巧想殺人想瘋了，就一巴掌拍掉他的頭顱。你們沈門草堂若是也聽不下去看不下去，不妨車輪戰上陣，我一人一劍，都接下來便是。」

長髯廬主臉色陰沉得讓附近沈氏子弟膽戰不已，不敢正視，入二品境界年數比這名高坐馬背負劍青年肯定還要長久的老人握緊拐杖，殺機勃勃，瞇眼問道：「師出何門？」

徐鳳年一臉訝異道：「我都殺了你兒子，你還跟我嘮叨，我是你老子不成？」

韓芳和張秀誠面面相覷。

他們也算閱歷不淺的老江湖了，可委實是沒見過這樣形同市井潑皮的高手啊。

「好好好！」怒極大笑的廬主連說了三個「好」字，雙手按在龍頭拐杖頂端那顆龍嘴叼銜的碩大夜明珠上。

在場不管是托庇於草堂的莊客還是沈氏嫡系，總計有六十幾人，其中兩側弓弩手有十三名。不過陸續有人進入場內，尋常人走入其中都要迷路的那種高門大戶，消息難免滯後，就像石子投湖心，漣漪要想波及湖畔，總歸是要一些時間的。

徐鳳年默念給自己聽：「要殺我，生死自負。」然後飄然下馬，風儀出塵。

弓弩第一撥潑水勁射已然撲面，徐鳳年一掠滑行數丈，輕鬆躲過飛羽箭矢，可憐那匹高頭大馬瞬間給射成了刺蝟，轟然倒地不起。

一名闊刀壯漢大踏步前衝，不給他任何出手的機會。徐鳳年驟然加速，擦肩而過時，一袖揮出，大漢整個龐然身軀就側飛出去，光是傳出的肩膀碎裂聲就十分聳人聽聞。

隨後跟上的三名草堂豢養劍士心知不妙，剎那間布起江湖上還算常見的三才劍陣，劍鋒抹畫眼花繚亂。徐鳳年雙手攤開，擰住兩枚劍尖，身體後翻，躲開中間一劍，手指間兩柄利劍立即扭轉，一名聰明圓滑些的劍士跟著做出一記翻滾，才使得佩劍不至於脫手，另外一名動作遲緩一些，頓時虎口開裂，鮮血直流。

好不容易保住臉面的劍士才暗自僥倖，一股力道就由劍尖湧至手腕，身體被氣機凶狠前扯，他正想棄劍後撤，卻見徐鳳年拎劍側移，如魚游水，手背猛然拍在措手不及的劍士胸膛上。劍士噴出一團猩紅血霧，踉蹌後退時，徐鳳年抬腳高不過膝，蘊含巨大寸勁的一腳踹在劍客小腿上，讓其身體騰空前撲，緊接著一記膝撞擊在那人額頭上。

開花。

劍客撲在白玉石板上，僅是象徵性抽搐了兩下，就帶著這一生的榮辱起伏迅速死去。

徐鳳年兩袖翻搖，弓弩射出的第二撥箭矢陷入兩個詭譎旋渦，最終被反向刺去，躲得快的才逃過一劫，躲得慢的非死即傷，當下便有三名弓弩手死於非命。

沈門草堂以習劍之人居多，七人七劍瞬發，任何一把劍，都帶著不計生死的勁頭氣勢，似乎這些江湖豪客也被激發了澎湃血性，每一劍皆是攻敵必守竅穴。徐鳳年也不急於殺敵破陣，在陣中游魚般滑行起來，像是優哉游哉閒庭信步，負劍的修長身形瀟灑躲避，除去幾劍撩刺他的下盤，有過移動外，其餘七、八息內揮出的幾十劍竟然都沒能讓他雙腳離開原地，只見這名儒雅如士子模樣的年輕人身體仰去復起，潮漲潮落，只是偏偏不倒。

任你千萬劍來襲，我自雙腳生根。

一名冷靜觀戰的金冠紫衣男子站在盧主身畔，見到父親點頭後，一劍出鞘如龍鳴，劍氣隱隱縈繞，在七劍間隙朝徐鳳年心口刺出歹毒一劍。

徐鳳年雙手抱圓，籠罩住長劍，和他心口近在咫尺的幽綠劍芒便再不得前刺分毫。徐鳳年手心再度畫圓，劍身隨之流轉，和鐘離邯鄲有五六分形似的紫衣男子微皺眉頭，不去強硬握劍，而是掌心推在劍柄上，終於向前推出幾寸。

徐鳳年向後飄去，連這一刺和七劍一齊躲掉。

時刻關注場內局勢的弓弩手立即潑灑出第三撥箭雨，不求殺敵斃命，只求不給這名劍客換氣機會。

一氣換一氣之間，正是如同陰陽間隔的緊要時分。

那些勢均力敵的生死搏殺，比拚的就是換氣精巧，當然還有氣機充沛程度，雙方絞殺，如氣囊互相針刺，就看誰漏得更慢一些。

當初江畔。

一位羊皮裘老頭兒刹那間八百里流轉的一氣長存，便殺去六百鐵甲！

步入大金剛初境的徐鳳年不進反退，再次讓箭雨落空，紫衣男子臉色微變，以氣馭劍，帶劍返身便退。

徐鳳年的大黃庭海市蜃樓暴漲，硬抗六劍，五指成鉤，按住一顆腦袋，指尖磅礴氣機發動，將其炸爛。

雙手捲袖結青絲。

剩餘六劍完全失去了準頭，開始雜亂無章地橫衝亂撞起來，再無起初那井然有序的凜冽氣象。

徐鳳年以偷師而來的半吊子胡笳十八拍，眨眼過後，便拍死了六名死不瞑目的劍客。

站在屍體中間的徐鳳年雙手起崑崙，閉眼低聲道：「李老頭兒，要不你睜眼看看我一氣殺幾人？」

六名被胡笳拍子拍死的屍體，以這名負劍書生為圓心躺在玉石廣場上，鮮血流淌。

一戰之下，弓弩手都給驚呆，忘了射出下一撥羽矢。

長髯廬主怒喝一聲，「沈氏子弟當先行！」

兩個包圍圈一瞬成行，小圓是二十餘沈氏成員，夾雜有草堂栽培的死士，周邊大圈是四十幾個長樂峰客卿，隨著戰事逐漸酣暢，又有三十多人擁入白玉廣場。

小圈驟然縮小，二十餘柄刀劍相加，徐鳳年左腳抹出寸許，雙手起勢斷江撼崑崙，加上目盲琴師那邊模仿胡笳拍子感悟而得的青絲結，頗有教山巔風起雲湧的大宗師風範，身形翻搖，氣機滾滾如長河東去。

沈氏子弟自幼習武，淬煉體魄遠比尋常宗派來得得天獨厚，更有上乘祕笈參閱和高人領路入門，二十刀劍來襲，章法森嚴，雖然被浩蕩氣機挫敗，小圓卻又快速復原並擴散開來，只有幾名客卿的刀劍離手毀去，大多數人都安然無恙，趁手兵器脫手的幾位，也幾乎同時就接住身後大圓人物中拋借來的上品刀劍，圓陣一縮一伸，盡顯沈門草堂底蘊。

西蜀有天下間最大的一塊龍壁，猶有勝過當今離陽皇城的九龍壁，當初李淳罡以三千道劍氣，激蕩滾過，是謂開蜀式。

以一人力戰兩圈六十餘名武夫的徐鳳年默念兩字：「劍起。」

徐鳳年以武當王重樓一指滄瀾式起手，背後春秋劍隨之出鞘，劍氣冠絕長樂峰。

春秋一閃而過，徐鳳年雙腳猛踏，玉石地板下陷出雙坑，天地之間起流華，如一抹彗星流竄，這比較當初略顯粗糙的燕子迴旋離手劍，實在是超出太多層次境界，已經接近吳家劍塚的馭劍高度。

當時蘆葦蕩一役，吳六鼎對上李淳罡的兩袖青蛇，臨危不亂，從劍侍手中借取當世名劍第二的素王，便是引氣馭劍。徐鳳年以蠻橫至極的姿態復爾胡笳亂拍，這是提綱挈領，而春秋劍氣滾龍壁，是一張恢恢大網，劍氣所及，不僅小圈二十餘人，連大圓四十多人一起籠罩其中。

劃脖而過，透胸而過，刺腿而過。

劍來劍往，氣機無窮盡。

拄杖廬主眼神閃爍不定，新近入境的金冠紫衣男子站在身邊，這對沈氏父子便是長樂峰上三位小宗師境中的兩位，父子接連踏境二品，是橘子州江湖上的一樁奇聞美談，可謂虎父無犬子。廬主沈秩之所以對私生子鐘離邯鄲寄予期望，就是等著長樂峰名正言順地出現一門三宗師的那一天，這無疑會幫草堂拉小跟十大宗門之間的差距。

年輕一代的沈氏子弟中不乏天資卓著的練武奇才，三十年內只要竭盡全力扶植出一名一品境高手，沈氏就有資格進入北莽王庭視野，被投入大量人財物力去扶持幫襯。富者越富，這就是北莽的江湖，朝廷不僅任由幫派小魚吃蝦米，更會主動幫助大宗門去大魚吃小魚。

逆水行舟、不進則退，六百里外那座敦煌城，城主形同一位自立門戶的君王，有小武帝「二王」之稱，早就對沈門草堂有吞食覬覦之心，若非長樂峰與皇室兩姓子弟有用黃金堆出來的香火情，使得數座軍鎮橫亙其間，願意阻攔敦煌城勢力南侵滲透，草堂早就給吃得骨頭不剩。居安而不思危，敦煌城方圓三百里內的四十幾個大小幫派就是前車之鑒。

草堂死一個人，就意味著多一分危機。沈秩如何能不撓心抓肝？

草堂嫡長房的紫衣劍客瞇眼陰沉道：「此子不除，草堂有何顏面在六嶷山立足。我去請爺爺出山？」

廬主搖頭，似乎是自問說道：「代價是不是太大了一些？」

中年男子沉聲反駁道：「難不成由這人殺光廣場上眾人？」

長髯飄飄的廬主瞇眼道：「不急，等他一氣停歇，你再出手試探一次。」

雍容華貴更在鐘離邯鄲之上的下任草堂廬主氣惱道：「若是仍然拿不下，又該如何？丟了面子，傷了裡子，敦煌城那幫賤人最是喜好見縫插針，草堂豈不是岌岌可危。覆巢之下，安能再有我沈氏子孫的太平日子好活？總不能學那些汙穢寨子的小頭目，認了敦煌城主做乾娘，做那裙下奴吧？山上那位敦煌城而來的使者，面容妖冶狐媚，身子骨更是豐腴得跟宮中娘娘似的，可心腸卻是歹毒無匹，口氣之大更是無法無天，才登門就說要讓我草堂沈氏一門都做敦煌城的假子，如何能忍？」

沈秩皺眉道：「莫要用激將法，知子莫若父，你心中所想所謀，以及這些年暗中所為的小手腳，真當我老眼昏花了？你怨我不肯投靠慕容寶鼎，不為你在軍界鋪路子，便私下結交持節令心腹，沈開閫，你還當我是你爹嗎！」

不揭開那層窗紙還好，傷疤撕起，沈開閫的臉龐便有些猙獰扭曲，冷笑道：「我娘被鐘離邯鄲那個私生子用一丈白綾生生勒死，你卻連報仇都不准我去做，你又是什麼爹？」

花甲老人握緊精鐵拐杖，先怒容後心傷，眼神落寞，壓下許多氣話，嘆氣道：「如今既然邯鄲已經身死，你我父子更應該同心。」望向廣場中的沖霄劍氣，草堂廬主大有江湖催人老的感覺，一名橫空出世的及冠士子，便會尋常劍士甲子工夫都難求的馭劍了？老人緩緩說道：「慕容寶鼎雄才大略，卻有不臣之心，他就算在廟堂上鬥得過同出一族的女帝陛下，可是鬥得過軍權在握的拓跋菩薩嗎？鬥得過其餘七位坐山觀虎鬥的持節令？我與敦煌城屈膝示好，沈氏就算是苟延殘喘，也好過將來一天滿門抄斬啊。」

沈開閫冷漠道：「將來事將來說，眼下事還靠人為。」

年邁廬主苦笑不言語。

場中春秋一劍已經殺破兩層圈子，死傷過半。

一氣止時劍歸鞘。紫衣沈開閫一掠入場，跟這名風度翩翩的文雅劍士驚險搏殺起來，他身形靈巧，紫衣大袖翻動，煞是好看。戰場不斷轉移，沈開閫被當胸一拳轟向身後二十步的廬主沈秩，後者神情微變，提起拐杖飄然前衝，扶穩這名嫡長子，往後一帶，沈開闔站在長鬚廬主身後。

徐鳳年本來根本不去想做什麼擒賊擒王的把戲，只是想應對車輪戰殺了再殺，不過既然送上門來，也就不客氣。春秋二度出鞘，只見那名白鬚如仙的廬主才提起精鐵拐杖，徐鳳年就察覺到這名二品境界的高手氣機剎那間潰泄，雖有逆轉重提氣機的跡象，好像又受了一記重擊，終於如江海一瀉千里，春秋劍毫無凝滯就刺出個透心涼，在空中劃出一個精巧絕倫的圓弧，返回劍鞘。

徐鳳年瞇起眼眸，有些意料之外的訝異和更是情理之外的詭異笑意。

沈開闔嘶吼著喊了一聲爹，抱住被一劍穿心的瀕死老者，小心翼翼坐下，含淚低頭，眼神則異常陰冷。

方才正要迎敵的廬主沈秩正是近距離後背被兩次劍氣偷襲，刺破兩處關鍵竅穴，竅穴本身對武夫並不致命，只是沈氏博採眾長的獨門內功心法，氣機運轉講究停停復停停，層層遞進，最終氣象十分雄渾，而這沈氏三停登頂的微妙時刻，對於外人來說不易捕捉，沈開闔卻是爛熟於心，兩刺就讓沈秩一身內力失去了根基依靠，終於被春秋劍一劍就輕鬆殺敗。父子二人，一躺一坐，兩兩相望。

出乎意料，做出大逆不道勾當的沈開闔本想藉著擦拭血跡，去摀住沈秩嘴巴，不讓他說出真相，不曾想老人只是笑容慘澹，並無多少憤怒，微微搖了搖頭，這才吐血緩道：「開闔，鐘離邯鄲雖然驕橫，卻無野心，你只知嫉妒他的武學天賦和記恨他的心狠手辣，可知道你娘和柳姨都是為父親手殺死，而非他動手？這是爹在為草堂未來百年基業打樁啊，邯鄲解開心結，對你並無恨意，我一死，他潛心習武，你借勢那座傳言城主是拓跋菩薩情人的敦煌城，轉投軍伍，何愁沒有一個平步青雲？再有邯鄲若是躋身一品境界，由他坐鎮長樂峰，你便可以沒有任何後顧之憂，說到底，草堂家主是你的，錦繡前程也是你的……」

暮年垂死的沈秩斷斷續續訴說，正值壯年的沈開闔抿起嘴唇，嘴皮顫抖。

虎毒不食子的沈秩抓住兒子手腕，竭力沙啞說道：「開闔，不要去摻和慕容家族的那個爛泥塘，沈氏比起提兵山、敦煌城這些龐然大物，根本玩不起宮闈政變之事。切記切記……草堂中隱藏有一名朱魍密探，為父刻意結納敦煌城，也是為你和慕容寶鼎接近而做了一些掩飾，你要小心……」

沈秩死前最後一句遺言：「莫要愧疚，開闔，你是可成大事的人物，為父就當是你一將功成萬骨枯其中之一，以後光耀門楣，開枝散葉……」

沈開闔總算有了幾滴真心實意的眼淚，只不過眼中仍是沒有半點悔恨之意。

看了一場大戲的徐鳳年知道今天不用打了，紫衣男子如此看似荒誕冷血的作為，明知短時間內既殺不掉自己，又向自己透露了弒父真相，分明是向自己納了投名狀，別說仇敵，都有望成為隱祕的座上賓。世事無常，實在可笑之至。

徐鳳年猛然抬頭一瞥而去。

一襲錦衣女子在高樓屋頂跳躍，於一處翹簷飛如鴻雁，抓住某物後急墜，瞬間便失去了蹤跡。

徐鳳年收回視線，問道：「怎麼說？」

坐在地上的沈開闔一副與你有不共戴天之仇的架勢咬牙切齒道：「殺父之仇，由我沈開闔安葬亡父以後，親手尋你了結！」
徐鳳年笑道：「行不更名坐不改姓，在下棋劍樂府宋容。」
眾目睽睽之下，徐鳳年轉身瀟灑離開廣場。
下山時只剩下完全傻眼的韓芳和張秀誠兩個。
三馬月下同行，過了金絲楠木架起的那座巍峨牌樓。
韓芳心中驚懼，壯起膽子問道：「公子來自棋劍樂府？」
徐鳳年微笑道：「明擺著比告訴你們的徐朗這個名號還要假，不過是隨便扯起的大旗，你還真信啊？」
張秀誠會心一笑。
徐鳳年回首望了一眼燈籠高掛的府邸夜景，輕聲說道：「我知道你是韓家子弟，要是不想死在草堂的報復中，就帶上幾個信得過的心腹兄弟，連夜返回薊州。」
韓芳苦澀道：「公子到底是何人？」
徐鳳年極其不負責地說道：「以後你會知道的，反正你如果還想為韓家出點力，好將離陽王朝史官所寫的《佞臣傳》，變成以後的《忠臣傳》，就去薊州。再說，你也沒得選擇，想要活命，只能往南逃。」
韓芳生硬說道：「我韓芳若是不願聽命呢？」
徐鳳年冷笑道：「那就去死。」
韓芳面容肅穆，平靜道：「韓家男兒何曾懼死？」
徐鳳年笑道：「不怕死當然是真的，當年那薊州州府，韓家幾百號人像螞蚱一樣串在一起，到了鬧市口上，嘩嚓嘩嚓，手起刀落，聽說屠刀都砍頭砍得捲起了口子。我是不知道你為何成了條貪生怕死的漏網之魚，我也不去深究，只是跟你談條件，你去薊州打著韓家旗幟，祕密拉攏起一千精兵，至於躲哪兒隨你喜好，要黃金我就給你黃金，要銀子我就給你銀子，甚至連戰馬、兵器，我都能提供。這之後就看老天爺讓不讓你韓家洗去冤屈。至於我是誰……」

張秀誠一夾馬腹，率先前奔出幾百步距離。

三匹駿馬再度並駕齊驅後，張秀誠見到韓芳一臉尚未舒緩過來的震撼，可見答案必定十分驚悚人心。

徐鳳年問道：「韓家嫡系子弟中除了你韓芳，還有剩下誰嗎？」

韓芳搖頭道：「沒有了。」

徐鳳年冷笑道：「幸好，否則我就替你殺掉。」

韓芳隱隱暴怒，卻強行壓抑下。

張秀誠眼神熠熠生輝。

他之所以在忠義寨衰亡後仍是與頭把交椅上的韓芳不離不棄，是他張秀誠心死如灰，不再奢望抱負有實現的那一天，和韓芳交往，更多是視作朋友知己，無形中也就沒了那種主僕關係，因為張秀誠深知韓芳駕馭人心過於死板，賞罰不明，說難聽一些，便是婦人之仁，絕非可以打下一片天下的明主，張秀誠不介意給人做狗，只要這個人拿出足夠的城府和手腕！

徐鳳年雙手插袖，想起往昔相聚時的溫情，嘴角悄悄翹起，眼神溫柔，竟然在橘子州見到你了。

徐鳳年讓韓芳和張秀誠兩個聰明人去忠義寨收拾行李，自己則獨自下山。

來到酒肆，見到這個青竹娘就趴在那裡熟睡，這要是被瘦猴兒這般猴急的牲口見著了，還不得拖入密林深處或是莊稼地給當母馬騎了？徐鳳年坐下後伸手拍了拍她的臉頰，命途多舛的婦人打了個激靈，下意識去抹嘴角，生怕自己失態。

女子大多如此，愛美、惜名，怕疼更怕死。當然肯定會有例外，徐鳳年見識過太多不讓鬚眉的女子，不敢小覷了女人，再者他對於姿色七十文以上的女子，年紀大些也無妨，只要不是生死大敵，都挺好脾氣。

青竹娘迷迷糊糊，馬上摟緊了領口，沒察覺到異樣，才悄悄鬆了口氣，這個表情讓徐鳳年有些受傷。青竹娘是過來人，男女之事早已熟稔，眼角餘光瞥見這個年輕後生的無奈，她不由莞爾一笑，小兔崽子，讓你連寡婦門都不敢敲，氣死你！

徐鳳年直截了當地說道：「忠義寨惹惱了沈門草廬的魔頭們，韓芳和張秀誠幾位當家的會帶妳南下薊州逃命，我想日子可能會顛簸一些，不過應該好過在這裡被人魚肉，也活得更自在一點。不過去不去薊州，還得看妳自己的意思，我不強求，事先說明，長樂峰草堂的鐘離邯鄲死了，妳算是沒了靠山。」

青竹娘一臉愕然，然後喃喃自語：「死了？終於死了？」

徐鳳年點頭道：「死得不能再死了，不騙妳。」

青竹娘趴在桌面上怔怔出神，高聳雙峰又出來嚇唬人了不是？就不怕壓塌了桌子啊？

徐鳳年正大光明地瞧了幾眼，笑問道：「會騎馬？」

青竹娘媚眼一拋，「老娘連人肉包子都會做，怎麼不會騎馬。」

徐鳳年眼神古怪，點頭恍然道：「會騎馬啊。」

青竹娘媚眼如絲，桌底一腳輕柔踩在這名負劍遊子的腳背上，柔聲道：「可不是哩？公子不信的話……」

徐鳳年搖頭道：「我不是隨便的男人。」

青竹娘停下挑逗，眼皮低斂，輕聲道：「我是隨便的女人，是吧。」

言語末尾，甚至連疑問語氣都不曾有。

徐鳳年愣了一下，隨即伸出手指在她額頭彈了一下，見她像是一位犯了錯被嚴苛長輩懲戒的女孩，雙手按在額頭上，眼神從未如此純澈過。

徐鳳年擰了擰她的臉頰，縮手後笑道：「妳比良家女子還要良家，我說的。」

青竹娘好像沒有如何太當真，一臉憂愁道：「去薊州能做什麼？」

徐鳳年用兩根手指撫摸著空蕩蕩的酒罈子，柔聲道：「繼續當酒肆的老闆娘，記得賣好酒，別開黑店做人肉包子了。」

馬蹄聲傳來。

韓芳、張秀誠帶了不到二十騎下山，兩人下馬來到桌前，畢恭畢敬，青竹娘看著兩個好像老鼠見著貓的山寨首領，滿頭霧水。

徐鳳年數了一下人數，笑道：「加你們才二十騎，是二當家的攔住了你？才沒讓你讓整個寨子拖家帶口？」

韓芳一臉赧顏。

張秀誠嘴角翹起，一語中的。若不是自己極力阻攔，只帶十八名精壯兄弟去薊州，以韓芳的想法，恨不得都帶去南方。

徐鳳年這才慢慢站起身，繞著酒桌走到青竹娘身邊，將她一把抱起，把她抱到自己那匹馬上，仰起頭說道：「青竹娘，去薊州，以後找個看得上眼的男人，再嫁了便是，誰敢碎嘴妳，我讓兩位當家的撕破他們嘴巴。」

馬背上，還帶著酒勁的少婦突然哭了起來，彎腰抱住這名遊學書生的腦袋，只是不肯鬆手。

很久，很久。

徐鳳年終於無比艱辛地出聲道：「我喘不過氣了。」

忠義寨漢子們都看傻眼了，敢情青竹娘竟然還有像小娘子嬌羞的時候？

徐鳳年輕聲道：「好好活著，天底下就沒有比這更大的道理了。」

她點了點頭，擦去淚水。

二十一騎漸漸遠行。

徐鳳年揮了揮手，摸了摸腦袋，輕聲道：「好香，好重。」

第十二章 酒肆外主奴相逢 敦煌城世子吃薯

杜青樓除了名字比較逗笑，也就只長了一張很平常的臉孔，身手在沈氏草堂諸多外姓清客裡不上不下，參與不了機密大事，五、六年前上山到了長樂峰，因為要得一套不在江湖上流傳的凌厲劍術，劍招不花哨，不過殺氣極重，因此經常被鐘離邯鄲抓去比試，砥礪劍道。

杜青樓也不是那種離群索居的孤僻性情，和山上諸多客卿也都談得來，是願意放低身架去熟絡關係的小角色，也是草堂中少數樂意給山寨草寇一個好臉色的顯貴清客，經常下山喝酒說笑。

今日主樓廣場外那一場驚心動魄的廝殺，他第一時間就跟去了，不過只是站在拐角處窺視，沒露面，一名從其身邊掠過的客卿還有過出聲譏諷冷哼，杜青樓也不介意被唾棄。見過了掛劍書生的精彩廝殺，他默默牢記下招式，便返身回到獨棟小樓二層，不去拎起時常使用的一根竹管大霜毫，而是揀起了一根極少用到的斑竹管春筍筆，筆頭為羊毫長鋒，擅長書寫蠅頭小楷。

他凝神靜思，將腦中所記迅速過濾一遍，緊接著在一小塊方寸熟宣上下筆如飛。吹乾墨汁後，手指一撚成捲筒，塞入那截短小筆帽內，拿硯泥堵死後，起身去打開一只豎格通風的楠木箱櫃，拿起一只黑布籠罩的竹編鳥籠。

扯去布料，竹籠內站立有一隻頂笠鴿，眼珠如綠水，故而又名綠滴水，是短程信鴿裡的一流品種，尤其是五百里路程以內傳信，爆發力堪稱第一，快捷過鷹隼。用絲線綁好輕質竹管筆帽，他在夜幕中朝窗外丟出這隻不起眼的綠滴水。

杜青樓放出信鴿以後，到樓下拿出一壺酒，坐在一條水楠木椅上，在桌前自飲自斟，一隻手下意識撫摸著楠木椅柄。沈門草堂不鍾情紫檀黃楊和紅酸枝那幾種北莽皇木，唯獨嗜好收藏巨木楨楠做裝飾。

楠木是中原地區江南四大名木之首，自古以來便有楠香壽人的說法，草堂內沈氏嫡系大多用上尤為珍貴的金絲楨楠，如杜青樓一流不打緊的清客散人，就只能逐次降低一等，用黃芯楠做傢俱擺設，也算有些紋美木紫生清香的派頭。對於刀口舔血的武林人士來說，有這麼一張椅子坐在屁股底下，不愁衣食、不缺娘們兒，實在是沒啥好抱怨的了。

可惜杜青樓不是尋常江湖莽夫，他是北莽朱魍的一位捕蜓郎。與眾多同僚滲入江湖各大宗門一樣，他受命潛伏在沈門草堂，事無巨細，都要飛鴿傳信據實稟報，往常是一旬一次，遇到緊急狀況，可以酌情處理。至於情報的過濾篩選，不需要他一個小小捕蜓郎操心。

杜青樓自認身分隱蔽，並未被草堂識破，退一萬步說，就算那幾隻沈氏老狐狸看穿，又敢如何？把自己驅逐下山？給沈門草廬熊心豹膽都不敢，這等於向朱魍叫板，撕破了臉皮，長樂峰草堂的安樂也就到頭了。

杜青樓心情漸好，喝酒也就越發喝出了滋味，舌尖正悠悠回著餘味間，驀地瞳孔劇烈收縮，杜青樓站起身，朗聲問道：「何人造訪？」

無人應答，拴緊的房門門閂被某種鋒銳之物割斷，然後門被輕輕推開，杜青樓一腳踢去楠木椅，就見一襲錦衣女子如蝴蝶飛入，不見如何動作，椅子便悄然落地，房門也掩上了。

杜青樓貼靠向一根梁柱，正要抽出袖劍，抬頭只見兩抹華麗衣袖旋柱飄動。

好似一叢錦簇芙蓉，繞梁而開。

下一刻他便被人掐住脖子，這讓杜青樓泛起悔恨。捕蜓郎按照朱魍內部「密律」，舌下含有一枚祕制毒膽，行蹤一經暴露，便要自盡，只不過杜青樓絕不認為草堂有人會殺自己，最近兩年也就懈怠下來。進入這張蛛網以後，沒聽說過為形勢所迫而咬毒自盡的同僚，倒是只聽說過有一個酗酒過度誤殺自己的可憐蟲。

杜青樓馬上就知道自己有多蠢了，來者不光是掐住他的脖子，另外一隻手幾乎同時就斬斷了他四肢經脈，便是鬆手，他也只能像一攤爛泥倒在地上，動彈不得。這等手法，嫻熟得好像巧婦下廚切菜。

偏偏眼前女子，是這般的尤物動人！

最為驚心動魄的，是她那異常猩紅醒目的嘴唇，自知必死無疑的杜青樓恍惚間只想知道是什麼胭脂，令她狐媚之餘如此冷豔。

她輕聲笑道：「你送給三百里外雄雞鎮另外一名捉蝶娘的密信，我截下了。」

只能艱難發出沙啞聲音的杜青樓問道：「妳是誰？」

她本來不想回答，卻沒來由瞇起眼兒媚如月牙兒，嬌聲笑道：「是你失散多年的老娘，這個答案美不美？」

陰溝裡翻船的杜青樓差點被這句話憋屈得吐血。出身朱魍，就意味著他並不貪生怕死，甚至連那嚴刑拷打都視作兒戲，只不過身陷死地，而且毫無還手之力，關鍵凶手還是這樣一位年輕女子，跟千年修成人形的狐狸精似的，讓杜青樓有些茫然，凶狠都凶狠不起來，至於江湖上盛傳的所謂砍頭不過碗大的疤，十八年後又是一條好漢，更是說不出口——太傻了。

杜青樓死死盯住這名殺手，只知道她是單身上山，是敦煌城的使者，這些消息都寫在那封信上，因為白日放飛信鴿太過扎眼，為小心起見，杜青樓一般都在子時左右傳遞密信，方才還在慶幸遞傳消息晚些有晚些的裨益，這不就趕早不如趕巧，正好將那名年輕劍士的消息一併寫上，怎料諸般努力都付之流水。

她問道：「那隻綠滴水還沒死，要不你換一封密信寄出去？」

杜青樓眼神古井不波，平靜問道：「這麼做我就能活下來？」

她理所當然地說道：「不能。」

杜青樓譏諷笑道：「那為何要寫？」

她眨了眨眼睛，嬌媚笑道：「我一直以為年輕時候能活長久一些，是很幸運的事情。」

杜青樓突然說道：「我寫！」

她搖頭道：「三言兩語，既然知道了你不怕死，就不給你在信上耍心計、動手腳的機會了。」

喀嚓一聲，很清脆的骨頭碎裂聲響，可憐捕蜓郎死不瞑目，靠著梁柱癱軟滑落，歪腦袋坐在地上。

女子看也不看一眼屍體，錦繡裙擺搖曳間姍姍而行。

登上二樓，看了眼那一只象牙雕筆筒，一下子就揀選出那根春筍羊毫長鋒筆，以手指做刀，彎腰割下與手上密信絲毫不差尺寸的熟宣，沒有急於下筆杜撰消息，她在書案上挪過幾本杜青樓經常翻閱的書籍，仔細流覽了一些杜青樓考評的筆跡，這才伸手探入衣領，從豐腴壯觀的胸脯間掏出那隻綠滴水，這幅場景若是被杜青樓瞅見，估計連眼珠子都要瞪出來。

女子隨手將信鴿放在書案上，解開捆綁絲線，摘下筆帽，用指甲剝去封泥，抽出密信，對比筆跡，果然大有不同，她拿手指點了點綠滴水信鴿，輕聲笑道：「跟你一樣，都是不肯老實的滑頭。」

她突然放下羊毫長鋒，眼神炙熱起來，一隻手伸入自己雙峰間，眼神迷離，細微嗓音如泣如訴，許久以後，終於止住了膩人嬌喘，壓抑著長呼一聲道：「世子殿下……」

◆

沈門草堂府邸上下盡是雞飛狗跳，夜色越深，大紅燈籠越掛越多，許多關係好的閒散清客都開始聚頭竊竊私語，沒來得及湊近那場廝殺的草廬人士，都聽得一驚一乍。

園剿那名上山尋釁的年輕劍士，賠本死了三十四人不說，連廬主沈秩都被一劍透心涼，因為有劍氣翻滾如山崩潮湧在先，踏足二品境多年的沈秩一著不慎死於非命，並未惹來太多檯面上的揣測。

收拾完殘局，紫衣沈開闔就去後山叩開一扇柴門，跟一名鬚髮皆白的說了山頂概況，老人一言不發，最後死死盯住這個孫子的眼睛。

沈開闔正襟危坐，紋絲不動，尤其是腰杆筆直。老人在長樂峰好像是退位以後頤養天年的太上皇，總算開口說話，語氣平淡無奇，「早些葬了你爹，省得留下話柄。」

沈開闔撲通一聲跪下，痛哭流涕，「孫兒不孝！」

此時不被這個孫子觀察神色，老人這才慢慢滲出疲態，好似一張擺放多年的宣紙，滴入濃郁墨汁，終歸是要遲了些才吃墨。不再提起這一茬，他問道：「那名敦煌城來的女子如何了？」

沈開闔哽咽道：「不知是否趁亂下山，還是打算趁火打劫。」

老人沉聲道：「你漸次疏離那位橘子州持節令，不能露出馬腳，徒惹厭惡，但我代替你爹為你劃出一條底線，你若還敢過界，執意要拿沈氏一族性命當籌碼去賭前程，既然我膝下已經有了幾位曾孫兒，沈秩死了，鐘離邯鄲死了，也不介意再少你一個。如果扶不起來，為何扶你？」

始終低頭的沈開闔應聲道：「孫兒知曉輕重了。」

老盧主閉目凝神，沈開闔等了片刻，這才起身彎腰告退。

註定天亮時分就要滿山縞素了。

山風蕭索。老人睜開眼睛望向門口，「貴客既然路過，不妨進門一敘。」

豐腴尤物的錦衣女子嫣然一笑，推門而入，徑直坐下。

臉色凝重的老人打量了一眼，問道：「姑娘可是與那目盲琴師薛宋官一起登榜的錦麝？」

女子拿手指摸過紅如鮮血的嘴唇，笑了笑，「才排在末尾，不值一提。」

老人搖頭道：「因為榜眼有兩人，總計登榜十一人，榜首和那個呵呵姑娘只是名氣大一些，有名不副實的嫌疑，在老夫看來，僅就殺人手法而言，薛宋官擅長指玄殺金剛，該排第一，錦麝姑娘不說位列前三甲，最不濟也該有前五。」

年輕美豔女子佯裝捧胸，搗著心口而笑，「沈水滸，橘子州都說你眼高於頂，怎麼溜鬚拍馬的嘴皮子功夫比你身手還要一流？當真是深藏不露呀。」

被刻薄挖苦的老人一笑置之，換了一個話題，開始感慨道：「家醜外揚，讓錦麝姑娘見笑了。」

女子一挑眉頭，問道：「家醜？有我醜？」

老人哈哈笑道：「錦麝姑娘真是喜歡說笑，老夫活了八十幾年，還真沒見過幾位如姑娘這般動人的女子。」

她一本正經地問道：「我殺了個不長眼的草堂清客，叫杜青樓，是慕容寶鼎那邊的諜子，你會不會興師問罪？」

沈水滸想了想，搖頭道：「老夫哪有資格跟姑娘興師問罪，不說敦煌城那位『二王』，小小草堂，就是姑娘也是想來就來、想走就走。倒是持節令那邊肯定要追究，草堂能否挑明瞭說是敦煌城這邊痛下殺手？錦麝姑娘，妳也知道草堂不是敦煌城，經不起慕容持節令的刁難。」

女子扯了扯嘴角，「可以。」

沈水滸拱手說道：「以後就多仰仗敦煌城了。」

她點了點頭。

◆

孤零零來到六嶷山，孤零零離開，在青竹娘酒肆找了一壺酒，背起書箱，黑衫白底負春秋，邊走邊喝，徐鳳年覺得自己終於他娘的有一點俠士風範了。

上山殺人所為何？徐鳳年行走在被馬蹄踩得坑坑窪窪的泥路上，想了想，在他看來，自己主動跳入江湖闖蕩，甭管是狗刨還是仰泳，都只能是各憑本事自求多福，如魚龍幫和劉妮蓉，那就得有生死自負的覺悟，別人習武成就境界，就跑去行俠仗義，徐鳳年身在北莽，自己都朝不保夕，便不湊這個熱鬧，既然決心在江湖上求名求利，要是被大浪拍死，就怨不得別人。

可青竹娘她橫死的幼女，如何都不該死，找一百個類似世道不公人命草芥的理由也站不住腳。再者，聽到瘦猴兒說起鄧太阿和拓跋菩薩的巔峰一戰，說起李淳罡借劍一事，徐鳳年熟悉李淳罡心性，知道羊皮裘老頭兒肯定死了，註定走得坦蕩蕩。

徐鳳年這一輩子極少崇拜過誰，師父李義山是一個，再就只有這位羊皮裘老頭了，對於一起走過六千里的缺門牙老黃，談不上崇拜，只是想起來他拿梳子梳頭就想笑，想到他笑起來牙齒漏風更想笑，只有想起黃酒，才不想笑。

徐鳳年記起那座城裡柳樹下的算命，又仰頭灌了一口酒，以往對於相士算命的卦辭讖語，不太相信，可是娘親走了，大姐走了，老黃走了，現在連李淳罡也走了，教他如何不信？死在北莽會不會更好一些？徐鳳年喝了一口酒，心想難怪北莽有那麼多人想做魔頭，開心了殺人，鬱悶了殺人，殺了人還掙到名聲，殺多了就上榜，行走在條條框框、座座雷池的江湖，最愜意的，不正是不講規矩嗎？

做皇帝還有各種掣肘，太安城裡那個姓趙的中年男人，當年就真願意把心愛的隋珠公主下嫁給自己？就真願意碧眼兒張巨鹿執掌國柄乃至於權傾天下？真願意放虎歸山將顧劍棠擱在兩遼邊境？做九五至尊尚且如此，就更別說做北涼王了。

徐鳳年哪裡知道這邊山賊匪寇多如蝗，本意只是想要在六嶷山腳喝幾碗酒解渴解饞，然後就趕往六百里外的敦煌城。

東海武帝城超然於離陽王朝之外，北莽就有敦煌城不服管。一座規模不小的城池，住了七、八萬人，魚龍混雜，在人數上還要遠遠超過武帝城，至於為何敦煌城能夠自立門戶而不被北莽王庭拔除，眾說紛紜，有說是有「二王」美譽的城主其實是北莽女帝的孿生姐妹，有說是她和年輕她十幾歲的拓跋菩薩有過一段可歌可泣的姐弟戀情，就這個說法，還信誓旦旦傳言拓跋菩薩之所以能在閘狨卒中脫穎而出，正是在敦煌城得到了一部武學祕笈，還有說是她年輕時候風華絕代，被慕容寶鼎驚為天人，害了單相思，之後才被橘子州默許在兩州邊境上紮根發芽，只要錦西州幾支大軍膽敢蠢蠢欲動，這位以武登頂的持節令就要帶兵北上護駕。

市井百姓，聊起大人物們的發跡祕聞，總是這般想像力豐富，讓聽眾拍案叫絕，讓當局者無可奈何。

就像提起北涼世子殿下，朝野上下盡是一些說他八歲破處、九歲便睡女破百的壯舉，要麼就是無女不歡能夠一夜御女八、九人，徐鳳年對此從不理會，反而真想自己有這份床榻征伐的能耐。要知道高門大戶裡頭，有多少門當戶對的郎才女貌，有了個世人豔羨的開頭，卻因為床榻魚水一事，最終相敬如冰？

許多豪閥世族女子放不開束縛，名士之所以風流，熱衷狎妓，倒也不能全怪他們貪色，委實是自家稻田生硬啊，再任勞任怨的老黃牛，開墾起來也會覺得苦不堪言，才會有一些恪守禮節的古板男子，偶然開竅以後才恍然大悟，乖乖，原來男女歡好，還能這般有趣！

徐鳳年記得李翰林就說起一個葷段子，當年他爹轄境內的豐州，有位大族士子，和同為出身清貴的妻子恩愛多年，一次朋友升官，他被拉去喝花酒慶祝，初次嘗過了女子十八般床上武藝的滋味，回去以後挨了罵，硬著頭皮如此這般地和自家媳婦說了其中的旖旎技巧，那女子欲拒還迎試過一番，立即春光滿面，後來便偷偷慫恿夫君多去青樓學些門道，這才真正過上了如膠似漆的神仙日子。

徐鳳年喝著酒慢悠悠走。

想了些下作的事情，徐鳳年心情好轉幾分，喝了大半壺酒，想起過了這村子下一店就沒著落了，就不捨得再喝，輕輕將酒壺丟入書箱。

月色涼如水，四下無人更無鬼，徐鳳年大聲哼起小女俠最愛唱的小曲兒。

「大王叫我來巡山呦，巡完北山巡南山呦，巡了東山殺路人，巡了西山看日頭。呦呦呦。

我家大王三頭六臂呦，嘍囉我搶了小娘扛在背，可憐到嘴肥肉不下嚥，何時才能翻身做大王呦。

咦，兄弟你替大王也來巡山？來來來，哥倆一起搶了小娘入密林呦，嘿咻嘿咻，驚起鳥兒無數呦。」

徐鳳年胡亂編撰，自說自唱，哈哈大笑，「他日我做了山大王，做了大王不巡山，要叫嘍囉搶天下，搶了豆蔻搶二八，搶了二八搶少婦，搶了少婦搶徐娘，咿呀咿呀呦。」

一名尾隨追躡其後的女子捧腹大笑，肆無忌憚地笑出聲來。

徐鳳年轉身盯著這個笑彎了腰的女子，攤開雙手，眯眼溫柔笑道：「來，這位不走運的小娘子，乖，入嘍囉我的懷裡來。」

女子眼角眉梢俱是媚意，只是假裝楚楚可憐，怯生生的，沒有急於撲入負笈書生懷中。

「這位剪徑賊寇，可是那山大王？」

「錯，在下只是一名小嘍囉，給山大王搶女子回去做壓寨夫人的，做成了這樁功勞，就可以從小嘍囉變成大嘍囉。」

「那你豈不是連山寨夫人都摟摟抱抱過了？何況這兒荒郊野嶺的，壯士就算對小女子做什麼，也是叫天天不應、叫地地不靈。」

「也對。可是如果妳做了山寨夫人，跟山大王一說，我豈不是要被砍了腦袋去？哼！小娘子休要胡言亂語，亂我心神，我此時雖是無名小卒，卻有做那山大王的志向，就算妳是水性楊花的女子，願意與我幕天席地，我也堅決不做的。」

「呸，你敢調戲我，我家公子聽著了就一刀砍死你。」

「妳家公子是誰，有我刀法劍術兼修，這般身手了得？再說了，妳家公子肯定沒我風流倜儻。」

「小賊你一隻井底之蛙，豈會知道我家公子的好。」

「老子才不是什麼井底之蛙，是攔路的山蛤蟆！小娘子，妳可以侮辱在下的相貌，莫要侮辱在下的山賊行當！」

「唉，我家公子說過了，他打定主意要田埂上修豬圈，肥水不流外人田。可是為何到今天還沒下嘴吃了我，奇了怪了。」

「妳家公子不愧是正人君子，我佩服得很！」

月明風高，大好殺人夜，要麼也是孤男寡女的風花雪月，這得是多無聊的一對男女，才會深更半夜在泥路小道上拉家常。

嘮嘮叨叨說完了，錦衣女子終於如翩翩蝴蝶，飛入徐鳳年懷中。

徐鳳年抱住她的柔媚身段，使勁嗅了嗅，閉上眼陶醉道：「聞來聞去，還是妳的味道最香，比餓昏了頭後見著一塊香噴噴的烤紅薯還香。」

女子死死抱住他，貼著他的胸膛，似乎恨不得將自己揉進他的身子，喃喃道：「奴婢本就稱作紅薯啊。」

這一對主僕身分的年輕男女，幾乎同時走出北涼，此時看似他鄉重逢場面溫馨，這一路屬於各自的驚心動魄又有誰能知曉？與在乎之人，總是笑臉相向。

「紅薯，鬆鬆手，妳勒得我憋氣。」

「公子，你如今可是高手高手高高手了。」

「那也鬆鬆手，總這樣抱著成何體統。」

「呦，公子，你多了一柄劍哩。亮出來給奴婢瞧瞧？若是需要擦拭利劍的活計，就交由奴婢來做好了。」

「找打，別作怪作妖的，快鬆手。」

「公子，上次遊歷歸來，在梧桐院子你吹噓說有些厲害劍士，胯下一劍斬美人，是不是這把劍呀？」

「有些規矩行不行？」

徐鳳年哭笑不得，一巴掌拍在她屁股上，微微用力，掙脫美人懷抱，瞪了一眼，看到她一臉異樣緋紅，嗑了春藥一般。

兩兩對視，徐鳳年捏了她鼻子一下，笑道：「妳怎麼來了？在沈門草堂做什麼？」

正是梧桐院一等大丫鬟紅薯的她眼神幽怨，一個個咬字，清晰說道：「想公子了。」

徐鳳年作勢要打，她湊過身子，一副任君採擷的模樣。

徐鳳年皺了皺眉頭，紅薯笑了笑，吹了一聲口哨，一匹駿馬奔來，牽過了馬韁，她正色說道：「奴婢比公子稍晚幾天離開北涼，敦煌城那邊有王府的布局，順勢牽扯到了這座草堂，本意是想要敲打一下以沈開闔為首，私下靠攏橘子州持節令慕容寶鼎的一股勢力，沒料到公子好生厲害，殺得草堂人仰馬翻，連沈秩都給宰了。

奴婢恰巧就拔去一顆朱魍安插下的釘子，事後使了個障眼法，跟上一任廬主沈水滸說成是慕容寶鼎的諜子，奴婢答應他由敦煌城背這個黑鍋，賭他不敢主動去跟慕容寶鼎提起這一茬，這段時間就由奴婢模仿那名捕蜓郎的筆跡，遞送一些消息屬實的密信，暫時不會露餡，起碼等殿下離了錦西州，三百里外接頭的捉蝶娘才能後知後覺，運氣好些，恐怕殿下回到了北涼，還未露出蛛絲馬跡給那些人。」

徐鳳年翻身上馬，彎腰伸手拉起紅薯，抱住她的纖細小蠻腰，腦袋擱在這位大丫鬟渾圓的肩頭上，皺眉道：「萬一洩露了呢？」

她平靜道：「也無妨的，就讓紅薯順藤摸瓜，一氣殺掉十幾個捕蜓郎、捉蝶娘，亂了他們的陣腳，保管顧不上追查到殿下行蹤，只會被奴婢牽著鼻子走。」

徐鳳年默不作聲。

連北涼王徐驍都稱讚她有一副玲瓏心肝的紅薯柔聲道：「公子，紅薯本來就是死士，不去死，活著做什麼，可不就是幫主子殺人嗎？」

徐鳳年輕輕咬了她的耳垂一口，命令道：「不許這麼說，更不許這麼做！」

她身軀一顫，向後靠了靠。

堪稱坐懷不亂的徐鳳年問道：「這些年妳隔三岔五出行離開王府，都是往北莽敦煌城這邊跑？」

紅薯乖巧溫順地「嗯」了一聲。梧桐院眾多丫鬟，鶯鶯燕燕，各有千秋，俱是一等風流根骨的年輕女子，不去說槍仙王繡的女兒青鳥，綠蟻是棋枰上的小國手，只輸給二姐徐渭熊，徐鳳年做了許多年的手下敗將，擅長五言絕句，詩風渾厚。被改名黃瓜的丫鬟，音律造詣相當出彩，更是精絕烹飪，自製糕點堪比宮廷大廚。

也就北涼王府財大氣粗，能讓這麼多女子紮堆在一座院子裡，隨便拎出去一位，都能讓北涼士子癡迷著魔。而紅薯無疑是最有意思的一位，同為大丫鬟的青鳥性子冷淡，難以接近，紅薯就要柔媚太多，沒有誰不打心眼裡喜歡，處處顧全大局，拿捏人心恰到好處，院子能融洽，她功不可沒，徐驍說她可以去宮裡做一位爭寵無敵的娘娘，實在不是謬讚。

她媚在臉上，冷在骨子裡，徐鳳年從小就跟她親近，約莫都是生性涼薄的人物，才親暱，就跟冬日裡的地鼠，只能依偎著相互取暖。

徐鳳年好奇問道：「照妳這麼說，妳在敦煌城有另外一重身分？」

紅薯雙手搭在環腰手臂上，點頭道：「自然會有，敦煌城不同勢力糾纏不休，盤根交錯，十分複雜。奴婢進入的時候早，當時敦煌城青黃不接，動盪不安，讓我占了天大便宜。就奴婢知道的大山頭就有不下八座，其中除了敦煌城本土兩代人積攢下的三派，呈現三足鼎立，算是在明面上不遺餘力地勾心鬥角。公子也知道北蠻子學咱們王朝鬥智，頗有些不倫不類，倒是一些鬥勇場面，十分有看頭。

外來大戶除去慕容寶鼎和錦西州持節令扶持的兩股，北莽十大宗門裡第九的補闕臺，根基就在敦煌城，是城裡的元老，不怎麼參與爭鬥，從不做火中取栗的事情，其餘兩股都是豪商巨賈糾結起來的勢力，行事尤其油滑，也不可小覷，商人趨利，渾水摸魚，本領天下第一。」

徐鳳年感慨道：「門道真是還不少。」

紅薯靠著那胸膛，閉上那雙蠱惑人心的秋水長眸，小聲說道：「近段時間，奴婢只聽說草原上有一位曹官子的授業弟子，挫敗了拓跋春隼的氣焰，就知道是公子了。」

徐鳳年揉了揉她的青絲，笑道：「妳跟我啊，就像是油鍋裡青蛙遇田雞，難兄難弟。」

紅薯膩聲道：「奴婢可是女子呢。」

徐鳳年不搭這個腔，想起忠義寨，感觸良多，笑道：「這幾天待在六嶷山，見著了韓家的一名嫡系子弟，鼓動他去了薊州。紅薯，妳有時間就傳消息回北涼，請我師父去落子下棋，他擅長這個。」

紅薯點頭道：「好的。到了敦煌城就做這件事情，保準不出紕漏。」

徐鳳年輕聲道：「我師父其實一直視圍棋為一門野狐禪，不以為然，不太看得起，說棋子走勢看似煩瑣，但遠不如人心反復難測，一枚棋子在棋盤上再生根生氣，畢竟黑棋還是黑棋，白子還是白子，如何都變換不了顏色，可一個人，卻可以黑白顛倒，忠義恩情什麼，都不值一提。

以前我還不覺得，只當是師父自己棋藝不精，連我二姐都贏不了，才這般找藉口，現在回頭再看，就懂得師父的良苦用心。以往在王府家裡的樹蔭下，看那細小漣漪，或是大水起落，總歸是看戲一般，不親身入局走一遭，興許是老狐狸們隱藏太深，讓我到底看不真切，在六嶷山，小小一座忠義寨，看那幾位當家的行事，就有些不一樣的明瞭了。紅薯，這算不算我師父所說的切小口子做大文章？」

紅薯撫摸著徐鳳年的十指交叉的手背，輕聲笑道：「公子越發明理了。」

徐鳳年正想教訓一下自家大丫鬟，她突然轉頭，仰著尖尖的下巴，一張狐媚胚子臉，沒有了春意，說道：「公子，不是說紅薯，而是那些見不得光幾年甚至是幾十年的，連死都沒名分的人，你要念他們的好。」

徐鳳年點頭道：「記下了。」

這消息傳遞，都是靠人命和鮮血交出去的。戰場上是斥候馬欄子，陰暗處就是密探諜子，後者更加於無聲處起驚雷。

「紅薯，這匹馬不錯，是北莽的名馬？」

「是騎照夜玉獅子，一匹馬能值五十兩黃金呢。」

「妳從敦煌城騎來的？啥身分，這麼氣派。」

「公子到了就知道。」

「不說？撓妳胳肢窩了啊。」

「公子，別！」

「嗯？反了妳，妳說不要就不要，誰是公子、誰是丫鬟？」

二人打打鬧鬧，也不找地方休憩，星夜策馬疾馳，凌晨時分到了一座連城牆都沒有的小城，在徐鳳年懷裡睡了一覺的紅薯繼續縮著腦袋，不讓人瞧見她的禍水容顏。

◆

主僕二人在一間客棧停馬歇腳，付過了銀錢，不到一個時辰就離開，被紅薯臉蛋身段給瞧得失了魂魄的掌櫃和夥計望向背影，捶胸頓足，這個該死的書生，採了好嬌豔的一朵花啊！掌櫃和夥計猛然回過神，後者先行一步，就要跑向那對男女下榻的客棧屋子。

匆匆來、匆匆走，一個時辰能做啥？只要是個開竅的爺們兒，用屁股想都知道！去聞一聞棉被的香味，沾沾仙氣也是天大豔福哪。掌櫃的狠狠扯住夥計領口，怒斥一聲，驅趕去幹正經活，自己衝入屋子，結果瞧見被子整齊潔淨，賊心不死又撲向大床，沒聞到女子體香，掌櫃的中年禿頂男人再度失神落魄，一拳砸在床上，恨恨罵道：「這小子，真不是個男人，如此天仙似的女子，讓老子來快活一次，少活十年也值了！」

所謂駿馬日行千里，就單獨一匹馬來說，這是萬萬不可能的，軍馬就要三十里一刷鼻，再者即便不惜跑死馬匹，除非是離陽王朝驛站綿延的驛馬，若是發生緊急軍情，需要八百里加急，也是建立在幾十里一換的前提下，才有可能達到近乎極限的日行八百里。

春秋大戰中，倒是出現過日行九百里送信的罕見例子，不過那次廣為流傳的傳遞，期間忽略了十數座驛站，跑死了兩匹價值連城的名馬。這匹腳力、耐力都不俗的騎照夜玉獅子，雖說趕得不急，但也不怎麼停留，用了三天三夜後才看到敦煌城的巨大城廓。

才破曉時分，敦煌城夜禁森嚴，此時尚未開城，紅薯說要不要先去敦煌城外的采磯佛窟瞧一瞧。

采磯窟有大佛菩薩、天人飛仙等雕像總計兩萬六千餘座，是當之無愧的佛門聖地，僅次於中原兩禪寺和西域爛陀山。

與許多宗教重地不同，采磯佛窟不建在山上，不求那山高佛更高，只是平地而起或挖山而雕，可以讓遊人信徒去采磯山頂飽覽景象，唯一主佛也僅是刻山而造，無需登山一說。

采磯石窟主佛是三尊端坐於須彌臺上的三世佛，中間一尊高達六十六丈，面頤豐潤肅穆，石路袈裟衣紋斜垂座前，兩側四十餘丈，各自左右又有菩薩，兩側末尾分別是八位伎樂天。

遠遠看到高聳入雲的佛像，紅薯笑道：「主佛身後還有八十一朵蓮花，每朵蓮花上又都坐有一位供養菩薩，北莽信佛者眾多，這八十一位菩薩，幾乎都被權貴人物瓜分殆盡，香火興盛，恐怕連兩禪寺都比不上。其中十幾尊大菩薩，別說敦煌城裡的富豪人家，就算是草原上許多屈指可數的大悉惕，都得掂量斤兩以後主動放棄爭奪的念頭。」

徐鳳年一笑置之，抬頭近觀。

主佛施無畏印。

窟頂藻井為一朵明顯是南唐渾圓刀刻法的淺痕大蓮花，讓徐鳳年印象深刻。又有數百飛天，體態輕盈，神態自如。

徐鳳年低頭雙手合十。

北莽、離陽兩朝接下來不出意外都要展開浩浩蕩蕩的滅佛，徐鳳年禮佛依舊。

紅薯不信佛，但也跟著照做。

駐足良久，徐鳳年始終沒有說話，轉身離去，牽上馬韁，沒有上馬，輕聲道：「自在觀自在，無人在無我在，問此時自家安在，知所在自然自在。如來佛佛如來，有將來有未來，究這生如何得來，已過來如見如來。」

紅薯嬌笑道：「公子，這副聯子，很應景，很合適宜呀。」

徐鳳年轉頭笑了笑，感慨道：「可不是。」

記起一事，徐鳳年說道：「我這次碰到一個和尚，妳肯定猜不到是誰。」

紅薯很煞風景地說道：「龍樹僧人，兩禪寺住持。奴婢知道他來北莽了呀，公子這麼說，肯定是他。這位釋教聖人的確了不得，要不然怎麼誇他苦海渡眾生，豈獨崑崙潭龍知聽講。佛門獅子喝，可教蓬萊海水揚巨波。」

徐鳳年一臉惆悵。

她掩嘴一笑。

她往後撤了幾步，指著山頂，輕輕說道：「才得到消息，女帝要請國師麒麟真人在采磯山上建一座道觀。」

徐鳳年自言自語道：「山中佛道兩相厭嗎？」

徐鳳年離遠了采磯萬佛窟，和她一起上馬，馳騁向敦煌城，紅薯問道：「公子，佛門說六道輪回，真的有嗎？」

徐鳳年平靜說道：「信則有，不信則無。」

她猶豫了一下，回眸望去。

生下來就註定是那說死就死的命，總想著把身子給了公子，她才死得心甘情願。早一些死，若是真有轉世，那就這輩子抓緊虔誠信佛，投胎再做一名好看些的女子，指不定還能遇見他。

她不想活到人老珠黃，活到皺紋巴巴的那一天，太醜了。

徐鳳年突然說道：「紅薯，以後我有了女兒，不管是哪個女子的，都由妳來幫著教她梳妝打扮，教她塗抹胭脂，好不好？」

她眨巴眨巴著眼眸，紅著臉問道：「可我只是一個不值錢的丫鬟。」

徐鳳年沉聲道：「我是男人，妳是女人，就這麼簡單。再說什麼值錢不值錢的，看我不打妳。」

紅薯低下頭，隨即抬頭癡癡望向他。

城外，公子丫鬟兩相歡？

他繼續說道：「妳要是答應，我到了城內，就欺負妳。別說打，還要把妳吃得一乾二淨！」

「當真？」

「君子一言，駟馬難追。」

「公子是君子？」

「小人一言，九牛二虎都拉不回頭。」

「公子豪氣！」

「那是，走！挑張大床，滾被窩去。」

◆

黃沙萬里，敦煌城圈了一個圓出來，就給七、八萬人構建了一方樂土。通體雪白的夜照玉獅子不走正南門，騎向北門，徐鳳年知道按照敦煌城當年的監造格局，北門而入就像是太安城由玄武入皇宮了。不過紅薯心思細膩，在敦煌城紮根多年，徐鳳年樂得客隨主便，也不多言。

臨近北門地藏本願門，紅薯翻身下馬，說要給公子牽馬入城，徐鳳年沒答應，一起下馬步行，紅薯執意接過了書箱背起，一左一右，走向北門。

站立有兩排持戟的精壯披甲衛士，手中大戟鈍鋒，都是禮制繡戟，獨出心裁，見著了錦衣大袖的紅薯，二話不說就下跪，層層遞進，跪了不下百人。

徐鳳年一頭霧水地過了城門，視野頓時豁然開朗，果然如聽潮閣所藏敦煌地理志描繪，敦煌北端巨仙宮近年不知為何被一劈為二，地理位置涇渭分明，分作東西雙宮，東邊掖庭宮，西邊紫金宮，水火不容。

徐鳳年跟著紅薯往西牽馬而行。腳下地面由羊脂美玉的厚重白玉片鋪就，在一扇緩緩打開的厚重宮門之前，他還特意蹲下身去摸了摸，朱門後頭的廣袖紅綠的俏麗宮女見到這一幕，都瞪大了眼眸，似乎驚訝這年輕外地佬也忒俗氣和沒見過世面了。

徐鳳年起身後忍不住輕聲問道：「妳是城主心腹還是紫金宮裡的小頭目？」

紅薯一本正經地回答道：「都算。」

徐鳳年也不再說話。

敦煌城勢力複雜，這些甲士宮女都來歷清白不到哪裡去，言多必失。

一路穿廊過道，滿目錦繡，其中將夜照玉獅子交給宮女送往馬廄，然後該是到了內廷宮苑，在一座懸慶旒齋匾額處停下，紅薯推門時輕笑道：「公子就不怕奴婢叛變，這趟帶入敦煌城是引君入甕的買賣？」

徐鳳年一笑置之。走入房中，他不由愣了一下，竟是和北涼王府梧桐苑如出一轍的布局，文玩雅器，瓷瓶香爐，書案四寶，都透著股熟悉感。徐鳳年伸手去撫摸一只插滿水晶球白菊的哥窯大囊，手指再摸過雕龍紫檀大案桌面。

紅薯好似有莫大的成就感和滿足感，望著徐鳳年的側臉，嬌膩低語：「公子回家了。」

見到自家公子一臉疑惑，紅薯不再賣關子，放下書箱，拉著徐鳳年來到靠窗榻上躺著，娓娓道來：「城主是奴婢的親姑姑，在北涼王府祕密扶持下坐上了這個位置。奴婢當初被送往梧桐苑，類似質子身分，不過王妃待我如親生女兒，傳授武藝，奴婢反而和姑姑不如何親近。姑姑也是命苦，本是北莽王庭的妃子，被女帝慕容氏構陷，這才爭寵落敗，失了皇后位置，不過耶律先帝有一封祕密遺詔，不許當時身為皇后的慕容氏殺害姑姑，還要求保姑姑一世平安。

姑姑家族衰亡，只帶著奴婢流離失所，性命雖無憂，卻也嘗遍了辛酸坎坷。當下諸多流言蜚語，也不全是胡說，後來遇到邊境上的大將軍和王妃，才時來運轉，加上拓跋菩薩年輕時的確受過姑姑恩惠，他成為執掌半國軍馬的北院大王后，對敦煌城多有庇護，城內一些逾越規矩的事情，北莽王庭也不得不睜一隻眼、閉一隻眼，不過這些年姑姑很辛苦，主要是北莽女帝耐心到了極限，跟拓跋菩薩的那些情分也用盡了。」

紅薯盤膝而坐，徐鳳年枕在她腿上，她解開繫髮繩帶，替他梳理髮絲，徐鳳年閉著眼睛問道：「妳姑姑？」

紅薯語氣平靜道：「前些年大魔頭洛陽途徑敦煌城，姑姑跟他一戰，沒撐過一年便死了。洛陽當時原本要進城屠城，姑姑就劃開巨仙宮，分了一座掖庭宮給這尊魔頭當行宮，算是殫精竭慮給敦煌城謀劃請來了一位天下無雙的供養菩薩。敦煌城因禍得福，連北莽女帝都終止了許多滲透，甚至撤出了朱魍勢力。魔道第一人洛陽雖然是名義上的掖庭宮主，但這些年都不曾露面。姑姑死後，祕不發喪，由我來做紫金宮主，姑姑留有遺言，何時洛陽入駐掖庭宮，等於有了靠山，我才去登位城主，頒布她的死訊。」

徐鳳年皺了皺眉頭，北莽之行，鼎鼎大名的魔頭洛陽，堪稱如雷貫耳。

徐鳳年睜開眼睛，問道：「洛陽到底是何方神聖？」

紅薯搖頭道：「不管北莽各方勢力如何探查，都搜不到根腳。我聽姑姑說，這名年輕男子有些女子面相，不過眉眼雖有幾分嫵媚，但是氣質英武，比起年輕時候的拓跋菩薩還要勝過幾分，喜歡穿白衣，不用兵器。不過有過傳言，洛陽身邊出現過幾名絕色女子，被當作禁臠玩弄，其中不乏高華門第的千金，當初敦煌城也曾送出一名姿色傾城的妙齡佳人。洛陽漁色，應該不假。」

徐鳳年握住紅薯那隻撫摸自己臉頰的小手，下意識揉捏著，問道：「那這洛陽會不會見了妳就起歪念頭？」

紅薯嬌笑道：「奴婢姿色，估計不入人家的法眼。」

徐鳳年罵道：「放屁。」

紅薯低頭凝視著他那雙丹鳳眸子，吐氣如蘭呢喃道：「公子，三年遊歷歸來聽你講述，吃多了地瓜、番薯才會放屁，你這還沒吃了紅薯。」

徐鳳年猛然瞪大眼睛。紅薯一隻不規矩的纖手抹過了腰間，直搗黃龍，偏偏對視的絕美臉龐，看似媚眼如絲，春意掛在眉梢幾千斤，可眼波底部仍是藏不住那種小女子的羞澀。

徐鳳年哭笑不得，妳說妳幾斤膽子做幾斤事情，跟本公子這種花叢老饕玩小把戲，到頭來還不是自己吃虧。徐鳳年對於小兄弟情不自禁的劍拔弩張，沒有半點難為情，倒是只跟綠蟻她們一起偷偷看過幾幅春宮圖的紅薯，有了膽大包天的開頭，不知如何收官。

被徐鳳年直愣愣盯著，紅薯滿臉通紅，不知所措。

徐鳳年見她眼眸和雙頰幾乎要滴水出來，便不再讓她難堪，嘴角勾起笑道：「別瞎搗鼓了，我先洗個澡，然後結結實實睡一覺，今兒就不養劍了，好好睡足，什麼時候自然醒來，再說其他。」

紅薯如獲大赦，彎腰下榻穿繡鞋時，徐鳳年一巴掌拍在她尤其豐碩的翹臀上，彈性十足，調笑道：「妳是不知道，這趟來北莽，一路上總是被女人調戲，在邊境上一座城子裡還給女子拍了屁股，不過她沒妳好看，臉蛋差了十條街，也就是胸脯能跟妳比大小，臀瓣兒遠遠比不上妳。」

有賊心沒賊膽的紅薯落荒而逃。

小半個時辰後，紅薯領著徐鳳年去一間側室，擺放有一只水霧彌漫升騰的黃花梨木浴桶，熱氣薰蒸，明明沒有放花瓣，就已是香氣撲鼻。徐鳳年瞥了一眼脫了錦衣袍子只穿貼衫的紅薯，這便是這位梧桐苑一等大丫鬟的天賦異稟，異香醇冽，每逢初春，甚至可以招蜂引蝶，那幅女子行走彩蝶翩翩縈繞的畫面，實在是妙不可言，士大夫癖好玉人什麼的名貴珍玩，比起她的「國色天香」，根本不值一提。

紅薯伺候他脫去衣物，這些活兒熟能生巧，在北涼王府，她是唯一一個名副其實的貼身丫鬟，只差沒有通房那一步，所以她也是最早見過徐鳳年赤身裸體的一位，除非她不在，才由綠蟻代勞，後者每次都恨不得閉上眼睛，嬌羞得不行。

徐鳳年此時瞧著好似綠蟻附體的紅薯，笑問道：「以前妳可不一樣，是不是近鄉情怯這個道理？怎麼，真事到臨頭了，才知道害羞？」

徐鳳年走入浴桶，紅薯嫻熟地替他擦拭身體。真是久違的通體舒泰，神仙生活。

紅薯看到他腰肋一處有大黃庭傍身都不曾褪掉的傷疤，觸目驚心，嘴皮顫抖。

閉著眼睛享受的徐鳳年平淡道：「運氣不好，拓跋春隼帶了兩個大魔頭圍剿我，被我逃出去以後，遊獵時被惱羞成怒的端孛爾紇紇一記雷矛紮中了。」

紅薯默不作聲，身子貼著浴桶木壁，腦袋擱在徐鳳年肩膀上，輕聲問道：「站在桶外，擦不好，要不奴婢進來？」

徐鳳年點了點頭。

她並未脫去薄裳，只是半蹲在寬敞浴桶內，手法細膩。衣衫浸濕，穿與不穿也差不多，此時此景，好像穿一些反而更加旖旎香豔。

當紅薯如一尾豐腴錦鯉遊至身後，摸至後背那一大片細碎疤痕，徐鳳年低聲笑道：「前不久跟魔頭薛宋官打了一場架，斷了她兩根琴弦，她有胡笳十八拍，讓我吃盡了苦頭。現在想來心有餘悸，果然見著那些個鳳毛麟角的指玄境高手，還得繞道而行才對。一開始覺得她跳境入指玄，戰力應該如端孛爾紇紇這類金剛境大致相當，可以嘗試著過招，後來才發覺大錯特錯啊。三境就三教宗義而言，似乎無高下，不過在江湖上，一境之差，還是會有天壤之別。紅薯，妳是什麼境界？」

紅薯胸口摩娑著徐鳳年，眼神迷離，體顫顫、聲顫顫，「既是偽金剛也是偽指玄，殺尋常人足夠了。」

徐鳳年聞著天然如龍涎又如古檀的體香，說道：「差不多了。」

紅薯「哦」了一聲，率先起身離開浴桶，小心翼翼地拿一方綢緞布子仔細擦乾淨了雙手水跡，這才捧起一堆潔淨衣衫，上頭疊放有一件織工巧奪天工的紫袍，竟是中原皇室的一襲紫金蟒袍。

徐鳳年走出浴桶，走近了端詳，詫異道：「這是南唐皇室織造局的蟒袍？怎麼到了敦煌城？」

紅薯笑道：「當年中原士子北逃，其中一位織造局頭目私藏了這件蟒袍，私販牟利給了敦煌城裡的一位權貴，後者又贈送給姑姑。其實有兩件，手上這件是南唐國主本來要賜給一位王爺的，與公子合身熨貼，另外一件黃袍，相對嬌小玲瓏，奴婢穿了還差不多，公子來穿就太緊繃拘束了。先試試看。」

徐鳳年也沒拒絕，在北莽你別說穿亡國蟒衣，就是私下穿上趙家天子的龍袍，也沒誰會吃飽了撐著去彈劾。在紅薯服侍下穿上了南唐皇室的紫金蟒袍，戴上了紫金冠，頭冠兩側各有錦帶子下垂到胳膊上方。

站在一面紫檀底架子的大銅鏡前，紅薯眼神沉醉，癡癡說道：「公子不去做皇帝，實在是太可惜了。」

徐鳳年笑道：「試過了，還得睡覺去，別糟蹋了這件蟒衣。妳也換身衣裳去。」

脫了華貴蟒袍，徐鳳年去了房間，倒頭就睡。

紅薯輕輕走來，坐在床頭，聽著輕微鼾聲，有些心酸。遊歷之前，他從來不曾打鼾的，這得有多累，才會如此？

側身躺下，凝望著近在咫尺的安詳臉龐，紅薯輕聲道：「公子，你是奴婢的了，只是奴婢一人的，不貪心，就一天也很好。」

敦煌城晝夜如同兩個季節，晝熱如酷暑，夜涼如深秋。

◆

徐鳳年醒來時，房中只有他一人，下床踩上靴子，有些餞腸轆轆，就去書案上拎起一盞鈴鐺，搖晃了幾下。

有宮女姍姍而來，徐鳳年用南朝語言吩咐道：「取幾塊地瓜來。」

宮女聽懂了，又好像沒聽懂，也不敢多問，只當是遇上了性情古怪的貴客，就去拿盤子盛放了幾塊地瓜回來。

徐鳳年揮手示意她退下，然後捧了一堆書來到院外，先點燃熏透了新砍下的樹枝，挖了小坑，這才去搗烤地瓜。新枝帶水，不適合烤東西，這都是當年老黃教的。

徐鳳年坐在一條小繡凳上，啃著一塊紅心番薯，轉頭看到泫然欲泣的女子，她算是這座敦煌城的女皇帝了。只聽她嗚咽哽咽道：「公子，這就是你說的吃掉紅薯？你說話不算數！」

徐鳳年張大嘴巴，有些無言以對。

紅薯顯然精心裝扮過，狐媚迷人，這會兒梨花帶雨，就更誘人了。

徐鳳年一臉無奈道：「急什麼，都說飽暖才有氣力思淫欲啊，就不許我吃過了紅薯再吃紅薯？妳也太不講理了。」

紅薯破涕為笑。

徐鳳年捧著幾塊紅薯入了房子，遞給她一塊，紅薯搖了搖頭。

徐鳳年一邊吃一邊柔聲道：「遊歷的時候，每次好不容易吃上烤紅薯，我就都會想啊，回了家，一定要給妳改名字，紅麝紅麝什麼的，哪裡有紅薯討喜，捧著暖手，吃著暖胃，想著還能暖心，是吧？」

紅薯紅著臉。

女為知己容，之前化妝耗費光陰無數，也是值得的。女為知己脫，之前穿戴錦繡煩瑣，也是歡喜的。

也許是離得太近，朝夕相處太久了，當紅薯被褪盡衣衫時，徐鳳年才知道她的好，是如何超乎想像。

他身下是一塊泛起清香的羊脂美玉。

君子德如玉，女子身如玉。

他的手指寸寸摸過，她身體敏感，輕顫不止。

再往下，竟是……

芙蓉帳內，風光旖旎，春色無邊。

紅薯雙手捧住臉，不敢見人，也試圖去抑住那些喉嚨小嘴兒溢出的細微呻吟。

徐鳳年俯身咬住她的耳垂，輕聲道：「想不想苦盡甘來。」

紅薯將他的腦袋往下一拉，擠壓在她胸間。

春宵一刻值千金。

——雪中悍刀行第一部（五）起手撼崑崙 完

高寶書版集團
gobooks.com.tw

DN 247
雪中悍刀行第一部（五）起手撼崑崙

作　　者　烽火戲諸侯
責任編輯　高如玫
封面設計　陳芳芳工作室
內頁排版　賴姵均
企　　劃　方慧娟

發 行 人　朱凱蕾
出　　版　英屬維京群島商高寶國際有限公司台灣分公司
Global Group Holdings, Ltd.
地　　址　台北市內湖區洲子街88號3樓
網　　址　gobooks.com.tw
電　　話　(02) 27992788
電　　郵　readers@gobooks.com.tw（讀者服務部）
pr@gobooks.com.tw（公關諮詢部）
傳　　真　出版部　(02) 27990909　行銷部 (02) 27993088
郵政劃撥　19394552
戶　　名　英屬維京群島商高寶國際有限公司台灣分公司
發　　行　英屬維京群島商高寶國際有限公司台灣分公司
初版日期　2021年 2月

國家圖書館出版品預行編目(CIP)資料

雪中悍刀行第一部（五）起手撼崑崙 / 烽火戲諸侯著. -- 初版. -- 臺北市：高寶國際出版：高寶國際發行, 2021.02
面；　公分. --（戲非戲；DN247）

ISBN 978-986-361-980-2（平裝）

857.7　　109021002

GOBOOKS & SITAK GROUP ©